Helga Schütz

Sepia

aufbau

Helga Schütz

Sepia

Roman

aufbau

FSC
www.fsc.org
MIX
Papier aus verantwortungsvollen Quellen
FSC® C083411

ISBN 978-3-351-03505-1

Aufbau ist eine Marke der Aufbau Verlag GmbH & Co. KG

1. Auflage 2012

Einbandgestaltung hißmann, heilmann, hamburg
Satz Greiner & Reichel, Köln
Druck und Binden CPI – Clausen & Bosse, Leck
Printed in Germany

www.aufbau-verlag.de

Der wilde Weg über den Neumarkt war in diesen Tagen hartgefroren.

In den Spuren splittert das Eis.

Eli zieht einen Handwagen, beladen mit guter Kohle, heute die siebente Fuhre, schwarzsilberne Brocken vom Bunker am Elbhafen für die Orangerie im Botanischen Garten, für die Palmen und die anderen frostempfindlichen Gewächse, Zitronen, Lorbeerbäume, unter Glas und in südlicher Wärme.

Sie tritt, rechts, links, in die betonfesten Abdrücke ihrer Filzstiefelsohlen, der Wagen läuft in der eingefahrenen Spur, es ist die kürzeste Strecke.

Sie ist siebzehn Jahre alt, braunäugig, unter einer aus bunten Wollresten gestrickten Mütze steckt ein Nest blonder Haare.

Die siebente Fuhre. Das soll die letzte sein. Für heute und für immer.

Eli wird nicht von einem Lehrmeister mit Schimpfe strafversetzt, vom Zitronenhain zum Heidefriedhof, dieses Mal nicht, sie wird auch nicht fortgelobt, vom besagten Heidefriedhof, wo sie die Anlage um einen neuen Gedenkstein überraschend vorbildlich gestaltet hat, in die fachlich anspruchsvolle Himalajaregion des Botanischen Gartens.

Die Arbeit im Strafrevier auf dem Friedhof hatte sich unter der Hand als paradiesische Zeit erwiesen, das Lob dagegen erweist sich als Fessel. Der Himalaja, das weiß jeder, das ist eigentlich das Höchste, das Lob hatte sie an eine Endstation katapultiert.

Eli will gehen. Sie ist fest entschlossen.

Sie hat in der Verwaltung ein Formular ausgefüllt und unterschrieben. Vor Anstrengung, vor lauter Erwartung glänzt die Stirn. Schweißperlen. Der Atem gefriert. Kristalle hängen an den Wimpern. Heiß und kalt. Die kürzeste Strecke ist lang.

Es hat angefangen, zu schneien. Eine saubere Decke liegt jetzt über den aufgeräumten Trümmern der Stadt. Weiße Rahmen zeichnen die Fensterhöhlen des Schlosses. Barrieren sichern den Weg über ein weißes Feld. Sperrgitter. Auf dem Steinhaufen der Frauenkirche spießen rote Blumen aus dem Schnee, Kranznelken vom Jahrestag der Bombennacht. Große Flocken schweben herab. Eli zieht den Wagen. Sie hat sich aus einer Sofadecke eine Jacke genäht, der Rücken und die Vorderteile sind mit Stoffresten gepolstert. Die Jacke wärmt und macht Mut. Schnee liegt nun über dem Eis. Flocken fallen auf die bunte Mütze. Eli liegt in den Deichselgurten, sie stemmt das Geschirr. Der Weg ist holprig und nun auch glatt, die Kohle ist schwer. Die Gedanken fliegen. Das soll die letzte Fuhre sein.

Im großen Bassin der Orangerie blüht die Victoria regia, die Riesenwasserrose. Sie blüht nur zwei Nächte, man muss sich beeilen, wenn die Knospe am ersten Abend ihre weißen Blätter entfaltet, duftet es im Glashaus, die Alten sagen: nach Ananas. Dieses Mal haben die Dresdner Naturfreunde wegen der niedrigen Temperaturen im Warmhaus wochenlang warten müssen. Es ist in der Zeitung bekanntgemacht worden. Die Verzögerung aus technischen Gründen und endlich das Ereignis. Interessierte Einwohner sind herzlich eingeladen, der Botanische Garten öffnet über Nacht seine Tore.

Gartenmeister Henn hat sich aus diesem Anlass rasiert, er hat ein Hemd angezogen und einen Schlips umgebunden. Ein Mitarbeiter wird die Tür zum Warmhaus bewachen, und Henn wird für Fragen zur Verfügung stehen und für Fotos, falls ein

Fotograf kommt, um von der Blüte eine Aufnahme zu machen. Die Blüte und er, Henn, als Gartenmeister.

Eli hat das Schauspiel, die Victoriablüte, die erste Nacht weiß, die zweite Nacht rosa, schon einmal im vorigen Jahr erlebt. Sie hockt nun abseits auf einer freien Stellage, die Füße in Socken auf den Heizungsrohren, es ist die von Eli herbeigekarrte Kohle, die in der Orangerie für Wärme sorgt. Die Filzstiefel hat Eli mit Zeitungspapier ausgestopft. Sie trocknen inzwischen auf dem heißen Hauptrohr.

Der Gartenmeister hat viel zu tun. Eigentlich gilt er als stiller und ernster Mann, aber nun breitet er seine Kenntnisse aus.

Eine Besuchergruppe hat sich um ihn versammelt. Dann wird ein Mikrophon vom Rundfunk aufgebaut, und Henn erzählt alles noch einmal. Über den abenteuerlichen Weg der Pflanze. Fehlschläge, Hindernisse, Humboldt und sein Bonpland hatten seinerzeit kein Glück, erst viele Jahre nach der Entdeckung der Regia in einem Nebenarm des Amazonas hat es mit der Kultur dieses Blütenwunders mit den Riesenblättern in einem botanischen Garten Europas geklappt, und heute können wir uns freuen. Henn weist feierlich in Richtung Bassin, wo die Knospe sich allmählich öffnet. Er entschuldigt sich noch einmal, nimmt die Regia in Schutz, eine Verspätung kann ja mal vorkommen, statt November im Februar. Oder eine Verfrühung. Jetzt macht Henn sogar einen Scherz. Unser Wunder blüht schon im Februar statt erst im November. Die Besucher zeigen Verständnis, doch man hört auch andere Stimmen. So ein Durcheinander gab es nicht mal im Krieg.

Schließlich gewinnen die Schönheit und der köstliche Duft. Eli hat die Palmwedel vorsichtig beiseitegeschoben, sie beobachtet die Aktion von ferne, wundert sich über den Gartenmeister. Wie er sich für die Regia ins Zeug legt. Eli hat kaum je so viele Worte von ihm gehört und so freundliche. Seerose müsste man sein.

Henn ist dagegen, dass Eli fortgeht. Für einen Gärtner gehört sich das nicht. Ein Gärtner bleibt am Platz und hütet sein Revier.

Es ist Elis felsenfester Entschluss. Sie wird die aufgeräumte Stadt und den Botanischen Garten mit seiner gepflegten Himalajaregion samt den prächtigen Tränenkiefern verlassen.

Sie ist alt genug, es sind so viele Jahre vergangen, seit Großvater Anton sie als Überlebenskind im Sammelheim an der Elbe gefunden hat.

Eli hat unterdes den Gesellenbrief, Grund- und Fachschulabschlüsse und ein Zeugnis von einem Schreibmaschinenkurs in der Tasche, alles mit dem Siegel der Stadt. Henn hat, obwohl er dagegen ist, eine Empfehlung geschrieben.

Wo willst du denn hin?

Woanders, wo es schön ist. Henn zuckt die Achseln, wie soll es denn woanders schön sein, er gibt Eli den Brief.

Beurteilung für Fräulein Rafaela Reich

Eli ist bis zum heutigen Tag, wenn es um das Überleben ging, durchgekommen. Auf ihrer Laufbahn wurde viel erschlagen, verbrannt, erschossen. Manch einer ist neben ihr auf dem Fluchtkarren verhungert oder erfroren. Unzählige sind bei den Fliegerangriffen auf unsere Stadt umgekommen. Eli jedoch hat in der Schornsteinecke des Luftschutzkellers überlebt. Danach ist sie in die Schule gegangen und in die Lehre, anschließend in den Botanischen Garten.

Nun ist sie siebzehn geworden.

Nun will sie wissen, was sonst noch möglich ist.

Hochachtungsvoll

Henn, Gartenmeister

Eli hat im Jugendmagazin gelesen, dass es in Potsdam eine Schule gibt, die den Lernenden Mittagessen zur Verfügung stellt. Außerdem Betten und sogar Bettwäsche. Daraufhin hat Eli den ganzen Artikel gelesen. Man studiert dort vier bis fünf Jahre Kinematographie. Am Ende muss man wissen, was zu machen ist, damit sich das Auge des Zuschauers nach und nach im Kino wie die Linse einer Kamera fühlt. Auf und ab, hin und her. So bewegen sich nicht nur die Körper im Raum, sondern der Raum selbst dreht sich. Der Raum zerfällt. Motto: Der feste Sessel im Kino ist eine Täuschung. Eli vergewissert sich noch einmal. Mittagessen, Bett, sogar Bettwäsche.

Wo gibt es denn so was.

Eli geht an der Hochschule für Musik vorbei. Das neu gebaute Haus liegt am Wege, nicht weit vom Botanischen Garten. Hier hat Eli auf der Bühne der Aula Dekoration gestellt, eine Doppelreihe Farne in sechzehner Töpfen. Eli weiß, wo das Büro ist.

Dic Frau hinter dem Schreibtisch kann Auskunft geben. Talent ist Fleiß, sagt sie, es steht alles in unseren Broschüren. Sie überreicht Eli ein Anleitungsheft und Bewerbungspapiere.

Das meiste ist überall gleich, für manche Schulen muss man Aufnahmeprüfungen machen, in Potsdam wird man zu einem Eignungsgespräch bestellt. Den Unterschied, Eignungsgespräch/Aufnahmeprüfung, kann die Frau hinter dem Schreibtisch nicht genau erklären, aber die Sache mit den Betten ist richtig. Es stimmt, sagt sie, manche Schulen bieten den jungen Leuten ein Unterkommen. Wir leider nicht, aber du, wenn du bei uns Student sein würdest, du hättest gleich einen Vorteil, du brauchst keine Zuweisung für ein Bett, weil du schon ein Bett und ein Zuhause hast, hier in unserer Stadt. Wir suchen noch Nachwuchs im Fach Komposition. Du hättest als Frau und als eine, die kein Bett braucht, bei uns gute Chancen. Eli dankt und seufzt innerlich. Zuhause, das ist eine Kammer neben Großvater Antons Küche. Und außerdem gibt es wahrscheinlich schon genug Musik, Großvater Anton hat eine ganze Kiste voll Platten.

Eli steckt die Papiere ein, Fragebögen, Fortbildungsadressen.

Eli macht jetzt jeden Tag halt vor der *Schauburg*. Sie versucht, nach der Arbeit zur 18-Uhr-Vorstellung zurechtzukommen. Eli bereitet sich vor. Der Sonnabendfilm bloß zum Spaß genügt jetzt nicht mehr. Eli hat herausgefunden, Kinematographie ist alles mit Kino und Filmkunst.

Die erste Woche sitzt Eli bei den meisten Vorstellungen ganz allein im Saal. Man spielt *Das Lied von Sibirien*. Ein Naturfilm, wo eine Landschaft darauf wartet, dass der Mensch vielleicht einmal wieder von der Erde verschwindet. Wunderbare Wälder, gespenstische Fabriken, verletzte Krieger, Helden. Manchmal spricht Eli mit der Platzanweiserin, einmal hat der Filmvorführer Zeit, ihr die Vorführgeräte, die Projektoren, zu erklären. Er streckt Eli zur Begrüßung die linke Hand entgegen. Ich mache alles mit links, sagt er, der rechte Arm liegt im Donezbecken. Eli verbirgt ihr Ungeschick, verwirft ein Bedauern, denn sie sieht sofort, dass hier ein Zauberer waltet.

In der Woche darauf steht *Romanze in Moll* auf dem Spielplan. Von da an ist der Saal voll. Niemand hat mehr Zeit, und Eli hat ihre plumpe Neugier vergessen. Eli ist hingerissen. Es ist schön, wenn in Sekunden ein Feld voller Sonnenblumen erblüht, aber hier blüht das Menschenleben. Man schaut zwei Stunden zu, was andere Leute träumen. Eli heult wie lang nicht mehr. Sie ist ja auch vorher sonnabends gerne ins Kino gegangen, aber nun hat sie gesehen, wer die Sache in Gang setzt. Eli beschließt: Genau so ein Kulturmensch möchte ich sein. Ich öffne den silbernen Vorhang, ich lasse den Gong ertönen, ich gieße dreimal am Tag über die Köpfe der Zuschauer hinweg das Licht aus, kegelförmig aus meinem Apparat durch das kleine Fenster zur großen Leinwand, dort schaust du in die Welt und den Menschen ins Herz. Sibirien, Birken und die Liebe.

Manchmal auch Krieg. Wie ein Mann, der Sohn, der Bruder, der Liebste, im Krieg verwundet wird, dann aber durch den Beistand der fortschrittlichen Kräfte überlebt. Vielleicht könnte ich lernen, wie ein Projektor funktioniert. Man muss die verschiedenen Spulen und Triebräder auseinandernehmen. Man muss wissen, wie eins ins andere passt und wo die Radlager geölt werden müssen. Es sind lauter feinmechanische Teile. Ich muss säurefreies Öl besorgen, damit die Zahnräder ineinandergreifen, damit die Lager der vielen Spulen sich nicht im Laufe des Betriebs festfressen und dann womöglich während der Vorführung der Film reißt. Filmriss. Das darf niemals geschehen. Berufsehre. Man muss das ganze Umfeld studieren. Geschichtliches und Philosophie. Im Kasten des Vorführers hängt der Spruch. *Das Herz ist ein Hund.*

In der Bibliothek am Sachsenplatz holt sich Eli einen Deutschlandatlas auf den Lesetisch, es ist ein altes Kraft-durch-Freude-Exemplar, man findet darin auf Sonderseiten die Pläne der großen Städte des Reichs. Potsdam liegt bei Berlin und zeigt viel Grün und Blau, also Wald und Wasser. Auch die Parks in Potsdam sind auf dem Atlas grüne Flächen. Helles Grün der Kultur, gegen das dunklere Grün des Waldes. Sanssouci zum Beispiel. Sanssouci heißt *Ohne Sorge.*

Frohgemut trägt Eli den Atlas zurück. Sie lässt sich auch gleich aus der Leserliste streichen. Ich zieh um, erklärt sie. Die Frau hinter dem Tresen setzt einen sauberen Stempel. Ungültig, quer über Namen und Adresse.

Eli geht notwendige Schritte. In der Verwaltung bekommt sie eine Lohnabrechnung und die Aufbaunadel, denn sie hat an Aufbausonntagen geholfen, zwischen Rathaus und Hauptbahnhof einen Erholungspark zu gestalten. Fertig das Ganze. Die Trümmer sind aufgeräumt.

Bei Henn im Büro hängt der Spruch *Wollen befreit, denn Wollen ist Schaffen.*

Henn nimmt Elis Stiefel entgegen. Die Filzstiefel sind Eigentum des Botanischen Gartens. Eli macht ein entschlossenes Gesicht.

Wenn es nicht klappt, kommst du wieder.

Bloß nicht heulen. Eli stiert vor lauter Rührung auf den anderen Spruch, der in getuschter Kunstschrift über dem Rollschrank hängt.

Jeder geschlossene Pflanzenbestand hat zu Charakterarten diejenigen, welche den Teppich der Pflanzendecke in ihrer Geselligkeit an erster Stelle wirken und in welche die Übrigen als beigemischte Nebenarten eingestreut sind.

Henn folgt ihren Augen.

Der Spruch ist vielleicht blöd, aber er ist von Drude, und Drude war mal mein Chef hier im Botanischen Garten, und nun verschwinde.

Henn in seiner blauen Latzhose, Stoppelgesicht, wendet sich ab, er zieht einen Damenstrumpf über Schädel, Nase und Kinn, unter der Maske ist er schon wieder ein anderer, nicht Henn, der Schweigsame, nicht der Mann der schönen Rede, er ist der mit den giftigen Nebelstreifen, der die Glashäuser mit DDT ausräuchert, Henn, der Läusekrieger.

Eli geht. Ein bisschen Verrat und Selbstbetrug steckt in jedem Abschied.

Großvater Anton sagt: Hast du es nicht gut genug, jetzt in Leistungslohn und in deiner Selbständigkeit. Vielleicht kommst du in ein paar Jahren ins Büro. Oder aus dem Freigelände ins Glashaus, im Winter ein Dach über dem Kopf, was willst du mehr. Und überhaupt jetzt, wo du ein Fahrrad hast.

Das nehme ich mit, sagt Eli.

Und von was willst du leben?

Wie die anderen Studenten vom Stipendium.

Das sind die Standpunkte. Sorgen und Zukunftsangst. Über

zehn Jahre Nachkriegszeit. So ein langes neues Leben. Meist hält ein Frieden um die zwanzig Jahre. Man kann nur hoffen, dass es nicht vorher zum Krieg kommt. Oder zu einer Inflation. Die Enkelin hat zweihundertfünfzig in der Zigarrenkiste. Das Geld soll sie sich halten, damit sie von ihrer Seite was hat in der Zukunft, die man nicht kennt. Der Mittlere von Dubberts scheint kein schlechter Kerl zu sein. Der ist bei der Straßenbahn untergekommen. Eine häuslich stille Natur. Aber Eli macht überhaupt keine Miene. Man kann das Gute nicht zwingen. Der Mensch ist ein Rätsel. Anton braucht nur an seine Wandergefährtin Alice zu denken, die plötzlich nach Westfalen zur Schwester getürmt ist. Und nun Eli. Jetzt muss der Großvater herausfinden, was das ist, ein Stipendium, Mehrzahl: Stipendien. Finanzielle Unterstützung für Studierende und junge Wissenschaftler, so steht es im Fremdwörterbuch.

Ein paar Tage später, kurz vor dem Schlafengehen, also nach den Nachrichten aus dem Radio, zeigt der Großvater, wie gescheit er ist und wie er die Welt kennt. In gewitztem, etwas hämischem Ton fragt er die hinter einem Buch versteckte Enkelin direkt auf den Kopf zu: Auf wie viel soll sich denn das Stipendium belaufen?

Eli behält ihre Nase im Buch. Der Großvater nickt. Stipendium, das hört sich schon an wie Watte oder wie ein leerer Klingelbeutel. Eli blättert endlich die Seite um. Einhundertachtzig Mark, murmelt sie.

Hundertachtzig, das verdreht dem Großvater das Widerwort, das er schon auf der Zunge fertig hatte. Statt Klingelbeutel sagt er Donnerwetter. Er rechnet im Kopf. Das sind 150 Schachteln Turf. Oder jeden Tag eine Wurst mit Senf plus Semmel. Monatlich tausendmal mit der Straßenbahn Weinböhla bis Niedersedlitz und zurück und was nicht alles. Da könnte sogar noch was übrigbleiben für die Zigarrenkiste.

Bei diesem und dem nächsten Gedanken zündet er sich eine

Zigarette an. Er bläst den Rauch aus dem Mundwinkel, wie er es immer macht, wenn er immer noch den Teufel riecht. Sind unter den anderen Studenten auch Männer?

Kann sein, sagt Eli. Dann schlägt sie das Buch mit einem lauten Knall zu. Ja, sagt Eli, alles Männer. Und alles geborene Künstler.

Ein Schweigen erfüllt die Wohnküche bis über den Herd mit den blank geputzten Feuerringen, wo der Kessel mit dem Waschwasser steht, denn heute ist Sonnabend, Elis Bade- und Schuhputztag, das Schweigen hängt in der cremefarbenen Gardine, es senkt sich auf die gepolsterte Kochkiste und auf die nussfarbenen Plüschsessel. Und weil der Großvater sich von seinem Platz auf dem Sofa nicht mehr meldet, sagt Eli: Ich bin die einzige Frau und keine Künstlerin und will auch keine werden, weil ich keine werden kann, denn dann müsste ich mich berufen fühlen. Aber ich fühle mich nicht berufen.

Das will ich hoffen, brummt der Großvater.

Eli lässt den Wecker eine Weile friedlich ticken, dann soll es der Großvater hören.

Sie nehmen mich allerdings trotzdem. Ohne Berufung.

Der Großvater bläst den Qualm am linken Ohr vorbei. Schräger geht es nicht. Sein linker Mundwinkel hängt verdrossen. Er will nicht verstehen, was sich jetzt ändern soll und warum. Er möchte mit der Faust auf den Tisch hauen. Entsprechend grollt seine Stimme. Was ist denn das für ein Verein. Lumperei. Warum denn so was, warum fangen die ausgerechnet so einen Hänfling wie dich.

Eben darum. Weil ich Arbeiterin bin. Sagt Eli. Sie nehmen im Ganzen nur vier Studenten, und ich bin die 25 Prozent Arbeiterklasse, die anderen drei sind Männer und bürgerliche Elemente, zwei machen Gedichte, und einer schreibt Humorartikel für die Sonntagszeitung.

Eli ohne Berufung, aber mit Voraussetzungen. Um den

Großvater mürbe zu machen und außerdem zu beruhigen, um ihm zu beweisen, das der Nachkrieg vorbei ist und die Züge längst wieder nach Fahrplan fahren und sie keine Lust mehr hat, sonnabends in der Zinkwanne zu baden und den Großvater durch die Wand schnarchen zu hören und zu warten, bis er fertig ist auf dem Abort, um sich die persönlichen Argumente zu sparen, setzt sie ihren Großvater und Vormund Anton Reich von dem Schreiben der Aufnahmekommission in Kenntnis. Kapitel Rüstzeug eines Studenten der Hochschule für Kinematographie. Hör mal her, was die schreiben.

Die Künstlerphantasie, heißt es, wirkt nach denselben Gesetzen wie die Natur. Das Lebensgesetz der Natur ist wie das Gesetz der Kunst die Metamorphose. Eli zeigt dem Großvater die Stelle. Hier steht es ganz deutlich: Sie haben uns mit Ihren Ausführungen zur Metamorphose der Pflanzen überzeugt.

Es gilt nunmehr, dass Sie den positiven Geist der Natur als Phantasiewerk schaffen oder wenigstens als zweite leibhaftige Natur in der Naturwelt erkennen. Denn: Es ist die Phantasie, welche die Metamorphose, die sich in der Natur zeigt, zum zweiten Mal in der Natur leibhaftig erkennt. Die Phantasie bringt, nach denselben Gesetzen wie die Natur, das Gleiche in anderen geselligen Verhältnissen zur sinnlichen Anschauung.

Der Großvater greift, um die Argumente zu verdauen, noch einmal, und damit eigentlich über das Abendmaß, zur Zigarettenschachtel. Eli tönt wie vom Katheder. In dieser vergleichenden sinnlichen Anschauung ist der Geist in der Lage zu erkennen, dass die Phantasie nicht willkürlich und spielend, sondern wie die Pflanze in der Sphäre des von der Idee beigebrachten Begriffs der Form aus sich heraustreten kann.

Anton lässt von der neuen Zigarette den Rauch aufsteigen. Er sitzt gerade und behält die Übersicht.

Von der Pflanze weißt du ja jetzt schon allerhand, sagt er. Aber wie das werden wird mit dem Heraustreten, da musst du die Augen aufmachen und abwarten. Die Pflanze steckt mit ihren Wurzeln doch eigentlich recht fest.

Ich glaube, sagt Eli, das meinen die gar nicht so genau, viel wichtiger ist das Vergleichen und Sinnen. Darauf kommt es an.

Und, fügt Anton hinzu, dass du es dort nicht frühmorgens verpennst.

Eli hat sich neben den Großvater auf das Sofa gesetzt. Sie ist froh, dass er wieder auf seine normal schräge Art mit ihr spricht. Sie liest das Ganze noch einmal laut, es klingt immer noch wie Papier. Aber den Schluss kann jeder verstehen.

Wir erwarten Sie, liebe Jugendfreundin Rafaela Reich, am 15. September 10 Uhr in der Mensa. Der Ernteeinsatz erfolgt im Kreis Ketzin in der Genossenschaft Aufbau.

SVK-Buch, Arbeitsbuch, Abmeldung beim Betrieb und polizeiliche Ummeldung sind beim Prorektor vorzulegen. Die feierliche Immatrikulation findet am 7. Oktober statt.

Pflichtlektüre: Schiller, Friedrich von. Alle Dramen und Schauspiele.

Ich sehe schwarz, sagt der Großvater.

Vielleicht kann ich dann in einer Bibliothek arbeiten, oder ich werde Chef in einem Kino, Schauburgchefin oder sogar Filmvorführerin, dann lasse ich dich für umsonst in die Vorstellung rein.

Du wirst dich umgucken. Antons Rückfall. Es passt ihm gar nicht, dass Eli fortgehen will. In der Nacht nimmt er sich noch einmal das Fremdwörterbuch aus dem Vertiko. Umgestaltung, Verwandlung, so liest er als Erklärung. Zum Beispiel in den griechischen Sagen Verwandlung von Menschen in Tiere, Pflanzen und Steine, wenn aus einem Mädchen eine Myrte wird oder aus einem Kerl ein Bär, das ist eine Metamorphose. Er holt sich den an Rafaela Reich adressierten Brief unter das Licht. Metamorphose. Er wird nicht schlau daraus, wie sie seine Enkelin, mit der er bis jetzt im Ganzen gesehen keine Not gehabt hat, nun umgestalten wollen, warum und in was. Und sie hat es noch selber gewollt. Sie will sich verwandeln lassen. Er, Anton Reich, hatte Eli ein halbes Jahr nach der Bombennacht im Kinderheim wiedergefunden, da war sie ein kleiner kranker Wurm, konnte kaum auf eigenen Beinen gehen, hat im Sommer gefroren und ist am hellen Tag am Bordstein umgefallen und eingeschlafen. Ein Arzt hatte Kreislaufstörung, Rückgratverkrümmung, Mangelernährung und Sehschwäche festgestellt, da hatte er, Anton, als Schieber alter Schule mit Vorkenntnissen aus der Rotfrontkämpfer-Zeit, einen Schrebergarten ergaunert. Er hatte den Garten einem gutgenährten, über die Zeiten fröhlichen Nazi abgenommen. Kamerad, wenn du den Garten nicht mehr brauchen würdest, könnte ich deinen Einsatz in Polen mit Sonderaufgaben ganz leicht vergessen. In diesem Stil. Es war ausgeruhte Erde, fruchtbar. Eimerweise Erdbeeren, Kirschen, grüne Bohnen. Damit hatte er die schwächliche Raupe auf die Beine gebracht. Er hätte es wissen müssen, einer Raupe wachsen eines Tages Stachel oder Flügel oder gar beides.

Sie hat sich heimlich zur Schulung beworben. Er hatte sich bis jetzt keine Gedanken gemacht, wenn sie mal drei Tage unterwegs war. Entweder zu Fuß oder mit Fahrrad. Entweder in die Sächsische Schweiz oder Richtung Erzgebirge. In Dittersbach im früheren *Gasthaus Schöne Höhe* hatte der Lehrbetrieb ein Erholungsheim. Dort ist sie mal als beste Brigade eine ganze Woche gewesen. Zur Kirschenzeit haben die jungen Leute, fünf Mädchen, zwei Jungen, sieben Tage wie die Stare gelebt. Die frühere Wirtin aus dem Gasthaus, die noch dort wohnt, hatte aufgepasst und nach dem Rechten gesehen. Nie sind Klagen gekommen. Und nun. Ein Brief von einer Kommission, die von Metamorphose spricht.

Eli war an einem Frühlingstag heimlich über Elsterwerda in den Ostsektor von Berlin gefahren. Sie hatte sich durchgefragt. Sie musste umsteigen, wechseln zwischen Bus und Bahn und West und Ost, dann durch viel Wald, der zum Westen gehört, in einer langen S-Bahn-Tour bis zur ersten Oststation, eine nach Wannsee, da musst du raus.

Dort tagte die Kommission.

Nun erzählen Sie uns mal, junge Dame, warum Sie hier sind?

Erstens, hatte Eli gesagt, die schöne Gegend, die vielen königlichen Gärten, das Wasser und der Wald. Und zweitens ist es nicht weit nach Berlin, in den demokratischen Sektor, hatte sie höflich hinzugefügt, dort gibt es viele Möglichkeiten, ins Theater zu gehen. Es gibt Bibliotheken und Galerien. Man kann lesen, sitzt im Winter in der Stube, braucht keine Filzstiefel mehr und hat nie kalte Füße.

Die fünf Kommissionsmitglieder hatten sich untereinander angesehen, gelächelt und Fragen um Fragen gestellt, Häkchen und Striche auf ihren Papieren gemacht und oft gestritten. Sie ist unverdorben, hatte ein junger Bärtiger, einer der Wohlmeinenden, gesagt. Dagegen die Bedenken einer rundlich glatt gekämmten Frau. Was hat sie im Kern zum Naturalismus hervorgebracht? Hat sie überhaupt eine einzige Frage beantwortet? Der mit dem kleinen roten Bart wollte die Anmerkung seiner Kollegin nicht gelten lassen. Sie ist unerschrocken in ihrem Weltbild. Sie kommt aus Sachsen. Eine autonome Erscheinung. Eli hatte auf die Frage nach der Bedeutung von Fichte und Schelling für die deutsche Philosophie gesagt: Johann Gottlieb Fichte und Friedrich Wilhelm Joseph Schelling hatte in unserer Leihbücherei grade jemand geklaut.

Wo man reinsticht, alles hohl. So hatte die Zwischenbilanz des Vorsitzenden ausgesehen. Mit breitem verdrießlichem Professorenangesicht und zu Berge stehendem weißem Haar. Er war an der Reihe, er führte die Befragung weiter: Daran erkenne ich meine Pappenheimer, wer sagt das, wann und in welchem Stück, und wer hat das Stück geschrieben. Kann es sein, dass Sie *Wallenstein* nicht kennen? Was haben Sie überhaupt von Schiller gelesen? Nennen Sie wenigstens ein Stück von ihm. Nach ungemütlichem Schweigen fügte er gequält leise, inständig bittend hinzu: Und sei es das mit dem Apfelschuss.

Tell, hatte Eli gerufen, der Tell-Apfel ist ein sehr feines Schokoladenerzeugnis von VEB Elbflorenz, und *Wilhelm Tell* ist außerdem ein Theaterstück von Friedrich Schiller. Sie wollte nun den Dresdner Tell-Apfel beschreiben, rotes Stanniol, Stiel und Blätter aus Draht und Wachspapier. Schokoladenspalten, die beim Aufklopfen auseinanderfallen. Der Vorsitzende sagte: Stopp.

Darauf waren die Wohlmeinenden wieder an der Reihe. *Wilhelm Meister*. Mignon. Kennst du das Land, wo die Zitronen blühn.

Eli faltete die Hände und erzählte von ihren Setzlingen, den Zitronen, die sie am Ufer der Elbe auf Anordnung des Obergärtners auspflanzen sollte, beschwor den Konflikt, das große gesellschaftliche Anliegen: Ansiedlung der Zitrone im Elbtal und ihre Einsichten und Erfahrungen mit dem bevorstehenden Winter in dieser Region, die eiskalten Füße, die erfrorenen Finger. Der Bärtige hörte verständnisvoll zu. Die anderen Wohlmeinenden warteten auf den Kern der Geschichte. Der Vorsitzende sagte: Recht gut, aber keine Lösung. Eli hätte erzählen können, dass besagte Zitronen auf Dresdner Fensterbrettern und in der Orangerie des Botanischen Gartens eine Rettung gefunden hatten. Sie schwieg. Der Vorsitzende stellte die nächste Frage, es war die nach der Metamorphose in der Natur.

Das brachte Punkte und verwies auf die Herkunft: echt Arbeiter. Sehr gut für die Prozente. Grünes Licht für das Experiment Rafaela Reich.

Der Rotbärtige, Schüler von Ernst Bloch, Hans Mayer und Georg Lukács, musste als Assistent des Vorsitzenden der Kommission die Bestätigungen schreiben. An Siegfried Müller, Ludwig Zweig, Felix Wagner, Rafaela Reich. Betrifft: Einladung zum Studium. Seine Unterschrift Dr. Erwin Schubert. Weil er weder Termine in der Fachrichtung noch gute Ausreden hatte, wurde er gleich auch zur Leitung des Ernteeinsatzes verpflichtet. Er sollte die Kultur auf dem Dorf und die gestaffelte Anreise der Studienjahre organisieren.

Ludwig Zweig hatte sich krankgemeldet. Felix Wagner musste einen Humorartikel schreiben, und Siegfried Müller sollte in diesen Tagen Vater werden.

Rafaela Reich sitzt allein in Raum 37. Sie hat ihre Papiere im Sekretariat des Prorektors bei Frau Gieram abgegeben, den Koffer, wie angesagt, in der Fechthalle abgestellt. Zu Füßen der Rucksack, darin die blaue Latzhose und die blaue Jacke, die letzte Zuteilung auf Arbeitsbuch für Garten- und Feldarbeiter. Im Kopf schwarzweiße Gedanken. So sieht ein Anfang aus, und jetzt kann ich wahrscheinlich nicht mehr zurück.

Weil die anderen Neuen nicht gekommen sind, wird alles ein bisschen anders. Keine Sonderfahrt mit Begleitung. Man erklärt ihr, am Platz der Einheit gebe es einen Linienbus nach Ketzin. Der Kartoffelacker sei gewiss nicht zu übersehen.

Die älteren Jahrgänge, sämtliche Fachrichtungen, seien schon seit einer Woche in Aktion. Am Tage Ernte, am Abend Kultur.

Das Wetter stimmt für die frühen Winterkartoffeln. Die Nächte sind kühl, die Mittage heiß, trocken, staubig. Die Kartoffelschleuder zieht eine kilometerlange Strecke, wirft in breiter Front die Furchen auf, unter der Staubfahne liegen frei und buttergelb die Kartoffeln. Das dürre Kraut bleibt rechts, links neben der Maschine liegen. Stille. Die Erde atmet, als sei sie fertig wie einst, aber das täuscht. Jetzt werden alle Hände gebraucht.

Die Studenten helfen bei der Einbringung der Hackfruchternte.

Am Feldrand, wo die Taschen und Beutel der anderen liegen, hat Eli die blauen Sachen angezogen und einen leeren Korb genommen. Dort bleibt ihr Rucksack. Über den Acker verteilt, in gesellig bunten Haufen, lauter Studenten, alle im zweiten und dritten Studienjahr. Rufe und Meinungen fliegen hin und her. Manchmal fliegen Kartoffeln. Oft gibt es etwas zu lachen. Eli zieht näher. Da wird ein Lied vorgetragen oder ein Gedicht, in geschulter Art, halb gesprochen, halb gesungen. Rezitativ. Mackie und ich, wir lebten wie die Tauben. Eli hört heraus, dass es ein Text von Bertolt Brecht ist. Aus seiner *Dreigroschenoper*. Eli spitzt die Ohren. Kurt Weill. Paul Dessau. Hanns Eisler. Lauter Komponisten. Weiter im Text. Eli versteht Schiff und Kanonen und Hoppla, das Lied – der Song, sagen sie – stammt wohl gleichfalls aus der *Dreigroschenoper*. Das Stück wird im Berliner Ensemble probiert. Das ist es, was Eli gemeint hat. Der Grund Nummer eins und zwei, deshalb ist sie hier, weil sie ins Theater gehen will. Sie wird sich die Haare abschneiden lassen. Nicht nur die Studenten, auch einige Studentinnen haben einen Brecht-Schnitt. Brecht hatte eine Cäsar-Frisur. Cäsar- oder Brecht-Schnitt, jedenfalls will Eli so schlau aussehen wie die mit den dunklen, in die Stirn gekämmten Fransen, Eli hatte die Frisur schon an der rundlichen Kommissionsfrau gesehen. Damals noch aus der Distanz, eher kritisch. Jetzt ist sich Eli sicher. Sie hatte zu Hause auf Anweisung der Aufnahmekommission wochenlang Schillers Dramen gelesen. Nun würde sie gern etwas von Bert Brecht im Kopfe haben. Wenn man Bert Brecht nicht kennt, kann man hier auf dem Kartoffelacker niemanden verstehen. Wehe dem Land, das keine Helden hat. Wehe dem Land, das Helden nötig hat. Aber wie sehen neue Helden überhaupt aus? Oder Mütter. Wer ein Kind geboren hat, ist noch längst keine Mutter. Das Amt muss man sich, wie all und jedes, erst einmal verdienen. Am besten können das Frauen, die nichts haben und nichts sind. Die Besitzlosen erweisen sich meist als die besseren Mütter. Zum Beispiel Grusche im *Kaukasischen Kreidekreis*. Über solche Sachen streitet man auf dem Feld, und das ist immer auch gleich der Witz, man nennt Namen und Titel und mimt den Richter Azdak. Schwester, verhülle dein Haupt, Bruder, hole dein Messer, die Zeit ist ganz aus den Fugen.

Eli bewundert die Debatten, die sprechenden Hände, Tanzschritte, ein Reigen, wie sie abheben von der Erde und den herumliegenden Kartoffeln, wie sie mit gespanntem Rücken frei über dem Acker schweben. Götterkinder oder glückliche Marionetten, die von unsichtbaren Haltefäden gehoben und geleitet werden. Und wenn ihre Füße vorübergehend einen Standpunkt finden, bücken sie sich immer noch nicht. Sie singen oder reden. Das sind die Schauspielstudenten. Angelica Domröse, die grade noch in einem Berliner Betrieb Lehrling war und nun schon in *Verwirrung der Liebe* eine Hauptrolle gespielt hat. Eli hatte den Film vor kurzem als Dauerbesucher in der *Schauburg* gesehen, die Premiere in Anwesenheit des Regisseurs. Gleich wird ein Produktionsauto kommen, um die Domröse abzuholen. Obwohl sie erst vor einem Jahr mit dem richtigen Schauspielstudium angefangen hat, ist sie schon wieder für einen neuen Film engagiert. Eli hat ihren vollen Kartoffelkorb an der redseligen Gruppe vorbeigeschleppt und hat gesehen, dass sie es wirklich ist. Die Domröse. Wie im Kino.

Am Hänger trifft sie den bubenhaften rotbärtigen Assistenten. Cordanzug, schwarzes Hemd. Als sei er in einem Sprung vom sauberen Konferenztisch der Aufnahmekommission hier auf dem Acker gelandet. Eli grüßt. Er guckt verwundert. Habe ich Sie auf der Liste?

Er blättert, sucht die Jahrgänge, die Fachrichtungen, entschuldigt, unentschuldigt. Vom ersten Studienjahr ist noch niemand gekommen. Der Assistent notiert ihren Namen. Er erinnert sich, Rafaela, die Citruspflanze aus Sachsen. Feierabend für Rafaela.

Sie darf erst mal Schluss machen, um ihren Rucksack ins Gasthaus zu tragen, um sich im Tanzsaal eine Luftmatratze zu suchen, Decken, ein Handtuch. Der Assistent erklärt den Weg. Eli schaut ihm nicht in die Augen, sie betrachtet den Bart, keine Butterbürste mehr, aber längst noch kein Knebel, fuchsrot.

Sie müssen nur die Chaussee immer geradeaus gehen, sagt er. Hinter dem Ortsschild, das erste Haus.

Er begleitet, kommt mit bis zum Rain, schräg durch die brandenburgische Natur, schräg über den Acker, wo der Rucksack steht. Schreitet weit aus, tritt nur mit den Fußspitzen auf, als wäre noch etwas zu retten vom Glanz der schwarzen Halbschuhe. Wahrscheinlich hat er Sand zwischen den Zehen. Spitze Steinchen im Fußbett. Zwei wund geriebene Fersen. Blasen. Eli hält sich an seiner Seite, ganz nahe, fast auf Tuchfühlung mit dem brauen Cord, sie kann die Augen nicht losreißen. Ein roter Klecks am linken Ärmel, Tinte oder Lippenstift, am Revers gelbliches Ei.

Dann seine himmelschreiende Einfalt angesichts des Schwarms schwarzer Vögel.

So viele Amseln, sagt er.

Das sind wohl keine Amseln, die sind kleiner und die treiben sich nicht auf Feldern herum.

So viele Raben, sagt er.

Soll Eli schweigen oder schnell irgendetwas Freundliches über die Anreise sagen oder über das kommende Studium, über ihre Erfahrungen beim Lesen der Schauspiele und Dramen von Friedrich von Schiller, das man ihr, wie er sich hoffentlich erinnern wird, zur Pflicht gemacht hatte, eine Frage vielleicht, warum man einen Unterschied macht, Schauspiele und Dramen, doch Eli kann so viel Irrglauben nicht auf den schwarzen Vögeln sitzenlassen, wie sie nun in eigenwilliger Formation den Acker einnehmen, die Vögel hüpfen, als wären sie auf einem Bein lahm, aber das täuscht, das ist der gesunde Laufstil der Saatkrähe, das Hinkebein.

Das sind keine Raben, das sind Saatkrähen, sagt Eli, man kann es am Schnabelgrund deutlich erkennen, der ist bei der Saatkrähe weiß und rau wie Grind. Der Rabe ist sehr selten geworden im flachen Land, und er kommt nicht in Scharen dahergeflogen, denn der Rabe liebt die Einsamkeit.

Soll sie ihm dazu noch erklären, dass der Rabe ein Göttervogel ist? Man kennt ihn, schwarz und schlau, als Begleiter auf der Schulter des Gottes Wotan.

Aber das weiß der kluge Assistent schon selbst aus der einschlägigen Literatur. Der Rabe gilt bei vielen Völkern als Vogel der Weisheit. Der Rabe kann sagen, wo es künftig langgehen wird. Das wissen unsere gemeinen Saatkrähen leider nicht.

Eli wandert in Richtung Dorf.

Der Assistent Erwin Schubert hat ein schweres Amt auf sich nehmen müssen. Während er am Hänger auf den Fortgang der Ernte wartet, beobachtet er, von der neuen Studentin angestiftet, die Vögel. Jetzt hat sich eine Schar zierlich brauner Flatterwesen zwischen die Saatkrähen gemischt.

Vielleicht Spatzen, vielleicht Sperlinge. Eli könnte ihm erklären, dass man höchstens zwischen Haus- und Feldsperling unterscheidet. Spatz und Sperling, das ist nur ein anderer Name. Der Assistent Schubert macht sich Sorgen. Er hätte die Sächsin nicht so allein ins Dorf schicken dürfen. Und während er noch seine Pflichten bedenkt, setzt sich so ein brauner Vogel auf seine Schulter. Schubert versucht, still zu sein, die Luft anzuhalten, die Wandlung geschieht in einem Augenblick, wo er kein bisschen glücksgewärtig ist, der Acker wird zur Landschaft, die Sorgen werden perfekt, er hat an so viel Natur eigentlich gar nichts auszusetzen, an kleinen braunen Vögeln. Jetzt fliegt der Schwarm. Jetzt macht Schubert auf dem Absatz eine einvernehmliche Pirouette.

Der LPG-Traktor poltert mit dem nächsten leeren Hänger, von der Chaussee kommend, über die Zufahrtsspur zum Sammelplatz, auch dieser Hänger müsste heute noch beladen werden. Menschen sind genug auf dem Feld und Kartoffeln auch.

Eli dreht sich nicht mehr um, sie lässt den Assistenten, die Tänzer, die Sänger, die Disputanten, die Gruppen- und Einzelmeinungen hinter sich. Sie hört ferne Stimmen, das Lachen. Hoppla, immer wenn der Kopf fällt im Lied von den fünfzig Kanonen. Hoppla.

Auf der anderen Seite der Chaussee zieht sich ein Maisfeld, es reicht bis zum Horizont, im Frühjahr bestellt und nun vergessen, so sieht es aus, ein verlassenes Feld. Der Sämann ist fortgegangen, dienstfertige Natur hat die Angelegenheit übernommen, die Dürre, den Bruch, die Bräune, bis zum Himmelsstrich herbstliche Hinfälligkeit. Rotwild, Damwild, vielleicht auch Wildschweine haben einen Weg über den Straßenrain durch das hohe braune Kraut getreten. Einen Schleichweg oder einen Fluchtweg. Einen Weg zurück. Für Eli eine letzte Möglichkeit. Denk dir hinter dem Horizont einen Kiefernwald und dann einen Berg. Wenn du es mit Entschlossenheit willst, ist es der Wilder-Mann-Berg, die Vorstadtstraße, der Schrebergarten, in Himmelsferne ein goldener Engel über einer Kuppel aus Glas, die Silhouette der Stadt, ein Sprung über die Elbe. Die Mitte, das ist der Schornstein vom Kesselhaus. Steinkohle, ein kleiner herbeigekarrter Vorrat. Die Orangerie. Zitronenblüten. Wo du hergekommen bist, wo du hingehörst.

Jede Woche schreibt Eli an den Großvater einen Brief. Sie schreibt, wie sie sich eingelebt hat, berichtet von Vorlesungen und Seminaren, wie man eine Analyse macht. Man nimmt den Film auseinander. Handlung, Dialoge usw. Eine Einstellung ist die kleinste Zelle. Dialog und Bild sind zu einer Einheit verschmolzen. Manchmal schlafe ich in der Vorführung Geschichte des deutschen Stummfilms ein. Obwohl ich nicht müde bin. Es ist, weil die kunstvollen Sachen so lang sind. Du kannst Dir nicht vorstellen wie, zwei Stunden oder mehr.

Eli berichtet dem Großvater, dass die beiden Mädchen, mit denen sie sich das Zimmer teilt, Anke und Sandra heißen. Die beiden sind schon im vierten Studienjahr und damit kaum noch in ihren Betten, weil sie auswärts den praktischen Teil der Diplomarbeiten ableisten müssen. Unser Mädchenwohnheim heißt Tauber-Villa, weil der berühmte Sänger Richard Tauber, von dem du auf Platte das *Wolgalied* hast, vor dem Krieg für ein paar Jahre hier gewohnt hat. An den Steckdosen für Nachttischlampen und an den Perlenschnüren an der Deckenlampe, auch an der blauen Engelstapete sieht man, dass unsere Bude mal sein Schlafzimmer war.

Lieber Großvater, hattest Du nicht früher eine Lederjacke. Ich glaube, ja. Kannst Du mal in der Bodenkammer suchen? Im Schrank unten, wo auch Emmas Rolltücher liegen? Ich glaube, die würde mir passen. Die Jacke darf ruhig reichlich sein und nicht mehr wie neu. Von Deinem Geld habe ich ein Buch gekauft. Die *Kriegsfibel.* Aus dem Verlag für Satire und Humor, Eulenspiegel. Einer auf dem Umschlagfoto mit den gefangenen Soldaten sieht wie Papa aus. Es sind Papas Augen und sein Kinn und der Mund. Es ist Winter. Bestimmt ist es Stalingrad. Er hat Lappen um den Kopf gebunden und schleppt immer noch einen Mantel. Vielleicht ist er doch durchgekommen und lebt? Der Dichter Bertolt Brecht hat zu den Fotos auf jeder Seite ein kleines Gedicht geschrieben. Man behält die Zeilen im Kopf: *Such nicht mehr, Frau: du wirst sie nicht mehr finden! Doch auch das Schicksal, Frau, beschuldige nicht! Die dunklen Mächte, Frau, die dich da schinden, sie haben Name, Anschrift und Gesicht.*

Auf dem Foto neben dem Gedicht sieht man ausgebrannte Häuser und Mauerreste, wie damals in der Altenzeller Straße, wo unsere Wohnung war. Wir beide sind später nach dem Angriff noch einmal hingelaufen, quer durch die Trümmer. So ein Bild ist es. Kalte Steine. Wir wussten damals nicht, wonach wir suchen sollten, Du hast gesagt: Vielleicht finden wir irgendwas. Die goldene Brezel von der Bäckerei an der Ecke baumelte am Ast der verkohlten Linde. Zu hoch, sonst hätte sie schon einer mitgenommen. Von dort war die Tellermine, aus der Du im Trafo-Werk einen Fuß für den Christbaum geschweißt hast.

Denke nicht, dass ich wieder Geld für ein Buch rausgeschmissen habe. Brecht ist Pflicht.

Lieber Anton!

Ich bin von den schöpferischen Aufgaben befreit, weil ich nicht kreativ bin. Das heißt, ich muss den positiven Geist der Natur nicht als Phantasiewerk schaffen, ich muss den positiven Geist nur als zweite leibhaftige Natur in den Werken der Künstler erkennen. So steht es im Aufnahmebrief und nun auch im Leistungsprotokoll.

Felix Wagner schreibt Satiren für Zeitungen, außerdem, wie er mir verraten hat, Werbesprüche für eine westliche Geldschrankfabrik. Ede, es ist ein ADE, nicht zu knacken, schade. Dafür hat er den Deutschen Preis für Text und Gestaltung gewonnen. Felix kommt nur montags bei uns vorbei. Die Facharbeiten schreibt er im Interzonenzug zwischen Wien und Berlin. Felix kennt keine Geldsorgen, weder in Wien noch hier. Hier verdient er bei VEB Waschmittelwerke Genthin, er schreibt über WOK und Fewa. Er fragt, ob ich einen Auftrag will, er meint, mir fällt bestimmt was ein. Wollen ist Schaffen oder umgekehrt. So sagt er. Er ist älter als der Seminarassistent. Er könnte unser Vater sein. Für das Hauptfach schreibt er lange Geschichten mit genauen Personenbeschreibungen und Dialogen. Ich finde seine Geschichten wunderbar. Unserem Assistenten, Dr. Schubert, gefallen sie wahrscheinlich nicht. Er sagt, man muss sehen. Und schweigt dann ausführlich.

Ludwig Zweig schreibt ebenfalls ausgezeichnet. Er kann, zur Freude von Schubert, verfremden, denn er beherrscht den V-Effekt. Überzeugend, wie in Ihrer Geschichte die Dialektik grinst, sagt Schubert. Ludwig kommt aus der Hauptstadt Berlin, seine Mutter arbeitet als Objektleiterin in einem Lampengeschäft. Studieren oder trainieren, das war für Ludwig die große Frage. Er ist sehr gut auf der langen Strecke. Union Berlin wollte ihn als Läufer, wenigstens für die Mittelstrecke, haben. Er hat einen langen Atem. Schon als Kind hat er dicke Hefte voll Geschichten geschrieben. Viele Seiten, von oben bis unten gereimt. Es ist gut, dass er sich nicht für die Leichtathletik entschieden hat, sondern für die Kunst. Ludwig ist ein Gewinn für unsere Seminargruppe. Oft muss ich über seine Einfälle lachen.

Siegfried Müller kann alles. Er liest und lernt mehr als jeder andere, baut für seine Geschichten eine tragfähige Fabel mit einer Exposition, spannt in der Mitte, knüpft einige Knoten und kommt dann zu diesem oder jenem, meist tragischen Schluss.

Leicht sein ist schwer, kommentiert Schubert. Und wiederholt: Man muss Hegel lesen, um Ernst Bloch zu verstehen.

Wir stürzen in die Bibliothek, um uns Hegel zu holen, zuerst die Ästhetischen Schriften, nach und nach das Weitere. Wenn ich etwas Geld habe, will ich mir von Ernst Bloch *Subjekt-Objekt* kaufen.

Siegfried kommt aus Neuruppin, man kennt ihn deswegen in der Mensaküche. Die Neuruppiner essen keinen Blumenkohl, und es gibt oft Blumenkohl. Ich esse Blumenkohl mit Kartoffeln sehr gerne. Siegfried sagt: Blumenkohl riecht wie Neuruppin. Es ist der Geruch der Rieselfelder rings um die Stadt, der Nebel, die Kohlweißlinge, Raupen, das alles. Jetzt wohnt er mit seiner Frau und dem Kind im Neubau östlich der neuen Stalinallee, also genau in der Mitte. Er hat Ludwig Zweig und mich neulich eingeladen. Seine Frau war noch auf Arbeit und der Kleine noch in der Krippe. Siegfried hatte für jeden zwei Pfannkuchen gekauft, dann haben wir an einem Rauchtisch gesessen und Wodka gekippt, Siegfrieds Schreibtisch müsstest Du sehen, er ist riesig und aus dunklem Palisander, er sagt: Die Möbel hat er vom An- und Verkauf, auch ein Leninkopf auf dem Schreibtisch kommt aus dem An- und Verkauf-Geschäft. Bücher, mindestens einen Meter Marx-Engels, alles Sachen von einem Republikflüchtling.

Aber Siegfrieds REMA Trabant ist das Neueste, ein Radio wie ein kleiner Koffer. Ein Kofferradio. An der Stelle, wo der RIAS sendet, kleckst auf der Radioskala ein Punkt wie ein schwarzer Fliegenschiss. Es ist Ölfarbe. So hat Siegfried den Sender gekennzeichnet, damit ihm nicht das Gleiche passiert wie uns. Wir wissen ja nie, ob die Musik, die wir hören, von drüben kommt. Oder das Wort. Siegfried jedoch lebt in Sicherheit, er richtet sich nach dem schwarzen Klecks, er kennt die Stelle, er dreht schnell drüber hin, sogar im Finstern, weil der Klecks wie für Blinde mit den Fingern fühlbar ist. So vermeidet er Mozart vom Sender Freies Europa und kommt auch in dunkler Nacht nicht in Versuchung, einem geschickt gesponnenen Kommentar aus Köln zu lauschen. Er gibt uns diesen Tipp mit dem Ölfarbenklecks. Er verzeiht uns die Ausflüchte, die wir haben. Ludwig meint, seine Farbe verwische auf seiner Skala. Ich habe leider kein Radio. Siegfried hat Geduld mit uns, mit Ludwig und mit mir. Er runzelt die Stirn, schaut aus guten blauen Augen, lächelt milde und erklärt uns die Sache noch einmal von vorn. Mir hat er schon ein paarmal erklärt, wie das ist mit dem Helden. Es gibt negative Helden, vor allem aber positive.

Siegfried eilt jeden Tag die Strecke vom Bahnhof, die lange Lindenallee, entlang, mit hängenden Schultern, die Aktentasche schwer, immer ein Auge auf der Taschenuhr, die er in der Hand vor sich herträgt. In den Pausen zieht er die Uhr aus der Hosentasche. Er schaut, wie schnell eine Minute verlorengeht. Die Zeit, die wir hier herumsitzen, ist unwiederbringlich vorbei. Er sagt Ludwig und mir Bescheid, wenn es nach der Pause wieder anfängt und wo. Kunstgeschichte im Raum 3, zusammen mit den Kamerastudenten. Wir müssen dem Studenten Meng Hai-Feng erklären, dass es nicht Leda und die Gans heißt, sondern Leda und der Schwan und dass der Schwan eigentlich ein Gott ist, nämlich Zeus, und was die auf dem Dia vorn an der Wand miteinander machen.

Unser Dozent für Kunstgeschichte, der schüchterne Kunert, klopft mit dem Zeigestab auf die Details, er sucht die goldene Mitte, die Spannung zwischen den Farben, er berührt das Motiv.

Meng Hai-Feng stößt mich an. Na zhi e xian gan shenme? Das heißt: Was macht diese Gans?

Ich wiederhole nur, das ist keine Gans, das ist ein Schwan. Er blättert im Wörterbuch. E heißt Gans. Und tian é heißt himmlische oder hehre Gans, also Schwan. Wir nehmen Rücksicht auf die Ausländer in den Fachrichtungen. Die meisten essen nicht in der Mensa. Sie kochen im Internat. Manche haben von zu Hause Gewürze und Büchsen mitgebracht. Kokosmilch. Bohnenpaste. Es riecht fremd, manchmal gut, aber Kreuzkümmel und Koriander ist nichts für jeden Tag.

Montags nimmt mich Felix in der Pause beiseite. Er schlägt

seine feste Mappe auf. Ein neuer Werbetext. Schreib ich Dir, schreibst Du mir, immer auf ZK-Papier. Oder er zeigt mir seinen gedruckten Text, den er aus dem Magazin ausgeschnitten und auf Pappe aufgeklebt hat. Felix Wiener steht darunter. Es ist sein Pseudonym.

Lieber Großvater, alter Anton,

jetzt sollst Du Dir einmal vorstellen, wie wir montags leben, nämlich fürstlich. In einer Villa am See. Man kann sogar von einem Sommerschloss oder Sommersitz reden, im Gegensatz zum Wintersitz, der befindet sich irgendwo in der Mitte von Berlin. Es war einmal ein Teppichhändler, der lebte viele Jahre eventuell glücklich in einem wunderschönen Gemäuer mit vielen freundlichen Gemächern. Jetzt sind *wir* drin. Bibliothek. Seminarräume. Dekanbüro. Filmlager. Am gegenüberliegenden Ufer, der bewaldete Hügel, das ist der Mont Klamotte, das ist der Westen. Dort liegen die Trümmer von Berlin. Auf unserer Seite sieht alles sehr friedlich und schön aus. Keine Bomben. Die Häuser mit Garten waren nach dem Krieg gut geeignet als Quartier für die Sieger, Russen, Engländer und Amerikaner, sie wohnten hier in den Wochen der Konferenz, während der sie die Strafe für Deutschland festgelegt haben: die Besatzungszonen und die Abtrennung der Ostgebiete, also auch Großvater Heinrichs Garten und Felder, das Katzbachgebirge, Probstein, Pilgramsdorf und so weiter. In unserer Villa wohnte Stalin, und so liest man es noch auf der Marmortafel, die aber jetzt abgeschraubt im Kellergang steht: Hier lebte Generalissimus Josef Wissarionowitsch Stalin während der Zeit der Potsdamer Konferenz.

Wir haben hier im Salon der Beletage montags beim Dekan Hauptfach. Unter dem ovalen Tisch das Oval eines prächtigen Teppichs, Blumenmotive, die mit dem Dekor der Stuckdecke korrespondieren.

Die Teppiche, die gerafften Vorhänge zu beiden Seiten der Balkontür dämpfen unsere Debatten. Es ist sehr hell. Die Sonne blendet.

Der Dekan sitzt gegenüber. Auf ihn fällt das Licht. Alles an ihm ist nobel, der Anzug, die Frisur, sein Alter, die Zigaretten, die er umständlich aus der Jackentasche fischt. Während der Nazijahre war er Emigrant in der Sowjetunion. Wahrscheinlich musste er fliehen, weil er wahrscheinlich Jude ist. Man weiß es nicht. Dass er zu einer revolutionären Theatergruppe gehört hat, kann ich mir nicht vorstellen. Überhaupt, dass er mal jung war. Wenn er redet, tönt es wie von ferne, als würde er hinter seiner eigenen Maske eine Rolle spielen. Hier spricht der Dekan. Es folgt ein Text, eine Rede, wahrscheinlich seine Meinung, die nirgends geschrieben steht, er improvisiert. Selbst wenn er mal von gestern oder von heute spricht, klingt das nicht wie aus der Zeitung. Man weiß nicht, was man denken soll und wo der Schwerpunkt liegt.

Er orgelt, sagt Ludwig Zweig. Zieht Register: Georg Lukács. Ernst Fischer. Einige allgemeine Tendenzen des Formalismus in Kunst und Literatur. Siegfried Müller, der mit dem Fliegenschiss auf der Radioskala, hatte von den Abweichlern Fischer und Konsorten bereits gehört, er ist interessiert am Geschehen und neugierig, er will erkunden, was der Dekan für ein Mensch ist, ob er alleine lebt, warum er hier an der Schule unterrichtet, aus freien Stücken oder auf Bewährung. Ich denke, wir können bis jetzt nur froh sein. Er lässt mich in Ruhe, wir haben einen freien Raum.

Ludwig Zweig fällt dem Dekan manchmal ins Wort, der Dekan hält inne, er atmet tief, auch ich halte die Luft an. Ludwig will nicht streiten, er denkt einfach anders und weiter. Er denkt an die Vergeblichkeit. Ich bin froh, wenn der Dekan nach Ludwigs Einwurf ohne Umstände fortfährt. Er wartet, er nickt sogar manchmal. Die Orgel tönt. Das Bild, das uns die

Revolution jetzt liefert, sagt nichts über die in die ferne Zukunft gehende Berechnung, mit der ein Geist sie erweckt hat. Ludwig zwinkert mir zu. Wenn wir wollen, sind wir uns einig. Ich zucke die Achseln. Nicht gleichgültig, sondern fragend, manchmal würde ich gerne lachen, aber das lasse ich sein.

Felix Wagner kann mit den Orgelvorträgen und mit Ludwigs schwarzen Wolken weder in seiner Satire- noch in der Werbetextpraxis etwas anfangen. Siegfried empfiehlt ihm auf seinen langen Bahnfahrten, Wien hin und zurück, die Bibel, die Testamente, zu lesen, so als ob du dazugehörtest. Siegfried hilft auch mir mit weiterführender Literatur. Ich strenge mich an, mache Notizen und lerne den Text.

Lieber Großvater, es handelt sich bei uns hier immer um eine ernste Angelegenheit. Meist ist der Frieden bedroht. Oft sind die Errungenschaften in Gefahr.

In den Pausen geht unser Kollektiv zum Luftschnappen auf den Balkon, oder ich laufe allein hinunter zum See. Die geschwungenen Treppen, die Traversen. Das Rosenrondell.

Der alte Garten verharrt einen Augenblick in der ihm zugedachten Gestalt. Die alte Ordnung: Fingerhüte und Glockenblumen bestimmen selbst, wohin sie seit Gründerzeiten gehören. Mutterpflanzen streuen eigenwillig den reifen Samen an den richtigen Fleck. Der Schritt aus einer Epoche in die andere. Aus der Nähe sieht man, wie die Buchenhecken über das Maß ihre Zweige ausstrecken, wie der Taxus allmählich seine Pyramidenform verliert. Aber von oben, vom Balkon aus, präsentiert sich das alte Bild. Alles wie einst. Aufgesparte Anmut. Das Terrain behauptet sich tapfer gegen die Hausmeister, gegen Sicherheitsgitter und Fahrradständer, die Hängebirke breitet den Mantel über den Braunkohlevorrat; die Aschentonnen, die Winterkiste, die Feuerleiter verschwinden hinter den Fliederbüschen.

Das Studienjahr endet im Juli.

In den Seminaren werden Scheine mit Einsen und Zweien verteilt. Der Dekan hat keine Zeit für Beurteilungen. Weder mündlich noch schriftlich. Zum letzten Montagsseminar lässt er noch einmal seine Orgel tönen, er fasst seine Lehrmeinung in einem Satz zusammen. Ein Dichter, im Gegensatz zum Chronisten, steht nicht auf Seiten der Ereignisse, sondern auf Seiten der Gesellschaft. Und nun erwarte ich, dass ein jeder von Ihnen an seine Stätte gehe, um das Gelernte in den Monaten bis zum September zu vertiefen. Denn Ferien haben Sie in diesen Wochen nicht. Ein schöpferischer Mensch hat niemals Ferien, der ist immer in Aktion. Ihren Niederschlag finden mögen die nächst geforderten Aktivitäten auf weißem Papier, DIN A4, mit Schreibmaschine. Sieben Seiten, nicht mehr, nicht weniger. Überschrift für alle verbindlich: Antwortzeichen. Das gilt auch für Sie, Rafaela Reich.

Eli vermutet einen Irrtum. Wenn er auch ihren Namen genannt hat, so hat er sie gewiss verkannt. Die dunkle Person im Gegenlicht. Die Sonne spiegelt auf dem ovalen Mahagonitisch. Licht und Licht gibt Finsternis. Das Dunkelfräulein Rafaela. Was hat er georgelt? Aktivitäten auf weißem Papier? Jeder weiß, dass ich befreit bin. Ich fühle mich nicht berufen. Ich habe noch nie im Leben ein Gedicht gemacht. Der Dekan fingert in seiner mausgrauen Anzugtasche.

Endlich bringt er eine krumme, aber blendend weiße Zigarette hervor. Er schnipst das Feuerzeug. Eli schnipst mit dem Finger.

Ludwig spitzt die Lippen. Ein ermunterndes Küsschen in Richtung Eli. Wenn Gott will, schießen sogar die Besen.

Siegfried Müller zieht die Taschenuhr.

Felix Wagner blättert diskret im Fahrplan. Er knöpft die Jacke zu.

Ehe Rafaela noch ihre Widerworte laut machen kann, klopft

eine Faust von draußen an die Salontür. Eine polternde Männerstimme. Der Chauffeur des Dekans wartet keine Minute länger. Die Zeit ist um, das Studienjahr ist zu Ende.

Jetzt aber dalli, Kollege Professor, der Motor läuft.

Man weiß, dass der Dekan noch wichtige Aufgaben außerhalb der Hochschule zu bewältigen hat. Es heißt, dass er an einem Roman schreibt. Deswegen muss er nach Freiberg, in die Bergakademie-Stadt. Es ist vielleicht ein Roman über die Geschichte des Bergbaus oder über die Bergakademie, wo sein Vater als Geologe und Autor eines Fachbuchs über das Uralgebirge einen Namen hatte. Manche an der Schule munkeln von einer Herzensangelegenheit. Anerkennend oder besorgt. In seinem Alter und grade der. Manche witzeln, weil er seine Flamme angelegentlich Nichte nennt oder Großnichte. Wer es glaubt, wird selig.

Damit er schneller vorankommt mit seinem Text, wird er per Tatra nach Freiberg gefahren. Der Chauffeur erzählt gern Geschichten aus Freiberg, wie entgegenkommend die Erzgebirglerinnen sind, die Nichten, und auch, wo der Kollege Professor seine Zigaretten herholt. Wie er die neuerdings in einem Silberetui neutralisiert und dazu noch tief in der Jackentasche vergräbt.

Die Raucher schwören: Das Dekanzimmer, eigentlich das ganze Stalin-Haus, riecht unverkennbar nach Marlboro.

Siegfried hat inzwischen herausgefunden, dass der Dekan ein echter Freiberger ist. Er hat es auf einem Abrechnungsschein im Sekretariat gelesen: Geburtsort: Freiberg. Also ein Sachse. Da kann es doch sein, dass er Verwandte dort hat, eine Nichte, zum Beispiel, die er am Wochenende besucht.

Lieber Anton, ich werde nächstens einmal kurz nach Dresden kommen. Bist Du zu Hause? Hast Du die alte Lederjacke gefunden?

Eli kann froh sein, dass sie einst für ihr gespartes Geld statt eines Fahrrades eine Schreibmaschine gekauft hat. Die Verkäuferin im Industrieladen Dresden hatte ihr mütterlich zugeredet. Eine Schreibmaschine sei eine Wertanlage und genauso gut wie ein Fahrrad. Es sei ein Glück, dass sie sogar noch die Wahl habe. Eine Optima Erika oder eine rote Rheinmetall, beide mit Koffer, inklusive Typenknete und Reinigungsbürsten. Fahrräder würden, wenn überhaupt, erst wieder im übernächsten Quartal geliefert werden.

Durch diesen zeitigen Zuspruch und ihre anhaltende Sparsamkeit hatte Eli nun beides. Simson-Fahrrad und Schreibmaschine. Es war ein Glück. Das Schreiben beherrschte sie sogar blind, mit verbundenen Augen. Zehnfingersystem. Das hatte sie im Abendkurs gelernt, sie konnte ein ziemliches Tempo vorlegen. Am liebsten klapperte Eli nach Musik. Sie legte auf dem Grammophon eine Platte auf. Setzte die Nadel in die Rille, und los ging es. *Ungarische Tänze*. Die Tasten gehorchten.

Der Lkw, in dem Eli von der Tankstelle Michendorf aus mitgenommen worden war, fuhr weiter nach Prag.

Waren Sie schon mal in Prag? Noch nie. Über diese Sache hatte Eli mit dem zuverlässig geradeaus blickenden Fahrer einige Sätze gewechselt. Prag ist schön. Keine Trümmer. Prager Schinken, den kannte Eli vom Kiosk auf dem Postplatz, von den Prager Schnittchen, eine Scheibe saftig gekochten, dazu süßsaure Gurke, obendrauf Petersilie. Man konnte ins Schwärmen geraten. Schöne Filme kamen aus Prag. Puppentrickfilme. Nein, in Prag war ich leider noch nie.

An der Ausfahrt Wilder Mann klettert Eli vom Beifahrersitz.

Der Fahrer reicht ihr den leeren Rucksack.

Infanteriegepäck, sagt der Fahrer, war praktisch, der Rucksack, man hatte alles am Mann.

Ich hole meine Schreibmaschine, erklärt Eli. Morgen fahre ich wieder zurück.

Vielleicht mit mir, sagt der Fahrer. Der Zufall kann viel. Wenn er will.

Über den Heidefriedhof wandert Eli, weil er am Weg liegt und um zu sehen, ob alles noch wächst, ob die Büsche Wurzeln geschlagen haben, ob die Heidepflanzung hält, was sie damals versprochen hatte. Wacholder, kriechend und tamariskenartig, hellgrüne Kissen. Genau so sollte es über die Jahre hin werden, Richtung Mahnmal und Feuerschale, eine kunstvolle Perspektive.

Eli hat hier nichts mehr zu schaffen, kein Pflanzen, kein Gießen, kein Nichts. Sie darf hier nicht einmal zu einem Grab gehen, wo sie sich bücken und verblühte Blumen abbrechen könnte, wo sie gewesen sein müsste, endlich wieder einmal nach so vielen Monaten. Nicht einmal ein Urnengrab. Vater in Russland, Mutter irgendwo im schlesischen Grenzgebiet. Sie hat hier nichts zu suchen. Das Herz ist schwer. Nicht wie es sich für eine Friedhofsbesucherin gehört, sondern anders. Es gibt sieben Arten des Regens, darüber hat ein berühmter Meister sogar einen Film gedreht. Platzregen und Landregen zum Beispiel. Bei der Trauer handelt es sich vielleicht um verschiedene Wolkenformen, die im Inneren entstehen:

Weil ich die Vermissten vermisse.

Weil Anton so viel raucht. Er ist wegen mir zu einem Kettenraucher geworden.

Weil der Assistent Erwin Schubert jedes Mal meinen Namen vergisst.

Weil ich keinen Schlüssel mehr habe für die Dresdner Wohnung.

Weil ich nachts träume. Von meiner Angst und dem höllischen Feuer, den brennenden Augen.

Eli läuft über den Hubertusplatz, wo das Pferdekarussell sich dreht. Nicht mehr mit Hilfe von Schulkindern, die sich eine Freifahrt oder einen Fünfer verdienen wollen. Es dreht sich allein. Ein versteckter Motor setzt die Pferde in Trab.

Unterdes scheint es fast so, als wäre Eli gerne betrübt oder traurig, gerne den Tränen nahe. Das Unabänderliche hat sie irgendwo am Weg verloren, Hoffnung macht die Augen nass, Neugier und Vertrauen streicheln das Herz, weil morgen meist wieder alles ganz anders sein wird.

> Das Schicksal unsres Daseins Herz und Haus,
> Ist beim Unendlichen, und einzig dort;
> Ist bei der Hoffnung, welche niemals stirbt,
> Ist Streben und Erwarten und Verlangen,
> Und immer etwas, das sich sehnt zu sein.

Das ist eine Übersetzung aus dem Englischen, die sie gemeinsam mit Schubert im Poetikseminar probiert haben. Es hat Wochen gedauert, ehe sie sich auf diese Variante geeinigt hatten. Vielleicht fällt uns noch etwas Besseres ein.

Streben und Erwarten und Verlangen.

So erreicht Eli die Wilder-Mann-Straße 8, wo Anton wohnt. Wo Eli gelebt hat. Im Boudoir, mit Bett, Schrank und einer Schreibmaschine, die sie im Rucksack davontragen will in ihren neuen Kreis. Lernen hat sich Eli anders vorgestellt. Das Brüten und Zweifeln den ganzen Tag und auch in der Nacht. Was ein Studium ist, wird sie Anton nicht erklären können. Sie steht vor der Tür.

Sie klingelt, klopft, flucht. Keiner zu Hause.

Dubberts von oben aus dem ersten Stock rufen, staunen: Ach, die Eli, fragen, ob sie reinkommen will.

Schöndank, ruft Eli. Ich such noch. Weil Anton nicht aus der Welt sein kann.

Aus der Welt kann er nicht sein, rufen Dubberts. Und wenn zwei im selben Moment dasselbe sagen, kann man sich eigentlich was wünschen. Anton im Schrebergarten. Das wäre eine Möglichkeit.

Der Garten ist verschlossen. Eli kriecht in alter Übung durch das Hundeloch in der Ligusterhecke. Die Sprossenleiter ist aufgehängt, sogar angekettet. Die Gießkanne umgedreht, damit sie nicht rostet. Alles signalisiert Abwesenheit. Kein Empfang, kein Gruß, kein Wasser. Ein schwarzes Stück Fahrradmantel versteckt das Vorhängeschloss. Im Schacht der gesicherte, abgestellte Haupthahn. Am Pflaumenbaum wenigstens Pflaumen, wenigstens die hängen knüppeldick über den Stützen herunter bis auf die Erde, und es leuchten reife Tomaten. Vom Strauch in den Magen, ohne Brot. Eine Gurke und Himbeeren. Hinter der Hecke das weiße Gitter, die Eisenstäbe, die Messingkugeln. Eli faltet die Hände. Himmel und Erde. Es ist die Höhe. Großvater, der Kompostfanatiker, der jeden Pferdapfel von der Straße kehrte, der die Asche aus dem Küchenofen in den Garten trug, hatte aus ihrem Bett ein Kompostgehege gebaut. Nicht zu fassen und typisch Anton.

Kompostplätze aus alten Lazarettbetten, das war im Jahr nach dem Krieg eine populäre, sich schnell ausbreitende Erfindung, sie hatte ihren Ursprung wahrscheinlich in Dresden, hier in den Gärten, genau hier, wo Eli jetzt steht, um auf den Großvater zu warten, wo sie sich Sorgen macht um den alten Kauz, hier hatte es angefangen. Das war der Ausgangspunkt. Von hier aus hatte sich die Mode über das Land Sachsen verbreitet, über Deutschland, über Europa. Zwischen Dresden und Berlin an der Bahnstrecke, an der Autobahn, konnte man sie in den Gärten entdecken, unzählige Kompostplätze und Zäune, aus Betten gebaut, neuerdings sah man außerdem in den Gärten aus Betten und Eisenketten gemachte sofaartige Schaukeln.

Anton hatte damals leider kein Militärbett mehr erwischt. Die Kaserne am Schützenhof war bereits leer, als er eines

Nachts dort abräumen wollte. Nun also hatte er sich über Elis Bett hergemacht. Ein echtes Paradiesbett, seinerzeit eine behördlich angeordnete Spende aus dem Sanatorium Weißer Hirsch für die Ausgebombten. Eine bezugsscheinpflichtige Zuwendung. Eli hatte die Kugeln mit Sidol blank geputzt und schöne zierliche Schleifen und Sebnitzer Seidenblumen aus Emmas Handarbeitskiste oben ans Kopfgestänge gebunden.

Die Erinnerung an die geputzte Schlafstatt, die Wandlung ihres heimatlichen Nestes in ein solides Kompostgehege, das ist nun wieder ein Grund für traurige Trauer.

Und etwas Wut.

Anton ist immer noch nicht zu Hause. Die Fenster verriegelt und die Vorhänge zugezogen. Eli steht vor der Tür. Es wird finster, es wird Nacht.

Dubberts meinen, Anton ist bestimmt übern Winterberg, der macht gerne mal paar Tage fort. Däm gefällt's im Gebirge.

Eli bleibt über Nacht bei Dubberts. Am Morgen rollt sie sich vom Sofa und macht sich auf den Weg. Erste Station Pflaumen und Tomaten, dann Sachsenbad, Puschkinhaus oder Sempergalerie, mittags kommt sie zurück, um zu erkunden, ob Anton aufgetaucht ist. Sie wandert die Elbe entlang. Flussab, flussauf. Sie pendelt mit der Pieschner Fähre zum Schlachthof und wieder zurück.

An einem Mittag ist Anton endlich wieder da. Man hört das Radio durch die Tür. Orchestermusik. Eli klopft und klingelt. Dubberts schlagen gegen die Wasserleitung, bis er den Apparat leiser dreht und endlich mit seinem am Schlüsselbund hängenden Wohnungstürschlüssel aufschließt.

Tatsächlich, Anton ist ein paar Tage in der Sächsischen Schweiz gewesen. Sein Rucksack, der Stock, die dreckigen Schnürschuhe, die Socken. Seit Alice nach dem Westen getürmt ist, wandert er allein. Er fährt mit dem Bus bis Schmilka, dann geht er über den Winterberg. Manchmal trifft er alte

Bekannte, manchmal sogar einen, der sich noch an Emma erinnert, damals mit dem kleinen und später mit dem großen Paul, als sie in Familie oder mit dem Verein unterwegs waren. Nach Emmas Tod hatte er das Wandern für viele Jahre verlernt. Nach dem Krieg, ohne Emma und schließlich auch ohne Paul und ohne die Schwiegertochter, da musste er ganz von vorne anfangen. Mit Wanderfreundin Alice. Die jüngeren Bergfreunde richten Grüße aus an Alice oder an seine Enkelin, die er von klein auf ohne Vater und Mutter durchgebracht hat, bis sie auf eigenen Füßen stehen konnte als Fachkraft im Botanischen Garten. Er hat noch niemandem erzählt, dass sie ihr Zeug gepackt hat. Auch das Fahrrad hat sie mitgenommen. Er weiß aus Briefen, wie sie jetzt lebt und auskommt. Er hat ihr Bett auseinandergenommen, vielleicht etwas voreilig, vielleicht, um schnell aufzuräumen mit der Enttäuschung und der Vergangenheit, vor allem aber, weil er es woanders dringend gebraucht hat. Trotzdem wird er noch abwarten, was die Zukunft bringt, die meisten Wege sind Rückwege, und ein gutes Bett lässt sich heutzutage für Geld im Möbelkonsum kaufen.

Anton dreht das Radio aus, das Mittagskonzert ist zu Ende, und was anderes kommt nicht.

Ein paar Pfifferlinge liegen der Größe nach auf dem Tisch.

Hast du gesehen, wie gut die Tomaten stehen? Anton tut so, als wäre Eli wie früher grade von Arbeit nach Hause gekommen.

Nicht schlecht, sagt Eli und verschwindet, weil sie es eilig hat.

Der enge Korridor zum Klo ist immer noch eng, alte Tabakkisten, Eimer und Körbe, aber das Sitzsofa steht nicht mehr unnütz, bloß zum Stolpern und Ärgern, im Wege. Das klotzt nun in Elis Boudoir. Dort hat er es hinbugsiert. Dort stapelt Anton brauchbare Kartons, zwei neue Besen, überhaupt Sachen, die er für später aufhebt.

… unsres Daseins Herz und Haus, ist beim Unendlichen, und einzig dort; ist bei der Hoffnung, welche niemals stirbt. Es ist was wert, dass man solche Verse im Kopf hat. Die Übersetzungsübung mit Schubert ist zum Ohrwurm geworden. Seine Stimme spricht, dazwischen Ludwig. Nimmer oder niemals. Weil wir seiner Variante nicht zustimmen wollen, beschimpft er uns als Streberleichen. Der Aufstand der Unbegabten.

Ludwig, das sagst du nicht noch mal. Das ist Siegfrieds Stimme.

Eli nimmt die Schreibmaschine aus dem Schrank. Sie passt wie abgemessen in ihren Rucksack. *Effort, and expectation, and desire*. Eli zeichnet mit der Schwurhand drei Kreuze über das Gepäck, so wie es Mama immer gemacht hatte, bevor sie ein frisches Brot anschnitt. Das walte Gott. Streben und Erwarten und Verlangen. Sie wirft einen bitteren Blick auf das Plüschsofa, den Platz, wo ihr Bett einstmals stand. Nun könnte sie losgehen.

Aber der Großvater hat zwei Teller auf den Tisch gestellt.

Er putzt die Pfifferlinge, schneidet Speck und Zwiebeln. Ein Gaskocher steht auf dem Kohleherd. Zwei Flammen. In der Pfanne brutzelt der Speck. Der Wasserkessel simmert. Anton krümelt Tee in die Kanne. Auf dem Vertiko ein Fotografenporträt von Eli, auf dem sie zu Antons heimlichem Stolz wie eine Diva aussieht, daneben die alten Boxaufnahmen. Eli würde gerne ein Foto mitnehmen, das von der Hochzeit, wo sie selbst mit drauf ist, schon drei Jahre alt, zwischen Mama und Papa. Das frische Paar und das Kind, zu dritt auf einem Bauernwagen. Der Bräutigam trägt Ausgehuniform der Infanterie, die Braut geht in Schwarz, schwarz, weil der Onkel draußen geblieben ist im Krieg. Eine Hochzeit im Trauerjahr, damit sollte endlich Ordnung geschaffen werden, um noch mehr Unheil zu verhindern.

Das Kind sieht aus wie eine kleine Prinzessin, Lockenhaar, Seidengewölk, barfuß, die Beine schlenkern, der Blick geht hinunter zum Wagenrad, wo ein Huhn verwundert das Auge dreht. Es hat geblitzt. Aber wo bleibt der Donner?

Zwei Tage später wird Abschied genommen. Viel Tränen. Großvater Anton, die Eltern, das Kind, wir fahren nach Dresden zum Überleben, denn die Kunststadt wird verschont. Alle anderen bleiben zurück im Dorf an der Katzbach. In unserer Heimat. Das Kind soll in Ruhe gelassen werden. Es hockt auf dem Kutschbock vom Leiterwagen, die Knie, die gefalteten Hände unter dem Kinn, verschlossen wie ein Ei. Die Kuh ist angespannt. Gleich dreht sich das Rad. Die armen Ohren müssen das Knirschen des Schicksals hören, die steinige Erde unter den Wagenrädern, das Knarren der Achsen. Die Fuhre schlenkert ins Nachbardorf. Dort ist der Bahnhof. Dort fährt der Zug nach Görlitz. Man hat Anschluss nach Dresden. Dresden Hauptbahnhof, das ist das Ziel. Zur Wohnung in der Altenzeller Straße ist es nur noch ein Sprung. Papa hat noch drei Tage Sonderurlaub, dann muss er zurück an die Front. Er schneidet sich das Foto zurecht, nicht größer als sein Wehrpass, und der steckt mit der Kennmarke aus Blech in der Brusttasche seiner Uniform.

Mama lässt vom Negativ Abzüge machen. Einen stellt sie neben den vertrockneten Brautstrauß auf die Kredenz. Einen schenkt sie Anton, dem Schwiegervater. Der rückt das Hochzeitsbild der Kinder neben seins mit Emma. Lauter Staubfänger, sagt er. Aber hergeben will er das Foto nicht. Es ist das einzige Bild, was übriggeblieben ist. Man erkennt hinter dem Leiterwagen mit dem Kind und dem Brautpaar einen Misthaufen, weiter hinten das Strohdach, den Stall und die Kuh. Die Kuh steckt den Kopf aus der Obertür. Es ist Liese Numero drei.

Anton wird auch heute das Foto nicht hergeben.

Es ist besser, gar nicht erst am Thema zu rühren, besser, zu schweigen und auf das Essen zu warten, abzuwarten, ob er etwas sagt über den Kompostplatz, wo sie schlafen soll, oder ob er eine Frage hat, vielleicht zu den Briefen, die sie ihm geschrieben hat, ihren Berichten über das vergangene Jahr.

Er klopft Eier über die Pilze. Salzt und pfeffert. Schneidet Brot.

Wahrscheinlich wird es ein Pilzjahr, sagt er. Und nach einer Pause, ohne sich umzudrehen: Du solltest bei Vollmond bei dir dort oben mal gucken.

Mach ich, sagt Eli. Sie atmet erleichtert auf, weil er damit rechnet, dass sie zum Essen und vielleicht über Nacht bleibt, aber dann wieder abhaut.

Am besten sie stellt sich morgen früh vor die *Bergwirtschaft* oder gleich neben die Tankstelle an der Autobahnauffahrt. Dort halten viele Fahrer noch einmal an, bevor sie auf Strecke gehen. Erste Anhalterregel: Stehe dort, wo Autos sowieso anhalten wollen. Zweite Regel: Stehe allein. Dritte: Habe wenig Gepäck. Vierte: Verliere niemals die Hoffnung, denn der 31. nimmt dich mit. Streben und Erwarten und Verlangen. Wordsworth, 1770 bis 1850, sein Vers gilt immer.

Eli schläft auf dem Sofa, sie polstert die Sitzfläche so hoch, dass die Armlehnen kaum mehr hinderlich sind beim Liegen und Verzeihen. Das Paradiesbett, die Spende für Bombengeschädigte, erfüllt einen anderen Zweck, Kopf- und Fußteil und der Federboden, endlich hat auch Anton ein solides Gehege für den Kompost in seinem blühenden und fruchtenden Garten.

Amen.

Frühmorgens findet Eli über ihrem Rucksack Antons alte Lederjacke. In Briefen hatte er behauptet, die gäbe es nicht mehr. Verschenkt, verschwunden, geklaut. Er hat selbst ein bisschen geglaubt, dass es keinen Zweck hat, zu suchen. Und außerdem dachte: Die Jacke bleibt hier. Denn Eli steht bestimmt eines Tages samt Fahrrad unter dem Fenster. Sie kommt wieder heim, und dann ist alles beisammen. Jacke, Eli und Anton, alles unter einem Dach. Mit der Taschenlampe war er gestern noch die Treppen hoch in die Bodenkammer gestiegen. Dort hatte er die Rotfrontkämpferjacke während der Nazizeit aufgehoben. Er musste sie nur aus dem Schrank herausnehmen. Mit leichter Hand. Was fort ist, brummt nicht mehr, und hoffentlich lässt sie die Jacke nicht irgendwo hängen. Das Mensch ist ja jetzt auf sich alleine gestellt. Niemand passt auf, weder Vater noch Mutter, und nun hat nicht einmal mehr er, Anton, ein Auge drauf, und mit dem lieben Gott ist das eine sehr heikle Sache. Manchmal hoffen wir einfach, und in diesen Hoffnungen steckt er wahrscheinlich, der Himmlische Vater.

Eli legt einen Zettel neben den ziemlich theatralisch schlafenden Großvater. Danke und bleibe gesund. Deine Eli.

Anton schnarcht, röchelt, schielt aus den Augenwinkeln. Eli zieht die Tür leise ins Schloss.

Richtung Berlin. Der Leiter der HO-Schuhgeschäfte fährt einen Wartburg und hat nichts dagegen, dass Eli einsteigt, hinten oder vorn, wie sie will.

Eli steigt hinten ein. Hinten kann sie am besten an alles denken. Der Rucksack mit der Schreibmaschine sitzt neben ihr. Die Lederjacke trägt sie auf dem Leibe. Nun müsste sie sich noch die Haare abschneiden lassen, dann wäre sie einen Schritt weiter, vielleicht schon mittendrin in der Metamorphose, aber Frisör kostet Geld, Eli hat inzwischen ringsherum gesehen: Eine Kurzhaarfrisur braucht Pflege.

Im Erdgeschoss der Tauber-Villa wirtschaftet die Studentin Erika. Auf einem Gaskocher brodelt der Wäschetopf. Seifendampf wabert aus dem grün gefliesten Flurbereich, wo Zinkwannen, Eimer stapeln. Im Vestibül parkt ein Kinderwagen. Alle anderen Studentinnen sind unterwegs, Praktikum, Drehzeit.

Eli hat Windeln abgenommen. Im Vorgarten, von Pappel zu Pappel, baumelt die Leine, verblichene Klammern. Ein Arm voll trockener Wäsche.

Kannst reinkommen, ruft Erika durch die offene Tür. Erika trägt eine weiße Hose und ein weißes Männerhemd; weiße Lappen liegen auf dem Tisch. Flaschen und Watte, ein Schreibblock. Erika hat lange weizenblonde Haare. Sie studiert Schauspiel. Der Säugling ist nun schon drei Monate alt. Ein Junge. Er liegt in einem kunterbunt gestrichenen Wäschekorb.

Eli? Bist du wieder da. Kannst reinkommen.

Erika hat viel zu erzählen.

Ich komme gleich, ruft Eli.

Eli schleppt ihren Rucksack die Treppe hinauf. Hier oben in der ersten Etage, rechts hinter der Doppeltür, das ist ihre Behausung. Das hiesige Boudoir. Die Studentenmöbel in den sieben Internaten kommen aus dem Betriebsteil Schul- und Kaserneneinrichtungen des Kombinates für Holzverarbeitung Heidenau/Sachsen. Eine Möbelliste hängt an der Tür. Stückzahl. Magazinnummern. Drei Betten, drei Schränke, drei Stühle, drei Regale, drei schwarze Leselampen, in der Mitte ein großer Tisch. An goldenen Seidenkordeln hängt von der Decke herab eine Alabasterschale, wenn man will, hat man gelb gemasertes Licht, Schlafzimmerlicht. Schlummerlicht des Kammersängers Richard Tauber. Eli schiebt den Tisch aus der Mitte direkt unter das Flügelfenster. Darauf platziert sie die Schreibmaschine und eine von den schwarzen Leselampen. Vor den Tisch stellt sie einen Schul- und Kaserneneinrichtungsstuhl. Die Lederjacke hängt sie über die Lehne. Mein Sitz, mein Platz, mein Thron. So pflanzt sich Eli an diesen dritten Ort in diese ziemlich fremden Dimensionen.

Der Blick geht auf drei hohe zerzauste Pappeln. Nächstens will sie ein Plakat von Eisensteins Film *Panzerkreuzer Potemkin* aufhängen.

Sie macht das Fenster auf, spürt die Luft, ein kühler Hauch Furcht und Freiheit. Sie sieht, wie eine Amsel in den Pappelzweigen verschwindet. Schnell und nun schon zum dritten Mal. Immer an der gleichen Stelle.

Ich komme sofort, ruft Eli.

Erika besitzt einen ungarischen Plattenspieler. Aus dem Kofferlautsprecher tönt die Musik. Schumann, eine Klaviersonate. Eli legt drei knallrote Riesentomaten auf den Tisch neben die Milchflasche und die weißen Sachen. Der Kleine liegt unterdes draußen im Kinderwagen. Man sieht, wie der Wagen sich manchmal bewegt. Das heißt, Enrico ist wach, er strampelt, er wedelt munter mit einem roten Nuckellappen. Die Windel, die gegen Insekten schützen soll, hat er heruntergerissen. Aber er muss jetzt schlafen, sagt Erika. Sie sitzt auf dem Fensterbrett. Sie redet über das Szenenstudium, ein Stück von Heiner und Inge Müller muss sie noch lesen, und Enrico muss älter werden, muss laufen lernen und Zähne kriegen.

Erika hat für Enrico eine Wiegekarte und einen Termin bei der Mütterberatung. Historische Dramaturgie und Französisch muss sie nächste Woche nachholen. Da braucht sie noch Scheine.

Das schaffst du, sagt Eli.

Und erzählt ihrerseits, dass sie noch im August ein Praktikum im Leuna-Werk »Walter Ulbricht« anfangen wird. Der Dekan will es. Mit ihrer Arbeit im Gartenbau sei sie zwar Angehörige der Arbeiterklasse, aber eigentlich doch mehr ein Bauer, das heißt noch nicht Arbeiterklasse genug. Eli soll noch näher ran an die herrschende Klasse. Ab nach Leuna.

Der soll mal stille sein, sagt Erika. Als wüsste sie noch mehr Sachen über den Dekan. Als hätte sie außer dem, was alle schon wissen, noch einiges auf Lager. Vier Jahre Studium, da kennt man das Leben. Eli lauscht. Bei Erika kannst du was lernen. Auch ein bisschen das Fürchten.

Erika lässt immer die Tür einen Spalt auf.

So hört sie beim Lernen im leeren Haus die alten Geister, Klavierspiel, Tonleitern, Knacken im Holz, ob Enrico in seinem Kinderwagen endlich wieder schläft, ob Eli nach Hause kommt. Historische Dramaturgie, noch einmal von vorn. Aristoteles. Nach ihrem Charakter sind die Menschen so oder so beschaffen, nach ihren Handlungen jedoch sind sie glücklich oder das Gegenteil. Peripetie ist der Umschlag von Handlungen in das Gegenteil und dies in wahrscheinlicher oder notwendiger Weise. Glücklich oder das Gegenteil. Das hat Eli bereits gelernt. Erika will es sich merken, denn sie braucht solche Sätze für die Abschlussprüfung in Theatergeschichte.

Eli erkundet die Umgebung. Sie fährt mit dem Rad. Sie war sogar schon in Caputh im Einsteinhaus und im Garten des Philosophen und Pflanzenzüchters Foerster. Das Leben ohne Phlox ist ein Irrtum. Dieser Spruch steht auf einer Holztafel im Eingang zu seinem berühmten Garten.

Eli klopft leise an Erikas offene Tür. Weil es regnen will, hat sie die Wäsche von der Leine abgenommen. Sie prüft an der Stirn, ob die Sachen trocken sind. Sie flüstert, weil sich der Schreihals Enrico in seinem kunterbunten Wäschekorb endlich beruhigt hat. Er schläft wie eine Seerosenknospe.

Das ist eine geschenkte Stunde. Eli zeigt ihre Bücher, die sie sich aus der Bibliothek im Keller des Stalin-Hauses besorgt hat. Es ist wunderbar und zum Verzweifeln. Erwin Schubert hat gesagt, wer die Romane und Novellen von Balzac gelesen hat, der weiß, was das Konkrete im Allgemeinen ist, der findet sich zurecht in der Widerspiegelungstheorie. Man spricht vom Pakt zwischen dem ICH, das ich bin, und dem ICH, das ich sein werde. Erika hat für dicke Bücher jetzt wenig Zeit.

Sie hören den Karfreitagszauber aus der Oper *Parsifal* und noch einmal Schumann, die Klaviersonate Nr. 1. Und dabei hört Eli Erikas Geheimnis. Wenn Enrico alt genug ist, reisen wir nach Rom.

Nach Rom, das kann Eli überhaupt nicht fassen, denn der Westen ist den Studenten total verboten. Von wegen Kino drüben in Westberlin im Palast am Zoo oder am Steinplatz, womöglich mit Eintrittskarten vom Stipendium, also von Arbeitergroschen. Wenn das rauskommt. Man riskierte eine Exmatrikulation. Es muss ja nicht rauskommen, denn es gibt ja in den S-Bahnen keine Kontrollen. Nur den Ausweis muss man manchmal zeigen. Wer ganz vorsichtig sein will, kann zum Beispiel mit dem Fahrrad zum Wannsee fahren und dann weiter mit dem Bus ins Zentrum. Wer sich gar nichts traut oder wie Siegfried Müller ein Heiliger ist oder jeden Pfennig zusammenhalten muss, bleibt zu Hause. Eli hat kein Geld und ist fast eine Heilige.

Warst du denn noch nie im Westen?

Doch ja, vor ein paar Jahren, schwarz, bei Opa Heinrich in der englischen Zone, wo der Treck aus Schlesien hängengeblieben ist. Elis Lippen zucken, das Herz hätte jetzt was auszukippen über den alten Heinrich, aber der Mund macht es kurz. Jetzt geht das nicht mehr, erklärt sie, man wird an der Grenze eingefangen, zurücktransportiert oder eingesperrt.

Direkt mit der Eisenbahn, da hängst du im Netz. Da sind sich die beiden einig. Man muss schlau sein. Das Gewissen ist teilbar. Das Geheimnis ist endlich. Es hat seine gemütliche Stunde.

So kommt es Eli von den Lippen, dass sie nach dem Eignungsgespräch für die Schule, einfach beim Herumwandern durch die Berliner Straßen, ohne Plan, wie auf den Schildern steht: den demokratischen Sektor verlassen habe. Sie sei einen ganzen Tag im Westen herumspaziert. Westkreuz, Westend. Gesundbrunnen. Das ganze verbotene Paradies.

Zum Schluss habe ich im Obdachlosenasyl am Nordbahnhof übernachtet.

Kenn ich, sagt Erika, man muss früh um sechs die Schlafdecke abgeben, bekommt eine Tasse Tee, dann wird man rausgeschmissen.

Das Geständnis ist wie eine Umarmung. Eli rennt hoch, um ein Paar Schuhe herunterzuholen. Sieben-Zentimeter-Pfennigabsätze, Champagnerfarbe. Ich habe sie noch niemandem gezeigt. Anton in Dresden hat keine Ahnung, weder von der Übernachtung im Asyl noch von den Schuhen. Ich hatte sie zwischen den Sprungfedern im Sofa versteckt.

Eli redet vom alten Sofa in Dresden, und jetzt liegen die Schuhe oben im Schrank zwischen den Handtüchern.

Du bist ja gar nicht so fromm, sagt Erika. Sie betrachtet die Schuhe auch von der praktischen Seite: Die kannst du doch sonntags anziehen. Dann erklärt sie, wie sie das trickst mit Rom. Sie fliegt. Von Westberlin nach Frankfurt am Main und von dort nach Rom. Alles mit Studententarif und auf Studentenausweis. Übernachtung im Studentenheim. Allerdings, diesmal wird sie bei Alfredo wohnen.

Warst du denn schon oft in Rom?

Dreimal, sagt Erika und erzählt erst einmal viel von der Ewigen Stadt, den Vatikanischen Museen, dem Kolosseum und dem Forum Romanum, ausführlich von den Katzen im Circus Maximus und dann mit roten Ohren von den Studenten im Heim der Ursulinerinnen, bis Eli es kapiert. Enrico. Er ist ein römischer Knabe. In diesem Jahr wird der Römer Alfredo seinen Sohn zum ersten Mal in die Arme schließen.

Das größte Geheimnis der Natur ist die Liebe. Man müsste Worte finden. Oder Melodien.

Eli kommt sich wie neu vor, schaumgeboren, aufgetaucht aus dem Brunnen der naiven Frühzeit, reif, schlank, schlau, ausgekocht, bereit für alle möglichen Abenteuer. Sie würde gerne bis morgen früh weiter mit Erika über all die Sachen reden. Entschlossenheit. Mut. Enrico schläft, dieser süße, fuchshaarige, erdbeergesichtige Italiener. Metamorphose, denkt Eli.

Das ist die innere Wandlung. Jedenfalls ein Schritt voran. Es gibt Momente, da lernt man das Leben kennen. Genau wie durch Balzacs Romane. Oder besser. Höhen und Tiefen, vor allem aber Höhen. Grenzen sind dazu da, dass man sie überschreitet. Wein wird Blut. Idee wird Tat. Einmal habe ich lauter Zitronenjährlinge in der Stadt verteilt, die müssten eigentlich jetzt schon blühen. Eli erzählt, was sie angestellt hatte, um die Zitronen vor den Dresdner Winterfrösten zu retten und Tobias vor seinen Verfolgern. Tobias, der fromme Sohn eines blinden Vaters.

Erinnerungen. Geschichten. Die stehen auf einem anderen Blatt oder gar in einem anderen Buch. Es bleibt noch eine Menge zu tun.

Kühle Balzac-Tage. Dann endlich südliche Hitze, römische Temperaturen. Der Juli blüht dem Ende entgegen. Eli arbeitet in Sanssouci, wenn sie Zeit hat, wenn sie Geld braucht, darf sie sich im Parkdepot beim Chef melden. Es gibt immer viel zu tun. Der Wein in den Terrassen vor dem Schloss muss zurückgeschnitten werden. Hier ist die Schere, da ist die Karre. Zurückschneiden, das ist eine heikle Sache. Eigentlich etwas für Spezialisten. Drei Augen lässt du stehen. Mehr Worte macht der Obergärtner nicht. Man nimmt sein Werkzeug und geht seiner Wege. Eli ist gelernte Zierpflanzengärtnerin, seit einem Jahr Studentin, als solche, um diesem einen Erwin Schubert zu gefallen, mit dem bürgerlich-kritischen Realismus des französischen Schriftstellers Honoré de Balzac befasst.

Nur Mut, Rafaela. Feigheit gilt nicht. Eins, zwei, sie setzt die frisch gewetzte Schere akkurat hinter das dritte Auge. Schnipp. Die gewundenen Gehänge sinken. Alles fällt. Übrig bleibt kahles schwarzes Holz. Hinter dem Schnitt ein spärliches Blatt. So muss es sein, auch wenn sie von den Sanssouci-Besuchern beschimpft wird. Das sieht ja aus wie gerupft. Ja, manchmal muss die Natur wie gerupft aussehen, sonst würden hinter unserem

Rücken die Bäume in den Himmel wachsen. Die Wege, die Anlagen, die ganzen schönen Künste würden verschwinden. Trotzdem, schimpfen die Leute, vorher und früher war es besser.

Am Abend hat Eli 15 Mark in der Tasche. Damit fährt sie mit der S-Bahn von Potsdam zum Bahnhof Zoo, also mitten hinein in den Goldenen Westen. Mit dem Ostgeld kauft sie sich im *Gloria* eine Kinokarte für Alain Resnais' *Hiroshima, mon amour.* Eli ist hingerissen. Eine Erweckung. Wenn das Schubert wüsste. Das sollte er wissen. Vielleicht weiß er es, vielleicht ist er einer von denen, wie Erika. Ein süßer Geheimnisträger. Ein satter Verräter. Vielleicht passt das alles zusammen. Balzac und Resnais. Und Bertolt Brecht. Weil Eli vergessen hat, in Potsdam für Ostgeld eine Rückfahrkarte zu kaufen, kann sie nicht mit der S-Bahn zurück nach Hause fahren. Sie wandert die langen Straßen, Hardenberg oder Kant. Nach so viel heimlicher Kunst ist es gut, zu gehen. Sie wandert durch den Grunewald. Grenzen überschreitend. Nicht nur in Kohlhasenbrück über die Brücke des Teltowkanals, wo man politisch aus dem kapitalistischen Westen wieder ins östliche Deutschland spaziert, sondern auch in Gedanken. Man geht nie geradeaus, wohnt nicht nur auf der Erde, ist auch im Himmel zu Hause oder irgendwo dazwischen. Eli denkt an die Weinreben und die drei kümmerlichen Augen. Die ganze Zeit geht ihr das schwarze Holz nicht aus dem Kopf. Während dieser neue wunderbar andere Film lief, hat sie Stimmen gehört. Lass dich nie wieder blicken. Der Chef vom Depot findet keine Worte. Die Lehrlinge feixen. Die berühmten Terrassen. Verhunzt. Friedrich der Große von oben herab: Wer war das?

Weil sich niemand meldet, hört man den König verdammt königlich grollen. Perdu. Mein ganzes schönes Sanssouci.

Pardonnez-moi. Das hatte Eli als Krabbelkind unter dem Tisch aufgeschnappt. Von Heinrich, dem anderen, dem schlesischen Großvater, dem sie als blutarmes Kriegskind ins Nest gesetzt worden war, der hatte Honig und Hühnereier und konnte seit seiner Gefangenschaft im vorigen Krieg französisch parlieren. 1916/17 Verdun. Pardon wird nicht gegeben. Rien ne va plus. Der schlesische Kuhbauer hätte dem preußischen König Widerwort geben können. Allons enfants de la Patrie. Le jour de gloire est arrivé.

Eli auf nächtlichen Wegen. Dort, wo der Teltowkanal in den See mündet. Man muss vorsichtig sein. Muss achtgeben, muss horchen, dass man nicht plötzlich vor einer Wildsau steht, die suchen jetzt im Finstern mit ihren Frischlingen nach Futter. Ganze Rotten sind um diese Zeit hier unterwegs. Eli bricht sich einen Knüppel, damit drischt sie gegen die Kiefernstämme, das gibt erschröckliche Geräusche und Mut. So machen es die kasachischen Bärentöter. So schlagen sie wildes Getier in die Flucht. Wenn jetzt ein Jeep mit Grenzposten käme, wäre Eli ein mutiger Waldgänger, ein Sternengucker oder jemand, der prüfen will, ob die Holunderbeeren schon reif sind. Leider noch nicht. Die Dolden sind immer noch grün und, meine lieben bewaffneten Grenzwächter, in diesem Zustand giftig, während später die schwarzblauen Beeren eine köstliche Suppe geben. Holunder mit Birnen, Grießklößchen. Noch vierzehn Tage, dann ist es so weit.

Du musst es nicht sehen, du fühlst, ob die Beeren reif sind. Man riecht es. Schwarz und süß.

Lauter gute Gründe, um nachts unterwegs zu sein.

Einwandfreie Argumente.

Oben rechts, also über dem Schäferberg, also im Westen, da ist um diese Stunde das Sternbild des Hasen. Daneben, heute sehr klar zu erkennen, Herkules mit der Keule. Wer redet, hat recht. Wer geht, kommt vom Fleck.

Halt, stehen bleiben. Was treiben Sie in der Nacht im grenznahen Raum?

Ich wandle schlaf.

Wer sind Sie?

Eine Schlafwandlerin.

Eli muss sich nicht fürchten. Wenn notwendig, holt sie sich nachträglich ein Attest. Erikas Zweitverehrer, Richter, ein Chirurg aus dem katholischen Krankenhaus, verschreibt alles. Vitamine, Schönheitssalben, Krankentage und Krankheiten. Schlafwandeln, Schlafgelegenheiten. Vor allem Befreiungen. Wenn du befreit werden willst. Richter befreit.

Das Indiz, die Kinokarte, hat Eli am *Gloria* weggeworfen. Fort mit Schaden.

Der Knüppel knallt wie ein Schießgewehr. Drei Schläge gegen den Stamm. Holz auf Holz. Das macht Mut, das hält die Geister im Zaum.

Ein dünnes rotes Licht steht im Fenster.

Erika, bist du noch wach?

Eli klinkt leise die Tür auf. Das rote Kuscheltuch hängt über der Leselampe. Spärliches rotes Lernlicht. Gute Vorsätze. Schüsselchen, Tellerchen, eine Semmel und Kinderbrei stehen auf dem Sofatisch. Doch dann war der Abend mit einem überraschend eigenmächtigen Galopp in die Nacht gesprungen, über den Hunger, den Wissensdurst hinweg in den Schlaf. Die Tagdecke liegt auf dem Tagsofa. Erika, noch in ihrem weißen Tagkleid, liegt mit angezogenen Knien, das Gesicht halb im Kissen vergraben. Ihr Körper schafft eine gemütliche kleine Höhle, darin schläft der Knabe, im Kleinkindertraum nuckelnd und lächelnd, die friedlich geballten Fäuste an beiden Ohren. Wie es draußen die Besiegten erst lernen müssen. Hände hoch. Über seinem rötlichen Haar ruht ein schützendes Kelchblatt. Erikas Tintenfinger, ihre im Schlaf zuckende Hand. Reflexe des gestrigen Szenenspiels. Gespannt, elektrisiert. Non gradireste ora le danze? Hättet ihr jetzt nicht Lust, zu tanzen? Vielleicht der Nachklang. Vielleicht Rom, gestern und morgen. Finale Ultimo.

Der Arm des Plattenspielers war von allein in die Ausgangsstellung zurückgesprungen.

Eli schaltet den summenden Lautsprecher aus. Die schwarze Schallplatte ruht auf dem Plattenteller. Die bunte Hülle liegt auf dem Stuhl. Maria Callas. Ein sanfter Nacken mit schwarzem Haarknoten, seitlich als Schmuck eine rote Kamelie. *La Traviata*. È strano, è strano.

Erika weiß, was sie will. Zum Telefonieren spaziert sie mit dem Kindersportwagen zur Post. Sie meldet ein Gespräch nach Rom an. Nach Rom geht es schnell, schneller jedenfalls als nach Berlin. Es dauert höchstens eine Stunde.

Komm doch mit, Eli, höchstens eine Stunde.

Für Eli ist es ein Abenteuer, der Gang zur Post und dort eine Stimme von sonst woher, Italien, Rom.

Eli spielt mit Enrico, während Erika telefoniert. Manchmal nimmt Erika ihren Sohn mit in die Telefonkabine im Schalterraum. Hinter der schmalen schalldichten Doppelglasscheibe kann Eli ihre Freundin mit dem Kleinen auf dem Arm beobachten, Eli kann sehen, wie Erika in die Muschel hineinredet, wie sie das Kind anstachelt, damit es einmal richtig laut lacht, wie Erika selber lacht und angestrengt zuhört.

Wollen Sie auch ein Gespräch anmelden? Die Postfrau hinter dem Tresen stellt mit ihrem Apparat Verbindungen zum Fernamt her, wenn sie eine Verbindung hat, verbindet sie weiter.

Ich warte auf meine Freundin, sagt Eli. Das kann dauern, sagt die Postfrau.

Eli hat noch nie mit jemandem telefoniert.

Großvater Anton in Dresden hat kein Telefon, auch die Nachbarn haben keines, und Heinrich im Westen, der hat weder Telefon noch Nachbarn, die ein Telefon haben und Heinrich rufen könnten, wenn die Enkelin Rafaela aus dem Osten anruft. Man muss schreiben oder hinfahren, wenn man was wissen will oder etwas mitteilen möchte.

Um zu Heinrich zu fahren, da müsste Eli Schliche kennen wie Erika. Und auch Mut und Geld haben, denn die Schliche kosten Geld.

Studententarif, das ist Erikas Zauberwort. Auf Studentenausweis kannst du für dreißig Ostmark von Tempelhof nach Hannover fliegen.

Dreißig Mark. Geld ist eine Frage der Zeit. Balzacs Romane fressen viele Stunden. Ein Rest bleibt für Sanssouci. Für Eli gibt es dort immer etwas zu tun. Das zweite Studienjahr vergeht viel schneller als das erste. So sagt Erika, so sagen die anderen.

Der kleine Enrico bekommt die Dreifachimpfung. Erika ist stolz, stell dir vor, er sitzt mit Erfolg auf dem Topf. Auch Eli ist guter Dinge. Die Weinstöcke in Sanssouci, die sie in Obhut hatte, haben meterlange Ranken und sehr viel Laub, sogar Trauben kann man naschen. Eli ist sehr erleichtert. Sauer macht lustig.

Mit Leiter und Korb hockt Eli versteckt hoch oben in den königlichen Rhododendronbüschen.

Die anderen Parkgärtner stellen neuerdings ein Kofferradio an ihrem Arbeitsplatz auf. Manchmal arbeitet Eli mit ihnen zusammen, dann hört sie Musik, aber meist arbeitet sie allein, dann hört sie die Vögel, den Pirol im Nachbarbusch, oder die Menschen, die sich auf den Parkbänken ausruhen. Redselige Spaziergänger. Meist reden die Leute über andere Leute. Wenn sie ihre Meinung ausgeplaudert haben, klettert Eli die Leiter herab: Sie brauchen nicht zu erschrecken. Ich bin kein Bär.

Manchmal lässt Eli von oben ihre Stimme tönen. Manchmal passt der Moment. Wenn sich die zu kurz gekommene

Fraktion einer Trauergemeinde in die Haare gerät. Eli hat an dieser Stelle am Sabinerinnenrondell schon einige neue Ulbricht-Witze gehört. Oder Sachen über Bautzen. Bautzen ist höchstens auf dem Atlas eine Stadt. Bautzen ist ein Gefängnis. Die Leute reden und reden, als weilten sie in einem schönen grasgrünen ohrenlosen Wald.

Ich bin kein Bär, ruft Eli, oder: Ich beiße nicht. Die Spaziergänger erschrecken oder sie lachen. Am besten Eli meldet sich aus dem Busch, bevor die Leute ihre Geheimnisse ausgepackt haben.

Eli von oben: Entschuldigen Sie, können Sie mir sagen, wie spät es ist?

Der Herr im Sommermantel, der an dieser Stelle im Augenblick gemütlich pinkeln wollte, weiß sogar als müßiger Spaziergänger, wie lang so ein Arbeitstag sein kann. Er knöpft und schaut auf die Armbanduhr. Viertel vor um. Lieber Gott, lass Abend werden, möglichst noch vorm Frühstück.

Danke, ruft Eli hinter ihm her. Ein Sachse. Heimatklänge. Ein Seelenverwandter. Eli macht vor lauter Lust und Kurzweil aus den verschiedenen Leuten verschiedene Figuren.

Wie schön der Frühstück gesagt hat. Frieschtik. Eli sieht, wie er durch die Heckenbögen spaziert und nun in seinem Sommermantel standfest vor der Säule der Flora verweilt, dabei gewiss etwas Gediegenes denkt. Sie sieht es sogar an seinem Rücken und von ferne: ein zufriedener Sachse. Er freut sich, endlich auch ich in Sanssouci. Er urteilt nur gut und gerecht. Französische und englische Gartenkunst. Barocke und klassizistische Architektur, eine Augenweide. Und doch geistert eine kleine Enttäuschung oder eine stille Genugtuung in seinem Sachsenschädel. Frieschtik, hört Eli. Der Mann kommt nicht nur aus Sachsen. Er kommt aus Dresden. Daher das freundliche Schulterzucken. Hier sind die meisten Schlösser und Tempelchen einfach nur gelb gestrichen, dazu sehen sie sehr dünnwandig aus. Sommerlich bescheiden. Zugegeben, die Wege, Treppen und Badewannen sind größer als die bei uns im Zwinger. Zugegeben, manches ist aus teurem Marmor. Im tiefen Herzkämmerlein aber hegt und pflegt der Betrachter der Gemäuer die Meinung, alles ziemlich gut und schön, doch mein Dresden ist es nicht, denn zum wirklich soliden Barock gehören nun einmal Brücken und Terrassen, dazu Opernhäuser, Kirchen. Auch muss sich das Ganze durch Zufall und Plan zu einer glücklichen Silhouette binden. Einer vielgestaltigen unverwechselbaren Himmelslinie. Und schließlich, in der Nähe gesehen, ist Sandstein das einzige Baumaterial, das neu wie auch alt, ja sogar im Verfall, schön aussieht. Ein Birkenbäumchen auf Sandsteintrümmern rührt die Seele, während eingestürzte Ziegelmauern schnell zu Müllhalden verkommen können, Allergiekräuter siedeln, Brennnesseln, Hexenkraut, Wolfsmilch.

Man darf vermuten, dass die Erde bereits den Dresdner im Sinn hatte, den Bergwanderer ebenso wie den Liebhaber der Barockstadt, als sich in Kreidezeiten gemächlich das Elbsandsteingebirge herauszuformen begann. Material, gut als Lehrstoff für Baumeister und Bildhauer. George Bähr und Pöppelmann. Permoser, Semper, Vater und Sohn. Denke an die Figuren am Zwinger. Schau hin, lass dir erzählen, was der Sandstein den alten Meistern beigebracht und in die Seele gesenkt hat. Nimm die Herbstfigur am Kronentor, der Sandsteinblock hatte unserem Balthasar Permoser für ein paar Wochen das Bindegewebe der Hand, die Palmaraponeurose, verhärtet und hatte ihm damit beigebracht, den Hauknüpfel künftig klüger am Ruckeisen anzusetzen.

Der Sandstein hegt viel Weisheit und noch mehr Geheimnis. Die Marmorvenus neben der großen Fontäne sieht aus wie von Gott gemacht.

Lieber Anton, ich habe mich inzwischen an Sanssouci gewöhnt. Es steckt sehr viel verspielte Hoffnung drin. Friedrich der Große hat gerne auf der Querflöte musiziert, ich glaube, das sieht man hier noch an manchem Schnörkel. Nach Feierabend schiebe ich manchmal mein Fahrrad hinauf zum Schloss. Ich bin dort ringsherum wie zu Hause. Man scheucht mich nicht fort. Es ist gar keiner da, der mich verjagen könnte. Die Parkwächter arbeiten sonnabends nur bis Mittag. Wenn ich wollte, könnte ich sogar in Friedrichs Bibliothek gehen oder ins Voltairezimmer oder in den Musiksalon, auch die Küche im Seitenflügel ist offen. Nicht für alle, aber für mich, weil ich weiß, wie man die tiefen Fensterflügel von außen aufschließen kann. Das hat mir der Uhrenhirte gezeigt, der Mann, der hier jeden Freitag sämtliche Uhren aufzieht.

Ich könnte ins Schloss hineingehen, aber ich setze mich lieber draußen auf die Bank, meist neben die Hunde- und Pferdegräber des Königs. Auch jetzt, während ich Dir schreibe, hocke ich hier auf dem Hügel über der dicken Stadtluft. Es ist still, die Vögel schweigen, am meisten schweigt unten die große Fontäne. Das Wasser im Becken ist zur Ruhe gekommen. Die Goldfische schlafen.

Lange habe ich keine Leuchtkäfer mehr gesehen. Aber hier im Gebüsch, sogar zwischen den Mauersteinen, blitzen die grünen Laternen. Wie früher, es hört gar nicht auf. Sie schwirren zu mir, sie setzen sich auf die Hand. Kann sein, sie stiften den Zauber, besonders den Musikzauber, den man vernimmt, wenn sämtliches Fontänenplätschern aufhört. Oder macht das der Mond oder die Kassiopeia oder das Sommerdreieck, Leier, Adler und Schwan, die fixen Leuchtpunkte, die allmählich am Himmel erscheinen. Es zaubert die bläuliche Wega. Querflötentöne, ich erwähnte den musizierenden König. Oder man hört aus der Ferne vom Stadtschloss her das Pianoforte. Johann Sebastian Bach besucht die hiesige Majestät. Er soll die neuen

Instrumente aus der Silbermannwerkstatt ausprobieren. Wäre dies die Musikstunde, von der die Experten noch dieser Tage viel schreiben und schwärmen, müsste es allerdings hier oben ziemlich kalt sein. Ein windiger Apriltag. Beim neuen Schlossgebäude würden wahrscheinlich noch ein paar Baugerüste und Mörtelwannen herumstehen. Die Bauleute sind grade fertig geworden. Nächstens wird Sanssouci eingeweiht. Dann gibt es hier, wo ich sitze, ein festliches Essen. Bach ist unterdes schon wieder unterwegs nach Hause zurück in sein Leipzig. Piano forte, gut und schön, Meister Bach freut sich auf sein ehrliches Cembalo. Er hat sich einiges notiert, das Beste trägt er im Kopf. Das Motiv zu den Musikalischen Opfern. Daraus wird er was machen.

So weit vom Leben hier oben. Die Käfer leuchten. Die Sterne prangen.

Mit der Schreibmaschine habe ich noch nichts angefangen. Ich denke noch darüber nach. Es gibt so viel, was man mit den flinken Buchstaben machen könnte. Ich werde vielleicht ein Dementi machen und eine Verteidigung. Alles über Wolken. Wolken sind weder Wattehaufen noch Schafe noch Federbetten, Wolken sind keine Schwanenflügel, sie sehen nicht aus wie Dampf aus einer Lokomotive oder Rauch aus Fabrikschornsteinen oder wie ein Atompilz. Die Wolken laufen am Himmel wie Nachrichten. Täglich das Neueste. Meteorologisch scheint das meiste geklärt zu sein. Wolkenphysik kann ich mir bildlich vorstellen. Es sieht nicht nach Hexerei aus wie bei den Funkwellen, den Quanten oder überhaupt bei Max Planck. Wolken sind Luftmassengegensätze, kondensierter oder sublimierter Wasserdampf, der sich an winzigen Staubpartikeln festhält, und Wind. Aber das ist nur die halbe Wahrheit. Mehr erfährt man mit einem Fernrohr. Glitzernde Stratosphärenwolken. Glühende Splitter. Vom Sturm getriebene Funken. Ein eiserner Besen fegt glimmende Aschereste vom Rost. 80 Kilometer über der Erde. Nachtsonnenzeichen oder vielmehr Zeichen des Fegefeuers. Ich weiß nicht, wo anfangen mit meinen Wolkennachrichten. Erika hat mir erzählt, beim Fliegen schaut man von oben aus dem Flugzeug in das langsam wandernde kondensierte Wasser hinein. Also Wolken in Zeitlupe. Also doppelte Geschwindigkeit beim Belichten des Materials. Das wären keine Buchstaben mehr, das wäre schon ein Film.

Eli hat in den Rabatten am Obelisken mit der Gärtnerschere ein paar Astern abgeschnitten. Schnell unter dem Sternenhimmel. Diebstahl will sie den fachmännischen Zugriff nicht nennen. Es sind volkseigene Astern, und ich bin mehr als das Volk, ich bin Gärtner, und das ist wahr. Eli ist auf Straßenbahnen nicht angewiesen, nicht abhängig von Nachtfahrplänen. Sie ist Besitzerin eines Fahrrades und einer Schreibmaschine auf einem Tisch, den sie Schreibtisch nennt. Sie hat ein paar Notizen im Heft und dreißig Mark verdientes Geld in der Tasche. Das macht beschwingt. Eli klemmt die Blumen auf den Gepäckträger, sie tritt in die Pedalen. Der Lichtdynamo sirrt durch die Nacht.

Im Tauber-Haus herrscht Stille. Internatsgerüche hängen im Vestibül. Schimmel, Bohnerwachs, Bier, Badesalz. Kein Licht hinter Erikas Tür. Eli tappt im Dunkeln die Treppe hinauf. Sie öffnet das Fenster. Die Pappeln wispern. Eine Grille zirpt.

Eli macht an ihrem Tisch noch ein paar Anmerkungen zu verschiedenen angefangenen Erinnerungen. Über Wolken, sehr irdisch und nüchtern, belehrend und in einer seltsam neuen Handschrift. Etwas, wofür Ludwig von Schubert gelobt werden würde. Sie denkt an Ludwig, wie er Worte auf Lager hat, die einem das Herz erwärmen. Oft muss sie über seine Späße lachen. Er spielt Hanswurst oder Harlekin, aber er ist ein anderer, man weiß nicht, wer. Sie lauscht in die Sommernacht. Eli steckt die Notizen in eine graue Mappe, eine Klemmmappe, auch Felix hat so eine Mappe für seine Werbesprüche. Ein Behälter für nützliche, manchmal eitle und schöne Gedanken.

Eli schaltet die Leselampe an, sie schließt das Fenster wegen der Mücken und Nachtmotten, die in den Pappeln wohnen.

Sie muss sich bei Anton wenigstens für den Umschlag mit den zehn Mark bedanken und auch noch einmal für die Jacke. Die Jacke passt und schützt. Ich habe sie an, wenn ich studiere. Ein kurzer freundlicher Gruß auf einer Postkarte. Sie schreibt wie eine, die unter der Adresse zwar einen Verwandten, aber kein Bett mehr hat. Das Nest ist kaputt, Frau Vogel ist frei. Sie pfeift sich mitten in der Nacht ein trotzig tröstendes Lied. Sie vergibt dem Zerstörer, denn jetzt hat das Leben und Streben noch mehr Sinn. Vogelfrei, was kostet die Welt, das ist hier die Frage. Genauer gesagt: Wie viel kostet ein Schlafsack. Mit einem Schlafsack bist du überall zu Hause. In Dresden, in Rom und, wenn es sein muss, in Leuna. Fahrrad, Schreibmaschine und Schlafsack.

Anderntags liegen die Astern noch vor Erikas Tür. Kein Kinderwagen unten neben der Treppe, keine Windeln auf der Leine. Eli wundert sich. Sie ahnt etwas. Sie kapiert, was geschehen ist, als sie im Flur hinter einem Pappkarton das Radio entdeckt. Erikas REMA Trabant, das Netzteil, die Schnur mit dem Stecker zusammengewickelt obendrauf, daneben der Plattenspieler mit der Plattenkiste. Hingestellt für Eli. So war es ungefähr ausgemacht. Kein schriftlicher Gruß, wenn ich fliege, nimmst du, solange ich weg bin, mein Radio.

Erika ist also auf Reisen. Samt Enrico ausgeflogen. Eli kann Platten hören oder Radio. Das Sonntagskonzert. Wenn sie will, ganz laut, dass die Musik durch das Tauber-Haus tönt und die Beklommenheit vertreibt und die Tatkraft beflügelt.

Eli nimmt die Steckdose neben ihrem Bett, vielleicht die von der Nachttischlampe des Kammersängers. Eine Tauber-Steckdose aus weißem Porzellan.

Das Radio ruht weich auf dem Internatskopfkissen. Erikas REMA Trabant. Ein Kofferradio, jetzt mit Netzteil betrieben. Von der Friedrichkirche am Weberplatz läutet die Glocke. Es ist zehn Uhr. Gottesdienst und Nachrichtenzeit.

Der Nachrichtensprecher verkündet den Bau eines antifaschistischen Schutzwalls rings um das Land und um den Demokratischen Sektor, die Hauptstadt Berlin. Übertritte werden nicht mehr geduldet. Friedensstörer werden bestraft. Der Sprecher endet. Ein Kinderchor singt. Eli liegt neben dem Radio, sie hört die Kinderstimmen. Sie kennt den Text. Ein Lied vom wunderschönen Tag. Die Sonne lacht uns so hell, und wie ein lichter Glockenschlag grüßt uns die lockende Ferne. Ziehn nicht die Wolken so schön und leuchtend am Himmel entlang? Und über Wald und weite Höhn jubelt der Lerche Gesang. Uns sind die Herzen so frei. Die Kinder jubeln den Refrain. Eli dreht am Senderknopf. Die Skala hat keinen erhabenen Merkpunkt wie Siegfrieds REMA Trabant. Musik und Stimmen. Jetzt auch aus dem Radio wie vorhin vom Weberplatz das zum Sonntag gehörende Geläut. Eine Sprecherin beendet das feierliche Dröhnen. Sie hörten zuletzt die Glocken der Kaiser-Wilhelm-Gedächtnis-Kirche zu Berlin. Der Nachrichtensprecher fällt ihr ins Wort. Der Osten wird abgeriegelt. Eine andere Stimme gerät dazwischen: Panzer stehen schussbereit, Soldaten sind mobilisiert. Überall an der Grenze wird Stacheldraht ausgerollt. Es sind Reporter, die von verschiedenen Plätzen Originalton senden. Atemlose sprechen und weinen. Eine Expertenrunde schaltet sich ein. Das ist eine neue, die Welt verändernde Situation. Die Sowjetunion hat ihren Einflussbereich mit Waffen gesichert. Wird es zum Krieg, die Experten sagen: zu militärischen Auseinandersetzungen, kommen? Die Folgen wären für beide Machtblöcke unabsehbar, auf jeden Fall aber katastrophal. Ich sage Nein. Sagt der Experte.

Die Sowjets handeln. Wo ist der Amerikaner? Der Präsident ist zum Angeln gefahren. Es ist Urlaubszeit.

Wie lange wird der Wahnsinn dauern?

Solange es die beiden Blöcke gibt.

Drei Monate, dann geht der Osten in die Knie.

Sieben Tage, dann ist der Spuk vorbei.

Krisen dauern sieben Tage. Dann ist das hier vorüber, und es wird woanders verrücktgespielt, in Asien oder Kuba.

Eli steckt die welken Astern ins Wasser. Jetzt wohnt sie allein in der prächtigen Tauber-Villa mit den Pappeln und dem großen wild gewordenen Garten. Die Holzpaneele, die Treppen knarren. Sand knirscht auf den Marmorfliesen unten im Flur. In den Kassetten der Haustür bröckelt die rote Farbe, darunter Braun, darunter Grün, der helle Holzgrund, die uralte Zeit.

Ein Hochsommersonntag. Eli wäre jetzt ratlos oder verzweifelt genug, sie würde jetzt zu Ludwig gehen oder zu Erwin Schubert, sie würde anklopfen, sie würde vor der Tür stehen. Wie angewurzelt. Der Assistent Schubert wie angewurzelt. Ludwig wie angewurzelt, wie ein angewurzelter Harlekin. Alle wie angewurzelt. Fliegen geht nicht. Dafür sind wir Menschen nicht gemacht. Am Stalin-Haus ist die Welt noch wie früher, jedenfalls wie gestern. Einfach schön. Von Grenze keine Spur, obwohl die Teilungslinie genau durch den Griebnitzsee verläuft, diesseits Häuser und Bäume, drüben nur Wald.

Eli gelangt durch die Außentür in den Kohlenkeller. Von dort zur Wirtschaftstreppe. Das ist der Sonntagsweg. Der Schlüssel zur Bibliothek liegt im Treppenflur hinter der Bronzeplastik, dem jugendlichen Kopf des Dichters Heinrich Heine. Ein Rest des Ausstattungsinventars von Stalin. Aus seiner Zeit. Der Kopf steht auf der Konsole des großen Spiegels genau in der Mitte. Ein Versteck, das jeder kennt, weil die Bibliothekarin meint, auf Studenten muss man sich verlassen können, sonst würde gar nichts funktionieren, vor allen Dingen kein Sozialismus. Der Schlüssel liegt hinter dem Heine-Kopf, damit wir auch sonntags und in den Ferien Bücher ausleihen können. Eli schreibt einen Zettel. Entnommen einmal *Vater Goriot*. Eli.

Ein Blick aus der ersten Etage vom Balkon des Mahagonisalons, der herrlichen Stätte der Montagsseminare. War je so viel Täuschung. So viel Blendlicht. So viel Nichts als Natur. Und Zusammengehörigkeit zwischen Ufer und Ufer. Bäume sind Bäume. Einzig der stille Seespiegel deutet an, was wahr ist. Hier fährt ab heute kein Boot mehr, kein Schiff passiert ab heute den Teltowkanal und so auch nicht diesen See.

Im *Gloria*, unserer Frontstadtspielstätte, läuft immer noch *Hiroshima, mon amour*. Heute 17 Uhr. Ohne Eli, ohne Zuschauer aus dem Osten. Den Schiebern und Spekulanten wird ab heute das Handwerk gelegt. Es ist deren Schuld, dass es so weit kommen musste. Eli, es ist deine Schuld, du hast die Arbeitergroschen in die kapitalistischen Kinos getragen. Die Guten mussten handeln, um das Gute zu bewahren. Eli legt den Schlüssel zurück hinter den Heine-Kopf, ins offizielle Versteck. Sie läuft mit dem Buch in der Beuteltasche die Straße entlang, die zum S-Bahnhof führt, der letzten Station im Osten. Am Sonntagmittag ist man hier allein als Spaziergänger oder als Ausflügler nach Berlin, West oder Ost, das geht eigentlich niemanden etwas an, wo man hinwill. Und ob man tugendhaft ist oder klassenbewusst und jederzeit im Herzen trägt, dass man versprochen hat, nicht im Westen auszusteigen, bin ich Jesus, so denkt man als Student. So denkt Eli. Das geht niemanden etwas an. Sie läuft an massivsten Eisenzäunen und Toren entlang, lauter festes Gründerzeitkapital, gotische, maurische, englische Villen, früher prächtig, jetzt Gästehäuser, Internate, Möbellager, ein Kinderheim.

Am Bahnhof sind alle drei Flügeltüren versperrt. Achtzehn-,

neunzehnjährige Burschen in Uniform mit Gewehr vor der schmalen Brust halten Wache. Leute fragen. Wann die S-Bahn wieder fährt. Heute nicht, sagen die Soldaten, und morgen wahrscheinlich auch nicht.

Ihr Kinder, ihr müsst unbedingt die Türen zur Schalterhalle aufmachen, sagt eine Frau. Seht ihr nicht, die Schwalben wollen rein. Die haben in der Schalterhalle oben in den Dachträgern Nester gebaut. Hört ihr denn nicht, wie die Jungen piepsen? Die zweite Brut ruft nach Futter.

Ich will zu meiner Schwester. Ich muss nach Hause. Ich will zu meiner Mutter. Die fünf Soldaten sind verantwortlich für den Frieden und die Unantastbarkeit der Schutzmaßnahme. Ein übernächtigter Fremder wiederholt nun fast bettelnd: Ihr müsst einsehen, ich muss nach Hause.

Achselzucken. Betretenes Schweigen.

Eli steht dazwischen und versucht, irgendetwas Eigenes zu denken.

Und wenn ich morgen zum Alexanderplatz fahren möchte. Wenn ich morgen erkunden möchte, wie viel ein Schlafsack kostet.

Wozu braucht die Puppi denn einen Schlafsack? Eli raunzt zurück.

Das geht dich Rotznase einen Dreck an.

Der ausgesperrte Stationschef beschwert sich: Ja sind wir denn in der Gosse?

Nee, sagt einer, wir sind nun alle miteinander im Knast.

Die Stimmung schwankt. Den Nächstbesten zum Trost umarmen oder einfach zuschlagen. Türen eintreten.

Die Frage ist, wie kommt man zum Alexanderplatz, also eigentlich vom Osten nach dem Osten, das muss doch möglich sein, praktisch und politisch?

Entweder über Schildow oder über Schönefeld. Mehr wissen wir nicht. Schildow und Schönefeld, das sind ja richtige Reisen, Weltreisen, rings um die westliche Stadt. Ein Schildbürgerstreich. Einfach Blödsinn. Das ist gegen den Viermächtestatus. Das ist Willkür. Eine Krise dauert sieben Tage. Die Großmächte müssen sich einigen. Die Russen müssen einlenken. Es sammeln sich immer mehr Leute. Manche haben kein Radio gehört und heute noch mit niemandem gesprochen. Was ist denn hier los? Eli erzählt einem Ehepaar, was sie im REMA Trabant von Erika gehört hat. Sie denkt an Erika. Vielleicht ist sie jetzt schon in Rom. Und was das wohl bedeuten mag, diese Verletzung des Viermächtestatus. Großvater Anton ist an so einem schönen Wochenende gewiss in die Sächsische Schweiz gefahren. Hat oben auf dem Affenstein übernachtet und in den Himmel geguckt in Richtung Perseus, weil es dort grade wieder staubt. Kometenstaub. Sternschnuppen. Wünsch dir was. Wenn er runterkommt vom Affenstein und hört, was los ist, wird er sagen: Das kenne ich schon. Sechzehn Jahre Frieden, das gab es selten. Wahrscheinlich ist es so weit. Der Osten dreht sich selber den Hals um.

Und Heinrich? Der schleudert Honig, oder er karrt seine Bienenvölker in die Heideblüte, oder er ist angeln gegangen wie der amerikanische Präsident John F. Kennedy. Abwarten, das ist seine Devise. Wie es kommt, kommt es.

Und Ludwig? Warum Ludwig? Immer, wenn Eli das Herz schwer ist, denkt Eli an die Großväter und manchmal an den Assistenten. Bruder Schubert. Oder an Ludwig. Liebling Ludwig. Einmal hat sie geträumt, da ist sie an einem Seil vom festen Ufer zu einer ziemlich fernen Felseninsel gesaust. Das Seil hing an einer Rolle, die wie ein geölter Blitz über ein Laufseil flitzte, das zwischen Ufer und Felsen festgemacht war. Eine kurze und schmerzlose, etwas abschüssige Reise. Es gab keinen anderen Weg, keine Wahl, nur diesen Haltegriff. Ein todesmutiger Anlauf. Dann Zuversicht. Spannung zwischen den Schulterblättern, ungeahnte Kräfte. Wahrscheinlich Reste von

Flügeln, die unter diesen Umständen zur Entfaltung kommen. Ein Engelsflug. Eine weiche Landung vor einer Sandbank in lauwarmem Wasser. Eine süße Begegnung. Schubert in Badehose. Ein Dreieck aus rotem Tuch. Sein imponierender Delphinsprung. Bewunderung. Kraftringe auf dem Wasser zeigen den Ort des Verschwindens. In der Mitte der Ringe tauchen Hände auf, dann schwarze Haare, die mit einem sportlichen Kopfschwung aus dem Gesicht geschleudert werden. Wasserperlen fliegen. Ludwig, der Spaßmacher. Komm, du Seelchen, ich bin der Klabautermann. Schwimmen. Das Ufer rückt in die Ferne.

Felsen, plötzlich kann man die Steine mit der Hand berühren. Eine glitschige Wand.

Kraftringe um Ludwig. Er hat ein Exposé geschrieben. Die erste Fassung, die Charaktere haben schon deutliche Konturen. Eine Hauptrolle für Helene Weigel. Man spürt den Atem der Geschichte und Ludwigs Begabung.

Ludwig, du reitest auf einer Bulette! Schuberts kritische Anmerkung.

Eli hatte gelacht, sie hatte nicht gewusst, was er Ernstes damit sagen wollte. Siegfried hatte Eli erklärt, Schubert meine den Konflikt. Ludwig habe noch keinen tragfähigen gesellschaftlichen Konflikt gefunden.

Den hat er nun, denkt Eli. Jetzt kann er loslegen. Tragisch und komisch. Dialektisch, also alles verkehrt herum. Anders oder wie gehabt. Lauter Königskindergeschichten, tiefe Wasser, erloschene Lichter, Nornen und Sturm.

Man muss auch das Gute sehen. Durch so eine bewachte Sperre wird Alice nicht aus dem Westen zurück nach Dresden kommen können. Die liebe Seele von Anton hat endlich Ruhe, seine stille Hoffnung, eines Tages werde Alice dort drüben bei der Schwester, den Nichten und Neffen, etwas sächsische Heimat, und wenn es nur die Elbe ist, fehlen, eines Tages werde sie wieder Lust haben auf eine Wandertour mit Anton durch das Tal der Kirnitzsch. Diese Hoffnungen sind nun zu einem Häufchen Asche zusammengesunken. Ein dicker Strich. Schluss. Aus der Traum. Das Kapitel Alice hat damit ein Ende gefunden. Man kann verzeihen und heulen. Das Gute kann schmerzlich sein und neidisch und schwarz.

Die Holunderbeeren sind bald reif, hinter dem Tauber-Haus klemmt ein kleiner Busch in der Mauer, nicht zu vergleichen mit den üppigen Büschen an der Grenzstrecke am Teltowkanal.

Eli sucht im Tauber-Terrain, was sonst noch übriggeblieben ist. Verkrüppelte Stachelbeersträucher. Aufgeplatzte Beeren. Hagebutten. Juckpulver. Eine leere Wäscheleine, baumelnde Klammern. Drüben am Steinplatz läuft im Original *L'année dernière à Marienbad.* Heute wäre vielleicht noch eine Möglichkeit, eine letzte Chance vor dem Spielplanwechsel. Heute und dann nimmermehr, rien ne va plus. Eli würde ihre Sachen ausziehen, im Faltboot verstauen, das beim Stalin-Haus unten am Ufer festgemacht ist. Sie würde den Haltestrick zwischen die Zähne klemmen, dann im Sichtschatten hinüberschwimmen. Auf dem See ein herrenloses unschuldig treibendes Boot, die Studenten-Titanic. Vom Wind bewegt, vom Wasser getragen. Drüben würde sich Eli anziehen, das Boot anbinden und ins Kino wandern und nach der Vorstellung auf nämlichem Wege zurück.

Eli verscheucht eine Mücke und auch die kühnen, leichtlebigen Gedanken. Gut, dass Erika eine Weile in Rom bleibt, wenn sie in drei Wochen wiederkommt, wird der Frieden gesichert sein und die S-Bahn wieder fahren. Man muss Geduld haben, drei Wochen abwarten, das wird uns gelingen. Eli pflückt die verwitterten Klammern von der Wäscheleine. Enricos Windelleine. Jetzt im August feiert man in Rom das Fest des Augustus. Man trinkt Wein und Zitronenlikör. Limoncello. Erika hatte an einem Abend einen salzigen Kuchen gebacken, obendrauf Tomaten, Zwiebeln und Rügener Camembert. Pizza, so heißt das. Das isst man in Rom jeden Tag.

Eli packt den Rucksack. Drei Wochen Praktikum in Leuna. Sie holt sich im Sekretariat das Schreiben des Kombinats mit den Einweisungspapieren. Frau Gieram hat sehr wenig Zeit für Eli. Gut, dass Sie kein Mann sind, und gut, dass die meisten Studenten schon im Praktikum stecken. Wer hier ist, muss in die Kampfgruppe. Frau Gieram macht ein bekümmertes Gesicht. Eigentlich müssten wir längst eine Kampfgruppe haben, aber wir haben keine.

In der Mensa liegen Gewehre und Uniformen, an der Fensterwand eine Reihe Feldbetten. Zwei Studenten von der Akademie für Staat und Recht stehen als Kommandeure bereit, vorläufig lümmeln sie auf den Betten. Wir müssen Sicherungskräfte zusammentrommeln. Wer erreichbar und Manns genug ist, wird mit einer Knarre versehen und muss an den Schutzwall. Der Schritt in den Westen heißt dann Fahnenflucht und kostet womöglich Kopf und Kragen.

Gute Reise, Rafaela Reich, erfolgreiches Praktikum.

Der Pförtner steckt den Kopf durchs Fensterlein: Unten im Park, die Brücke über den Kanal ist noch offen. Bestimmt nicht mehr lange.

Ich fahre nach Leuna, sagt Eli.

Ach so, sagt der Pförtner. Ich dachte bloß.

Eli reicht dem Pförtner die Haus- und Zimmerschlüssel. Bis bald, sagt Eli, und dann stockt ihr Atem. Der Verstand steht still. Wer da? Hinter Elis Rücken, in Drillichanzug, mit Koppel und Schießgewehr, Erwin Schubert, der Assistent. Eine widernatürliche Wandlung. Notstandsbefohlene Metamorphose. Statt Jungbrunnen, ein Sumpf. Ein Schussel, denkt Eli. Als Assistent in kaffeebraunem Cordanzug in die Mensa gegangen, als Soldat herausgekommen. Sie denkt an den Traum, da war er ihr in einer roten Dreieckbadehose erschienen.

Guten Tag, Doktor Schubert.

Guten Tag. Er strebt vorbei und nur noch, verbindlich eilig, nach vorn. Es fällt ihm der Name der Sachsenfee wieder nicht ein. Er will ins Freie, wenigstens hinaus aus dem engen Einlassbereich mit dem Pförtnerfenster, dahinter die Briefe und Fundsachen, die Mitteilungen, Raumverteilungen und Vorführzeiten der Studentenfilme, Prüfungstermine. Schnee von gestern. Heute gilt nichts. Er will an die Luft. Er geht auf und ab. Vor dem Haupteingang des Verwaltungshauses, wo die Busse halten. Zigarettenkippen wie gesät und das Schild Babelsberg-Nord.

Eli hat den Rucksack geschultert. Sie würde gern eine Frage stellen. Balzac, der bürgerlich-kritische Realismus, das Wissen liegt ihr wie Seife auf der Zunge. Der Bus hält. Eli steigt ein, hinten, so kann sie durch die Rückscheibe seinen Blick erhaschen. Der arme Doktor Schubert. Der kluge Erwin. Er hat die rechte Hand gehoben und mit den Fingern eine Bewegung gemacht, dann hat er versucht, auf dem Absatz eine halbe Gabi-Seyfert-Pirouette zu drehen, wie manchmal auf dem Parkett im kleinen Seminarraum. Es sollte kein Stolperschritt werden. Die Finger winken. Auf Wiedersehen, Eli.

Ganz hinten in der Straße in Höhe Stalin-Haus hastet Siegfried Müller herbei. Mit der Taschenuhr in der Hand. Er eilt zum Termin, folgt einem Telegramm. Stellplatz Mensa im Verwaltungsgebäude. Einsatzort Sicherung der Staatsgrenze. Er ist auf kompliziertem Umweg angereist. Wo mag Ludwig sein? In irgendeinem Lampengeschäft von Berlin, da arbeitet seine Mutter, da in der Nähe wohnt er und schreibt seine aktuelle Königskindergeschichte. Eli müsste jetzt sämtliche Lampengeschäfte, Lichthäuser und Leuchtengenossenschaften in Ostberlin abklappern, um Ludwig zu finden. Bleib, wo du bist, und rühr dich nicht. Eli fährt voller Sorgen nach Leuna. Sie fährt mit gepresstem Herzen, so hat sie es in einem Roman gelesen. Das gepresste Herz.

Lieber Anton!

Es ist eine andere Welt: Fabrikhallen, Schornsteine, Gleise, Kesselwagen und Waggons. Rohre, kilometerweit. Es ist eine Welt aus T-Stücken, Kreuzen, Flanschverbindungen und Drosselklappen, Tag und Nacht tropfend und dampfend. Die Schornsteine qualmen gelb oder lila, aus manchen Schornsteinen schlagen Flammen, das sieht aus, als hätte einer überall riesige Fackeln aufgestellt. Eigentlich schön, aber es stinkt.

Frühmorgens, wenn mein Schichtbus die Höhe erreicht hat, erscheint vor dem dunklen Himmel das gelbviolette Farbenspiel. Man riecht, woher der Wind weht. Schwefel bedeutet, der Wind kommt von Süd, Ostwind riecht nach Ammoniak und so weiter.

Ich arbeite in der F 12. Man muss vom Haupttor aus mit dem Werkbus noch drei Haltestellen fahren. Zu Fuß läufst du dich tot, nicht weil es zu weit wäre, ich schätze, nicht länger als eine halbe Stunde, sondern weil du unter den Rohren zu viel von der Brühe und vom Dampf abkriegst. Wir machen Spezialbehälter aus Kunststoff für andere Abteilungen des Kombinates. Vor allem aber Dichtungen, die aus Blei, das wie schwarzes Mehl aussieht, und aus Gummimasse gefertigt werden. Die richtige Mischung garantiert Festigkeit und Elastizität. Wir haben sehr viel zu tun, man sieht auf den ersten Blick, dass überall im Werksgelände Dichtungen fehlen. Wo was tropft oder ein kompliziertes Gefäß kaputt ist, da müssen wir ran. Die Blei-Gummi-Mischung wird in der Formerei durch verschiedene Formstücke gepresst. So entsteht das richtige Profil. Manchmal werden Meterstücke gebraucht, manchmal Ringe. Zum Formen muss das Material heiß sein. Wenn das Stück fertig ist, zieht man es durch ein Wasserbad. Wir haben große Becken dafür. Nach dem Kühlen und Trocknen wird das Teil mit Bleimehl bestäubt. Dann geht es zur Kontrolle und zum Transport.

Oft bin ich ziemlich fertig am Abend. Meine Beine sind wie zwei Blutwürste so dick und blau, und die Augen brennen. Ich wohne zur Miete in einem Siedlungshaus am Ortsrand von Dürrenberg. Es ist nicht weit, eine Anhöhe bei Leuna, etwa zehn Kilometer. Wenn ich heimkomme, falle ich erst mal ins Bett. Ich schlafe, als wäre ich schwer betrunken. Gegen Mitternacht wache ich auf. Neben mir auf dem Ehebett liegt schon die Arbeit. Aufzeichnungen aus der Geschichte der Fabrik. Wie man Ammoniak aus dem Stickstoff in der Luft gemacht hat. Und warum. Auch Eisenstein wollte ich lesen. Das kann ich nun nicht mehr, denn meine Wirtin hat die elektrische Sicherung rausgeschraubt, somit habe ich kein Licht. Die Wirtin meint, ich soll am hellen Tag lesen und nicht zur Schlafenszeit, das geht unnötig ins Geld. Ich habe ihr vorgerechnet, was eine 40-Watt-Birne zwei Stunden mal 21 Tage an Stromgeld kostet. Knapp 14 Pfennige. Für eine Mark könnte ich einen Monat die ganze lange Nacht unter einem Kronleuchter lernen. Sie will es nicht glauben.

Gestern habe ich im Werk einen Kunststoffbehälter geschweißt. Man sägt sich Platten zurecht, setzt die Bindeschnüre und schweißt die Teile mit einem Brenner zusammen, oder man macht die Platten in einem Schamottofen heiß und versucht, mit verschiedenen Presseisen eine bestimmte Form zu gestalten. Wegen meiner Blutwurstbeine und der Ameisen in den Händen, habe ich mich mal während der Arbeit auf eine Kiste gesetzt, da kam der Brigadier angerannt, die Bestimmungen untersagen das Kistensitzen. Der Arbeitsschutz lässt das nicht zu. Er hatte auch gleich einen eiligen Auftrag. Dichtungen für einen Säurekanal. Man kippt verschiedene Pulver, Kanister mit Lösungsmittel in einen Kessel. Setzt den elektrischen Quirl ins Gemenge. Rührt den Teig, bis er gummiartige Bänder zieht, nicht mehr reißt und auch nicht mehr am Quirl klebt. Am Anfang riecht der Brei gut, wie Mandelpudding. Dann wird mir jedes Mal schlecht.

Der Brigadier hat gezählt. In sechzig Minuten, also innerhalb einer Stunde, sei ich dreimal verschwunden. Nun reiche es aber. Die anderen haben getröstet: Mach dir nichts daraus, wenn du aufs Örtchen musst, musst du. Es sind nette Männer. Wir gehen mittags gemeinsam in die Kantine und dann pünktlich zurück an die Arbeit. Inzwischen bin ich firm, ich weiß, wo die passenden Formstücke liegen und wie sie eingesetzt werden müssen. Ich hole mir die Aufträge aus der Meisterbude und lege los. Einmal in der Woche habe ich nachmittags frei. In dieser Zeit sitze ich als Praktikantin im Archiv vom Leuna-Echo. Der Chefredakteur erwartet, dass ich einen Artikel schreibe. Vielleicht über die Klassenkämpfe von 1923. Ich habe viel darüber gelesen. Leider finde ich im Archiv keine Wetterberichte. Nichts über den Himmel in diesen revolutionären Tagen. Kein Wort über Wolken.

Obwohl aus dem Artikel nichts geworden ist, hat Eli am Ende ihrer Zeit im Leuna-Kombinat vom Chefredakteur des Leuna-Echos ein Buch überreicht bekommen. *Der Weg nach Lhasa* vom Artia-Verlag. Ein schwerer Bildband. Zur Erinnerung an dein Praktikum und als Dank für fleißige Mitarbeit.

Bleierne Müdigkeit, das ist keine Rede, das ist die Wahrheit. Blei kriecht im Blut.

Eli liegt im Internatsbett, sie schläft. Der Tisch steht mit seinen drei Stühlen wieder in der Mitte. Das macht die Putzfrau. Sie sorgt für einen ordentlichen Start, Möbel abgewischt, Papierkorb leer und an Ort und Stelle, frische Bettwäsche, gekehrte Stuben. Fenster zu. Die beiden Produktionsstudentinnen Anke und Sandra waren einem Drehstab an der Ostsee zugeteilt worden. Sie hoffen, dass sie wieder hinfahren dürfen. Den hiesigen Debatten entgehen. Die Sonnenbräune vertiefen. Von Schönefeld aus fliegt jeden Tag eine Antonow, sie landet auf einem Stoppelacker in Ahrenshoop, bringt Schauspieler an den Drehort, Rohfilm, ein besseres Objektiv, neue Mitarbeiter. Alles für die Musikfilmkomödie *Das verhexte Fischerdorf* mit Lutz Jahoda.

Anke und Sandra sind auf dem Sprung. Sie haben für Eli Bohnensuppe aus der Mensa mitgebracht. Der Topf steht auf dem Tisch.

Eli, willst du nicht aufstehen? Eli unternimmt einen Versuch, steckt die Füße in die Sandalen, lässt sich gleich wieder fallen.

Ich schlafe, sagt Eli. Sie dreht sich zur Wand. Anke und Sandra schnappen die karierten Campingbeutel, sie hinterlassen ein stilles Quartier. Eine sturmfreie Bude.

Siegfried Müller sitzt am Tisch in der Mitte des Zimmers, er wartet immer noch geduldig, er hat die Zeitung gründlich gelesen, als sich Eli endlich in ihrem Bett ein wenig bewegt. Sie atmet.

Siegfried raschelt deutlich mit dem Papier. Eli gähnt. Siegfried packt die Gelegenheit, ein Blick auf die Taschenuhr, die aufgeklappt auf dem Tisch liegt. Es ist achtzehn Uhr dreizehn.

Eli, wir hatten heute den ganzen Tag Seminar. Wir fangen jetzt montags eine Stunde später an, weil ich mit dem Sputnik über Karlshorst fahren muss. Ludwig zieht ins Internat zu den Kamerastudenten, und Felix kommt wahrscheinlich nur noch einmal im Monat.

Siegfrieds Stimme raunt, während eine Fliege den Suppentopf umschwärmt. Es ist nicht zu ändern. Für die Pausen bleibt uns immer noch der Balkon. Wenn's gutgeht, fügt er hinzu.

Eli lächelt. Vielleicht lauscht sie der summenden Fliege

nach, vielleicht kommt ihr die Stimme bekannt vor, Siegfried, bist du hier und wo bin ich, vielleicht denkt sie an Ludwig, an seinen Umzug, sein neues Quartier.

Unten am Ufer vom Stalin-Haus liegt Stacheldraht, alle fünf Minuten patrouillieren Soldaten. Der Hausmeister schimpft mit den Studenten, dabei sind es die Grenzer gewesen. Sie trampeln quer durch die Rabatten mit den Winterastern und werfen Kippen auf den Weg. Der Liegeplatz vom Paddelboot, abgesperrt. Das Boot ist verschwunden. Ob einer noch getürmt ist? Oder die zuständige Sicherheit hat das Boot konfisziert. So wird es wohl sein.

Eli, hörst du mir zu? Der Dekan hat unsere sieben schöpferischen Seiten zurückgegeben. Er hat deine vermisst.

Siegfried Müller schweigt, er vernimmt ein leises Grunzen, dann ein rhythmisches Pusten. Schlaf. Eli, hörst du mir zu?

Eli liegt nicht mehr im Bett. Sie hat Tisch und Stuhl wieder in die Position unter das Fenster geschoben. Sie verbringt die Zeit im Sitzen. So senkt sich das Blei. Es sammelt sich in den Fersen. Sie hält einen Kugelschreiber unter die Nase und dann eine Tube Klebstoff, das schnelle Kittifix. Kugelschreiber riecht am besten. Um Mitternacht schlägt sie die Fensterflügel auf. In der mittleren Pappel blinzeln zwei Lichter, es sind die Augen einer Eule. Eli schreibt mit Kugelschreiber. Die Überschrift groß, gut lesbar. Antwortzeichen. Eine Vater-und-Sohn-Geschichte. Handlungsort Merseburg. Zeit: 1923, das Jahr der Kämpfe. Der kleine Sebastian möchte so ein tapferer Mann werden wie sein Vater. Grüne Paste fließt aus der Mine des Kugelschreibers auf das Papier. Eli schreibt grüne Buchstaben. Sätze. Eli schnuppert. Sie schreibt mit bebenden Nüstern.

Es ist nichts für die graue Mappe. Es sind sieben Blätter zum Abgeben. Das richtige Maß. Allerdings Handschrift, obwohl Schreibmaschine angesagt war.

Elis Herz klopft. Ihre Ohren glühen.

Der Dekan muss in diesen Tagen Orient rauchen. Er braucht nicht mehr in der Anzugtasche herumzufischen. Die gelbe Pappschachtel liegt auf dem spiegelblanken Mahagonitisch. Er liest Elis Geschichte vor. Durch seine Orgelstimme bekommen die Sätze einen schweren Ton und Fremde, Druckerschwärze. Er erklärt, warum das eine gelungene Geschichte ist. Eli versucht, die bleischweren Augenlider offenzuhalten, sie lauscht verwundert. Dem Nachklang der Lesung und seinen Argumenten. Sie runzelt vor Müdigkeit die Stirn. Der Dekan hebt die Episode hervor, wo Vater und Sohn am Morgen vor dem Garderobenspiegel stehen. Wie der Sohn sich die Mütze genau wie der Vater aufsetzt. Der Dekan liest den Anfang noch einmal. Sätze wie aus einem Buch oder aus einer Broschüre, doch er hat nichts anderes als Elis Schreibpapier vor Augen. Ihre grüne Schrift. Die Redaktionsbaracke des Leuna-Echos. Eli riecht den Flur, Zigaretten. Kaffee. Bohnerwachs. Broschürenstapel. Sie sitzt grade auf ihrem Seminarstuhl, bleichgesichtig, mit bläulichen Augenringen. Der Dekan hat recht. Wenn er redet, hat er recht. Sie ist erleichtert. So muss man solche Texte lesen. Fremd, stark, wie gedruckt, man vergisst die grüne Schrift, die schwere Hand. Die Last, das giftige Blut in den Fingern.

Siegfried Müller schaut mit blauen Augen über den Tisch zu Eli, väterlich stolz, denn er ist Led-Sek, also Leiter des Seminars. Er trägt Verantwortung für die Leistungskurve.

Felix nickt einvernehmlich. Er gönnt Eli den schönen Tag, die gute Laune des Dekans.

Ludwig schnauft, er rutscht auf dem zierlichen Polsterstuhl, hängt schief, schiefer geht es nicht, als beiße ihn ein Floh oder gar eine Schlange ins Hüftfleisch, fast bricht er zusammen unter dieser Pein. In der Pause schiebt sich Eli ahnungsvoll an Ludwigs Seite. Er kann ihr auf dem schönen Balkon mit der

Aussicht auf den Stacheldraht und die Soldaten am Ufer des Sees nicht entkommen. Du willst meine Meinung hören?

Eli spürt das Blei in den Fersen, das bisschen Standfestigkeit, ihr windiges Stehaufweibchenschwanken. Scheußlich schläfrig, zum Heulen, der Bettlerinnenblick.

Grün, sagt Ludwig, und ziemlich glatt gestrickt.

Ich weiß doch, sagt Eli. Ludwig spitzt die Lippen. Der Scherz wird kein Scherz.

Du tapferes, du süßes Kind, sagt er.

Der Saal ist überfüllt.

Die Sekretärinnen, der Pförtner, die Köchinnen sitzen in einer Reihe. Der Hausmeister schimpft, er als Verantwortlicher für Brandschutz- und Sicherheit müsste einschreiten, er müsste Ordnung schaffen, alle Fremden raus, die Angestellten haben eigentlich nichts in den Vorführräumen der Hochschule zu suchen. Aber er hat ja selbst schon seine Mütze auf ein Polster gelegt. Er will selbst mit gucken. Es läuft *L'année dernière à Marienbad.*

Die Filmkopie muss sofort, wenn die letzte Rolle durch den Apparat gelaufen ist, wieder in Berlin abgeliefert werden. Das Auto vom Außenhandel steht vor der Tür. Eine schnelle Aktion, heimlich, gesetzeswidrig, ein Verstoß gegen das internationale Urheber- und Handelsrecht. Irgendjemand vom Filmaußenhandel in Berlin, der in einem Chefzimmer sitzt, hat, wie gesagt wird, einen Arsch in der Hose und ein Herz für Studenten, er kann sich denken, was den jungen Leuten hilft, was sie anregt und aufregt. Dieser Film und die Filme von Fellini und Antonioni und De Sica und Bergman, französische, polnische, tschechische, englische, japanische Filme. Pier Paolo Pasolinis *Mamma Roma.*

Sternstunden. Zündende Funken. Wort gegen Bild. Montage der Gegensätze. Wir haben es geahnt, schon lange, schon immer, man muss die verklemmte Tür aufreißen oder gleich durch die Wand gehen. Genau das, sagt Ludwig.

Eli hat neben Ludwig gesessen. Seine Nachbarschaft, der raue Pullover, das war wie Medizin. Das beste Mittel gegen den Schlaf: solche Filme und Ludwigs Atem an ihrem Ohr.

Du pennst doch nicht etwa?

Kein Stück. Elis Erwachen.

Im überheizten Flur der Tauber-Villa wartet ein Ehepaar, beide reisetüchtig in Staubmantel und in Baskenmütze. Sie warten, obwohl schon das Notwendige getan ist, sie warten einfach noch eine Weile, vielleicht klärt sich noch etwas auf, etwas, das den beiden oder zwischen den beiden ein Rätsel ist. Erika. Es sind ihre Eltern. Sie sind aus Halle gekommen, um die Sachen der Tochter abzuholen, das Zimmer muss geräumt werden, weil der Internatsplatz gebraucht wird.

Ein aufgescheuchter Studentinnenschwarm schwirrt an den beiden Besuchern vorbei. Rücksichtslos, atemlos. Laut. Eli taumelt in schwarzweißen Bildern, dazu in Ludwigs kumpelhafter Umarmung. Sein Schlag auf ihrer linken Schulter, der warme milchige Atem, seine Nase an ihrem Ohr. Mon Amour. Es ist ein kurzer Weg vom Kinosaal in die Unterkünfte. Ein Umsturz, eine Warmfront liegt in der Luft. Jemand erfindet ein neues Kino. Revolution. So was geschieht nicht oft, aber daraus besteht das tägliche Leben.

Fräulein Rafaela?

Ein Vater, eine Mutter, Erika hatte nie von ihren Eltern gesprochen. Vielleicht weil sie Rücksicht nehmen wollte auf Eli, die Elternlose. Das Großvaterkind.

Erikas Mutter erklärt, dass sie auf gut Glück gewartet haben und jetzt froh sind, sie trocknet schnell eine Träne. Der Vater reicht seiner Frau ein Foto, sie gibt das Foto weiter an Eli. Eine Frau, ein Mann, ein Kind, ein Brunnen.

Ach, Erika, sagt Eli.

Das musste nicht sein, kommentiert der Vater.

Sie können das Bild behalten, sagt die Mutter. Dann nimmt die Mutter das Gepäck, den kunterbunten Korb. Darin hat Enrico geschlafen, der Enkelsohn. Es ist das, was besorgt werden muss. Mehr war wohl nicht, mehr ist jetzt wohl nicht zu tun.

Ach, das Radio, sagt Eli. Sie ist auf dem Sprung, Erikas Radio herbeizuholen.

Der Apparat bleibt hier bei Ihnen. Die Mutter hat nun wieder ihre lebenstüchtige Meinung. Das braucht nicht mehr lange. Das wird sich bald normalisieren.

Was denn, wie denn? Der Vater blickt beleidigt auf den großen Koffer. Wer ist schuld, dass er den nun schleppen muss? Der Kerl in Rom, die Weiber, seine Frau samt der eigentlich sonst cleveren und hochbegabten Tochter. Oder der Russe.

Der Russe wird einlenken.

Ob wir das noch erleben.

Und was kommt dann?

Eli hätte gerne etwas Gutes gesagt. Vom Abenteuer im dunklen Saal, von der schwarzen Mama. Von himmlischer und irdischer Fügung, wie Eli die Kunst der Montage versteht. Von Sprache und Musik.

Wolken ändern ihr Gesicht, sagt Eli. Sie stockt.

Sie hält Erikas Eltern die schwere Tür auf. Ein Vater, eine Mutter, wie sie die Sachen der Tochter aus dem Hause tragen. Eli rennt die schön geschwungene Treppe hoch. Der REMA Trabant hat eine lange Teleskope-Antenne, wenn man die auszieht und die Richtung findet, kann man womöglich *Brown Eyed Handsome Man* hören, um so die neidische Sehnsucht endlich einmal richtig fertigzumachen. Mama und Papa, man muss irgendeine Flucht ergreifen. Ich flüchte, ich fliehe, fort von dem, was vorher war. Flüchtigkeit. Hinter den Pappeln die Wolken fließen zusammen wie graue Soße.

Lieber Anton,

von früh bis abends laufen drei Apparate im Projektorraum, einer für Schmalfilm, einer für Normalfilm und der für Cinemascope. Drei Vorführer arbeiten Schicht. Manchmal bedient einer gleichzeitig den großen und den kleinen Saal. Filmvorführer ist ein wunderbarer Beruf. Wenn ich das könnte, wäre ich schon froh.

Im großen Saal haben wir jetzt statt der Holzklapperstühle sehr bequem gepolsterte Sessel. Vor den Fenstern hängt schwarzes Tuch, man sieht nicht, aber man weiß ja, was draußen ist: ein See und Stacheldraht. Ich habe einen Stammplatz in der fünften Reihe genau in der Mitte, dort sitze ich mit meiner Milch. Für den, der bezahlt hat, steht eine Flasche frühmorgens vor der Mensa im Kasten bereit. Ich habe bezahlt. Ich kühle die Hände. Ich wärme die Milch. Ob ich allein im Saal bin oder ob noch andere in den Sesseln sitzen, merke ich nicht. Manchmal, wenn keine Zeit bleibt, geht das Licht zwischen der einen und der nächsten Vorführung gar nicht erst an. Die Tage sind Nächte, und es ist warm. Man kann sich wie ein Ei ins Polster hocken, die Gedanken sinken. Nur das Auge bleibt wach. Das Ohr hört Geräusche, Dialoge verschwinden in der Musik. Der schwarze Plüsch ist bei Licht eigentlich rot. Wenn der Film nichts taugt, schläft man wie ein Kind in der Wiege und träumt sich seinen eigenen Film, und das Träumen ist eigentlich der Beweis: Film ist die älteste Kunst der Welt.

Aber gestern war ich auf meinem Mittelsitz in der fünften Reihe ganz wach. Ich habe einen Film gesehen, der nicht, wie üblich, von Sachen erzählt, die es gar nicht gibt, nämlich Geschichten, die einen Anfang und ein Ende haben. Der Raum ist frei von allem außer der Leere. Der Film heißt *L'éclipse*, also: Sonnenfinsternis.

Eine Regentonne.

Ein Haus, um das ein Baugerüst steht.

Ein Baum, in dessen Blättern der Wind spielt.

Ein Rasensprenger.

Leute an einer Bushaltestelle.

Wasser im Rinnstein.

Ein Zeitungsleser.

Die Überschrift auf der ersten Zeitungsseite. Italienisch, denn es ist ein italienisch-französischer Film: *La pace è debole*, in weißen Buchstaben, die Übersetzung: Der Frieden ist schwach.

Ein schweifender Blick über eine Hausecke. Das ist ein Kameraschwenk, das ist das suchende Auge, wie es darauf wartet, dass etwas passiert. Doch die Welt existiert ohne Geschichten. Es sind die Möglichkeiten, die im Kino aufleuchten. Der Abend bricht an. In der Dunkelheit glimmt ein Licht. Eine Straßenlaterne flackert. Buchstaben ergeben ein Wort.

Die Ohren klingen in dieser Stille.

Man kann im großen Vorführraum gut übernachten.

Das Blei im Blut macht durstig und dauermüde. Es lastet auf den Augenlidern. Es sammelt sich in den Fersen. Inzwischen darf sich Eli noch auf andere Krankheiten berufen. Sie stolpert über die eigenen Beine, sie ist Pazifistin. Sie kann nichts dafür, wie sie für das Blei im Blut nichts kann, die Bleivergiftung ist eine Folgeerscheinung des Praktikums in der Bleigummiabteilung der Leuna-Werke. Elis Pazifismus ist eine Kinderkrankheit. Diese Krankheit gilt bei ihr unterdes als unheilbar. Alte, chronisch schmerzende Brandwunden. Eli hat sich das Leiden als Kind in Dresden während der Bombenangriffe geholt. Vielleicht hatte sie sich bereits in Schlesien infolge der Todes- und Vermisstenmeldungen von Vater und Mutter, Onkel Gerhard, Onkel Siegfried und Onkel Kurt einen Infekt zugezogen, einen seelisch-körperlichen Defekt, der schwerer und schwerer wurde und schließlich durch die Brandwunden chronisch an ihr hängenblieb. Die Krankheit war zum ersten Mal heftig mit Erbrechen, Schwindelgefühl und Nachtschweiß zum Ausbruch gekommen, es war an dem Tag, als ein Junggärtner, gestern noch Spezialist für Moorbeetkulturen, plötzlich in einer blauen Uniform mit Koppel, Pistolentasche, Soldatenmütze, blanken Stiefeln auf dem Hauptweg zwischen den Glashäusern schwadronierte. Er arbeite ab heute nicht mehr im Zierpflanzenbereich, er stehe von nun an als Kasernierter Polizist auf Friedenswacht.

Das gibt's nicht, hatte Eli gestottert, es heißt doch: Nie wieder ein Gewehr in deutscher Hand. Das haben wir doch geschworen.

Wer soll denn sonst, deiner Meinung nach, auf Friedenswacht stehen.

Niemand. Keiner. Hier nicht und nirgendwo.

Dabei sollte es bleiben. Damals in der Schule, später in den Gewächshäusern und heute im schönen Bezirk Potsdam.

Siegfried Müller hat lange in seiner freundlich nachsichtigen Art mit Eli geredet. Und wenn sie dir dein Liebstes nehmen. Schließlich hat er das Gedicht vom bewaffneten Frieden vorgetragen. Und mit gerechtem und ungerechtem Kampf argumentiert. Und Beispiele angeführt. Spartakus in Rom. Thomas Müntzer im Bauernkrieg.

Eli bleibt stur. Niemand soll sich bewaffnen.

Da war es dem Geduldsmenschen schließlich entfahren.

Eli, Eli, so fromm wie du durften nicht einmal die Urkommunisten sein. Du leistest dir viel.

Damit Elis Schwäche nicht als Meinung die Runde macht, haben erst Siegfried Müller, knirschend, dann der Assistent Erwin Schubert, in stillem Einvernehmen, danach der Dekan, eingedenk der Leistungskurve, die Arbeiterkind Eli hingelegt hatte, und schließlich die Teilnehmer einer Studentenversammlung zum Thema *Freiwillige zur Volksarmee* Elis Pazifismus als eine unheilbare Krankheit akzeptiert. Im Kindesalter verschüttet worden. Das macht sich immer noch im Kopf bemerkbar. Hormone überschwemmen das Hirn, beschädigen Hippocampus und Amygdala. Plumbum in den Fersen, Pax im Kopfe. Besser eine Krankheit als eine Meinung.

Eli wird künftig verschont. Sie soll viel Nudeln und Kartoffelbrei essen, ab und zu mal ein Ei, und vor allem Milch trinken, die bindet medizinisch erwiesen die Schwermetalle. Das nächste Praktikum, so bestimmt der Dekan, soll Eli in einer Landwirtschaftlichen Produktionsgenossenschaft absolvieren. Nicht irgendwo im Zentrum, eher an einer Vorgebirgsperipherie, wo sich die restlichen antagonistischen Widersprüche in der Idylle verlieren. Siegfried Müller geht, weil er in Berlin wohnt und als Vater in der Familie gebraucht wird, in ein Ministerium, dort soll er die Königsebene studieren. Felix Wagner ist seit zwei Monaten beurlaubt, nun sogar vom Praktikum befreit, er wird wahrscheinlich gar nicht mehr persönlich aus Wien zu uns kommen. Er schickt Briefe an den Dekan. Er schreibt flotte Satiren über allgemein menschliche Probleme, Artikel, die manchmal auch im Eulenspiegel erscheinen. Ludwig Zweig will unbedingt nach Aue oder nach Senftenberg, also Wismut oder Braunkohlentagebau, wo viel gesoffen wird und geprügelt. Das Milieu soll zu seinem optimistischen Theaterstück passen. So behauptet er, und er behauptet eine Krise, die er nicht auf den Punkt bringen kann. Er widerspricht dem Dekan und hält sich an Aristoteles, also an Sachen, die er bei Schubert im Seminar gelernt hat. Man muss das Unmögliche, das wahrscheinlich ist, dem Möglichen, das glaubhaft ist, vorziehen. Jedoch darf man den Stoff nicht aus unglaubhaften Teilen aufbauen.

Er streicht sich das Kinn. Wenn aber der Dichter das Unglaubhafte verwendet und es offenbar in einer Weise behandelt, die es wahrscheinlicher macht, dann muss man auch Ungereimtes hinnehmen. Vor allem das Ungereimte.

Erwin Schubert referiert das letzte Aristoteles-Kapitel. Er spricht anders als sonst, er redet, als müsste er sich beeilen, aus menschlichen oder zeitlichen Gründen. Über die Tragödie und die epische Dichtung, über ihre wesentlichen Elemente und Teile – wie viele es sind und worin sie sich unterscheiden –, welches die Ursachen sind, aus denen sie entweder gut sind oder nicht, und dass es keine Hinterlassenschaft von Aristoteles zur Komödie gibt. Leider nicht. Schubert redet über den Verlust des einst Gedachten und sogar Aufgeschriebenen. Er wandert durch den kleinen Seminarraum. Dann dreht er auf dem linken Absatz seine Gabi-Seyfert-Pirouette.

Es ist das übliche Ritual am Ende der für alle Fachrichtungen offenen Vorträge, bevor die Kamerastudenten mit ihren peinlich naiven Fragen kommen. Es ist ein Mittwoch wie jeder andere, und doch ist von Anfang an irgendetwas verkehrt. Schubert redet anders. Er spricht in die Hand.

Elis Blick verweilt gedankenverloren auf dieser Hand. Komödie, Tragödie, Aristoteles, wichtiger ist, ob er ihren Namen endlich parat hat, jetzt in diesem Augenblick, ob er weiß, wie sie heißt, wer sie ist, was ihr fehlt. Ob ihm etwas fehlt? Hat er Zahnschmerzen?

Ludwig flüstert: Fällt dir was auf?

Was denn?

Der Bart ist ab.

Tatsächlich, Schuberts Bärtchen ist verschwunden. Auf Verlangen, flüstert Ludwig. Der Dekan hat es verordnet.

Keine Zahnschmerzen, das ist gut. Kein Bart mehr, das will Eli bedauern. Die Narbe am Kinn ist nun veilchenklein und bescheiden am Tage. Vor aller Augen, nackt, sichtbar der einzige Makel des wissenschaftlichen Assistenten.

Der Bart ist ab, er ist ab, weil der Dekan es gewollt hat, eine Frage des klassenkämpferischen Taktes. Der bärtige Generalsekretär mag Bärte im Gesicht anderer Leute nicht leiden.

Nicht einmal das Wort mag der Generalsekretär hören. Bart. Der Bart ist ab. Armer Schubert.

Eli schiebt sich an seine Seite. Jemand hat schon eine schlaue Frage gestellt. Kann es nicht sein, dass nichts verloren ist, weil es gar nichts gab. Schubert widerspricht, er spricht hinter vorgehaltener Hand vom berühmten sechsten Kapitel der Aristoteles-Poetik, das der Philosoph in Vorbemerkungen bereits angekündigt hatte, in diesem Kapitel habe er die Gesetze der Komödie niedergeschrieben. Grundregeln, Varianten, Handwerk, alles. Und eben das Kapitel sei, leider, in den Schussligkeiten der Jahrhunderte verlorengegangen.

Noch eine Frage?

Aus dem Kameratrupp tönt der mit dem letzten Wort.

Die allermeisten Sachen gehen verloren. Sachen und Bedeutungen verschwinden, übrig bleibt meist Mist. Und damit wird dann Geschichte geschrieben. Schubert überhört die Anmerkung. Die Kamerastudenten verschwinden.

Noch eine Frage? Schubert wartet. Er sucht nach dem Namen. Fräulein. Jugendfreundin. Rafaela Reich. Alles klar?

Eli würde dem Assistenten gern etwas schenken. Als Trost für den verlorenen Bart. Vielleicht *Liebesgedichte aus acht Jahrhunderten* mit Vignetten und Illustrationen von Max Schwimmer. Die andern sind fort. Eli steht nun allein vorn an Schuberts Tisch. Sie traut ihren Ohren nicht und genauso wenig ihrer eigenen Zunge. Worte kommen aus ihrem Munde, die sich zu keiner gehörigen Seminarfrage mehr hinbiegen lassen.

Sie sehen aber jetzt trotzdem immer noch richtig gut aus. Sogar besser, finde ich. Trotzdem, sogar besser. Ein Zuspruch, der kein Ende findet. Ungehöriger, nicht enden wollender Beifall oder Schreck. Oder ein Ende mit Schrecken.

Freitag früh acht Uhr. Vorführung Geschichte des Stummfilms. Eli lümmelt in ihrem angestammten Sessel. Sie hofft, dass noch einer kommt. Hofft inständig. Ludwig. Hofft hoffnungslos. Schubert. Sie hört die Projektorgeräusche. Vorführer Paule hat Schicht. Willst du wirklich gucken, ruft er nach der ersten stummen Filmrolle durch die Sprechanlage. Eli geht zum Pult, sie drückt auf den Knopf, ihre Stimme schallt: Lass laufen. Kann ja sein, es kommt noch einer.

Pauls Stimme klirrt durch die Sprechanlage: Freitags nie. Dazu ein typisches Paule-Räuspern. Also fahr ich jetzt wieder ab.

Bilder geistern über die Leinwand. *Der müde Tod*. Dunkle und lichte Stellen. Wechselnder Mond. Wechselnde Gezeiten. Gedankenstriche.

Das Buch mit den Illustrationen von Max Schwimmer taugt wahrscheinlich nicht als Geschenk für Schubert. Schon auf Seite drei hat der Künstler einen nackten Busen gemalt, und so geht das weiter. Gedichte, dazwischen Illustrationen. Wahrscheinlich braucht Schubert überhaupt keinen Ersatz für seinen Bart. Oder Trost. Auf der hellen Leinwand schaukelt eine schwarze Kinderwiege. Wenn Eli einnickt und wieder aufwacht, ist die Wiege immer noch da. Bewacht von der ewigen Mutter. Weißes Licht. Wiege und Wiege, hölzernes stummes Poltern, dazwischen Schlaf. Die Wiege ist ein Symbol oder eine Metapher. Die schaukelnde Wiege trennt die Handlung und bindet die Zeitebenen zusammen. Geschichten und Geschichte. Die Schrift auf der Mauer. Mene mene tekel. Belsazar in Babylon, Jesus auf dem Kreuzweg, das Hugenottengemetzel in Paris, Armut und Reichtum im Westen. Zum Schluss der Weltkrieg. Feuer. Häuser brennen. Stummfilmkrieg. Eli kriecht trotz der Stille mit beiden Ohren tief in die Jacke und sperrt vorsichtshalber im Schlaf den Mund auf. Schützt die Lunge vor der Detonation. Drei Stunden und siebzehn Minuten, so lange dauert der Stummfilm von David Griffith. *Intolerance*, ein Meilenstein der frühen Filmkunst. Eli denkt an den Sommer. Nicht an den, der vor der Tür steht, sondern an eine Aufgabe, vor der sie flüchten möchte, um eine andere zu erfüllen. Es ist nicht spät, es ist nicht kalt. Es ist schön, himmlische Ruhe im Saal. Der Mensch streckt kindlich die Hände aus. So viele Leinwandgötter. So viel Vollendung. Licht. Finsternis. Ein Titel, ein Anfang. In Ewigkeit. Bis eine Außenwelt die Polstertür neben der Leinwand aufstößt. Grelles Licht, echte Julisonne, Nachmittagssonne, knallt in den dunklen Saal. Die tüchtige Mensachefin steht in der Tür.

Ich konnte mir denken, dass du hier bist. Eli, du hast vergessen, deine Milch abzuholen. Hier hast du die Milch. Prost Mahlzeit. Eli rappelt sich aus dem Sessel.

War Doktor Schubert essen oder Ludwig Zweig?

Palavern beide noch in der Mensa. Die Mensachefin muss sich um vieles viel Sorgen machen. Die leere Milchflasche gehört in den Milchkasten zurückgestellt. Sonst habe ich den Ärger. Kneipenzustände lässt die Mensachefin gar nicht erst aufkommen. Schnaps, Bierflaschen und Fremde im Haus.

Tschüs, Eli, und vergiss die Flasche nicht.

Die Mensachefin wirft einen Blick auf die schrägen Schwarzweißbilder auf der Leinewand, bevor sie zusammen mit der Sonne hinter der Polstertür verschwindet.

Eli sinkt wieder in ihren weichen Sessel. Beide noch in der Mensa. Elis liebster Philosoph und der liebste Faxenmacher. Der Taucher und der Teufel. Der Cordanzug und der ausgeleierte flaschenbraune Pullover. Der Ausbund und der Ausbund. In Eintracht. Ihr und ich. Milch bindet die Schwermetalle. Eli hält die leere Flasche. Die Augenlider flattern. Der Film schwimmt wie eine Wolke am Himmel.

Willst du immer noch gucken?

Keine Meldung aus dem Saal.

Paule hält den Projektor an. Er spult die Rolle im Schnelllauf zurück. Die Patrone klickt ins Gewehr des Soldaten. Der tote Feind steht auf. Er nimmt das Gewehr vom Auge und die Angst aus seinem Gesicht. Das Kind in der Wiege schlüpft in den Bauch der ewigen Mutter.

Das Ende des Filmstreifens flattert, knistert, bis die Maschine steht.

Jetzt herrscht Ruhe. Bald auch totale Finsternis.

Eli schläft. Satt und eingesponnen in Zugehörigkeiten. In der Mensa herrscht Frieden. Die Stühle auf den Tischen recken die Beine zur Decke. Ludwig und Schubert sind übereingekommen.

Die immerwährende Erkenntnis ist der Irrtum.

Das Wohnheim der Studenten für Kamera und Produktion befindet sich in einer Villa am Berg. Ein Gemäuer, so einfach wie sonderbar. Ein Ostasienexperte hat sich das Haus nach dem Ersten Weltkrieg bauen lassen. Es heißt, er sei beizeiten, noch vor den Nazis, auf und davon. Kein Lebenszeichen von ihm. Geblieben ist das Gemäuer mit rätselhaftem Schmuck. Löwen mit Taotieköpfen über der Haustür. Ein Fries unter dem tiefgezogenen Dach. Spitzwinklige Dreiecke, Wimpel, ein wiederkehrendes Motiv. Zikaden? Geblieben sind nackte Wände, Parkettböden, Fliesen in Badezimmern und in der Küche. Man hat neue Rohre für die Heizung, für Frisch- und Abwasser durch die Salons und Wintergärten verlegt, Rippen aufgehängt und in den Etagen zusätzlich Toiletten mit Druckspülern eingebaut. Ein Heizer dreht die Runde von Haus zu Haus, von Kessel zu Kessel. Auf den Braunkohlehaufen liegen Raffer und Karren. Durch die Kellerfenster führen Laufbänder oder Rutschen. Wenn der Heizkesselthermostat die Klappe nicht selbsttätig schließt, kocht das Wasser in den Kesseln. Es könnte sein, dass es knallt. Freitags werden die vollen Aschentonnen abgeholt oder ausgekippt. Jedenfalls sind freitags die Asche- und Mülltonnen leer.

Ludwig wohnt seit Beginn des neuen Studienjahres ganz oben im Asienhaus. Sein Fenster liegt eingebunden in den Fries, der unterm Dach um das Haus herumläuft. Es sind Zikaden, eindeutig. Ungezähmte Tiere, eingeschlossen im wiederkehrenden Dreieck.

Die Hausordnungen sind von den Mitteilungstafeln aus den Fluren der Internate verschwunden. Ein stiller Held hat die Zettel überall abgerissen, auf denen mit Tusche geschrieben stand, dass die Studenten in den Studentinnenhäusern nichts zu suchen haben, kein Aufenthalt in den Räumen der Studentinnen. Die Hausordnung gilt auch andersherum. Studentinnen ist der Aufenthalt in den Wohnräumen der Studenten untersagt. Man kann sich zur Not dumm stellen. Besser ist, man lässt sich was einfallen.

Am besten man hat etwas Triftiges vorzuweisen. Vor sich selbst oder später vor dem Sekretariat für Studienangelegenheiten. Eli auf dem Weg ins Ostasienhaus. Die Schreibmaschine ist kaputt. Das Eff klemmt, der Typenhebel fällt nicht mehr von alleine zurück. Eine auf Händen getragene Schreibmaschine hat ihr Gewicht. Doch Elis Schreibmaschine erleichtert die Schritte. Eli hat den neuen Overall angezogen. Er hatte im Paket von Großvater Heinrich gesteckt. Der Overall ist grün, er sitzt auf Figur. Den Einstieg ermöglicht links seitlich ein langer verdeckter Reißverschluss. Man kann sich in der Pelle trotzdem locker bewegen, denn der Stoff geht mit. Elastik ist im Westen das Neueste.

Das Fenster unter dem Fries ist offen. Das bedeutet noch nichts. Es heißt nicht, dass Ludwig Zweig daheim ist. Sein Nachbar Tetzner von der Kamera besitzt ein Motorrad. Sie fahren oft an die Flottstelle nach Caputh zum Baden. Heute wäre so ein Wetter.

Heute wäre so ein Tag. Heute hat die Schreibmaschine genug geärgert. Eli hat keine Lust mehr, den Typenhebel jedes Mal von Hand in die Ausgangsposition zu bringen. Man konnte wütend werden und mutig. Sie hat ihren Kram liegenlassen, die Papiere verstreut auf dem Tisch, die *Ästhetik der Antike* bleibt für eine kurze Unterbrechung aufgeschlagen. Sie hat, um den kühnen Entschluss auszuschmücken, zum grünen Elastik-Overall noch die Korkpantoletten angezogen. Es geht um eine defekte Schreibmaschine. Ludwig wird Retter sein, er, der Einzige, er wird jetzt helfen. Obwohl er sich noch nie in solchen Sachen hervorgetan hat. Auch die beiden anderen haben noch nie einen kippelnden Mensatisch stabilisiert oder den Bildprojektor bedient. Das macht Eli, sie schleppt die Filmbüchsen, sie macht zum Schluss die Fenster zu. Als Arbeiter kennt sich Eli mit Hammer und Zange aus.

Vom Tauber-Haus zum Löwenportal gelangt man in einem Sprung. Das Gelände hat keine Zäune mehr, von den Hecken sind ein paar Büsche übriggeblieben. Der kürzeste Weg zwischen zwei Punkten? Ein Kalenderspruch sagt: Der kürzeste Weg ist immer der Mensch.

Diffuses Vertrauen. Quer durch allerlei Begegnungen im belebten Erdgeschoss, wo auch Meng Hai-Feng wohnt und Parsi, der Perser, neuerdings zusammen mit seiner Mutter. Sie war aus Persien zu Besuch gekommen. Sie hatte sich mit einem Adressenzettel und einer Büchse voll Dollarnoten einfach auf den Weg gemacht vom Persischen Golf zum ostdeutschen Babelsberg, wo der Sohn lebt.

Schick schick, Grünkleid, sagt Meng Hai-Feng.

Er hantiert in der holzgetäfelten Empfangshalle, dem Gemeinschaftsraum, wo zwei Elektroherde und ein neuer Wasseranschluss den ausländischen Studenten vorschriftsmäßig warmes Essen gewähren. Ein Muschelbrunnen funktioniert noch von früher. Eine Fontäne plätschert Tag und Nacht.

In Ewigkeit. Meng hackt mit einem beilgroßen Hackmesser Chinakohl auf dem Hackbrett, schneiden und hacken, millimeterfein. Messer von Mama in Peking. Meng kocht für alle. Abendessen, du auch.

Vielleicht, sagt Eli. Wenn das Eff wieder funktioniert.

Eine Stunde, dann fertig, sagt Meng. Eli grüßt in die Runde. Parsi, mit seiner herzliebsten Kamera, er hat sie in Teile zerlegt. Er putzt und will herausfinden, ob die Verschlusszeiten stimmen.

Das ist Fatme, meine Mutter, sagt Parsi.

Wie von Heißluft gehoben, so steigt Parsis Mutter in ihren vielen Röcken hoch von einem Teppich. Parsis Mutter ist eine große Frau, so groß wie Parsi. Sie verneigt sich. Sie zeigt die Hände.

Ich habe von Ihrer weiten Reise gehört, sagt Eli. Die Frauen verneigen sich hin und her, Fatme, dann Eli, dann wieder, lächelnd, Fatme, hin und her. Schließlich sinkt Fatme wieder auf den Teppich, sinkt sportlich in die Röcke hinein, die Luft ist raus, das Lächeln bleibt in ihrem Gesicht, rätselhaft, etwas spöttisch.

Eli eilt mit der kaputten Schreibmaschine die drei-, vier-, fünfmal gestaffelte Treppe hinauf. Sie rennt und zögert, steigt, bis es nicht mehr weitergeht, bis unter das Dach. Bis vor die Tür.

Der Essengong tönt.

Meng Hai-Feng klopft mit einem Quirl auf die Messingscheibe, genaue Schläge, danach lässt er das Metall zünftig schwingen. Ein tanzender Drache schlängelt sich rufend, lockend, beschwörend durch das widerhallende Haus.

Elis Schreibmaschine steht auf dem Tisch. Ohne Deckel. Der Deckel liegt auf dem Bett. Ein Taschenmesser, eine Büroklammer und eine Kuchengabel sind als Werkzeug zum Einsatz gekommen. Auf dem Parkett ein Internatskopfkissen. Daneben der grüne Overall. Eli glühend heiß unter Ludwigs Händen. Darum du alles andere vergisst. Das chinesische Abendessen sowieso, diese in Salzwasser kochenden sogenannten Dumplings, vegetarisch gefüllt mit gebratenem Kohl. Du vergisst das Himmelsviereck im offenen Fenster. Das Blickfeld verschwimmt. Der Zikadenfries zirpt. Elis Ohr lauscht auf die Kunststücke, die der Schreibmaschinenklempner vollführt. Wie er mit seinem Leben spielt. Der Märchenmacher. Der Klassenclown. Geschichtenerfinder. Eli verschwindet unter seiner Achsel. Seine Arme, sein Atem, seine Stimme, sein Geruch, sein milchwarmer Mund. Das also ist und von dem stammt das Schöne.

Erzähle weiter, sagt Eli.

Wohlan, nehmen wir einen wirklich tadellosen Schriftsteller. Nennen wir den Kerl einfach einmal Ludewik.

Oder Lulu, das passt besser, sagt Eli.

Also Lulu. Man weiß nun wohl, dass grade diese Lulu-Geister nicht frei von Fehlern sind, denn das Bestreben, in allem korrekt zu sein, läuft Gefahr, kleinlich zu werden.

Die Gefahr ist gering, sagt Eli.

Sie besteht. Sie bestand sogar bei den alten Griechen. Er baut einen Beweis auf, zuletzt stützt er sich auf ein Wort. Korinthenkacker. Ist das griechisch genug?

Einsprüche, geschmückt mit einvernehmlichen Küssen. Zeitgewinn.

Irgendwann im Fortgang der Lulu-Legende sind sie vom morgenkühlen Fußboden in die bequemeren Umstände und anderen Perspektiven des Internatsbetts aufgestiegen. Seit dieser Stunde wollige Bettdeckenwärme und im Fensterviereck das Gefunkel eines sehr hellen Sterns. Eli blinzelt.

Das also ist und von dem stammt das Schöne. Ludwig spinnt schon wieder ein bisschen.

Die Zikade ist ein kleines Tier, sie kann im Dreieck weder kriechen noch fliegen, doch in diesen Grenzen gebietet sie über Raum und Zeit. Die Zikaden können nicht handeln. Sie drücken weder Güte und Gewähr noch Bedrohung und Verweigern aus. Sie stellen durch ihr Bleiben das Dao dar. Ihre Macht liegt im übermenschlichen und übertierischen Sein. Dao kehrt vom Bildrand in sich selbst zurück. Die Grenzen tragen das Fremde ins Zentrum.

Glaube mir, es sind Dämonen.

Eli hatte die Schreibmaschine am frühen Morgen mit dem zugehörigen Deckel versehen. Der Deckel ist aus Sperrholz, der Metallriegel schnappt in das Schloss. Vorsichtig, um den schlafenden Kerl nicht zu wecken. Sie hatte sich davongestohlen. Froh erschrocken über ihren Wagemut und unverrichteter Dinge. Der Typenhebel Eff klemmt immer noch. Ludwig hatte mit Büroklammer und Kuchengabel nichts ausrichten können. Seine Talente schlummern woanders. Eli weiß es schon lange. Wie linkisch seine Hände sind. Wie frei das Maß seiner Rhythmen, wie gewagt und heiter der Reim. Eli wünscht sich lange Nächte, ewig währende Versuche, dazu Ludwig jetzt und immer, eine Kuchengabel als Erkennungszeichen, einen kühnen Kniefall, dämonisches Gepolter unter dem Zikadenfries.

Endlos ist die Reihe der Dinge ohne Namen auf dem Weg zurück in das Nichts. Sie werden formlose Formen genannt, Gestalten ohne Gestalt, unbestimmte Ähnlichkeiten.

Lieber Anton,

morgen fahre ich für acht Wochen in die Landwirtschaft. Der Ort Gönnernhausen liegt gar nicht weit entfernt von Opa Heinrichs Dorf. Etwa 40 km Luftlinie. Aber dazwischen befindet sich ja leider die Grenze. Mir will das Diktat nicht in den Kopf, obwohl ich den Stacheldraht jeden Tag vor Augen habe, oder vielleicht gerade deswegen. Meine beste Freundin lebt nun schon ein Jahr in Italien. Ihr kleiner Enrico trippelt über römisches Pflaster. Ich habe ihre Eltern hier kurz getroffen, sie denken, dass Erika wiederkommt. Ich glaube es nicht. Obwohl eine Schauspielerin an die Sprache gebunden ist, wird sie wohl bleiben. Sie hat in Cinecittà, der berühmten Filmstadt in Rom, den Regisseur Fellini kennengelernt. In seinem Film *Dolce Vita* hat sie eine Frau gespielt, die am Meer spazieren geht, eine Strandspaziergängerin.

Die Schreibmaschine habe ich in die Werkstatt gebracht. Bei Optima muss ein neues Eff bestellt werden. Lieferzeit zwei bis acht Wochen.

Lieber Heinrich-Opa,

längst wollte ich Dir für das Geburtstagspäckchen danken. Vor Semesterende weiß man nicht, wo einem der Kopf steht. Prüfungen. Seminararbeiten abgeben und dann die Vorbereitungen zum Praktikum. Diesmal muss ich aufs Land nach Gönnernhausen. Warum? Ich weiß nicht. Wahrscheinlich soll ich etwas Farbe bekommen und munter werden, denn ich bin ja immer noch müde vom letzten Jahr und überhaupt.

Gönnernhausen liegt nahe an der Grenze, also ziemlich in Deiner Nähe, trotzdem jetzt auf einem anderen Stern. Weißt Du noch, wie Du mich nach meinem letzten Besuch über den Berg begleitet hast? Ich habe Dich noch gesehen, da war ich schon über dem Grenzgraben im Osten. Du auf der westlichen Anhöhe unter dem Apfelbaum. Du hast wie ein Waldkauz herübergerufen, darauf habe ich kauzig geantwortet. Die Posten haben gelauscht, aber nichts gemerkt. Die haben uns wirklich für Vögel gehalten. Ich werde gleich erkunden, wo in Gönnernhausen die Grenze verläuft. Vielleicht können wir uns an einer günstigen Stelle sehen, vielleicht sogar miteinander sprechen. Kannst Du Dir einen Feldstecher besorgen? Für heute herzliche Grüße und nochmals Dank für die wunderbar duftende Lux und den schönen grünen Elastik-Overall. Wer hat Dir denn beim Kaufen geholfen? Trudchen? Oder hast Du meine Wünsche selbst erraten und meine Größe? Ich gebe Dir bald Nachricht, wie wir es machen können.

Die Verwaltung des Volksgutes Gönnernhausen sitzt im Ostflügel des Witwenschlösschens. Im Westflügel sind Kindergarten und Krippe untergebracht. Im Gärtnerhaus befindet sich der Konsum. Das Herrenschloss, samt Teich und Park, liegt schon im Grenzgebiet. Abgesperrt. Unzugänglich. Von der Dorfstraße aus sieht man zwischen den Fichtenspitzen die eiserne Wetterfahne, den Uhrenturm und ein Stück graues Schieferdach.

Eli wohnt in der *Sonne*. Es ist ein volkseigenes Gasthaus, das zum Volksgut gehört. Der Kaderleiter hat der Studentin ein Gästezimmer im ersten Stock zugewiesen. Ein Kastenbett mit hoher Matratze, dicken Federkissen. Ein Waschtisch mit Spiegel, Emailleschüssel und Krug. Für Jacke und Handtuch ein Hirschgeweih hinter der Tür. Für die Kleider ein Schrank, umhäkelte Kleiderbügel, unten im Schrank, mit dem kleinen Schlüssel schwer zu bewegen, ein Wäschekasten. Schrankpapier, Reißzwecken. Ein dunkler Nachttisch, ein blaugelb besticktes, mit Spitze umsäumtes Deckchen, Nachttischlampe mit marmoriertem Glasschirm. Ein Kneipentisch mit blaugelb bestickter Tischdecke. Ein Gasthaus-zur-Sonne-Aschenbecher. Ein Stuhl. Blaugelbe Übergardinen, dahinter ein Fenster zum Hof. Ein lackschwarzer Bilderrahmen mit einem ausgemalten Foto, das ist die Wetterstation auf dem Brocken. Ein Wanderziel.

Der zackenbärtige Zimmerschlüssel mit Rehpfote hängt am Schlüsselhaken neben der Tür. Wasserhahn und Ausguss am Ende des Flures. Dort, an der Treppe, eine schmale Tür mit der Aufschrift *Abort*. Treppab die Küche, der Gastraum, der Frühstückstisch. Eli darf sich am Morgen selbst bedienen. Milch aus dem Kühlschrank, Butter, Kirschmarmelade. Eine Semmel aus der Beuteltasche.

Treffpunkt Verwaltung. Der Lkw steht bereit, Eli, die Frauen steigen hinten auf die Ladefläche. Sie sitzen auf Holzkisten während der Fahrt durch das langgestreckte sozialistische Gönnernhausen, mit Gesang vorbei an Kirche, Kirchhof und am Pfarrhaus, dahinter das Kriegerdenkmal, gekrönt von einem buckelnden Adler, die geblümten Vorgärten, die Maschinen-Traktoren-Station, der Salon der Genossenschaft des Friseurhandwerks, die Bushaltestelle, das Transparent *Gönnernhausen erfüllt den Plan*, die Bäckerei Strauß, die Rinderställe, die Silos für das Schweinefutter. Kirschplantagen. Rauschender Wald. Das Ziel ein kilometerweites Feld, die Zuckerrüben. Eli hält ein Schreibheft auf dem Knie. Sie versucht eine Skizze und macht ein paar schnelle Notizen. Von L. geträumt.

Am Halteplatz neben dem Gerätewagen wartet und schimpft der Gerätewart. Er teilt die Hacken aus, er klopft die lockeren Stiele fest in das Blatt. Er entscheidet, ob heute einreihig oder zweireihig über das Feld gearbeitet wird. Die Zuckerrübe steht gut. Es ist der dritte Hackgang in diesem Jahr. Vor sechs Wochen sind die Reihen gelichtet worden. Jetzt wird gelockert oder, wie der Rübenbauer weiß, der Zucker in die Rübe hineingehackt. Luft muss ran an die Rübe, das fördert den Glucosegehalt, die Niederschläge müssen an die Wurzelspitzen. Hier in der Lehmgegend Gönnernhausen ist das besonders wichtig. Lehm verkleistert die Kapillaren. Wir mit unseren Hacken schließen die Erde auf. Der Boden bekommt eine fruchtbare Krümelstruktur. Der Ertrag steigt und damit vielleicht auch die Zuckerproduktion.

Eli hat am Rain ein Stück Schiefer gefunden. Damit bearbeitet sie die Schneide ihrer Rübenhacke auf Feinschliff, auch die Schneide von Doris macht sie scharf. Eli geht mit Doris zusammen. Zweireihig, wie es der Gerätewart, der dicke schlechtgelaunte Jürgen, heute bestimmt hat. Doris und Eli helfen sich gegenseitig, ziehen ihre vier Reihen nebeneinander. Kilometerweit über das Feld in Richtung Waldsaum. Dort wird gegen Mittag kehrtgemacht und zum Lkw zurück gearbeitet. Richtung Feierabend. Man hackt die verkrustete Erde, geradeaus, vorsichtig um die Rübenpflanze herum. Die Kraft kommt aus den Schultern, aus dem Nacken. Dadurch tut nicht nur der Rücken, sondern vom Kopf bis zu den Füßen eigentlich alles weh. Die Handgelenke werden dick. Wo die Beine angewachsen sind, in den Lenden, da zwickt es am meisten. Doris arbeitet barfuss. Die Lehmerde kühlt. Doris ist sechzehn Jahre alt. Mit ihren pechschwarzen Haaren, schwarzen Augen, ihrer kleinen frechen Nase, wird sie im Dorf Schneewittchen genannt, aber eigentlich sieht sie aus wie die schöne Wassilissa oder Katja aus der *Steinernen Blume*. Wenn Doris gegen die Sonne arbeitet, stehen ihre Augen schräg, sie hat dann einen trotzig verschlossenen Blick.

Schneewittchen, der Name fliegt über das Feld.

Schneewittchen geht auf die Oberschule. Sie will Lehrerin werden. Sie passt ins Dorf Gönnernhausen wie das indische Blumenrohr rings um die Fahnenstange vor der Verwaltung.

Schneewittchen, denkt Eli, nur das Falsche am Namen ist wahr.

Es ist der dreizehnte Rübenhacktag.

Man sieht, dass Doris und Eli häufig verweilen. Auf die Hacken gestützt. Die anderen Frauen sind bald am Waldsaum. Der Abstand ist größer geworden. Doris redet. Sie macht den Mund auf. Eli kommt wie gerufen. Eli ist neu hier, ein Gast, der bald wieder abzieht. Eine Praktikantin, die das Landleben studiert und dabei manchmal ins Grübeln gerät. Manchmal schaut sie hinauf in die Wolken. Doppelte Belichtung. Gegenläufige Bewegung. Eli denkt an das kaputte Eff an der Schreibmaschine. Ludwig. Der Dekan bestimmt die Laufbahn. Er entscheidet. Er wünscht eine gute Zeit. Jemand hat diesen Ort ausgesucht. Ich bin hier. Meine Augen tränen. Staub streift über das Feld. Meine Ohren hören den Wald, den stärker werdenden Wind in den Bäumen, das fortgesetzte Säuseln, das Hintergrundrauschen. Das Leben läuft. Mit dem Urknall hat alles angefangen.

Doris macht weiter mit einer Frage.

Am 16. September 1946 in Gönnernhausen geboren. Sagt dir das nichts.

Eli zuckt die Achseln.

Doris kratzt mit der Hacke ein Loch in den Acker. Das ist mein Geburtstag. Der 16. September 46.

Mama war eigentlich noch in der Lehrerbildung, aber im letzten Kriegsjahr und auch das Jahr danach musste sie als Helferin in die Schlossmühle gehen. Ihre Brüder sind bei der Marine gewesen und nicht wiedergekommen. Mama war das Jüngste von drei Geschwistern. Sie hat nichts erzählt, niemand hat was erzählt, aber ich weiß es. Jeder weiß, es war die 3. Kasachische Panzerbrigade, die hatte nach den Amerikanern das Harzvorland bis Sangerhausen besetzt und auch Gönnernhausen.

Sieh mich doch an.

Eli schaut in den Himmel.

Die Wolken. Wie schön die ziehen. Wunderbare Schleier. Ein dunkler Paravent, der deckt die alte Geschichte. Krieg und Panzerbrigaden und vermisste Brüder, alles fort, im trüben Kessel der Vergangenheit.

Keiner redet mit mir. Sagt Doris.

Was möchtest du denn wissen?

Warum ich lebe, sagt Doris.

Das merkst du doch, sagt Eli.

Sie schlägt Schritt für Schritt die Rübenhacke in die Erde. Vielleicht ärgert sie sich über Doris, weil die auch wieder nur ein Schicksal schleppt. Alle Lebendigen haben ein Schicksal, wir sind die Nichttoten, die lebend Geborenen, eine verschuldete Nachkriegsgeneration. Du bist die Allerjüngste derer, die davongekommen sind. Warum willst du dich beklagen, dass du lebst. Der lange Gedanke hilft, wieder Anschluss zu gewinnen. Die anderen haben die Strecke auf dem Feld fast geschafft. Gerechtigkeit gibt es nicht, nicht mal gerechte Wut.

Komm, Doris! Wir verkloppen ein bisschen die gemeine widerspenstig verkrustete Erde. Schlag zu. Ich würde an deiner Stelle heimlich Kasachisch lernen, Russisch perfektionieren, dann würde ich mich an der altehrwürdigen Universität Alma-Ata bewerben. Nach ein paar Jahren bist du Kosmonautin in Baikonur oder Schafhirtin in Taldykurgan, je nachdem, wie es das Schicksal will.

Doris haut die Rüben nieder.

Dort frage ich mal herum, ob einer einen kennt, der nach dem Kriegsende in Gönnernhausen stationiert war.

Richtig. Das würde ich an deiner Stelle machen.

Wenn er dann vor mir steht, sage ich Guten Tag.

Richtig. Sdrastwujtje, towarischtsch Papa.

Menja sowut Doris.

Richtig. Moja rodina Gönnernhausen. Krasnaja semlja. Krasny gorod.

Jetzt haben die tiefen Wolken ein schweres Violett angenommen. Jetzt bekommt das anschwellende Rauschen der Fichten hinten am Wald einen Sinn. Es tröpfelt schon. Eine schwärzliche Wand treibt über den gezackten Horizont. Die Frauen schultern die Hacken, als Herde traben sie über das fertige Feld. Die Eile, beinahe Panik, gilt den toupierten Frisuren.

Auf der Landstraße poltert ein Lkw herbei. Fürsorglich eine Plane über den Bänken.

Weiter entfernt, verdeckt vom Lkw, dann frei für den, der sehen will, eine Gestalt. Ein Mensch, lang und dünn wie ein

Abendschatten, wie auf Stelzen stolzierend. Es ist seine natürliche Art. So geht er. Wie ein Mittelstreckenläufer, der längst gewonnen hat.

Eli erkennt ihn von weitem.

Im Augenblick, als der Lkw den Acker erreicht, geht es los mit dem Regen. Wasser für die Rübe. Feierabend für die Menschen auf dem Feld.

Krasnaja strana, krasnaja pogoda. Das ist Doris, ihre Art, beim Thema zu bleiben. Eli, ich kaufe uns im Konsum ein Moskauer Eis. Aber Eli hört überhaupt nicht mehr zu. Ihr Herz klopft. Innere Schauer vom Scheitel zur Sohle. Die Hackfrauen sitzen bereits im Trockenen. Unter der Plane. Die toupierten Helme gerettet. Man braucht dafür im Salon des Friseurhandwerks Gönnernhausen in der Reihenfolge: waschen, schneiden, färben (goldblond oder kastanie), wickeln, trocknen (Haube), toupieren, frisieren, lackieren, viel Zeit und schließlich nach den drei Stunden auch noch 10 Mark aus dem Portemonnaie. So viel Aufwand will gehütet sein. Doris klettert über eine Leiter auf die Ladefläche hinauf. Sie trägt zum Seitenscheitel eine Haarklemme, sonst nichts. Die Strähnen glänzen. Doshd idjot, es regnet, das macht ihren schwarzen Haaren nichts aus. Sie hält auf der Ladefläche einen trockenen Platz frei für Eli.

Eli. Steig auf.

Ich komme nicht mit. Ich bleibe.

Spinnst du?

Der Fahrer reicht die Leiter hinauf zu den Frauen, er schlägt die Klappe hoch in die Raster. Der Regen treibt, kein Aufschub, keine Diskussion mit niemandem. Was werden soll, wird werden.

Eli schaut hoch in den Regen. Sie geht ein paar Schritte. Im Takt, wahrscheinlich so, wie das Herz schlägt, wie der Motor neben ihr rattert. Schwere Tropfen poltern auf das Verdeck. Die Scheibenwischer rumpeln und pumpeln. Das ist der Rhythmus. So arbeitet das Gefüge der Welt. Räder drehen an Eli vorbei. Jemand winkt, ruft, Sachen, die man nicht verstehen kann.

Eli geht folgsam, wie es das Leben will. Nass, klatschnass. Jetzt geht es erst richtig los, jetzt peitschen Schauer, es prasselt. Der Lkw ist bald nicht mehr zu sehen. Die Gestalt ist näher gekommen, sie hat noch an Größe gewonnen. So wie Eli ihn im Gedächtnis hatte. Ein schlammfarbener Regenmantel.

Wo hast du denn das Regenzeug her?

Vom Pfarrer. Gönnernhausen hat einen stolzen Pfarrer.

Das Pfarrhaus ist beinahe so alt wie die Kirche. Es wurde vor dreihundert Jahren für eine große Familie gebaut, vielleicht für drei Generationen mit vielen Kindern. Zur Haustür führt eine breite Treppe. Beiderseits ragen dunkle Fichten über das steile Dach, hoch am Giebel kratzt eine breitzinkige Fernsehantenne.

Hier war Ludwig untergekommen.

Frau Stumpe, die Flüchtlingsfrau, die unten im linken Flügel wohnt, hatte sein Klopfen gehört. Sie hatte die Pfarrerin gerufen. Der Pfarrer war aus seinem Studierzimmer im Erdgeschoss vor der Haustür erschienen. Ein fünfundsiebzigjähriger Herr, in sparsamer Gesellschaft mit den beiden viel jüngeren Frauen, seiner und der Stumpe. Sämtliche Kinder waren unterdes aus dem Haus. Sämtlich drüben im Westen. Die drei Pfarrerskinder an der Göttinger Universität und die beiden Flüchtlingssöhne in Wolfsburg bei VW.

Das alles hatte Ludwig noch vor der Tür vom Gönnernhäuser Pfarrer erfahren. Alles, um dem fremden Anklopfer zu erklären, dass er unbesorgt eintreten und auch Quartier nehmen könne.

Die Pfarrerin hatte Ludwig den Sportsack abgenommen.

Sein Gepäck. Es sei Platz genug im Haus. Viele freie, unbenutzte Räume. Dies sei der Grenznähe zuzuschreiben, kein Zuzug, im Gegenteil Schwund, wenig Jugend, kein Nachwuchs, die Alten wandern aus. Wohin? In die Ewigkeit.

Ludwig hatte sich ein Zimmer, wo das Fenster zur Kirche und zur Straße hinausging, ausgesucht. Darin befanden sich Sofa, Tisch und paarweise aufeinandergestapelte Gemeindestühle, außerdem Türme von Gesangbüchern und Broschüren. Die Pfarrerin lud ihn ein, das Essen sei diesen Augenblick fertig.

Ludwig dankte, höflich wie einer, der noch Wege vorhatte, auch wie einer, der so etwas nicht braucht: Essen.

Er wanderte um das Kirchgelände und die nächstliegenden Gehöfte, und als der Weg ihn wieder am Pfarrhaus vorbeiführte, stand der Pfarrer winkend in der Tür, und die Frau, die nun sehr appetitlich nach Kartoffelsuppe roch, brachte den schlammfarbenen Regenmantel. Das Paar blickte dem Fremdling, der nun ihr Gast war, besorgt hinterher. Er trug den Regenmantel zusammengerollt unter dem Arm fast wie eine Bürde. Wie einer, der das Wetter, wie vorhin das Essen, verachtet. Ungeschickt für das Leben. Wenigstens für Dorfgegebenheiten und freie Natur.

Eli schreibt in ihr Gönnernhausen-Notizheft:

Ein wonniglicher August.

Auf einer leeren Seite steht oben wie eine Überschrift der Name Doris.

Es folgt in eiligen Zügen mit Bleistift der Entwurf eines Geständnisses, die Fortsetzung einer rustikalen Lebensgeschichte. Ein geteiltes Geheimnis.

Zwei oder drei? Wochen Tag und Nacht geliebt. Bei mir im *Gasthaus zur Sonne*, wo wir dann gegen Mittag gefrühstückt haben. Zum Rübenacker war es zu weit und zu spät.

Der Kaderleiter hat mir einen Verweis ausgesprochen. Ludwig hat mit ihm gestritten. Ich habe mich entschuldigt. Nun haben sie auch den Pfarrer zur Rede gestellt. Ludwig sei illegal, weil unangemeldet in Gönnernhausen.

Der Pfarrer hat gegen das Gemeindegesetz und die Einwohnermeldeordnung und die Regeln des Fremdenverkehrs verstoßen. Trotzdem oder grade deswegen hatte er uns zum Sonntagskaffee eingeladen. Ludwig brachte das Gespräch am Kaffeetisch bald auf die antiken Philosophen, Aristoteles, wo wir etwas Bescheid wissen. Bei dem Ärger, den der Pfarrer wegen uns hat, wollten wir ihn wenigstens anständig unterhalten. Wir fühlten uns in seiner Schuld. Die Frauen wussten wahrscheinlich nichts von unseren Eskapaden und den Vorwürfen, sie freuten sich mütterlich, weil wir Strudel mit viel Vanillesoße, dazu die Schlagsahne nicht als Alternative, sondern noch obendrauf aßen. Der Pfarrer sprach über die Kopten und die Aramäer. Es war sein Terrain. Nachdem wir einmal mehr Aristoteles durchgekaut hatten, die Poetik, die Rhetorik und die Politik, wollte der Pfarrer noch einen Spaziergang über den Kirchhof machen. Er schien prüfen zu wollen, ob wir nach dem Essen und Philosophieren, drei Nordhäuser-Doppelkorn-Runden hatte er umgehen lassen, immer noch ordentlich bußfertig waren. Ich war es längst nicht mehr, ich wusste, was ich lieber getan hätte, aber Ludwig sagte: Mit Vergnügen.

Das muss man gesehen haben. Für draußen, für die Dorfgegebenheiten und für seine Fußgelenke, besitzt der Pfarrer ein paar extra Schnürschuhe, dick besohlt und extra hoch, mit tausend Haken. Die blinde Fingerfertigkeit, das Tempo bis zum Ende, bis zum doppelten Knoten. Seine Hände zitterten, weil er die Schnürgeschwindigkeit wohl noch steigern wollte.

Mit Vergnügen. Ich vermute, das ist Ludwigs Wahrheit. Ich vermute, er ist nicht hergekommen, um bei mir zu sein. Ich weiß nicht, warum er nach Gönnernhausen gekommen ist.

Ach, anderntags weiß ich es wieder ganz genau. Am wundervollsten sind unsere Ausflüge, noch fast in der Nacht, wenn die Sterne wie höfliche Gäste zur ausgemachten Stunde verschwinden. Wenn der Nebel fällt, wenn Tauperlen glitzern.

Befremdliches geschieht im Ort.

Eines Tages werden Eli und Ludwig in einem zivilen Wartburg unter Bewachung von zwei zivil gekleideten Angehörigen der Grenztruppen von Gönnernhausen nach Magdeburg abtransportiert. Ein Offizier der NVA hatte sie zuvor nach Dienstvorschrift mit Handschellen aneinandergekettet. Die Sachen von Ludwig wurden im Pfarrhaus requiriert. Elis Rucksack war zeitgleich unter Aufsicht eines Protokollanten von der Leiterin des Gasthauses zusammengepackt worden. Arbeitsanzug, Kleider, Bücher, Schreibzeug.

In Gönnernhausen hatte niemand den Abtransport der Fremden mit eigenen Augen beobachten können, aber man hat es kommen sehen. Das Drama, es war ein passender Schluss. Der Grund der Festnahme: Verletzung der Staatsgrenze in erschwerter Form. Die Folgemaßnahmen, die sich im Ort gerüchteweise herumsprachen, waren abschreckend und irgendwie wahrscheinlich gerecht.

In Magdeburg hatte man Ludwig und Rafaela von den Ketten und auch räumlich getrennt. Einzelhaft.

Der Diensthabende hatte mit dem Prorektor der Schule und der Bezirksleitung telefoniert, weil er mit den neuen Richtlinien noch nicht umgehen konnte. Er sah interne Widersprüche. Von der Filmabteilung, einer höheren Stelle mit einem Briefkopf vom Ministerium für Kultur, lag ein Schreiben auf seinem Tisch. Die Festgenommene Rafaela Reich habe für einen Kurzfilm über eine jüdische Klarinettenspielerin einen poetischen Kommentartext geschrieben, der Film sei in diesem Jahr für einen Preis vorgesehen. Gold für den Regisseur, auch die Mitarbeiter sollten mit einem Lorbeerzweig belobigt werden.

Der Zwischenfall mit der Reich, Rafaela passe schlecht. Ausklammern der Autorin des poetischen Kommentars wäre möglich, aber blöd.

Der Vorgang wurde weitergereicht.

Poetisch, das dunkle Wort, ein Wort, wie ein Geheimmanöver, kroch über zuständige Schreibtische in Magdeburg. Man entschied nicht gleich und nicht ohne Bedenken und Rücksprachen, denn die Kulturleute lebten in anderen Sphären, aber schließlich doch: Fall erledigt.

Nach 14 Tagen wurde Eli von zwei Männern zum Hauptbahnhof begleitet.

Eli sitzt in einem D-Zug-Abteil. Allein. Nur der Rucksack ist bei ihr. In der Hand hält sie eine kleine Pappe. Das ist eine rot gemaserte Sonderfahrkarte. Der Schaffner weiß Bescheid. Er knipst ein Loch in die Ecke. Er wünscht bis zur Endstation guten Schlaf.

Die Hirnschale ist eine knöcherne Felswand. Eli hört Stimmen, das Echo. Glockenrein, silberklar. Eli, ein stetes Vorbild. Besonnen, freundlich. Fleißig beim Rübenhacken.

Pünktlich. Anfänglich, zuerst, zu Beginn ihres Aufenthaltes in Gönnernhausen ist sie ein guter sauberer Mensch gewesen. Die Stimmen tönen von mehreren Seiten. Das Echo schallt. Jemand berichtet vom aufgeräumten Zimmer im Gasthaus. Eine junge wohlmeinende Stimme sagt, sie habe jedes Unkraut auf dem Feld mit lateinischem Namen gekannt. Warum nur das Unkraut? Ein Einwurf, so ein Warum, so eine Frage kann die Waage kippen. Gleich nimmt Doris wieder das Wort. Beta vulgaris, die Zuckerrübe. Lauter positive Sachen. Stichworte aus dem Schreiben der Filmverwaltung. Poetisch. In den Felsengrotten des Gehirns saust das Echo. Das Echo des Echos.

Später sei der Teufel über Eli gekommen. Der Teufel habe beim Pfarrer logiert. Er habe einen Fliegenpilz gefressen. Roh aus der Hand. Doris kann nichts bestätigen, aber sie kann es sich vorstellen. Fliegenpilz und auch das andere. Klar, er hat rübergewollt in den Westen. Die Grenze verletzen? Das nicht. Rüber, das ja.

Eli kramt im Rucksack. Tatsächlich, das Heft mit den Notizen steckt seitlich in der Tasche. Auf der ersten Seite die verwackelte Skizze. Gönnernhausen, wie es leibt und lebt, und weiter Gönnernhausen im August. Wie sich das Ich hinter dem Ich versteckt. Ein angefangener Brief an Anton liegt zwischen den Seiten, gepresste Pflanzen, Flora des Harzvorlandes, ein trockenes Blatt vom Fingerkraut. Der Bleistift rollt heraus. Eli fängt an zu schreiben. Die Fortsetzung vom Ende der Nacht, vom Morgentau, der, den Glanz der Sonne erwartend, auf den Blättern liegt, um zu glänzen.

Gönnernhausen. Ein wonniglicher August.

Grenzsoldaten haben uns erwischt. In flagranti im Schloss, das im Sperrgebiet liegt.

Ludwig wollte den Renaissancebau unbedingt sehen. Er kannte inzwischen das Dorf samt Kirche und Kirchhof. Das Kriegerdenkmal. Der Pfarrer hatte uns nach dem Kirchhofsgang aus der Ortschronik vorgelesen. Schlossgeschichten. Kaiserzeitliches. Eine Pfalz, ein Vogelherd. Ludwig wollte trotz Sperrgebiet unbedingt hin. Mir war mulmig.

Es gab keinen Zaun, aber Schilder, die sagten, dass wir ziemlich unstatthafte Wege gehen, schon überwachsene, vergessene. Niemandsland. Grenzgebiet. Ludwig unerschrocken. Er fand am Turm eine offene Wirtschaftstür, Treppen, Durchgänge und weitere Türen. Er brauchte gar keinen Mut. Er zog mich, ich lief hinterher, halb Schlossmuseum, halb Herrschaftswohnung. Ledertapeten, Kommoden, Standuhren, Absperrkordeln. Im Speisesaal zwischen vollgestellten Schränken, seltsame Apothekersachen, Zinn und Porzellan, ein Fenster, das sich ohne Mühe öffnen ließ. Am Waldsaum, hinter Mückenschwärmen und Fichten, eine untergehende Sonne. Ich habe Fahrzeuggeräusche gehört. In der Ferne klopfte ein Specht unermüdlich auf wunderbar hallendes Holz. Ludwig betrachtete alles genau, auch die kleinen Sachen. Intarsien. Klöppelspitzen. Er setzte sich auf ein samtbezogenes Kanapee, streckte sich, zupfte munter an meinem Rock. Hiergeblieben, hier bleiben wir. Während seine Hände mich packten, während wir uns umarmten und abwärts auf einen runden Teppich fielen. Draußen ein Schuss, eine Signalrakete. Rütteln, Schütteln. Ein galoppierendes Reh? Ist denn das Liebe, wenn die Angst unter diesen Umständen einfach ihre Fesseln verliert und die Zeit ihre seltsam verschlungene, in Schleifen und Schlingen verlaufende Dimension.

Hier bleiben wir.

Doch so weit sollte es nicht kommen. Eine scheintote Standuhr sorgte dafür. Sie hatte jahrelang stillgestanden, nun setzte sie einen hämisch donnernden Schlag in unseren siebenten Himmel. Dem Schlag folgte ein kurzes endgültiges Röcheln. Lichtkegel schossen auf uns hernieder. Armeetaschenlampen.

Soldaten, die man per Funk zum Einsatz gerufen hatte. Das Motorgeräusch war kein Forstauto gewesen, sondern der Jeep der stationierten Truppe. Die Standuhr hatte nicht nur Ludwig und mich, sondern auch die Schleicher erschreckt. Die Soldaten hatten unsere Bewegungen im Terrain von Anfang an beobachtet, bald herausgefunden, wer wir waren: die Irren. Prinz und Prinzessin aus dem Land des Lächelns. Die Kerle wollten uns frech überraschen. Es sollte ein Jux werden, aber nur solange bis wir uns in ihrer Scheinwerferrunde auf die Beine gestellt, unsere Kleider sortiert und schließlich alle Sachen wieder richtig auf dem Leib hatten.

Ludwig in seinem Element als Klassenkasper. Er stülpte sich eine Vase auf den Kopf, er band sich einen Strick um den Hals, eine rote Kordel, was ihm so einfiel, um das junge bewaffnete Volk zu unterhalten, um uns eine Frist zu verschaffen. Er konnte ohne Mund reden. Wenn ihr Schlechtes denken wollt über die Menschen, fangt bei euch an, dann irrt ihr euch nie. Er freute sich, wenn alle lachten. Wenn ich lachte, fiel er verzückt auf die Knie. Das nennt man Galgenfrist. Ludwig küsste meine Füße.

Bis wir per Handschelle aneinandergekettet auf der Rückbank des Autos dingfest gemacht worden waren. Ab nach Magdeburg. Zum Verhör. Akte Prinz und Prinzessin. Das Motorgeräusch. Sie waren längst auf der Lauer und auf dem Weg, uns zu fangen.

Noch bevor das Studienjahr anfängt, bekommt Ludwig seinen Brief. Überschrift: Exmatrikulation des Jugendfreundes Ludwig Zweig. Der Dekan führt mit ihm ein Gespräch. Der Dekan sagt:

Wir schicken dich ins Mansfelder Kupferschieferrevier. Dort sind unsere Menschen, und du gewinnst Zeit. Er trägt ihm als Geschenk ein Buch hinterher, einen tschechischen Roman. *Die Abenteuer des braven Soldaten Schwejk.*

Ludwig flüchtet in die Mensa, an den Tisch, wo die ausgesuchten Kandidatinnen für das Fach Schauspiel auf den Ruf zum Vorsprechen warten. Ist es ein Wunder, dass keine über Ludwigs Faxen lachen will? Die Mädels sind krank, die fallen bald um vor Lampenfieber. Ludwig sammelt persönliche Niederlagen, er sammelt Enttäuschungen. Er streckt die Mittelstreckenläuferbeine, er kippt mit dem Stuhl, noch einen Millimeter, dann fällt er aufs Kreuz. Sein kühles Urteil: Dieses Jahr sind hauptsächlich Schreckschrauben im Auswahlsieb hängengeblieben, verbissene Kneifzangen. Nichts dabei, dieses Jahr. In dieser Ödnis ist meines Bleibens nicht mehr.

Der Kameratisch protestiert. Das sind doch recht nette Bienen. Lockenköpfchen. Ludwig ist festgelegt, von ihm geht die Rede, er habe ein Auge für aparte Naturlockenköpfe, außen schöne Natur und innen subtile Mechanik, wie es Heinrich von Kleist in seinem Aufsatz über das Marionettenspiel beschreibt. Perfekte Künstlichkeit, das ist Kunst. Die Schauspielkommission hat ihre Aufnahmeparameter. Jedes Jahr schlägt das Pendel in eine andere Richtung. Diesmal ist Realismus in der Filmkunst angesagt. Lauter Typen, lauter Konflikte, Weiber, wo die Schönheit ganz tief innen steckt. Stumpfes plattfüßiges Leben. Zupackend. Pranken wie Klodeckel. Keine Marilyn Monroe in Sicht.

Immer diese Übertreibungen, ruft einer.

Du sagst es, ruft Ludwig.

Er reicht seinen Ex-Brief herum. Besteht Interesse? Weitergeben!

Eli lebt im Schattenreich. Im kleinen Vorführsaal, wo Filme für die Eignungsgespräche laufen. Satiren über Zeitumstände und Charaktere, Sachen, die wir im Wesen und in der Erscheinung längst kennen.

Eli fällt gleich wieder in die erprobte Schutz- und Ruhehaltung zurück. Wie im Mutterbauch. Die Knie hochgezogen, die Fäuste unter dem Kinn. Solange der nächste und übernächste Film läuft und auch in den kurzen Pausen.

Tags darauf findet Eli den roten Samt ihres Sessels immer noch nass von den gestrigen Tränen. Das Saallicht verlischt. Der Film beginnt. Weil heute niemand gekommen ist, keine Prüflinge, die mit einem Film auf das Gespräch eingestimmt werden sollen, keine Studenten, die einen Seminarschein in

Filmgeschichte oder Bildgestaltung nachholen müssen, darf Eli den Ton auf null drehen. So bleibt nur das Knistern. Auf der Leinwand bräunlich-buntes Flattern. Sepia, eine Farbe, die zeigt, wie alt wir schon sind, eigentlich schon tot, jedenfalls vergangen. Sepia verklärt.

Hinter dem Pförtnerfenster steckt eine Postkarte. Eli, deine Schreibmaschine! Ihre Reparatur steht Mi. und Do. von 9 bis 18 Uhr zur Abholung bereit. 7,50 Mark. Stempel. PGH Büromaschinen.

Der Mechaniker führt vor, wie perfekt sämtliche Typenhebel jetzt funktionieren. Wie geschmiert. Wie neu. Schöner denn je. Er streichelt, putzt mit dem Lappen, stülpt den Kofferdeckel drüber.

Eli lädt die Maschine auf den Gepäckträger. Sie radelt über den Babelsberg, an der Sternwarte vorbei, direkt zum Haus der Kameraleute, dorthin, wo es im großen Treppenhaus gleich heftig nach Curry und Knoblauch riecht, wo das alte Brünnlein immer noch ohne Unterlass plätschert, sonst aber wenig Gesetz gilt. Ausbeutung ist abgeschafft. Schwerkraft und Kalender gibt es nicht. Auch keine Uhren. Denn durch das Dachfenster im Zikadenfries grinst ein immerwährend fröhlicher tellerartiger Mond. Andauernder Vollmond. Dort, wo Ludwig lebt. Wo grenzenlose Zuversicht herrscht. Zünftiger Glaube. Geniales Vertrauen. Totale Gegenwart.

An einer Wäscheleine klammern Fotos. Schwarzweiße Serien zu einem vorgegebenen Thema. Kinderkrippen.

Die Kamerastudenten haben die Halle im Erdgeschoss jetzt ganz zur Gemeinschaftsküche ausgebaut. Eine dritte Kochstelle. Ein Mehrzwecktisch für zwanzig Personen. Viele Kaffeetassen. Gebrauchtes Geschirr. Überquellende Eimer.

Meng Hai-Feng hat Dumpling gekocht.

Gleich fertig, sagt er. Eli, du bist in Zeit gekommen. Er

schiebt den Tisch frei, stellt einen Teller hin, legt Stäbchen daneben. Eli zieht einen Stuhl herbei. Sie findet unter dem vielen Schreib- und Esskram ein Blatt Papier. Einen Stift. Sie braucht nur eine Minute oder zwei.

Meng verbeugt sich.

Er geht rückwärts zum Herd, weil er Eli und die deutschen Dichter und Denker achtet, fast so wie die Köche, das Kochen, das Essen. Er rührt im Topf. Gleich fertig. Eli, du bist in Zeit, nimm Zeit.

Lieber Mensch, hier ist meine Schreibmaschine. Ich werde sie nicht mehr brauchen. Eli.

Mit einem Haar bindet Eli die kleine eingerollte Botschaft am Traggriff fest.

Meng trippelt herbei, vorsichtig mit einer dampfenden Schüssel.

Frisch. Sehr einfach, nur gekocht.

Eli balanciert mit den Stäbchen eine Kugel vom Teller in den Mund. Dumpling. Meng schaut zu.

Fein machst du das.

Schmeckt lecker, sagt Eli.

Nimm viel, sagt Meng.

Wenn ich nur wüsste, was mit Ludwig in Magdeburg war. Er will mir nicht erzählen, was geschehen ist. Er sagt nur lauter Quatsch. Das Vergangene ist vergangen, und schade, dass wir nicht wenigstens reich und alt sind. Hat er euch was gesagt?

Meng Hai-Feng tröstet mit einem chinesischen Lächeln. Probieren, sagt er. Essen und Lachen. Er deutet auf seine schmalen Augen. Augen zu. Man muss üben. Nicht weinen.

Eli radelt bergab. Sie spürt, dass sie zu viel gegessen hat. Zu viel Dumpling, zu viel braune Soße. Nie mehr will sie Dumpling essen. Nie mehr so viel reden. Mit niemandem. Am liebsten würde sie die Stimme aus den Ohren austreiben. Das gebrochene Deutsch. Ihr wird schwindlig. Sie steigt vom Rad. Sie hält sich fest.

Kalter Schweiß auf der Stirn. Der Magen poltert.

Die fröhliche Stimme des besorgten Meng wird Eli nicht los. Wie den Geruch der Soße. Bino, Hefe, Malz. Nimm Zeit. Augen zu.

Ludwig ist fort. Mit Schreibmaschine. Nachts denkt Eli an den Kasten, an das Teil von ihr, das bei ihm ist. Sie hört die Geräusche. Die Walze packt einen weißen Bogen. Buchstaben schlagen gegen das Papier, die Typen klappern. Darüber fällt sie gegen Morgen in einen sackgassenartigen Traum. Sie hat sich im Wald verirrt, doch sie macht sich nichts draus.

Peter Tetzner, Ludwigs Motorradfreund, hat Eli gefragt, ob sie mitfahren möchte ins Mansfelder Kupferschieferrevier. Kurz entschlossen, bevor der Ernteeinsatz, diesmal ohne Ausnahme, für alle Studenten beginnt. Ludwig hat keinen Schimmer, dass Peter ihn besuchen, dass Peter nicht allein kommen wird. Peter fühlt sich wie Knecht Ruprecht, Eli im Sack bzw. auf dem Sozius. Wir stehen vor seiner Tür oder unter dem Fenster oder warten bis zum Schichtende vor der Einfahrt, wo die Bergleute vom Schacht herauskommen werden mit ihren Grubenlampen und schwarzen Nasen.

Bis Dessau fahren sie auf der Autobahn. Dann Landstraße. Vor Aschersleben halten sie das dritte Mal an. Eli muss trinken, ihr ist elend. Sie ist müde, denn sie hat die ganze Nacht nicht geschlafen. Sie taumelt vor Aufregung. Diesmal wäre sie fast vom Sozius gerutscht.

Entschuldige, Peter. Ich halte dich auf, ohne mich wärest du schon bei Ludwig, ihr würdet zusammen Bier trinken.

Quatsch, sagt Peter.

Er kramt eine Decke aus der Satteltasche.

Hast du was Schlechtes gegessen? Gestern gab's Milchreis

in der Mensa, das kann's doch nicht sein. Soll ich langsamer fahren?

Eli liegt auf der Decke, sie krümmt sich, sie krampft die Hände zu Fäusten. Peter füllt Tee aus der Thermoskanne in den Becher. Eli rafft sich auf, er kniet vor ihr, er hält immer noch den Becher. Sie schauen sich einfach nur an, kniend und ratlos. Sie wissen nun und sehen, was geschieht. Blut. Auf der Decke alles voll Blut.

Ein Wartburgfahrer hatte angehalten. Peter hatte die Decke zusammengewickelt. Sein Hemd ausgezogen. Das Hemd hatte Eli zwischen die Beine gestopft. Das Schlimmste war schon vorbei. Der Mann fuhr trotzdem mit Eli ins Dessauer Krankenhaus.

Eli hatte eine Narkose bekommen. Das musste sein. Der Arzt hatte zu Eli etwas gesagt, das klang wie ein französisches Wort. Beinahe wie Kyrie eleison, also wie Herr, erbarme dich.

Eli muss zwei Wochen auf der Frauenstation bleiben. In einem Zehnbettzimmer. Eli liegt im ersten Bett an der Tür, da ist auf einer Seite eine gemusterte Wand. Die Frau im Nachbarbett schenkt Eli Briefpapier und eine Briefmarke. Eli schreibt an Frau Gieram im Sekretariat, dass sie leider krankheitshalber am Ernteeinsatz in diesem Jahr nicht teilnehmen könne.

Alle zwei Stunden werden die Säuglinge auf einem Pritschenwagen hereingeschoben und verteilt. Die Frau neben Eli hat Zwillinge bekommen. Eli darf eins so lange halten, bis das andere genug hat. Manchmal das Mädchen, manchmal den Jungen.

Am Mittwoch- und Sonntagnachmittag strömt Besuch in den Saal. Die Omas sitzen auf dem Stuhl, der zu jedem Bett gehört, die anderen sitzen auf den Bettkanten. Elis Stuhl bleibt frei. Der Mann von der Frau nebenan hat die beiden schon aus dem Gröbsten herausgewachsenen Töchter mitgebracht.

Sieben Jahre alt. Auch Zwillinge. Eli hat ein Buch aus der Krankenhausbibliothek aufgeschlagen. Seit Stunden liest sie ungefähr in der Mitte, immer die gleiche Stelle, wo es ums Tintekochen geht. Es ist ein Roman von Jean Paul mit dem Titel *Leben Fibels, des Verfassers der Bienrodischen Fibel.* Jemand hatte mit solcher gekochten schwarzen Tinte eine Widmung vorn auf die erste Seite geschrieben: Es gibt noch keine Mode, zu sterben. Jeder stirbt originell.

Hast du keinen Besuch?, fragt eins der Zwillingsmädchen.

Der ist noch nicht da.

Wann kommt er denn?

Später.

Das glaube ich nicht, sagt das Kind.

Eli dreht sich zur gemusterten Wand. Braune und grüne Striche, es sind Grashalme. Eli blickt auf eine Grashalmtapete. Es dauert eine Weile, allmählich wird aus den Halmen wieder ein Wald.

Es ist ein taugliches Gelände. Eine Hütte, darin ein Kinderbett. Sommer, aber die Frau sorgt vor. Sie arbeitet, während das Knäblein schläft, baut Holzscheite zu einer Feime auf. Sie sägt und hackt. Schönes weißes Birkenholz mit einem braunen Kern. Der Winter kann kommen. Noch steht der Tisch vor der offenen Tür unter dem sogenannten Himmelszelt. Wichtige Dinge sind am Platze. Eine Bank, Penatencreme aus dem Westen, ein Brot aus dem Backofen. Zwischen den Kiefern die Wäscheleine, Windeln trocknen. Erinnerungen an die Freundin. Lebensumstände. Verweilen. Leiser Wind, abschüssig geht der Blick auf das Ufer eines heiligen Sees. Dort entlang führt der Weg. Man sieht den Kerl in der Ferne. Er braucht seine Zeit, er verschwindet hinter den Bäumen. Nun wandert er wahrscheinlich im Wald. Sie kann warten. Sie wünscht sich, dass er Weihnachten ankommt. Der Kleine schläft, oder er spielt mit einem schwarzen perlenäugigen Eichhorn. Es ist ein freundliches Kind. Fotos von ihm hängen an einer Schnur. Seine Mutter besitzt Bleistifte und Papier. Sie malt. Laufende Bilder. Sie übt die Kunst des Vergessens. So entstehen ein Film und gleich auch ein Film im Film.

Eli blinzelt gegen die Wand, sie greift nach dem Taschentuch und dem Buch auf dem Krankenhausnachttisch.

Großen Schmerz steckt man leichter ins tiefe Herz zurück als große Freude – weil zwar Überschmerz das Herz langsam zerlässt, aber Überfreude es gewaltsam zersprengt, auch schon, weil man sich unbesorgter den reißenden Paradiesflüssen der Entwürfe als den zurückgehenden Höllenströmen der Fehlschlagungen übergibt, und weil man daher bei großen Freudenstürmen zuerst dem Herzen Luft zu machen hat durch die Lungen, das heißt durch Sprechen.

Paradiesflüsse. Höllenströme. Der Romantiker Jean Paul.

Verabschieden Sie sich. Das ist die Stimme der Oberschwester. Ihr Berufskleid, ihr strenger Blick treibt die Besucher aus dem Saal. Die Tür schlägt.

Eli schiebt das Buch unter das Kopfkissen. Für die Bettnachbarin gilt das Zuklappen des Buches als Signal. Jetzt sind wir wieder unter uns. Sie reicht zum Zugreifen eine Schachtel mit Weinbrandbohnen hinüber zu Eli und dann einen Becher.

Brühe mit Knochenmark vom Rind. Noch heiß, die hat Tante Frieda meinem Mann in der Thermosflasche mitgegeben. Gut für die Muttermilch, gut für die Nerven.

Bitte sehr, Fräulein Reich.

Eli lächelt. Die Hand, die den Becher nimmt, zittert.

Die Nachbarin macht Mut.

Das gibt wieder Kraft, Fräulein Reich.

Eli kriecht aus dem Bett, weil ihr von der fetten Brühe schon wieder schlecht wird. Sie schlingt ein Stationsbadetuch um die Hüften, damit sie in dem kurzen, hinten offenen OP-Hemd nicht halbnackt herumläuft. Die Korksandalen findet Eli im Nachtschrank. Im Schrank, zusammengeknüllt, ihr Leinenrock und die Schlüpfer und Peters Hemd. Sie versteckt das Bündel unter dem Badetuch. Im Waschraum wirft sie das Zeug in die Badewanne. Lange gurgelt rotes Wasser, flatterige Fasern schwimmen zum Abfluss. Eine kleine zerfranste Purpurblüte verschwindet.

Hinter geriffeltem Fensterglas sieht man eine Häuserzeile. Regenblanke Dächer. Wohnliches Dessau im Spätsommerlicht.

Der Zug fährt durch den Hohen Fläming, es ist die alte Kanonenbahnstrecke, schnurgerade gebaut, zweckmäßig durch Wald und Flur. Schwarze Brandstreifen und Sandgräben begleiten die Gleise. Nirgendwo Menschen oder Tiere. An manchen Stellen blüht immer noch Heide. Leere Weideflächen, freigeräumte Getreidefelder. Himmel hüben und drüben, rötlicher Abend, bläulicher Morgen. Endlich oben im rötlichen Schein ein paar Kraniche, ein Keil, der in Gegenrichtung nach Süden zieht.

Sandra und Anke haben eine bastumflochtene Flasche Stierblut gekauft. Einen Liter, dunkel und kühn. Auf das bestandene Examen.

Mensch, Eli, du hast vielleicht ein Schwein gehabt. Darauf lohnt es sich ebenfalls, anzustoßen.

Tetzner hatte seine Abenteuer erzählt. Mit dem Motorrad und mit Eli, den Fakt, und was er danach noch unternommen hatte mit Ludwig im Harz. Man darf nicht mehr bis hoch auf den Brocken wandern. Ab Ilsenburg alles voll Militär, Russen und Grenztruppen. Sperrgebiet. Die Brockenbahn ist stillgelegt worden. Für Schierke brauchst du einen Passierschein. Inzwischen lauter bekannte Sachen. Der Brocken ist der höchste Berg, und die Müritz ist der größte See, und die Oder ist der längste Fluss, denn die Elbe fließt ja hinter Wittenberge quasi im Ausland weiter nach Hamburg.

Der Wein perlt ölig ins Glas. Zum Wohl allerseits.

Eli, du hast Schwein gehabt. Wer macht heute noch eine Abtreibung. Seit man nicht mehr nach Neukölln fahren kann, seit Richter seine Praxis nicht mehr hat. Keiner weiß, wo der jetzt untergekommen ist. Was man so hört, das sind nur Mutmaßungen. Aber das soll wahr sein. Eine schon etwas ältere mit einem Schlagzeuger verheiratete Regiestudentin kennt einen Musiker vom Gewandhausorchester, einen Polen, der hat einen Bruder. Es heißt, der kommt an bestimmten Tagen mit einem Koffer voll Werkzeug aus Wrocław in die Messestadt Leipzig. Der macht es ruckzuck. Im Hochhaus am Ring. In einer Stunde bist du wieder auf dem Bahnhof.

Eli, du kannst von Glück reden.

Eli soll sich bei Tetzners Motorrad bedanken und bei den Schlaglöchern auf der Strecke. Die haben dir viel Kummer erspart.

Eli greift zum Weinglas. Ihre Ohren klingen. Wer denkt an mich? Aus weiter Ferne, aber glasklar eine Stimme, die ihren Namen ruft, in der Nähe hört sie, wie Anke und Sandra auf Ludwig schimpfen.

Kann der nicht aufpassen. Weiß der schusslige Gockelhahn nicht, was auf dem Spiel steht für dich als Frau und Mensch ohne Abschluss, ohne Examen in Filmgeschichte und Hauptfach.

Keine Tränen. Im Gegenteil, wenn es um Ludwig geht, spürt Eli ein Kribbeln in den Fingerspitzen. Krallen. Sie sitzt auf dem Sprung. Anke und Sandra sind sich einig.

Dem würde ich was erzählen. So eine Pfeife. So einer denkt nur an sich. Der denkt keine Sekunde an dich. Das kannst du aber wissen.

Ihr quatscht einen Mist. Eli will nicht mehr schweigen. Aber auch nicht alles erzählen. Nicht die ganze wunderbar süße Wahrheit, nicht das pure Entsetzen. Es ist ganz anders gewesen.

Wie denn? Da bin ich aber neugierig. Sandra und Anke sind ganz Ohr, während Eli ihr Glas füllt. Den letzten Tropfen aus der Literflasche.

Es war wegen der Standuhr im Schloss Gönnernhausen. Die hat ganz plötzlich geschlagen. Gong, und dabei ist es wahrscheinlich passiert.

Weil die beiden diese Kausalkette nicht kapieren, erklärt Eli, wie und wo eine Standuhr schon einmal in Beziehung zum Akt der Zeugung gestanden hatte. Und zwar in einem Stück Weltliteratur aus England, *Life and Opinions of Tristram Shandy*, gleich am Anfang, gleich im bekenntnishaft schweifenden ersten Kapitel. Wo der Hausherr regelmäßig die Uhr im Korridor zwischen den Schlafzimmern der Ehegatten aufzieht. Eli würde die Stelle gern vorlesen, aber sie kann das Buch jetzt nicht finden. Es hat immer im Regal oben bei den Engländern gelegen. Laurence Sterne. *Tristram Shandy.*

Anke und Sandra japsen vor Lachen.

Gong, so ein Wort genügt.

Eli ist erleichtert, als die beiden endlich ihre letzten Sachen zusammenpacken. Bestecktaschen, Sportsack. Brechts *Kleines Organon für das Theater.* Um die Szene in der Tauber-Villa zu verlassen. Um in die Welt hinauszustreben. Ins Armeefilmstudio nach Schwerin, wo nicht gegeizt wird mit Rohfilmmaterial und Spesen.

Ich wünsche euch alles erdenklich Gute. Schreibt mal oder kommt mal wieder vorbei.

Das versprechen wir.

Gong, das Wort genügt.

Man hört, wie sie auf der Treppe kichern. Über Ludwig und auch über Elis grünen Overall. Anke gibt zu, der grüne Anzug sieht flott aus. Allerdings, Eli muss aufpassen, dass sie nicht von einem Frosch behüpft wird. Gong. Die Gefahr besteht.

Eli öffnet das Fenster. Die leere bastumflochtene Stierblutflasche saust in die Finsternis. Adios, Compañeros.

Kein Aufschlag. Kein Schrei. Nicht einmal ein Vogel ist aufgeflogen. Die Flasche hängt in der Pappel, versteckt an einem Ast, da lauert die Keule.

Milde Luft weht ins frühere Dreibettzimmer, aus dem Eli ein Einbettzimmer gestalten wird. Zwei Betten sollen Sofas werden oder Ablagen für Bücher, für Fotos aus dem Antiquariat am Nauener Tor. Ein vergilbter Holzschnitt, 1632, Dresden, Kanonenkugeln treffen den Mittelbogen der Augustusbrücke. Der Antiquar hat dafür zwei Mark haben wollen. Auf der Rückseite des braunfleckigen gefalteten Blatts steht mit feinem Bleistift: Königin Anna, Gärtnerin. Mispeln und Johannisbeeren in Sachsen. 15 Kinder. Elis Schrift.

Unten aus dem Fenster der Studentin für Dokumentarfilmregie tönt Chuck Berrys *Johnny B. Goode.*

Erleichtert, neugierig, in müder Erwartung riegelt Eli ihr Fenster zu.

Die Feierstunde findet am Sonntagvormittag im Apollosaal der Staatsoper statt. Eli trägt zum grünen Overall eine schwarze Jacke. Wie auf den Leib geschneidert. Die Kostümbildnerin hilft jederzeit gern, sie stattet den Schulfasching aus, Hochzeiten, Trauergäste. Im Studiofundus lagert alles: Anzüge mit Kummerbund, Zylinder, Kleider mit Schleppe, Federhüte, Sachen noch aus Ufa-Zeiten und die neusten amerikanischen Uniformen. Die Uniformen aber unter Verschluss, seit ein Kollege aus der Baubrigade als Charly in einem amerikanischen Militarybus, der auf Ausflugstour im Osten war, getürmt war. Die schwarze Ripsjacke gehörte zur Garderobe einer Turnierreiterin aus dem alten Film *Reitet für Deutschland.* Die Kostümbildnerin ist kompetent, sie hat gesagt, Eli, die Jacke passt, die kannst du anziehen, so kannst du gehen.

Eli sitzt auf Platz eins in der ersten Reihe, also ganz an der Seite. Es folgen mehrere ältere Meisterregisseure aus dem Studio. Genau in der Mitte haben die Vertreter der Partei, des Staates und der Massenorganisationen Platz genommen. Den Dekan sieht man auf der anderen Seite, auch ziemlich vorn, in der Nähe der Hauptpreiskandidaten: Spielfilm, Dokumentar- und Wissenschaftsfilm. Sparte Musik, Schnitt, Kamera und Regie.

Hinten irgendwo Schubert. Eli hat ihn unterwegs auf dem Bahnhof gesehen. In Karlshorst beim Umsteigen aus dem Sputnik in die S-Bahn. Eli ist seit drei Stunden unterwegs und seit drei Stunden müde. Unter der Kopfhaut stichelt das alte Leiden. Fieber. Rauschen wie Schilfgras. Ferne Stimmen. Narkotische Düfte wabern. Das französische oder schwedische Exquisitrasierwasser der Meister. Eli sinkt. Ihr Kopf neigt sich schräg, hin zu der nächstsitzenden Schulter. Kurt Maetzigs Schulter? Schulter des Regisseurs der Thälmann-Filme? In letzter Sekunde reißt sie sich aus dem Schlaf. Sie kneift sich ins Bein. Sie beißt die Zähne zusammen. Anton würde sagen. Klemm dir mal, damit du nicht einpennst, ein Streichholz unter das Augenlid.

Auf dem Podium ein weißes Rednerpult, ein weißer Flügel. Weiß vom Scheitel bis zur Sohle der Pianist und auch der Tenor Peter Schreier. Einschläfernd schwindet das Licht des Kronleuchters. Peter Schreier spannt die Brust:

> Es schienen so golden die Sterne,
> Am Fenster ich einsam stand.
> Und hörte aus weiter Ferne
> Ein Posthorn im stillen Land.

Eli faltet die Hände, presst die Finger. Das Sticheln unter der Kopfhaut fließt als kalter Schauer den Rücken hinunter.

Weder Schlafen noch Wachen, weder Traum noch richtige Tatsache mit Hand und Fuß. Am weißen Pult hat der Lobredner Stellung bezogen.

Er spricht klar und laut und wahrscheinlich deutsch, aber Eli versteht kein Wort, auch die heiteren Anmerkungen versteht sie nicht. Die Meisterregisseure kennen den kleinen witzigen Mann gewiss ganz genau. Beim Zwischenapplaus nicken sich Elis Nachbar und der Redner grüßend zu, auch Eli zeigt einvernehmliche oder auch traumverlorene Zustimmung. Ein Lächeln. Sie schnuppert den nämlichen Rasierwasserduft ihres Nachbarn nun auch vom Rednerpult. Es könnte das sagenhaft teure Panache sein. Es könnte der Kulturminister sein, der da duftet und spricht, vielleicht ist er persönlich gekommen, oder es spricht der kleine Kriminalfilmregisseur aus Ungarn. Vielleicht hat der Ungar die Lobrede übernehmen müssen. Eli seufzt und gähnt. Der Nachbar, Maetzig, wie er leibt und lebt, wird langsam aufmerksam. Fehlt Ihnen was?

Entschuldigen Sie bitte. Es ist bloß das Blei.

Am Ende der festlichen Matinee hält Eli eine mausgraue leinengebundene Mappe, dazu drei rosa Nelken auf dem Schoß. In der Mappe eine Urkunde und ein Briefumschlag. Eli verbietet sich, an den Briefumschlag zu denken. In steifer Haltung lauscht sie dem Lied. Das müsste jetzt Anton erleben, mich mit der Mappe und Peter Schreier, unserem Dresdner Kreuzchorknaben, was aus dem geworden ist.

Peter Schreier singt Mendelssohn Bartholdy, *Botin des Frühlings*, nach einem Gedicht von Nikolaus Lenau. Leiser denn alle Blumen der Wiese hast du geschlummert, liebliche Blume, Primula veris. Es sind zehn Strophen, bis: Ging doch der Blume gläubige Seele nimmer verloren.

Starker, nicht enden wollender Applaus. Mit Zeitverlust Sturm auf die Garderoben und die Toiletten.

Eli hockt hinter der verriegelten Tür. Es macht sich kompliziert mit der Fundusjacke, dem Overall, der Mappe, den Blumen. Sie verhält sich still, bis der Betrieb vorüber ist. Horcht, reißt den Briefumschlag auf. Zehn neue farbenfrohe Hunderter. Tausend Mark. Eli zählt noch einmal.

Ist noch wer da? Eli hört, wie die Toilettenfrau das Kleingeld vom Teller klimpert.

Ich.

Sie sind die Letzte. Nur keine falsche jüdische Hast.

Eli marschiert Unter den Linden entlang, Alexanderplatz, Karl-Marx-Allee. Goldbedruckte graue Mappe, Nelken und erhobenen Hauptes. Bis zum Fischrestaurant. Dort wartet sie auf die Platzierung. Dort isst sie aus dem Mai-Angebot eine Ostseeflunder mit Kartoffelsalat. Sie trinkt ein Radeberger Bier. Bestellt einen Eisbecher Havanna mit Birnen, Erdbeersirup und Sonnenschirm.

Das Sportkaufhaus hat geschlossen. Schade, sonst hätte sie sich heute einen Schlafsack gekauft oder wenigstens gefragt, ob es Schlafsäcke gibt.

In den Fenstern der Buchhandlung stehen lauter Schätze, Stendhals Novellen, Gotthelfs Erzählungen, ab Montag für Eli erreichbar, was kostet die Welt, Eli kann zahlen.

Am Montag um neun ist Seminartag beim Dekan.

Um acht öffnet die Sparkasse. Eli steht schon vor der Tür. Der Schalterdienst nimmt einen Federhalter und Tinte, um die Zahlen in die richtige Spalte der ersten Zeile zu schreiben, er zieht Doppelstriche, setzt einen Stempel. Nun ist Eli Besitzerin eines Sparbuchs. Es gibt drei Prozent Zinsen, hat der Fachmann ihr beigebracht, und dafür einen Zinseszins und immer so weiter.

Und wenn ich das Geld haben will?, hatte Eli gefragt.

Können Sie es jederzeit abheben, hatte der alte Schaltermann, der eben noch mit Eli und der Weltordnung, trotz der neuen Rahmenbedingungen, an seinem Platz zufrieden gewesen war, mit deutlichem Missvergnügen erklärt. Es bleibt dabei. Die Jugend ist immer in Gefahr, zu verlottern. Abheben, das gehört sich nicht. Ein Konto muss wachsen.

Eli beeilt sich. Sie muss pünktlich sein. Der Dekan liebt Frühsonne, einen polierten, hochglänzenden Tisch, ringsherum junge, unerschrockene Gesichter. Eli im Gegenlicht.

Felix hat sich für weitere vier Monate beurlauben lassen. Begründung liegt vor. Schriftliche Arbeiten sind per Post unterwegs oder werden in Kürze auf den Weg gebracht.

Siegfried hält heute seinen Seminarvortrag über Fritz Langs Film *Dr. Mabuse.* Wahnsinn und Genie. Expressionismus im Film.

Eli beobachtet einen Vogel. Er sitzt hoch auf einem dürren Ast. Er ist schwarz, und Eli wartet, bis er sich bewegt und dreht. Groß wie eine Taube, flink und schlank wie ein Kuckuck. Jetzt darf Eli den Vogel nicht aus dem Auge verlieren. Sie muss ihm folgen. Es wäre mühsam, ihn in den Baumkronen wiederzufinden. Er springt in den Ästen herum. Kreuz und quer.

Siegfried hat den Vortrag in Kapitel gegliedert. Nach der Pause setzt er fort. Der Dekan hat mehr Tempo gefordert. Es kann sein, dass Siegfried heute nicht zum Ende kommt, er wird das letzte Kapitel, den Ausblick auf den Film *Das Testament des Dr. Mabuse,* und schließlich noch Fritz Langs Zeit in Amerika am nächsten Montag weiterführen.

Das Programm am Nachmittag gehört zu Siegfrieds Vortrag. Im großen Saal werden beide Mabuse-Filme gezeigt. Der Archivleiter hat ganz vorn im Regal die Urfassungen gefunden. Die sind noch länger und noch lauter. Eli richtet sich auf ihrem Stammplatz ein. In erprobter Position. Augen zu. Die Musik dröhnt, schwillt an, schließlich ein schrecklich gebrülltes Gloria. Da ist der Tyrann endlich tot.

Elis Urkunde soll gerahmt und im Hauptgebäude aufgehängt werden. Das hat der Dekan angeordnet. Vielleicht über der Vitrine mit den Sportpokalen. Im Fechten ist die Schule gut. Auch im A-Klasse-Springreiten. Aber da streitet der Stall mit der Schule, ob die Rosette dem Pferd oder dem Studenten, also dem Reiter, gehört.

Schubert trägt einen Verlobungsring. Ausgerechnet der. Wer verlobt sich denn heute noch? Niemand. Ein Verlobungsring ist so altmodisch wie ein Korsett und so unnötig wie ein Kropf.

Was Schubert wohl treibt, wenn er sich nicht auf seine Seminare über Bloch oder Hegel oder die antiken Philosophen vorbereitet? Er sitzt in der Uni- oder in der Staatsbibliothek, er hockt im Lesesaal, schleppt Kataloge, so stellen sich die Studenten diesen eigensinnig verlobten, egoistisch dienenden Assistenten vor. So denkt sich Eli den rotstoppeligen Lehrer. Er hockt in der Berliner Staatsbibliothek. Aber was sucht er denn da, er weiß doch schon alles.

Schubert rechtfertigt seinen Ruf. Er ist Stammleser mit Berechtigungsausweis. Uneingeschränkte Ausleihe.

Schubert eilt quer durch das efeuberankte Geviert des Hofes, er kennt die Gegebenheiten im Inneren des mächtigen Gebäudes, die Umwege im ersten Stock, die Schwingtüren, Quergänge. Schliche. Er kennt den Leiter des alten Systematischen Kataloges. Seine Buchstabenordnung, sein Wissen. Schubert kann sich auf den Leiter des alten Systematischen Kataloges verlassen. Gemeinsam suchen sie, zwei Köpfe gebeugt über ledergebundenen Folianten, sie brüten an einem rettenden Gedanken. Bei Kierkegaard, beim Mann von Toggenburg. Sie suchen zwischen den Zeiten. Und Jenseits. Schubert klettert die

Stiege hinauf bis unter die Decke, wo der Buchstabe A steht. Anheimelnd der trockene Staub, tröstlich der Bohnerwachsgeruch. Das blank gewienerte grüne Linoleum der Tische, wo die schweren Katalogbände abgelegt werden. Das Alphabet schafft stufenweise Ordnung und Übersicht, schwarze Tusche, spitze Feder. Saubere Handschriften. Nirgendwo ein Tintenklecks. Es ist tröstlich. Schubert schreibt die Titel, die Autoren und Signaturen auf die Lesesaal- oder Ausleihscheine oder in sein Merkheft. Für den Leiter der Abteilung ist es ein Leichtes, sogar ein Vergnügen, zu helfen. Er irrt sich nie. Er verschwindet, so wie er helfend hervorgekommen war, zwischen braunen Regalen, hinter einer dunkelbraunen Tür. Grau mit schwarzen Ärmelschonern, genauen Vorstellungen und geordneten Gedanken. Schütteres Haar. Hinter den Katalogregalen, dort, im Inneren der Weltenesche, befindet sich seine Höhle: ein Schreibtisch, Bücherstapel, ein markanter schwarzer Telefonapparat, ein zugiges Fenster zu einem gekachelten Lichtschacht. Wasser rinnt, Moos und Wasserfarne besiedeln die Fugen, die kalkigen Streifen, das ist vom Himmel regnender Taubendreck.

Die öffentliche Kantine befindet sich etwas versteckt im Erdgeschoss rechts neben der Garderobe. An der schmalen Tür hängt jetzt das Pappschild: Kantine offen. Schubert kennt sich aus. Ein freundlich dunkler Schlauch, sehr hoch, sehr verraucht, obwohl eigentlich nicht geraucht werden darf. Dazu riecht es nach Terpentin und nach Kartoffelsuppe mit Sellerie. In der Mitte ein Gang, rechts und links Vierertische. Hinten im Raum gibt es Getränke und, neben der Suppe, Bockwurst und Kuchen. Auf den Tischen Geschirr, Kaffeeringe und Senf, daneben die ausgeliehenen Stapel. Wahre Schätze. Wer gute Augen hat oder eine dicke Brille, brütet über einem aufgeschlagenen Buch. Schubert blättert, er entziffert das Großgedruckte, die Überschriften, seine Hand sucht den Teller, die

Streuselschnecke, wo sie liegt oder gelegen hat, denn er hat den Kuchen schon aufgegessen, den Kaffee getrunken, Gott liebt es, sich zu verstecken, das ist ein Kapitel in *Einige Mutmaßungen über Pascal.* Hochaktuelle Gedanken.

Eli gönnt sich einmal im Monat eine Fahrt nach Berlin, einen Besuch der Staatsbibliothek. Sie besitzt einen Leserausweis für den Lesesaal und für genehmigungspflichtige Sonderausleihe. Einmal hatte sie Schubert in der Kantine der Staatsbibliothek getroffen. Auch er wollte anschließend noch ins Theater. In den *Aufhaltsamen Aufstieg des Arturo Ui.*

Eli wäre gerne mit ihm zusammen durch die Berliner Straßen gelaufen, vielleicht in die Buchhandlung unter der S-Bahn-Brücke, dann langsam zur Weidendammer Brücke, Schiffbauerdamm, vielleicht durch den Hof zur Theaterkantine, wo die Mitarbeiter des Berliner Ensembles Betriebsessen essen. Vielleicht eine Tasse Soljanka mit großer Semmel. Oder noch eine Bockwurst. Sie wäre gerne an seiner Seite gegangen, wenn er gewollt, wenn er auf ihre Begleitung Wert gelegt hätte. Wenn er sich aufgerafft hätte, als sie Signal gab, ich mache mich jetzt auf den Weg. Sie hätte ihren Beutel selbst getragen, denn er hatte ja selbst einen Beutel, voll, schwer, mit geliehenen Büchern. Er genierte sich vielleicht mit seiner Bürde, dem Gepäck, besonders mit ihr, der sächsisch bescholtenen, etwas maulfaulen Studentin Rafaela, ein Klotz, die ganze Zeit immer zu zweit, nebeneinander, was soll man reden, soll man in großen Schritten, im Gleichschritt, wäre es erlaubt, mal ein Stück im Gänsemarsch schweigend hintereinander zu laufen, dann das Thema zu wechseln, irgendwann, wenn man irgendwas geredet hatte. Stolpern, Hundekacke, ein Geräusch, das wie ein Darmwind knattert, alles konnte geschehen.

Sie wollen schon gehen?, hatte er, fest am Stuhl klebend, aber doch irgendwie erschrocken gefragt.

Tschüs, Doktor Schubert.

Sein Blick in Elis Nacken. Ein Magnet. Ein leichter Sog. Stopp. Ein Rieseln im Rücken, fein in den Kniekehlen. Dann reißt sie sich los von der Stelle, wo gar nichts mehr hält. Kein Wort bietet Geselligkeit, brüderliche Gedankenfreundschaft, die herzinnige Bitte, noch zu bleiben, zu warten, gemeinsam durch den Abend zu wandern.

Vor dem Bibliotheksportal fließt der hauptstädtische Verkehr. Der 96er Bus vom Alex. Eli schwingt die Flügel, so gut es geht mit den sieben schweren Büchern und den gewichtigen Gedanken. Die Friedrichstraße entlang, an der Baustelle am Bahnhof vorbei, dort, wo ein Grenzgebäude gebaut wird, modern, aus Stahl und Beton, ein Tränenpalast für eine geteilte Welt.

Ausverkauft, ein Streifen klebt über dem Plakat der heutigen Vorstellung.

Warten lohnt sich nicht, sagt die Frau an der Kasse. Es liegen nur fünf bestellte Karten hier, die werden bestimmt noch abgeholt.

Eli wartet trotzdem. Sie wartet in der Kantine auf die Soljanka, auf Schubert, auf Glück. Am Nebentisch kann man Martin Flörchinger und Helene Weigel sitzen sehen und den frechen, etwas angesäuselten Ekkehard Schall. Eli hat an der Kasse ein Programmheft gekauft. Lauter Weisheiten von Brecht und von seinen Schülern. Statt eins nach dem anderen sollen die Schauspieler eins aus dem anderen spielen.

Eine Lautsprecherkiste an der Kantinenwand wünscht allen einen Guten Abend, sie sagt die Zeit an. Maske, Bühne, wer an der Reihe ist und wieder die Zeit. Ekkehard Schall lässt sich noch einmal in der Kantine blicken, nun hat er schon ein Bärtchen unter der Nase, das Kalkgesicht des Arturo Ui. Er trinkt das Bier aus und noch einen Schnaps. Er wärmt sich mit ein paar Grimassen. Eli erschrickt, sie lacht, er beugt sich zu ihr über den Kantinentisch, sie riecht die Fahne. Letzter Aufruf.

Die Kassenfenster sind geschlossen. Die Vorstellung hat angefangen. Man hört Trommeln und dann nichts mehr. Von Schubert keine Spur.

Eli auf dem Weg nach Hause. Die Bahnsteige in Karlshorst und in Bergholz-Rehbrücke und in Pirschheide sind dunkel, auch im Wartehaus ist es finster wie in einem Bärenarsch. Aber es gibt eine Bank. Eli grübelt über Brecht und Rousseau. Wie recht sie haben, wie genau sie die anderen Menschen kennen. Weil der fahrplanmäßige Zug ausfällt, gewinnt Eli noch eine Stunde: Bank mit Blick auf die Waldkulisse, davor die mondblanken, spitz in die Unendlichkeit stechenden Schienen. Rousseau weiß, wie es um Eli bestellt ist, um ihr Denken. Es ist ein Ludwig-Denken, raumlos, eigentlich eine Überschreitung. In die Seele. Von Seele zu Seele. Ich suche mit seinen Augen. So laufe ich in der Welt herum. So kann ich nichts mehr falsch machen. Wahrscheinlich muss ich gar nicht mehr urteilen, nichts mehr entscheiden. Es geschieht. Bibliothek. Hunger. Schubert. Theater. Angst. Ich lache über die Späße des Schauspielers Ekkehard Schall. Ich lasse mich anrühren und gleich auch von einem fremden Menschen umarmen. Ich gefalle als Ludwig unter den Augen Ludwigs. Rousseau schreibt: Der stets außer sich selbst befindliche gesellige Mensch weiß nur noch in der Ansicht der anderen zu leben, und nur aus dem Urteil der anderen entnimmt er sozusagen das Gefühl der eigenen Existenz.

In der Ansicht Ludwigs.

Aus dem Urteil Ludwigs.

Eli fühlt sich erkannt. So krank, so scheußlich, so verdorben bin ich.

Bleimüde und liebeskrank. Um Ludwig zu gefallen, schlage ich mir die Nacht um die Ohren.

Es ist das Höchste, das Schönste, Besseres kann mir nicht widerfahren.

Weil das Hauptgebäude mit der Verwaltung im Grenzgebiet liegt, gibt es nicht jeden Tag Post. Aber manchmal steht sehr früh am Morgen eine gelbe Wanne vor dem Haupteingang. Der Pförtner schleppt die gelbe Wanne, den Postcontainer, in seine Loge, er dekoriert sein Pförtnerfenster mit Briefen, Postkarten, Päckchen. Studentenpost aufstellen, das macht er gerne. Er inszeniert ein Fest. Ostern und Weihnachten an einem Tag.

Eli drückt ihren Brief ans Herz. Die Ewigkeit, während sie im roten Sessel des Vorführraums harrt. Hundert Minuten *La dolce vita*. Verströmende Fülle des Lebens. Das Fresko einer Epoche. Ein Mosaik, lauter nervöse Episoden. Marcello, wunderbarer Mastroianni, wach endlich auf. Zentrifugaler Tanz.

Der wehmütige, scheintote, kraftlose Held kann den Engel der Umkehr nicht mehr erkennen. Ach, Via Veneto, Fontana di Trevi, ach, Rom. Wo Erika wohnt. Am Ufer von Ostia, dort enden die süßen traurigen Spuren, Sand und Meer. Eli wartet in ihrem roten Stammsitz, bis alle fort sind. Das ist eine Mitte. Stille und Licht.

Ludwig hat mit Bleistift geschrieben.

Eli, Eli, jetzt, Mitternacht in meinem Keller, erinnere ich mich an die Wälder und Wiesen, an den See und den Himmel. Jetzt, wo ich keine Fenster habe, finde ich Norden, Süden, Osten und Westen als undurchsichtige Richtungen in meinem Kopf, Schatten auf Nebel. Was tun? Das sind die Worte eines Engländers, seine Weisheit für Dich von meiner Hand:

Wenn ich morgen die Augen öffne, wird der Sonnenaufgang die Schönheit der äußeren Welt zurückbringen. Aber die geistige Nacht, die sich auf mich gesenkt hat, verspricht keinen Morgen. Früher schienen mir Grausamkeit und Gemeinheit, die staubigen Leidenschaften des menschlichen Lebens, wie ein aufgelöster Missklang in der Musik, wie ein Knacks zwischen dem Glanz der Sterne und der erhabenen Prozession der geologischen Zeitalter. Nun aber ist alles zusammengeschrumpft und nur noch mein Abbild in den Fenstern der Seele, durch die ich hinausschaue in die Nacht des Nichts. Nie hat man einen dunkleren und engeren Kerker gebaut als den, in den die Schattenphysik unserer Zeit uns einschließt. Früher glaubten die Gefangenen, dass außerhalb der Mauern eine freie Welt existiere: Nun aber ist das ganze Universum Gefängnis geworden. Es herrscht Dunkelheit draußen, und wenn ich sterbe, wird Dunkelheit drinnen herrschen. Nirgends ist Glanz oder Weite; nur Belanglosigkeit für einen Augenblick, und dann nichts.

Warum in einer solchen Welt leben? Warum gar sterben?

L.

Eli schreibt auf ein lumpig liniertes Blatt.

Lieber Ludwig, das hat Dein Engländer schön gesagt. Schattenphysik unserer Zeit usw. Und dann die schönen Fragezeichen. Warum leben? Warum sterben?

Irgendwann neun Monate vor deinem Geburtstag bist du durch das Schicksal auf die Gesetzesbahn der endlich lebenden und immer sterbenden Natur gebracht worden. Dazu gibt es, wie die Dinge liegen, keine Frage mehr, und deswegen kannst du weder von mir noch von den Göttern eine Antwort erwarten.

Liebe Eli, aus dir spricht Schubert, der fromme Hegelianer, wenn nicht gar Bloch. Prinzip Hoffnung, gute Nacht.

L.

So tönt der Stolz, die Eifersucht. Das tut weh. Es ist ein gemütlicher Schmerz, du lebst am besten damit auf dem roten Stammplatz, hinter dir der klappernde Projektor, vorn stundenlang zuckend schwarzweiße Bilder oder einfach nur stumme Dunkelheit.

Bald darauf erfährt Eli aus den Seminarpapieren, wann Ludwig Geburtstag hat. Im Oktober, so will es das Schicksal. Der Kalender will, dass der Oktober bevorsteht. Eli erkundet gleich noch den Geburtstag von Schubert. Aus bedeutungslosem Interesse, interesseloser Neugier. Im Juli, ein Hochsommerdatum, ein Tag, der versteckt in den Ferienwochen oder in der Zeit des Praktikums überlebt wird.

Das Jahr zieht seine gerechte Bahn. Schubert ist die hiesige Sonne. Il sole. Ludwig ist ein Fixstern in einem anderen System. Telemach, aus der Ferne funkelnd. Eli glüht in seiner Kälte.

Eli verlangt fünfhundert in zehn Scheinen. Der Mann hinter dem Sparkassenschalter schreibt die Zahlen, zieht Striche mit Federhalter und Lineal, braucht den Tintenlöscher, löscht lange genug, zählt zehn Fünfziger aus seinem rechten Daumen. Er ist schlechter Laune. Zehn Scheine in Elis Händen. Es ist die Jugend, denkt er, ihr liederlicher Wandel.

Im Jagdausstatter, Ecke Linden-, Wilhelm-Pieck-Straße, kauft Eli mit dem ausgezahlten Geld einen dicken, für Jäger gemachten Herrenmantel, dazu eine schweinslederne Jägertasche, sechs Taschentücher mit verschiedenen Jagdmotiven. Wer Qualität haben will und Geld hat, kauft im Jagdausstatter. Man weiß, dass die hiesigen Jagdsachen Weltniveau haben. Sie werden sogar nach England und Kanada exportiert.

Tage vor der Reise hängen die Geburtstagsgeschenke bereit. Der Mantel am Kleiderbügel, die Tasche über der Mantelschulter. Eine Pelle für den Fixstern im kalten Mansfelder Raum. Eli streichelt den warmen Stoff. Jägerloden vom Feinsten. Die Hirschhornknöpfe hat Eli ringsherum abgetrennt und durch neutrale Männermantelknöpfe ersetzt.

Eli wickelt die Geschenke in festes braunes Papier, sie schnürt ein Paket. Ihre Sachen für unterwegs bringt sie im Sportbeutel unter.

So macht sie sich auf die Reise. Über Magdeburg ins Kupferschieferrevier. Eisleben. Thomas-Müntzer-Straße.

Schon in der Eisenbahn, je näher die Berge, die Halden, die Orte mit den Endungen -leben und -hausen kommen, fällt das innere Freudenfeuer zu einem flackernden Aschehäuflein zusammen. Umkehren, wenigstens das hässlich anhängliche Geschenk im Gepäcknetz vergessen. Dann unter einer Eisenbahnbrücke hocken oder im Wartesaal schlafen. Bis der Rückzug kommt oder neuer Mut. Manchmal fährt ein sanfter Wind in die Glut. Die Flamme zuckt. Bilder flattern. Ludwig, seine Gestalt, wie er auf dem Feldweg herbeischwebt. Die verregneten Küsse. Oder der Zikadenfries. So viel Glück. Das knisternde Briefpapier. Die Einbildung. Die Stimme. Von-Mund-zu-Mund-Atmen. Lachen. Als Kugeltier. Noch so eine Meinung oder eine Wiederbelebung.

Eli steigt aus. Das Paket trägt sie bei sich. Es ist Mittagszeit. Eisleben, eine Stadt für Radfahrer. Ein paar Fußgänger gehen im Häuserschatten. Hier wurde Martin Luther geboren, hier ist der Reformator gestorben, zufällig auf einer Reise, die ihn zurück nach Wittenberg führen sollte.

Am Marktplatz, neben Kirche, Rathaus und Konsument: die Verwaltung des Kombinates. Dort, in Zimmer 3, kann der Dispatcher erklären, wo Ludwig Zweig arbeitet. Als Hilfshäuer im Thomas-Müntzer-Schacht. Sie können mit dem Bus hinfahren. Haltestelle direkt vor der Tür. Abfahrt in fünfzehn Minuten. Vergessen Sie nur Ihr Paket nicht.

Eli dankt.

Auf der Wartebank im Flur hockt eine kinderkleine Frau, sie rückt zur Seite, höflich und bestimmt. Eli setzt sich gehorsam.

Das knittrig besorgte Gesicht folgt Elis Blick, neugierig und hilfsbereit. Gegenüber hängen Busfahrpläne. Darüber das Bild von Wilhelm Pieck. Über der Haustür rückt der große Zeiger einer großen Uhr. Die kleine Frau baumelt mit den kurzen Beinen, sie zuckt die zierlichen Achseln. Sie kann es nicht ändern, dass die Zeit so schnell oder so langsam vergeht. Der große Zeiger zittert nach jedem Ruck. Das Tageslicht fällt aus einem Seitenfenster. Es ist kühl, und es riecht wie im Tannenwald. Die Frische kommt von den gebundenen Trauerkränzen, die in einer Reihe auf den Bodenfliesen liegen, alle gleich ausstaffiert mit wachssteifen weißen Lilien und roten Schleifen. Wie für einen Gedenktag bereit.

Ist heute ein Gedenktag?

Die kleine Frau schaukelt vergnügt mit den Beinen.

Kränze liegen hier immer. Von Montag bis Sonnabend. Vorrat für die Veteranen und für alle Fälle.

Ach je. Eli umfasst das Paket auf dem Schoß, der Sportbeutel hockt hundetreu an ihrer Seite.

Wie tief ist eigentlich so ein Schacht?, fragt Eli.

Acht bis zwölf Sohlen, sagt die Frau. Nunderwärts.

Ziemlich tief, sagt Eli. Das Paket sitzt auf ihrem Schoß wie ein Schild. Der Mund redet. So bleiben die schwarzen Gedanken still. Kränze von Montag bis Sonnabend.

Kennen Sie sich aus hier in der Umgebung?

Schu, sagt die sehr kleine Frau. Sie stützt beide Hände auf, als wollte sie mit dem Hinterteil sportlich von der Bank abheben, vielleicht schweben, die kurzen Beine baumeln.

Sind Sie aus Schlesien?, fragt Eli.

Schu. Schu, weil ein Schlesier nicht gerne Ja sagt, weil Ja eigentlich ein Sterbenswort ist. Schu heißt »schon«, und das gilt so viel wie: wenn es darauf ankommt, ungefähr eigentlich. Soweit das möglich ist, kenne ich mich schu aus hier in dieser Umgebung, sogar bis über die Grenze, wo die anderen Schlesier hingekommen sind. Südlich vom Harz. Aus Schlesien.

Von woher denn?

Neukirch Katzbach.

Ach, sagt Eli. Dann kennen Sie vielleicht Probstein und Pilgramsdorf?

Schu.

Die kleine Frau wirft einen Blick auf ihr Handgelenk, auf ein Zeiteisen, gewaltig wie eine Bahnhofsuhr. Es ist ein Ruhlaer Herrenmodell. Sie vergleicht mit der Zeit, die über der Tür herrscht, darauf rutscht sie behende von der Wartebank. Auf Zehenspitzen erreicht sie den Löwen, die Türklinke des Portals.

Die Liliputanerin von Eisleben tippelt über den Marktplatz. Nieselregen.

Eli kriecht in Antons Rotfrontkämpferjacke. Sie steigt in den Bus. Sie findet gleich vorn einen Sitzplatz. Schulkinder poltern an einem schimpfenden Fahrer vorbei. Eli kramt ihr Notizbuch aus dem Sportbeutel.

Fellini, Padre, schreibt Eli unter das heutige Datum.

Szene in der Bahnhofswirtschaft. Klöße und Sauerkraut. Soldaten. Das Kind bin ich. Wir reisen nach Schlesien. Es bedeutet nichts. Weil ich nicht weiß, dass es das letzte Mal ist. Die Wirtin trägt das Bier herbei. Meine Dresdner Großmutter schlürft den Schaum. Die niedlichen Händchen einer Liliputanerin winken mir zu. Ihr Kopf ist groß. Graue Haare, Locken und ein Gesicht wie Knüllpapier. Ich schiele hin zu der Ofenbank, wo sie sitzt und mit den Beinen baumelt. Unsere Koffer sind sehr groß und sehr leicht. Sie sind leer, weil wir aus der Stadt kommen. Auf der Rückreise nehmen wir Kartoffeln, Äpfel, Eier und zwei geschlachtete Hennen mit. Die beiden Großmütter sind immer sehr freundlich und leise. Sie können sich nicht ausstehen. Emma aus der Stadt und Berta vom Dorf. Der schlesische Großvater kümmert sich nicht um die Weiber. Er arbeitet in der Zementfabrik, nach der Tagschicht hat er im Stall zu tun. Die schlesische Großmutter ist mir sehr lieb.

So wahr mir Gott helfe. Wenn ich frühzeitig aufwache, ist sie beim Melken. Erst die Kuh, dann die Ziege. 1896 geboren, hat sie beim Kantor Singen und Beten gelernt, aber nie Lesen und Schreiben. Sie kennt keine Zahlen. Ihr Kopf ist voll mit anderen Sachen, Geschichten und Versen, was einmal war und was sein wird. Sie weiß, wer im Spitzberg wohnt und was alles im Wurzelwerk des Birnbaums los ist. Käferhochzeit. Beim letzten Abschied ist sie schon 49 Jahre. Auf der Flucht ist sie an einem Nimmerleinstag 50 geworden. Mit 55 fällt sie vom Fahrrad. Schlaganfall. Sie war unterwegs zu den Bauleuten im neuen Schlesierweg. Mit dem Essentopf auf dem Gepäckträger. Einen Sudetenweg und einen Ostpreußenweg gibt es inzwischen in dem fremden Harzdorf auch. Und auf dem Kirchhof ein Vertriebenenrevier. Der Großvater hat den Sargdeckel festgenagelt. Aus Sparsamkeit und Liebe hat er das selber gemacht. Und er ist auch selber als Träger mitgegangen.

Caro Federico Fellini, meine Liliputanerin bindet die Zeit und die Träume. Während die Jahre vergehen, ist sie die Alte geblieben. Ohne Anfang und Ende. Sie kommt, wenn sie nicht kommen muss. Sie eignet sich nicht als Metapher. Im Gegenteil. Sie führt mich vom Weg ab ins weite Feld.

Ludwig.

Seit einer Woche kein Zeichen von ihm. Auf der Stechkarte keine Stempel, kein Loch, also ist er nicht eingefahren. Im Schacht war er nicht. Über Tage hat ihn niemand gesehen.

Die Wirtin in der Thomas-Müntzer-Straße kann keine Auskunft geben, selbst wenn sie dürfte. Sie weiß nicht, wo Ludwig geblieben ist. Die Tür vom Turmzimmer wurde plombiert. Ein Draht, klebriges Zeug mit Siegel von der Polizei. Niemand darf rein.

Die Wirtin klagt, sie darf nicht einmal ihren eigenen Affenbrotbaum in Ludwigs Zimmer gießen. Das hat man davon, wenn man es seinen Mietern schön macht mit Rauchtisch und Blumen.

Eli erkundigt sich nach dieser Pflanze, dem vermeintlichen Affenbrotbaum. Sie hat es gleich geahnt. Die Wirtin redet von einer Crassula, einem Dickblattgewächs, das als Wüstenpflanze lieber mal ein paar Wochen trocken steht. Sie tröstet, ohne den Irrtum aufzuklären. Affenbrotbäume sind echte Bäume in Afrika, 15 Meter hoch, Baobab oder Adansonia. Die gibt es hier nicht, weder draußen noch als Zimmerpflanze. Sie sagt: Machen Sie sich keine Sorgen um Ihren Blumentopf, der braucht jetzt kein Wasser, glauben Sie mir, der verdurstet nicht.

Der Ehemann der Wirtin arbeitet als Kraftfahrer. Er fährt das Chefauto. Damit kommt er viel rum im Kombinat, auch im Betriebsteil Schlackensteine, wo ganze Mannschaften, manchmal mehrere verschlossene Transporter vom Knast aus Sangerhausen hingekarrt werden zum Arbeitseinsatz.

Der Mann der Wirtin hat sich erkundigt, er hat sich umgesehen und kompetente Kollegen gefragt, er kann nun sagen, in so einem Trupp ist Ludwig Zweig nicht. Da kann er nicht sein. Warum sollte er denn?

Ist das nun eine gute oder eine schlechte Nachricht? Kommt drauf an. Im Krieg hieß die Nachricht, wenn einer in Gefangenschaft gekommen war, dass derjenige wahrscheinlich noch am Leben ist. Heute und hier so nahe an der Grenze, bedeutet, wenn du nicht im Gefangenentrupp bei den Schlackensteinen gesichtet wirst, dass du es geschafft hast, du hast ein Schlupfloch gefunden, du bist höchstwahrscheinlich drüben im Westen gut angekommen. Das ist der Unterschied zwischen dem Krieg unter Hitler und dem jetzigen Kalten Krieg.

So jedenfalls argumentiert der Aufseher, meint der Mann der Wirtin. Er meint es gut. Die Wirtin nennt ihren Mann Spatzl.

Er trinkt seinen schwarzen Kaffee am liebsten schwarz, dann fährt er Eli mit dem Betriebsauto zum Eisleber Bahnhof.

Ein Katzensprung.

Es wird schon werden, sagt er. Er trägt das Paket und den Sportbeutel bis zum Fahrkartenschalter. Einmal Dresden, sagt Eli. Dresden kenn ich, sagt der Fahrer. Ich kenne so ziemlich die ganze Republik. Schade, sagt er, wer weiß, ob der nächste Mieter Schach spielen kann. Ludwig, der war im Endspiel nicht leicht zu schlagen.

Eli fährt nicht nach Dresden. Was soll sie denn dort? Ihr Bett ist ein Gehege für Antons Komposthaufen. Außerdem ist Anton mit seinen Kletterbeinen gewiss unterwegs, pennt in einer Bove in der Sächsischen Schweiz, alleine oder mit dem Verein oder einer neuen Wanderfreundin oder mit Alice, die vielleicht zurückgekommen ist aus dem Westen, weil sie ohne Anton, ohne die Elbe und die Sandsteinfelsen nicht mehr leben wollte. So was hat man schon gehört. Zwar selten, aber das gibt es. Was gestern noch unmöglich war, ist heute wieder möglich, sogar straffrei, in Ehren.

Eli will ohne alles leben. Sie braucht nichts. Sie braucht nur einen Gedanken.

In Halle steigt sie aus. Sie fährt mit dem Bus bis nach Leuna. Dort riecht es vertraut, fast heimatlich. Sie kennt die Farben, den türkisfarbenen Himmel, der zart ist wie chinesische Seide, das Feierabendlicht, das Wetterleuchten. Die Schornsteine züngeln, Ammoniak, Schwefel, grüne Fackeln. Der Wind kommt von Süden. Also ist die Luft geschwängert von süßem Petrol. Hunger fühlt sich so an oder Durst oder Müdigkeit. Die bleierne Müdigkeit. Es gibt nur eine Straße in Richtung Wald. Die Dübener Heide. Dort leuchten die Sterne. Jetzt erst einmal im Lied. Das alte Soldatenlied, wenn abends die Heide träumt, dann rufen die Sterne ja so hell aus der Ferne dein Bild mir zurück. Papa hatte eine schöne Stimme. Beinah wie Caruso oder Richard Tauber. Bis Stalingrad. Dort ist er gefallen. Ein Heldentod. Immer der Nase nach. Und Tempo. Weil der Ohrwurm den einzigen Gedanken verletzen könnte. Papa verschwindet. Die Melodie folgt. Eli sucht einen Schlafplatz. Bevor es finster wird. Seitlich am Hauptweg, hinter einer Buche. Der Mantel aus dem Jagdausstatter ist sein Geld wert. Erst die Lederjacke, darüber zieht Eli den Mantel.

Es ist eine kalte Nacht zwischen den großen Jahreszeiten. Oktober. Ludwigs Geburtstag. Am klaren Himmel funkeln wirkliche Sterne. Wirkliche Panzer rollen durch die Dübener Heide. Das müsste Eli eigentlich wissen. Die Dübener Heide ist ein militärisches Übungsgebiet. Man hört das komische Grollen, wie es sich zwischen den Bäumen in einer milchlichten Wolke nähert. Es ist Staub. Scheinwerfer tasten am Hauptweg entlang, rechts, links, durchleuchten den Dübener Wald. Es rasselt, donnert, kracht umfassend, wie das Ende, vor dem es keinen Zweck hat, zu fliehen. Furcht hat hier keinen Zweck.

Eli wartet hinter der Buche. Der Jagdmantel reicht Eli bis zu den Knöcheln. Es sind sowjetische Panzer. Jedenfalls Kettenfahrzeuge. Rote Armee. Koexistenz. Das dauert über die Nacht. Mit der Morgendämmerung verschwinden die Schlusslichter hinter den Kiefern, das Grollen ist kaum noch zu hören. Es liegt in den Ohren, dann wird es still, als wäre man krank oder schon gestorben. Sterbensstille, bis der Erste und dann auch gleich der Chor das Programm übernimmt. Die Waldvögel singen.

So begibt sich Eli auf den Weg. Jägergrün, den Sportbeutel auf dem Rücken. Begleitet von dem einen einzigen Gedanken und von den vielen zarten und überwältigend kräftigen mutig ineinandertönenden Stimmen. Immer geradeaus. Vorbei an zurückgebliebenem Zeug, Geräte, ein Panzer liegt auf dem Rücken, Grasbatzen in den Ketten. Rostig, friedlich, kaputt.

Bis nach Wittenberg. Die Türme der Schlosskirche grüßen. Ein silberfarbener Fluss in wiesengrünem Bett. Das soll die Elbe sein. Die Sonne steigt. Schnell trocknet der Tau. Margeriten, Pechnelken, Pfirsichblättrige Glockenblumen, Sächsisches Schaumkraut, dazu zwei orangefarbene Aurorafalter. Die letzten des Jahres.

Eli fällt in die Wiese, sie will nicht schlafen. Sie will wach sein, mit dem einzigen Gedanken. Darum ist sie auf der Welt. Sie schiebt die Hände unter den Jägermantel. Sie tut die Hände auf den warmen Bauch. Unser Bauch. Wiege. Wonne. Fliegen schwirren. So schläft sie ein. Als sie aufwacht, scheint ihr die untergehende Sonne direkt ins Gesicht. Neben ihr das schwarze Bein einer schwarzweiß gefleckten Kuh, soweit das Auge reicht wiederkäuende, Fliegen scheuchende Herdentiere. In Erwartung der Nacht. Eine Kirchturmuhr schlägt vom städtischen Ufer der Elbe. Glockengeläut.

Der einzige Gedanke, das ist ein Name. Er bleibt in der Mitte und ringsherum. Weil es keinen anderen Gedanken gibt.

Von Wittenberg führt eine grade Straße über Treuenbrietzen, Trebbin, Michendorf. Viele Schritte in den Abend hinein. Dann kommt die Nacht. Die nächste Nacht. Man zählt die Lebensnächte. So geht der Gedanke nicht verloren.

Und der geliebte schalkhafte Schatten des Namens bleibt immer da. Seine sommerbraune Haut, seine lackschwarze Mähne. Brauen und Zähne. Verstellte Stimmen. Melodien.

Der Dekan lässt Gnade walten. Fräulein Rafaela, Ihre Sinne sind merklich nicht auf das Studium gerichtet. Ich gebe Ihnen noch eine Chance.

Eli macht später als die anderen den Seminarschein in Französischer Konversation. Sie bereitet sich vor. Les ouvriers français font souvent grève. In Russisch arbeitet sie an einem Vortrag über den Film *Die Ballade vom Soldaten*. Sie denkt daran, dass sie Regisseur und Darsteller in den Vokativ, also in den fünften Fall, setzen muss. Reshissjorom i glawnym aktjorom. In Kunstgeschichte schreibt sie eine Seminararbeit über die Laokoon-Gruppe, das genaue Thema heißt: Warum und wie stirbt Laokoon. Die Kameratechniker haben die Schwarzweißaufnahme der marmornen Figurengruppe aus dem ersten Band der Kunstgeschichte von Richard Hamann für Eli vergrößert. Der ganze Jammer eines Vaters mit seinen zwei Söhnen klemmt in DIN A4 an der Schranktür. Eli versucht, das Foto zu enträtseln. Was haben die drei Künstler aus Rhodos vor mehr als 2000 Jahren erzählen wollen. Sie entscheidet sich über Nacht. Gift. Laokoon wurde von einer Schlange in die linke Hüfte gebissen. Sie argumentiert, beschreibt die Hüfte des Mannes als mimosenhaft empfindliche, von Adern durchzogene schützenswerte Region. Zarte Berührung stiftet Reflexe, manchmal ein Lachen. Eli muss sich beeilen, es ist schwer, auf sieben Seiten ein Ende zu finden. Das Ende ist immer am schwersten.

Eines Tages hört sie seine Stimme im Radio. Reiner Zufall, reines Glück. Dass Schubert eine Bemerkung gemacht, die Sendung damit angekündigt hatte, will Eli nicht gelten lassen. Jetzt nicht. Jetzt tönt das Motiv der Sendung. Unerklärlich so ein Radio, wenn man sich bemüht, kann man vielleicht begreifen, wie Musik von sonst woher durch die Luft fliegen und Wände durchdringen kann. Melodien als Ätherwellen, aber trotz Physik: am Ende und vor allem jetzt bleibt Zauberei. Glück. Eli hört Stimmen. Es ist 18 Uhr. Neues aus dem Theater. Die Wiederholung der Sendung vom Vormittag. Eli liegt im Internatsbett. Sie steckt unter der Decke. Es ist kalt, und die Müdigkeit macht den Nachmittag noch kälter. Erst spricht Friedrich Luft. Er begrüßt den jungen Theaterschriftsteller. Sein Stück sei in den vergangenen Wochen mit Beifall in zwölf Spielstätten aufgeführt worden. Mit welcher Inszenierung könne er sich am meisten anfreunden?

Mit keiner. Es ist Ludwigs leise freundliche Stimme. Seine Meinung, nur zwei Worte, doch damit beleidigt er die ganze Welt. Damit wirbt er, damit gewinnt er Eli für dieses und das nächste Leben. Ludwig, wie sie ihn kennt. Seine arglos unbedingte Aufrichtigkeit. Sein trommelndes Herz.

Eli lächelt beglückt. Er redet mit ihr.

Friedrich Luft will wissen, wo er sein neues Stück gern auf der Bühne sehen würde.

Im Berliner Ensemble. Am Schiffbauerdamm. Mit Flörchinger, mit Wolf Kaiser, mit der Gisela May, der Hanne, dem Schall, dem Hilmar.

Friedrich Luft hat noch andere Fragen parat. Als kluger und erfahrener Kommentator ist er nicht irritiert, aber doch erstaunt über diesen schrägen Vogel. Ein Unikum. Das Berliner Ensemble wird Ihnen wohl für immer verschlossen bleiben.

Ach nein, sagt Ludwig.

Nein? Friedrich Luft erklärt, man habe vor dem Gespräch ausgemacht, über die Flucht und ihre Umstände Stillschweigen zu bewahren. Liebe Hörerinnen und Hörer, ich bitte um Verständnis, wenn wir über den Wechsel von Ost nach West hier nicht reden wollen, sagt er und fragt: Sind Sie vom großen Interesse, das Ihr Theaterstück findet, überrascht?

Missverständnisse, sagt Ludwig.

Der Kommentator hat Geduld, er wartet immer noch, auch wenn die Pause schon sehr lang ist.

Das müssen Sie mir erklären.

Ach nein, sagt Ludwig. Eli hört Papierrascheln und das tiefe Schweigen, es ist Ludwigs Schweigen, sein unruhiger Atem, gleich kracht der nach hinten gekippte Stuhl, endlich folgt eine Erklärung oder wenigstens ein Gedanke. Ludwigs Stimme: Wissen Sie, Herr Luft, es sind keine wirklichen Vögel. Die Vögel, die ich meine, sind eigentlich hohl und ohne Leben. Ihre Vitalität ist in das Gefieder übergegangen und phantastisch geworden, wie im Museum, in der Rumpelkammer oder im Lehrmittelzimmer. Sie sind Teil der Materie, die sich den Schein des Lebendigen gibt. Ehrlich gesagt, die Vögel in meinem Stück sind Simulanten.

Dann sind Sie Platoniker.

Eigentlich nicht, sagt Ludwig. Ich bin vielmehr Fotograf. Ich habe früher gern fotografiert. Die Fotografie ist das Medium für die Wiederkehr der Toten. Aber ich glaube, das Unwiederbringliche lauert als melancholische Erfahrung nicht nur im Bild, sondern auch auf der Bühne, es lauert im halb von einem Hut verdeckten, von einem Lächeln zerrissenen Gesicht eines Schauspielers, dessen Mund gerade etwas sagt, beziehungsweise: gesagt hat. In dem Augenblick ragt aus der Simulation ein Rest, eine Erinnerung an das Leben. Glaube ich. So ein kleiner Rest.

Sie vertrauen dem Bild.

Ja.

Trotzdem noch einmal zurück zu Ihrer Botschaft.

Ludwig fällt dem Fragesteller ins Wort, Ludwig fällt immer ins Wort, wenn er unbedingt etwas loswerden möchte. Es ist eine Angewohnheit, eine schlechte, sagt Schubert, eine athenische, sagt der Dekan. Eli hält den Atem an.

Die Schreibmaschine, sagt Ludwig. Ich möchte sagen, sagt seine Stimme im kleinen hölzernen Kofferradio, dass ich die Schreibmaschine mitgenommen habe. Ich hatte sie bei mir im Gepäck, es gibt ja noch durchgehende Bahngleise, offene Strecken, in der Nacht fahren an der Station Zwinge Güterzüge über die Grenze. Vor der letzten Überführung gibt es eine Gelegenheit, dort rollen die Waggons langsam genug für einen, der sprinten kann. Ich war auf der Mittelstrecke immer sehr gut. 800 Meter, eins zweiundfünfzig. Manfred Matuschewski hat damals mit eins fünfzig die Europameisterschaften gewonnen.

Das ist meine Botschaft. Ich hoffe meine Botschaft geht über den See und findet das Ohr.

Friedrich Luft ist ein Experte, er kürzt niemals eine Antwort mit einer Zwischenfrage, er überspielt seine Irritation, jetzt, nach einem technischen Rauschen und deutlichem Atemgeräusch, fährt er freundlich anteilnehmend dazwischen. Lieber Ludwig Zweig, man hört, dass Sie als Nächstes ein Stück über den Weltkrieg schreiben wollen. Über Stalin?

Ach nein.

Nein?

Nein.

Eli hält das Kofferradio im Arm. Erikas REMA Trabant. Die Augen geschlossen. Lieber Friedrich Luft, liebe Hörerinnen und Hörer, Sie haben also allhier erfahren, dass Rafaela Reich einen Mittelstreckenläufer sehr liebhat. Ich danke Ihnen für Ihre Aufmerksamkeit.

Der Wiederholung der Sendung *Theater in unserer Zeit* folgt die Wiederholung der Übertragung eines Gottesdienstes aus der Ruine der Kaiser-Wilhelm-Gedächtnis-Kirche. Eli hört andächtig zu. Sie hört die Nachrichten und eine Sendung aus dem Elefantengehege des Berliner Zoos. Sie lauscht den Philharmonikern unter Karajan. Im Internatsbett, das Kofferradio umschlungen. Musik tönt in den Bauch hinein. Botschaften wollen erkannt werden. Signale empfangen. Ach, ach. Ach, Eli.

Eli holt die bezahlte Milch aus der Mensa. Zum Essen ist es zu spät. Gestiefelte Schauspielstudenten ziehen Richtung Parkgelände zum Pferdestall. Reiten, Fechten, Szenenstudium, sie sind immer unterwegs, von Station zu Station bis zum Vorspiel vor geladenen Gästen, vor Intendanten, nächste Station Engagement im Senftenberger Theater. Senftenberg wäre gut, von dort glückt der Absprung nach Dresden und Schwerin und dann nach Berlin am besten. Im Haupthaus und an der Bushaltestelle von Schubert kein Zeichen.

Eli sitzt mit der Milch in der umgeräumten Bude, dem einstigen Schlafzimmer von Richard Tauber, sie hockt auf dem Fensterbrett. Die Stierblutflasche klemmt immer noch in der Astgabel oben in der Pappel. Sie scheint am Ast festgewachsen zu sein. Eli beobachtet Vögel. Von oben herab. Auf der Wiese spaziert ein schwarzweißes Elsternpaar. Etwas entfernt, rot leuchtend, ein Dompfaff, nacheilend das Weibchen. Wie ein Spiel. Wie aufgezogen. Weil meine Augen es so wollen. Meine Augen sind theaterhaft. Sehr komisch. Zum Verrücktwerden schön. Man könnte ewig sitzen und den Vögeln zuschauen. Mitten auf der Wiese steht ein Kranich. Sein besorgter Blick. Er ist etwas ins Abseits geraten. Von drüben aus dem Westen über den Stacheldraht in den Osten. Auf die Wiese der Tauber-Villa. Er tritt, er schwingt, er streckt den Hals, er streckt die Beine, er breitet die Flügel aus. Er findet den Weg. Schon fliegt er über die Dächer der Karl-Marx-Straße, gleich wird er perfekt auf dem Wasser des Grenzsees landen. Schubert kommt heute nicht. Freitags und dienstags nie.

Der Fachtag mit dem Dekan fällt aus.

Ist er krank geworden?

Im Gegenteil. Freiberg. Er wollte nach Freiberg fahren, so die Auskunft im Sekretariat.

Eli hat einen Entschluss gefasst.

Die Vögel in den Bäumen und der Kranich auf der Wiese haben ihr wahrscheinlich beim Nachdenken geholfen. Es ist, weil sie keine Worte hat, ihr fehlen die Worte, sie hat keine Töne. Nicht auf Bestellung. Ich mach ein Lied aus Stille, so was fällt ihr nicht ein.

Eli bittet um einen Konsultationstermin, deswegen ist sie ins Sekretariat gekommen. Frau Gieram blättert im Kalender. Wie wäre es nächste Woche, da ist er wieder im Amt, und vielleicht hat er gute Laune. Eli, du bist gleich die Erste.

Der Dekan trägt Dunkelblau mit Silberkrawatte. Er duftet nach Feuerzeugbenzin und Spanischer Seife.

Frisch heraus, sagt er. Das deutet auf eine erfolgreiche Woche, gute Tage in Freiberg, aber man kann sich auch irren. Er stützt die Ellenbogen auf den Schreibtisch. Es ist der stilvolle Schreibtisch im Herrenzimmer des Teppichhändlers, wahrscheinlich hat Stalin in diesem Armstuhl gesessen. Der Dekan baut mit seinen langen gepflegten Fingern vor der Stirn ein stabiles Gebäude auf, ein eisernes Gitter.

Eli hat drei Sätze parat. Darauf hört man ein tiefes Atmen, fast ein Schnaufen. Das eiserne Gitter fällt. So ballt sich Unmut. Eine Faust, die nicht auf den Tisch fällt, leider nicht. Das wäre dann eine Konfrontation. Eli könnte kämpfen, stur sein oder heulen. Unmut, ohne großes Theater, ohne Umschweife, fast väterlich, so lehnt er Elis Antrag, das Ansinnen, ab. Er habe allerhand erwartet, Schwangerschaft, Schulden, Mitarbeit in einer Kirchengemeinde, niemals diese Art unwürdiger Feigheit. Sie sei durchaus in der Lage, die kreative, die schöpferische, um nicht zu sagen potentiell künstlerische Aufgabe zu erfüllen. Wie Müller und der Student aus Österreich. Wenn sie nur wolle. Sie habe es bewiesen, sei mit einer Urkunde für einen gelungenen Kommentar ausgezeichnet worden, habe von ihm für eine anrührende Vater-Sohn-Geschichte ehrliches Lob geerntet.

Eli hatte die mit dicken Nadeln und Schnellstrickwolle selbstgestrickte Jacke zum feinen Allerweltsoverall angezogen. Die Hose hat, wie sie jetzt merkt, Beulen an den Knien. Sie faltet die Hände. Sie fühlt sich übernächtigt und ziemlich verlottert. Fast wäre sie zu spät gekommen, weil sie vor dem Konsultationstermin, um Mut zu schöpfen und nebenher zu erkunden, ob die Pilzzeit gekommen ist, im Wald war, bei dem schönen Regen in den vergangenen Tagen, bei Vollmond und höheren Temperaturen konnte es unterdes so weit sein. Eli fühlt sich schuldig. Ungekämmt. Atemlos. Sie hatte dem Dekan die Laune verdorben. Auf die es doch ankommt, auf die alle, besonders Frau Gieram, so großen Wert legen. Die Laune muss man erhalten. Der Dekan versteht keinen Spaß, so heißt es, und er verdient keinen Ärger. Es sieht aus, als würde Eli sich ducken, aber sie duckt sich nicht.

Der Dekan wiederholt freundlich, aber bestimmt: Ich sehe keinen wie immer gearteten Grund, ihrem Antrag stattzugeben.

Eli wiederholt: Es mangelt mir an Talenten.

Der Dekan muss nun doch etwas deutlicher werden. Ich habe Ihnen den Bitterfelder Weg geebnet. Sie haben das Leuna-Kombinat kennengelernt und eine Landwirtschaftliche Produktionsgenossenschaft. Haben Sie dort nichts erfahren?

Zu viel, sagt Eli, doch mir fehlen dafür die Worte, die richtigen. Der Bitterfelder Weg, das ist ein Lebensweg, und er braucht Wahrhaftigkeit. Ich bin die Frau, die sich selbst das Licht ausschaltet. Ich bin mir nicht geheuer. An den Erfahrungen, also den Fakten, liegt es bestimmt nicht.

Während Eli dem Dekan die Kunst des Lebens und die wirklichen Chancen des proklamierten Bitterfelder Weges zu erklären versucht, findet sie Kiefernnadeln vorn in der Strickjacke, am Ärmel klebt Harz. Lauter Anhängsel aus dem Wald. Wenn Eli jetzt weiterargumentiert, wird es kompliziert. Sie hätte bei ihren drei Sätzen bleiben müssen oder bei dem einen. Der Dekan hat immer recht, wenn er redet, und er muss viel reden. Als dürfe er weder Atem holen noch stillstehen oder gar zurückschauen oder in sich gehen. Er braucht das Gitter vor seiner Stirn.

Bekennen Sie meinetwegen die Leiden der jungen Rafaela. Ich bitte Sie, setzen Sie sich auf den Hosenboden, beginnen Sie mit dem Anfang, wie es Kindern und dichtenden Damen, sogar dem in einer Schreibkrise befangenen Theodor Fontane geraten wurde. To begin with the beginning. Ich gestehe Ihnen zu, es ist nicht leicht. Zweifel sind erlaubt, aber nur in Maßen.

Eli sagt nun noch einen etwas längeren Satz.

Ich berufe mich auf die Sonderverfügung in den Immatrikulationspapieren, meine Befreiung von ausgedachten Sachen, sollte die Verfügung nicht mehr gelten, muss ich um meine Entlassung bitten. Darauf schweigt sie erschrocken.

Der Dekan blickt nun einfach zum Fenster, wo man den Balkon des Seminarsalons und hohe Bäume im Herbstzauber sieht.

Ich betrachte das Gespräch als beendet.

Eli geht.

Der Dekan schaut in die Bäume, er hätte entschiedener handeln müssen. Mit der Faust auf den Tisch hauen. Hier geblieben. Und fleißig weiter. Die Faust ist der Jugend noch am bekömmlichsten, Strenge. Die Wahrheit schmerzt. Die halbe Wahrheit macht müde. Er ist bei der halben Sache geblieben. Er hat mit dem guten Kind eine Debatte geführt.

Eli weiß genau, dass sie den Dekan enttäuscht hat.

Wenn das Anton wüsste. Der würde sagen: Mutig und dämlich. Nun musst du sehen, wie du da rauskommst aus dem Schlamassel. Ludwig würde gar nichts sagen. Eli stellt sich vor, wie sehr der schweigen würde.

Der Dekan hatte den Fall Rafaela Reich, die Weigerung, ein sogenanntes Treatment, also eine schöpferische Sache, eine Filmerzählung zu schreiben, an den Assistenten Schubert weitergegeben.

Alles hat sich geändert. Vor allem Schubert. Es ist, weil Ludwig fehlt. Seine Lücke schafft entwirrende Distanz. Und damit Nähe. Wahrscheinlich waltet eine Art Fairness. Die Liebe in der Ferne schafft solidarische Verbundenheit in der Nähe.

Schubert ist ein wahrer Freund geworden. Eli ist frei und furchtlos in seiner Nähe. Er kommt ihr entgegen. Man setzt sich nebeneinander. Oder gar auf den Schoß. Eli auf Schuberts Knie.

So geschehen auf der Bank neben dem Glühweinausschank in der Klement-Gottwald-Straße. Schauspielstudenten sind dabei gewesen und auch einige von der Kamera. Heißes ungarisches Stierblut mit Zucker. Wenig Sitzgelegenheiten und viel angeheiterte Leute. Eine einzige Bank. Schubert summt O hehrstes Wunder, herrliche Maid, ein Motiv aus der *Walküre*, in Elis Ohr.

Du hast ja wieder einen Bart, sagt Eli.

Es sind fünf Tage alte Stoppeln, Umrisse einer Bürste, breiter als die vorige, jedoch wie die von einst: fuchsteufelsrot. Ein Gewinn.

Du bist ein starker Typ, sagt Eli.

Dann taumelt Eli mit Erwin Schubert, der rechten Dekanhand, dem wissenschaftlich-künstlerischen Assistenten, Stammbesucher in Bibliotheken, Opernhäusern, Theatern. Hegelianer, Blochschüler, vielleicht Marxist, wenigstens Kenner der *Ökonomisch-philosophischen Manuskripte*, Shakespeare-Verehrer, Wagnerianer, durch die nächtlichen Straßen, die Lange Brücke, die Freundschaftsinsel, am alten, stillgelegten Bahnhof vorbei. Schubert erzählt von einer Scheinverlobung. Er hat sich mit Therese, einer Österreicherin vom Berliner Ensemble, zusammengetan. Sie haben bei den Ämtern einen Heiratsantrag gestellt. Eigentlich lebt Therese, die Scheinverlobte, mit einer Französin zusammen. In Westberlin und Paris.

Der Weg ist lang, aber nicht lang genug, um das alles in diesem einen Erwin, einer einzigen Person, unterzubringen. Die Nacht ist kalt. Der Glühwein verflüchtigt sich, doch ein Rausch hängt nach. Wie Musik, geschwisterlich, vertrauensselig.

Die schwere Tür der Tauber-Villa öffnet sich stumm, wie geschmiert drehen die Angeln, der Zapfen gleitet sanft und geräuschlos ins Schloss. Nur der Katzennapf unten an der Treppe klirrt zu dieser nachtschlafenden Stunde. Das könnte die durch das Haus streunende Katze selbst gewesen sein, aber das war Schubert, Schuberts Fuß. Begleitet von einem Fluch. Du glaubst es nicht, was der draufhat. Fucking.

Schubert steigt hinter Eli treppan.

Das darf nie nie nie einer erfahren.

Eli putzt sich die Zähne. Schubert liegt im Internatsbett, unter der Decke, zugedeckt bis unter das Kinn. Im Unterzeug. Eli streckt sich im Nachthemd neben ihm aus.

Die Französin, also die Gefährtin seiner Scheinverlobten, arbeite drüben in Westberlin an der Schaubühne, das sei ein Theater mit Weltruf. Schubert habe einen Film gesehen, eine Aufzeichnung einer Aufführung mit mehreren Kameras. Eli müsse die Erzählungen von Tschechow lesen, unbedingt. Auch Tschechows Stücke müsse sie lesen. Eli spürt Schuberts Atem am rechten Ohr und die scharfen Stoppeln. Reste vom Glühwein. Eli schmeckt kühle Zahnpasta in ihrem sauberen Mund. Pfeffrige Pfefferminze. Tschechows *Kirschgarten*. Die *Drei Schwestern. Onkel Wanja.* Was noch. Andenken. Entweder an eine warme Hand auf kaltem Bauch oder kalte Hand auf warmem Bauch. Jedenfalls ein sehr großes Temperaturgefälle. Hochspannung.

Eli rührt sich nicht, aber Schubert rührt sich wie verrückt.

Die nächtliche Betriebsamkeit im Studentinnenwohnheim der Tauber-Villa bleibt unentdeckt. Das Schleichen und Knistern, das Klappern des emaillierten Katzentellers, das Knarren des alten Parketts und das Quietschen der gefederten Bettenböden aus den Heidenauer Möbelwerken, das Stöhnen, Heulen, Schimpfen und Lachen, das Schlagen der schweren Haustür, das Rauschen des Wasserhahns oder der Spülung nachts in den Etagen vom Parterre bis unter das Dach. Die Wände sind dick genug. Die Erschöpfung ist groß. Die Lust schläft im eigenen Fleische.

Aus dem dunklen Kranz der Bäume glänzt das stolze alte Gemäuer, das wohlgeformte Dach. Das Mondlicht flutet über die Schieferschindeln. Sanfte silberne Wellen. Friedenslicht. Solidarität mit den Völkern Vietnams, die erneut Krieg fürchten müssen, Solidarität mit Eli, der verlorenen Enkelin oder der verlassenen Geliebten.

Von Ludwig kein Zeichen.

Schubert sagt: Das musst du verstehen. Er will dich schützen. Kein Brief, das ist ein Beweis. Eli redet trotzdem weiter, untröstlich, von Ludwig und dann von Anton, dem einen Großvater, schließlich noch von dem anderen, dem Schlesier, Großvater Heinrich, der jetzt im Westen eine Existenz hat, leider keine Hühner mehr, weil die am Boden Auslauf brauchen, so hat er jetzt Bienen. Schubert hört gerne zu, am liebsten hört er zu, wenn Eli von Bienen spricht, erst von Heinrichs Bienen, dann dass sie selbst einmal Bienen halten will, nur nicht so viel Untröstlichkeit.

Das nächste Mal erzählt Schubert. Er fängt an zu flüstern, während Eli still in seinen Armen liegt. Süßes Rauschen. Irgendwann im nächtlichen Flüsterregen, vielleicht, als er von seinen schon rübergebrachten, also geschmuggelten, also vorläufig oder für immer verlorenen Büchern spricht, merkt er, dass er zu viel sagt. Er redet von letzten Geheimnissen. Von Sachen, die niemand weiß. Und niemand wissen soll. Eigentlich darf keiner erfahren, wohin ihn das Leben zieht. Zu einem österreichischen Pass und zur Ausreise. Hochzeit mit Therese, Ausreise, Scheidung, Hochzeit mit Cordula, mit der er zusammen ein Kind hat.

Und wo?

In Hildesheim.

Schubert stolpert nicht mehr über den Katzennapf. Er versteckt sich nicht mehr unter der Bettdecke. Sie reden über Cordula und Hildesheim und über seine väterlichen Gefühle.

Aber was willst du denn in Hildesheim?

Den Dom besichtigen. Westliche Wochenzeitungen lesen. Das neue Buch von Adorno kaufen.

Eli redet über Ludwig. Schubert hat ein Rundtischgespräch im Radio, bei dem Ludwig zu hören war, mit dem Smaragdgerät aufgenommen.

Schubert macht sich die Mühe, das Tonbandgerät hat einen Koffergriff, aber es ist zentnerschwer und so groß wie ein Werkzeugkasten, er schleppt es mit, er schließt es an, Steckdosen gibt es in Elis Tauber-Schlafzimmer genug.

Eli friert, die bläulichen Lippen zittern.

Ludwig zankt sich mit der bürgerlichen Kultur. Er will nirgendwo Kompromisse machen. Charakter und Form, so beschwört er seine Zuhörer, beides muss ineinanderfinden, so dass der Charakter in der Form aufgelöst scheint wie der Kopf im Ornament eines Barockgitters. Schubert hat auch das Murren, das Lachen und die Wut der Tischrunde aufgenommen, lauter Weltrevolutionäre. Der Kerl gehört in die Wüste. Oder zurück in den Käfig. Ein Gaukler, so lustig wie tot, der hat an diesem Ort in dieser unserer Zeit nichts verloren.

Nirgendwo.

Eli hatte nicht gewollt, dass sich Schubert mit dem Smaragd so viel Mühe macht. Ein Kopf in einem Barockgitter.

Manchmal tut Eli so, als würde sie längst schlafen. Früh zu Bette. Die Tür ist offen. Schubert zieht seinen Cordanzug aus, das schwarze Hemd. Das Trikotzeug. Die Socken. Er legt die Uhr hin. Er beißt Eli ins Ohr.

Barbar rossa, murmelt Eli.

Die Hingabe ist kurz und gut. Könnte länger sein, aber sie brauchen die Zeit, um sämtliche Geheimnisse loszuwerden. Reden und reden.

Eli sagt: Das heißt Sex.

Ein Wort, das in ganzer Länge in wissenschaftlichen Büchern Verwendung findet. Sexualität.

Schubert ruht in Elis Armen und in ihrer totalen Verschwiegenheit.

Sonderzahl die Übertretungen. Irgendwas muss jetzt geschehen. Eine Entdeckung müsste man machen, vielleicht eine Ausgrabung. Wenn Eli mit dem Fahrrad unterwegs ist, um nachzudenken, um endlich ein Thema zu finden für die Diplomarbeit, geht ihr Blick über die grünen Wintersaatfelder, wenn sie das Rad querfeldein schiebt, wünscht sie sich einen Stolperstein, einen spannend geformten Granit. Eine Venus von Caputh oder von Ketzin. Meist radelt sie zu den Ketziner Seen. Wenn die Gänse ankommen oder wegziehen oder die Kraniche, die haben hier ihre Sammelplätze zur Nacht. Die Kraniche kommen am Himmel in liederlicher Formation angeflogen, nicht so ordentlich wie die Gänse. Hier fressen sie sich noch einmal satt, ehe sie weiterziehen nach Süden oder Norden. Manche Vögel, die an einen milden Winter glauben, bleiben hier in der Mitte Europas. Denn Ketzin ist ungefähr die Mitte des Kontinents. Hier bündeln sich die Gedanken. Hier liegt die Kunst auf dem Acker. Man muss nur den richtigen Stein aufheben. Man muss sich an der richtigen Stelle bücken.

Eli wiegt einen Stein hin und her. Sieht der nicht aus wie ein Herz, wie das Herzstück vom ersten Kapitel?

Und lässt den Stein fallen und verwirft den nächsten Stein am Ackerrain, den letzten und schönsten. An der Idee für die Diplomarbeit hält sie, während sie heimwärts in die Pedalen tritt, immer noch fest. Jedenfalls bis nach Fahrland, sogar über den Babelsberg, bis ins Gebäude des Internates.

Anton ist gekommen. Er steht im Flur. Er wartet wie damals die Eltern von Erika.

Im Hotel *Zur Rennbahn* unten an der Bushaltestelle hat er ein Zimmer gemietet, zusammen mit dem ältesten Dubbert. Denn Anton hat den ältesten Dubbert mitgebracht, um Eli zu besuchen. Gegessen haben sie schon. Feinfrostspinat mit Ei und Salzkartoffeln.

Heute hab ich keine Zeit, sagt Eli. Morgen zeige ich euch Sanssouci.

Der Besuch ist pünktlich zur Stelle. Dietrich schlenkert eine Handgelenktasche. Anton trägt neuerdings eine Schirmmütze. Dunkelblau mit Lackschild. Wie Thälmann, behauptet er. Vor der Tauber-Villa, wo die Studentinnen aus- und eingehen, packt Dietrich den Arm von Eli. Er führt sie trotzig an seinem Ellenbogen, zeigt seine Männermuskeln, genießt Antons Enkelin, die Ausreißerin, die er jetzt gefangen hat. Er wird sie heimtragen in seinen Zangen. Jetzt erst einmal die Scheffelstraße bergab, wirklich Arme wie Zangen. Anton, als Großvater, hält Abstand. Er läuft hinterher. Wie ausgemacht sieht das aus. Abgekartet. Als müsste gleich etwas geschehen mit Eli und Dietrich. Da braucht es etwas Zeit und auch Gelegenheit. Die Sache gedeiht in den drei grundverschiedenen Köpfen. In Antons Augen sehen die beiden schon aus wie ein Paar. Eli versucht, ihre Jacke zuzuknöpfen, sie schafft in aller Höflichkeit ein bisschen Abstand beim Gehen und Reden. Sie erzählt von den verschiedenen Gartenquartieren in Sanssouci. Dietrich hört scheinheilig zu. Er nickt manchmal. Doch ihm liegt etwas anderes schwer auf der Zunge. Er fängt wieder Elis Arm, ehrgeizig sportlich. Hiergeblieben. Was aufdringlich ist, weiß er nicht, deswegen ist es was anderes. Charakterstolz. In der Straßenbahn rückt er Eli erst recht auf die Pelle.

Anton stiert nicht ohne Zuversicht aus dem Fenster. Unternehmungslustig sieht er aus. Sanssouci ist eine Reise wert.

Er hat sich vorher in der Puschkinhaus-Bibliothek belesen. Es sind mehrere Sachen, die ihm am Herzen liegen. Den schönen Park und das Schloss ansehen und Eli mit Dietrich zusammenbringen. Das wäre nur gut. Die Enkelin würde zurück nach Dresden kommen. Würde als gelernte Kraft ganz gewiss nach Wunsch Arbeit finden in einem größeren Kino. Es muss nicht gleich die *Schauburg* sein. Im *Astoria* oder *Titania* oder im *Faunpalast*, es gibt in den Stadtbezirken genug Möglichkeiten. In diesen Tagen wird im Anschluss an die neue Grunaer Straße eine weitere Wohnzeile aufgebaut. Wie es heißt, für unsere Jugend. Dietrich wäre der richtige Mann für Eli. Straßenbahnfahrer, groß, kräftig, anständig. Anton hat ihn im Leben nur ein einziges Mal besoffen gesehen. Beim Schrebergartenfest. Als Hilfe beim Ausschank. Eine Entgleisung, die man vergessen kann. Dass die Dubberts katholisch sind, dafür kann Dietrich nicht. Das kirchliche Erbe verwischt sich, wenn er nächstens unter Elis Kommando in der Neubauzeile lebt und Kinder großzieht. Enkel und schließlich Urenkel gehören nach Hause, und wo soll das Zuhause denn anders sein als in Dresden.

Dietrich legt seinen linken Arm um Elis Schulter. So sind die Regeln. Es ist Sport. Geschicklichkeit, Ausdauer und Kraft, vor allem Kraft.

Lass das, sagt Eli.

Dietrich erkennt das widerspenstige Theater als besondere Chance. So sind sie, die Frauen. Sie wollen erobert werden. Er legt etwas Kraft nach. Das wäre doch gelacht. Seine Augen glänzen. Anton beobachtet die beiden mit gesenktem Blick. Er wüsste es wahrscheinlich nicht viel besser. Aber gemütlich ist die ganze Straßenbahnfahrt nicht. Auch nicht der Spazierweg zum Grünen Gitter und zur Großen Fontäne. Immer will Dietrich gewinnen.

Bis Anton sich ärgert. Über Dietrich, auch über Eli, weil

sie sich nicht unterhaken lassen, weil sie nicht umarmt und umhalst werden will. Weil Dietrich sich plötzlich sonst was einbildet, so hautnahe an seiner Enkelin. Es ist schade um das schöne Sanssouci. Besser wäre es, wenn er sich jetzt allein mit Eli und in Ruhe den Park und die Baukunst ansehen könnte. Großvater und Enkelin. Eli kennt sich aus. Den Weg zum Chinesischen Teehaus. Oder sind es nicht vielmehr japanische Figuren. Eli weiß, was hinter den Schalbrettern in den Winterverschlägen steckt. Kostbare Marmorskulpturen. Die Musen, außerdem Venus und Jupiter. Schade, Anton hätte seiner Enkelin wie früher in Dresden Kaffee und Kuchen spendiert, nun besteht Dietrich darauf. Einkehren. Kaffeetrinken. Dietrich will zahlen. Er nimmt das Portemonnaie aus der Handgelenktasche. Wir hatten alle zusammen drei Tassen, zwei Kirschstreusel, einmal Marmor und, sagt er zu der weißbeschürzten Frau Kellnerin, die den Kassierblock bereithält, bringen Sie uns auf meine Rechnung noch drei Goldbrand.

Dietrichs Augen glänzen, als wäre er schon jetzt ein bisschen besäuselt. Rote Ohren.

Die Zentralheizung zischt, so heiß ist es hier. Ringsherum alles niedrig, antik und mit Blümchen, also Biedermeier. Streifenvorhänge. In der Nische ein Strauß Chrysanthemen. Sehen aus wie echt, sind sie aber nicht, wetten? Als das Tablett mit den drei gutgefüllten Schwenkern serviert wird, erhebt sich Straßenbahnfahrer Dietrich Dubbert aus Dresden, er nimmt stramm sein Glas.

Verlobung im Drachenhaus, und: Gibt's jetzt ein Küsschen?

Du hast wohl einen Knall. Eli ist von ihrem niedrigen Biedermeiersesselchen aufgesprungen.

Anton tupft schuldbewusst Kuchenkrümel vom Tischtuch oder Tabak.

Wir sind hier nicht alleine, mahnt er. Und: Ich dachte bloß, und: Siehst du nicht, dass er sich Mühe gibt, dann an Dietrich gerichtet: Nichts überstürzen. Immer sachte mit dem jungen Pferd. Kommt Zeit, kommt Rat.

Am nächsten Morgen fährt Dietrich nach Rostock. Dort, bei einem Onkel, will er seinen Schmerz verwinden oder dem Leben wieder eine Richtung geben oder sonst einen draufmachen.

Anton bleibt noch eine zweite Nacht im Hotel am Bahnhof. Die weite Reise soll sich lohnen, grade weil bis jetzt nicht alles geklappt hat. Die Wanderschuhe hat er sowieso im Rucksack. Er zeigt inzwischen Verständnis für Eli. Ihren jugendlichen Eigensinn gestern und ihre momentanen Pflichten. Als Studentin muss sie immerzu woanders anwesend sein. Im Seminar und in der Vorlesung. Szenenstudium steht auf dem Plan. Die Leihfrist von einem Bibliotheksbuch ist bereits überschritten. Eli muss das Buch abgeben. Das sieht Anton alles ein. Er hatte gestern Abend einen Zwanziger auf Elis Tisch oben ins Zimmer gelegt, wo sie schläft, in dem geräumigen Gebäude mit den Plakaten, die überall ohne Rahmen an den Wänden klatschen, sogar im Klo. Und er hatte gleich auch Auf Wiedersehen gesagt. Nichts für ungut. Zwei Finger am Schild der Thälmann-Mütze. Dann bis Weihnachten. Eli hatte ziemlich beleidigt sehr leise gesagt: Kann sein. Mal sehn.

Eli trägt an der erkämpften Freiheit. Ein grauer Tag. Der arme Dietrich. Abgewiesen, verstoßen. Ein fleißiger Mensch, ein pünktlicher, heiratsreifer Straßenbahnfahrer. Das liegt Eli auf der Seele, Antons Vorstellungen, Dietrichs Antrag. Sie hat ihn nicht gewollt. Weil sie solche Friedensaussichten nicht schätzt. Weil sie ihn nicht leiden und auch nicht riechen kann. Das ist wahr. Aber hätte sie es nicht schöner sagen können? Freundlich. Auf gute Art. Dass ich in deiner Nähe friere. Dietrich, du lässt mich eiskalt. Deine Hände. Zu groß, zu schützend, zu tüchtig. Deine Augen, zu genau, zu gutgläubig, fromm, träge vielleicht. Viel zu treu. Und hat gewiss noch nie eine Platte von Elvis gehört, überhaupt, zu viel leerer Raum. Zu wenig Schmerz, und wenn, dann von Dietrichs Pranke, von seinen Ellenbogen. Blaue Flecke.

Eli rennt herum, von einer Bildungsstätte zur nächsten. Vom Stalin-Haus zur Fachwerkvilla, wo die Schauspielstudenten studieren.

Während Eli als Vertretung des Regieassistenten die Stichwörter für Maria Stuart und Elisabeth und Mortimer gibt, denkt sie immer noch an den armen Kerl aus Dresden, den katholischen Nachbarsjungen, den gutmütigen Kindheitsgespielen, der von seinem Vater verdonnert wurde, mit nackten Knien auf dem Waschbrett zu knien. Manchmal einen langen Sonntag bis zum Läuten. Sie hätte ihn retten müssen. Seinen guten Glauben. Seine Zuversicht. Dietrich und Rafaela. Ein Foto auf der Kredenz. Bald auch Kinder. Eins oder zwei. Dietrich, was bildest du dir eigentlich ein. Die Schuld wirft Schlingen. Ich habe ihn auf dem Gewissen. Wie er wütet und bockt und nicht mehr leben will. Vom schroffen Kreidefelsen wird er sich stürzen. Am Ende der Insel Rügen. Wellen werden ihn greifen, die Ostsee wird ihn verschlingen. Unendlich die Freiheit und die Schuld. But you have nothing to fair but fair itself. Oder der beleidigte Dietrich wartet hinter dem Haus, lauert hinter einem Baum, wie früher mit Pfeil und Bogen oder mit einer Sechzehner PP. Munition von der Schützenhofkaserne, unser Kinderspielzeug. Wie früher geht es um die Ehre und auf Leben und Tod. Ach, hätte ich doch einst das Dubbert'sche Waschbrett gestohlen. Das Folterwerkzeug steht gewiss heute noch unter der Kellertreppe.

Eli flüchtet. Der Vorführraum ist eine warme dunkle Höhle. Der samtene Sessel ein Schoß. Das schlechte Gewissen schreibt die besten Romane. Hatte das nicht der Dekan gesagt oder Ludwig? Eli erträumt sich für Dietrich Dubbert in Rostock himmlische Möglichkeiten. Der Onkel hat endlich geheiratet. Eine Kriegerwitwe mit zwei erwachsenen Töchtern. Die Urlaubstage vergehen wie im Flug. Brigitte oder Karin. Dietrich weiß nicht, welche er will. Abwarten, Tee trinken. Spielarten des Paradieses. Während vorn auf der Leinwand eine Kunstlichtübung des Studienfaches Kamera läuft. Experimente mit Streichhölzern. Die Flamme. Total, Halbtotal, Nah und Groß. Die Fenster sind mit schwarzem Wachstuch verhängt. Im Projektorlicht schwirrt der Staub. Es ist Tag oder Nacht. Windiges Klappern, das sind die Apparate, die Malteserkreuze. Spulen, schlappe Filmstreifen. Wiederholungen. Und das tiefe Atmen der Schläfer ringsumher.

Meng Hai-Feng ist wach, hell bei der Sache, sehr kritisch und voller eigener Ideen. Er flüstert. Eli, du gute Kumpelfrau, er reißt sie rücksichtslos aus ihren wirren Gedanken: Du meine liebe Gehelferin. Für die nächste Übung, Kunstlicht, diesmal mit Aktion, er brauche dringend ihren Kopf, das lange gelbe Haar, erst wie Vorhang zu, dann wie Vorhang auf. Dahinter frohes Gesicht.

Dauert höchstens zwei Stunde. Zwei Stunden frohes Gesicht.

Mach ich, sagt Eli.

Die erste Klappe fällt. Meng Hai-Feng schaut nicht mehr auf die Uhr. So muss es sein. Meng Hai-Feng weiß, was er will. Er sieht Bilder, vorerst im Kopf, Schatten, deutliche Zeichen. Das Außenlicht stört, der Hintergrund ist zu hell, eine defekte Kohlefadenlampe, die Kamera transportiert nicht. Die Ari muss ausgetauscht werden. Wer kümmert sich um die Lampen? Eli muss derweil die eingerichtete Position halten. Kopfüber, bleib so, die Spitzen der Haare müssen die Erde berühren, dann, nach dem Klappeschlagen und der Ansage: Meng, Kunstlicht drei, die Neunte, dann Meng, laut von der Seite und sehr chinesisch: Bitte! Mit vollem Schwung Kopf hoch, damit die Mähne in vollem Licht an der Kamera vorbei in hohem Bogen nach hinten fliegt. Das ist die Kunst. Über alle technischen Schwierigkeiten hinweg. Eli hält aus. Ihre Haare stinken wie angebrannt. Die endlosen Pausen und die unnötigen Aktionen. So ein Schwachsinn. Eli bleibt am Platz.

Um Mitternacht hat Meng zu den Rohfilmmetern, die jedem Kamerastudenten im dritten Studienjahr für diese Übung zur Verfügung stehen, außerdem sein heimlich gesammeltes Material verdreht. Jetzt, wo er sowieso nichts mehr retten kann, hat er das Beste getan. Jetzt ist er zufrieden. Kameraübung Kunstlicht im Kasten. Was auch kommen mag, er ist verliebt in seine schlummernde Schöpfung. Morgen trägt er die Blechbüchsen zum Kopierwerk. Nächste Woche kümmert er sich um das Negativ und unterschreibt für die erste Kopie. Die trägt er im Beutel nach Haus. Die lässt er in aller Stille über den Schneidetisch laufen, immer wieder, er wird nicht müde, mit zärtlichen Augen, immer noch einmal, ehe er seine Dreiminutenkunst öffentlich in der Kleinen Vorführung zeigt.

Tschüs, Meng.

Danke, Eli. Eli hatte gehofft, dass Meng etwas weiß von Ludwig oder dass wenigstens sein Name fällt. Um Ludwigs willen hat sie das Theater mit den Haaren, die in den glühendheißen Kohlefadenlampen beinahe Feuer gefangen hätten, bis Mitternacht mitgemacht. Ludwig und Meng hatten manchmal Schach miteinander gespielt.

Und wie geht's sonst so, Meng, spielst du noch Schach?

Ach wo, kleine Zeit. Kann man so sagen? Kleine Zeit.

Wenn du willst. Keine oder wenig Zeit oder auch kleine Zeit. Du sprichst sehr gut deutsch, Meng. Du hast dich wirklich sehr verbessert. Und nun wollen wir mal hoffen, dass du was im Kasten hast, eigentlich wollte ich mir die Haare längst abschneiden lassen, dann würde ich jetzt was anderes machen, schlafen vielleicht.

Der Pförtner dreht die Heizung auf Nachtsparbetrieb. Er schließt die Hauptpforte. Er kennt das nicht anders. Zwei Stunden Drehzeit dauern immer viel länger, immer bis Mitternacht. Immer, bis nichts mehr zu ändern ist.

Die anderen sind schnell verschwunden.

Tschüs, Meng, ich vertrete mir noch ein bisschen die Beine.

Eli betet für Ludwig. Dazu braucht sie den nächtlichen Himmel, Parkwege, das Gespensterschloss und etwas Übermut. Unten im See schwimmt der Dreiviertelmond. Weiße Platten liegen am Ufer. Pfosten, Betonstelzen, ein Wachturm. Wo gestern noch Schilf wuchs, zieht sich ein Gewölk aus Stacheldraht, krallenartige Fangeisen ragen in kurzen Abständen aus dem Wasser.

Die Marmorbank spendet Wärme. Hinterrücks das Schlossgemäuer gibt noch etwas her von der Abendsonne. Alexander von Humboldt soll gesagt haben, als er gegenüber auf der Glienicker Brücke verweilte, dies sei der schönste Fleck der Welt oder doch wenigstens einer der schönsten. Und der musste es wissen, der war herumgekommen, bis ins Hochland von Mexiko und Ecuador, bis auf den Gipfel des Chimborasso.

Eli hockt auf der Bank, vielleicht ist sie zwischendurch eingenickt, in einem Minutenschlaf ist sie kurz woanders gewesen, kurz auf einer Sommerwiese. Blinzelnd die Gegenwart.

Der Himmel sieht wie Dachschiefer aus. Es ist der Augenblick, wo man nicht weiß, wer gewinnt, Nacht oder Tag. Dunkelheit oder Licht. Hinten am Horizont ein Pinselstrich. Rot. Aus dem dürren über den Wachturm ragenden Antennengerippe hört man Stimmen. Vögel. Leises vorsichtiges Geschwätz, Seidenschwänze. Durchzügler, die hier übernachtet haben. Einer schwirrt auf, ein zweiter folgt, dann ein dritter. Man tauscht die Plätze auf dem Gestänge. Ein Ritual vor dem

Start. Wohin? Richtung Süden. Italien. Afrika. Eli spürt warmes durchgesessenes Blut, die befreiende Sudelei. Die große Erleichterung, nächtlich schwarz. Die Erlösung, weil alles beim Alten bleiben darf. Die Liebe. Ludwig. Die Geheimnisse. Schubert. Die Existentialisten. Die Suche. Neuerdings nicht nur Schopenhauer, sondern auch Nietzsche. Es ist schade, dass das Leben einmal zu Ende geht. Das Eli-Leben und das Leben auf der Erde. Irgendwann tottönende, buntschillernde Materie, aus der vielleicht wieder einmal eine Urzelle entsteht, ein Auge, ein Ohr. Das Rotkehlchen fängt an zu singen, als hätte es eine Nachricht empfangen. Die Amseln flöten. Als stünde der Lenz vor der Tür.

Der Babelsberg liegt 120 Meter über dem Wasser der Meere und Weltozeane. Unten breitet sich schiefergrau wie der Himmel und unerreichbar wie der Himmel das Wasser des Tiefen Sees. Rot im Südwesten. Der Widerschein. Es handelt sich um einen neuen Tag, einen Schritt im Kalender.

Vollversammlung. Ein Student spielt Gitarre. Er schlägt die Saiten und summt. Das macht er sehr gut, das bringt die ernste, kampfbereite Stimmung. Das Gemeinschafsgefühl. Noch vor Beginn. Die Mensa wurde vom Hausmeister mit blauen und roten Tüchern entsprechend getakelt, Fahnen, Podium. Stuhlreihen. Die Tische beiseitegeschoben. Der Gitarrist schlägt die Saiten, es ist der Regiestudent Bernd B. Becker, er hat die Dreharbeiten in Schulzendorf unterbrochen, er ist hergekommen, nun wandert er vom Podium zum Fenster, lehnt an der Wand. Man hat ihn wochenlang nicht gesehen, nicht mal in der Mensa, einer von den Leistungsstarken, einer, von denen es immerzu heißt, dass sie das meiste Talent haben und die Besten sind. Plötzlich hört man seine sichere, volltönend ungenierte Stimme. Ami go home. Einen lauten Kehrreim. Zum Mitsingen. Aber alle suchen stumm die Plätze. Zuerst in den hinteren Reihen. Die Kamerastudenten haben ein Foto von Ho Chi Minh vergrößert. Dazu aus Buchstaben ein Spruchband montiert. *Wir unterstützen die Front National de Libération in Vietnam.* Foto und Band hängen hinter dem Podium, wo das Präsidium Platz nimmt. Dozenten, die Dekane der Fakultäten, der Prorektor, Gäste. Wir werden alles tun, um den Krieg in Vietnam zu verhindern.

1. Keine Postsendungen ins Kapitalistische Ausland.
2. Kein Postempfang aus dem Kapitalistischen Ausland.
3. Verstärkte Ausbildung im KK-Schießen. Ersatz- und wahlweise Segelfliegen oder Riemenrudern in enger Zusammenarbeit mit der Akademie für Staat und Recht.

Der Student Nu Nong aus der Volksrepublik Vietnam dankt im Namen der Vietnamesischen Jugendorganisation. Er spricht deutsch, warm und weich, deutlich geprägt von der Stadt Leipzig, weil sich dort das Ausländerinstitut befindet, wo alle Studenten aus Afrika oder vom Persischen Golf oder aus Indien die deutsche Sprache lernen. Lutherdeutsch, gemischt mit sächsischer Bahnhofskneipe. Der Produktionsstudent Harry übernimmt die Patenschaft über Nu Nong. Eine Liste wandert durch die Reihen. Was wir tun können für die gerechte Sache.

Eli spendet den Lohn von der letzten Herbstlaubaktion im Park von Sanssouci für den Wiederaufbau des Ho-Chi-Minh-Pfades. Das ist viel, das ist alles, mehr kann sie nicht tun. Das alte Leiden, der Pazifismus, meldet sich wieder, die Kinderkrankheit, die heillose Wunde von der Bombennacht, sie zwickt, sticht, juckt. Sprengbomben explodieren. Phosphor brennt.

Die Eli-Akte belegt die Krankengeschichte. Frühkindliche Psychose, irgendwie ein Sonderfall, chronisch elternlos, aber Arbeiterklasse. Die betreffend Betroffene nimmt kein Gewehr in die Hand, nicht mal ein KK-Gewehr. Niemals, so sagt sie.

Ein Verdacht auf Ansteckung, auf Verbreitung wird nicht ausgeschlossen. Als Maßnahme sei Isolation zu empfehlen.

An der Alten Brücke liegen unsere Riemenjollen. Die Studenten bilden eine Zehnerbesatzung, sie rudern auf vormilitärischen Befehl die Havel entlang. Achtung fertig los, Schwielowsee und zurück. Der Kommandeur, Professor Abendroth von der Akademie für Staat und Recht, wischt sich die Hände. Man sieht, wie er sofort nach dem Manöver samt Aktentasche und Stockschirm unter den Zivilisten im Neptuncafé verschwindet. Abendroth von hinten.

An die schießbefreiten Studentinnen werden je zwei Fahnen verteilt. Oskar, das ist die fachlich korrekte Bezeichnung für eine Winkerflagge. Sie ist quadratisch und besteht aus einem roten und einem gelben Dreieck. Mit diesen Oskars lernen wir das Winkeralphabet. Man nimmt je einen Oskar in die rechte und in die linke Hand, man hebt, senkt, streckt, winkelt spitz oder stumpf, man kreuzt über Kopf oder wedelt. Der Ausbilder, ein tüchtiger Student von der Akademie, flüstert das Wort.

Eli muss zuerst Flagge setzen, dann muss Eli buchstabieren, was Brigitte, die Schnittstudentin mit Behindertenausweis wegen Hörschwäche, über Hundertmeterdistanz auf dem Sportplatz im Lustgarten signalisiert: Margarine. Wendeltreppe. Matrosenaufstand auf dem Panzerkreuzer Aurora.

Das Winkeralphabet kann man immer gebrauchen. Auch in unserem Frieden. Manchmal kann man sogar froh sein, sagt Brigitte. Eli erfährt, was man mit einem Behindertenausweis machen kann. Man braucht nicht zu schießen, hat in der Straßenbahn Anspruch auf einen Sitzplatz, man braucht nirgends zu warten, man kann überall gleich nach vorne gehen.

Keine Post, kein Brief von Ludwig. Der Pförtner stapelt Blechbüchsen. Studentenfilme. Ein Lieferauto fährt die Büchsen nach Leipzig. Dort findet das Internationale Kurzfilmfestival statt. Aus jedem Studienjahr der sieben Fachrichtungen wird je ein Student zur Teilnahme delegiert.

Siegfried kann jetzt nicht. Er ist mit seiner Diplomarbeit in der Hauptverwaltung in einen festen Plan eingebunden. Felix steht mit kurzen Terminen unter Vertrag bei der DEFA. Er schreibt ein Drehbuch für einen Musikfilm und eine Komödie, eine Filmkomödie mit Musik, Leichtes, das schwer zu machen ist, wie man weiß. Der Regisseur steht schon fest, Schauspieler sind bereits engagiert. Die Arbeit wird angerechnet. Das Studium ist für ihn damit so gut wie gelaufen. Wir trinken später mal ein Bier auf das Ende und den Erfolg und so weiter. Siegfried und Felix, auch Ludwig scheiden als Leipzigfahrer aus. Siegfried und Felix aus Zeitgründen, Ludwig, weil er abgehauen ist, also bleibt die Ehre praktisch am letzten Mann hängen. Eli fährt. Die Losung heißt: Nur die Besten fahren nach Leipzig.

Im *Capitol* läuft das Programm der Studenten. Schwarzweiß oder Sepia, also eigentlich Farbfilm, wo aber die Farben aus technischen oder künstlerischen Gründen oder weil es modern war, im Kopierwerk herausgefiltert worden waren. Kunstlicht. Kurze oder sehr lange Brennweite, unmerklich, damit das Auge rätseln muss, unter- oder überdreht. Kühn, bildmächtig: Cinemascope. Oder beobachtende Handkamera, Originalton, Originaldekorationen: Cinéma vérité. Filme, in denen die Menschen gut sind, auch wenn es ihnen ab und zu an Rohstoffen oder an Wasser oder an Liebe fehlt. Talsperren werden gebaut. Opfer werden gebracht. Ein Ringofen wird repariert, derweil das kostspielige Feuer brennt. Derweil die Arbeiter Blut und Wasser schwitzen. Es geht um Meter und Sekunden und manchmal um ein paar Gramm. Wissenschaftler geben Auskunft. Bildhauer zeigen, wie ihr Werk unter Freude und Qual aus dem Sandstein hervorbricht. Familien ziehen in eine neue

Wohnung. Blinde meistern das Leben. In Lateinamerika wird um die Freiheit gerungen.

In einem schwarzweißen Studentenfilm von der Filmhochschule Łódź sieht man das Meer, weit am Horizont einen Himmelsstreifen, in der Mitte des Bildes zwei Männer, die sich langsam aus der grauen Unschärfe aus dem Wasser heraus zum Ufer bewegen. Sie haben eine unförmige Kiste geschultert. Später erkennt man, es ist ein Kleiderschrank. Sie schleppen das sperrige Möbelstück am Ufer entlang, dann durch alltäglich belebte Straßen, fünfzehn Filmminuten, bis die Männer mit dem Schrank unverändert geduldig wieder am Ufer ankommen und zielstrebig mit ihrer Holzkiste im Meer verschwinden.

Applaus. Schweigen. Eli läuft auf Umwegen durch die Stadt zum Leipziger Hauptbahnhof. Wenn das Ludwig wüsste. Komödie? Tragödie? Kein Symbol, vielmehr das Gegenteil: eine Offenbarung. Wiege. Schrank. Sarg. Müde. Matt. Krank. Tot.

Die Amis drohen. Die Vietnamesen reparieren mit Elis Spende Brücken und den Dschungelpfad. Der Schrankfilm müsste in Leipzig das Goldene Täubchen bekommen. Aber Roman Polanski, der Absolvent aus Łódź, wurde bereits ausgezeichnet. Mit dem Golden Gate Award. In San Francisco.

McNamara hat heimlich Atomraketen in der Türkei und in Italien stationiert.

Nikita Chruschtschow versteckt SS-4-Mittelstreckenraketen im kubanischen Palmenwald.

Das ist die Kubakrise. Gefahr für den Frieden in der Welt. Jeden Augenblick kann es zu einem Atomschlag kommen. Zur Vergeltung. Angriff oder Verteidigung. Zum Artensterben. Homo sapiens, der sich aus der Gattung der Hominiden nach und nach auf die Hinterbeine hochgerackert hatte, verkrümelt sich wieder. Er macht sich irgendwie viel zu früh aus dem Staube. Die Sandstein-Apostel auf dem Dach der Hofkirche in Dresden, die das vormalige Inferno im Februar 1945 überstanden hatten, bleiben vielleicht wieder übrig. Doch diesmal ist keiner mehr da, der sich darüber wundert, weder Eli noch sonst wer.

Eli wundert sich, dass sie noch an das nächste Stipendium, an die Pflichtlektüre und die Examensarbeit denkt, dass sie immer noch ein Thema sucht. Sie hat in einer BBC-Sendung gehört, an der University of Westminster macht die Philosophiefakultät gar nichts mehr. Die Studenten trinken Tee und warten geduldig auf das Ende.

Der Film von den zwei Männern mit dem Schrank gehört zu den schwärzesten Filmen der Schwarzen Serie. Das sind Filme, vor allem aus Polen, aber auch aus Ungarn und der ČSSR, die das Kräfteverhältnis der Machtblöcke verschleiern, die mit ihrem schwarzen Weltbild, gewollt oder ungewollt, dem Gegner nützen. Kunst muss Partei ergreifen. Die Studenten der Hochschule wollen Position beziehen. Eli kauft eine schwarze Baskenmütze. Man trägt sie mit freier Stirn, man zieht sie über das rechte Ohr wie Che Guevara. Ein Illustriertenfoto von Che klebt an der Tür. Eli hat immer noch kein Thema für das Examen gefunden. Schubert empfiehlt Laokoon, die empfindliche Hüfte des Laokoon, ihren schriftlichen Abschluss im Fach Kunstgeschichte. Den Text kannst du doch mit Kunerts Segen ohne weiteres noch etwas ausbauen. Kunert war doch sehr zufrieden mit deinen sieben Seiten, oder nicht?

Am Mittwochnachmittag schwingt Eli auf dem Sportplatz die Oskars. Es geht jetzt um Zeit. Der ehrgeizige Spartenleiter steigert das Tempo. Die Signaldichte, die Länge, die Schwierigkeit der Information. Eli liest etwas stockend, aber fehlerfrei, was die Schnittstudentin in 100 Meter Entfernung signalisiert: Drei hündchengroße Elefanten aus poliertem Holz mit beweglichen Gelenken.

Der Spartenleiter flüstert in Elis Ohr. Eli setzt die Flaggen. Es ist nicht leicht, aber machbar: Ein Pilot, von einem Luftstützpunkt in Lappland, der sich auf einem Rettungsflug befand, verirrte sich im Nebel.

Der Spartenleiter erlaubt keine Pausen. Sein Ziel: die Seesport-Meisterschaften in Rostock.

Wenn beide Flaggen gleichzeitig ausgestreckt im Halbkreis schwingen, bedeutet es: Text löschen. Bis in den späten Abend hinein flattern die Fahnen.

Text löschen. Das ganze Kapitel, eigentlich alles.

Bis in die Träume.

Ein patrouillierendes Schnellboot gräbt eine scharfe Furche durch den See, es schießt silberne Wasserperlen, zieht einen Nebelschleier.

Jenseits, im Schilf, hochbeinig, silbrig gefiedert, ein Kranich. Er breitet die Flügel aus. Der Vogel hebt, schlägt, senkt die Flügel. Jetzt erkennt man genau: Zeichen. Signale. Er streckt das Gefieder. Er schreibt ein E und ein L und ein I.

Ludwig hat einen Kranich gesandt, mit einem Flaggengruß.

Eli verharrt im Blattgeflecht des wilden Weins. So wachsam wie eine versteckte Kamera. Der Balkon am Stalin-Haus ist ein guter Platz. Aus diesem Winkel hat man das Jenseitsufer bestens im Blick. Es ist nicht mehr so wie am Anfang, wieder ist ein Jahr verflogen. Eli kann am Schneidetisch Filme einlegen, Filmstreifen schneiden und zusammenkleben, das hat sie in fakultativen Übungsseminaren gelernt, sie kann notfalls an der Kamera assistieren, kann Schärfen ziehen, Drehbücher einrichten und metrieren, Drehpläne aufstellen. Sie hat die Prüfung im Vielseitigkeitsreiten bestanden und kann einigermaßen Gitarre spielen. Sie hat beim Zeitschriftenvertrieb die dicke Broschüre *Iskustwo Kino* bestellt. Eli ist Meisterin im Seezeichenlesen, sie muss nicht mehr buchstabieren. Sie bindet die Flaggensignale zu Worten und Sätzen, zu sinnvollen Texten. Sie kennt sich im fremden Terrain, in den Parks, Bibliotheken und Studentenhäusern, ziemlich gut aus. Sie findet sich zurecht. Blind im Stalin-Haus.

Weinlaub flattert von der Fassade, auch von der Dachtraufe fallen rote Blätter auf den Balkon. Manchmal fliegt so ein gefingertes Blatt auf Elis Schulter. Manchmal winkt ein Kranich vom anderen Ufer. Das sind die zärtlichen Zeichen, Signale, die zum Pausenalltag gehören.

Ein Gastdozent von der Leipziger Hochschule für Grafik und Buchkunst zieht mit Kreide einen waagerechten Strich auf die grüne Schiebetafel. Von A wie Anfang bis E wie Ende. Das ist die Handlung in der Zeit. Der senkrechte Balken am Anfang meldet einen guten oder schlechten Verlauf, je nachdem, ob die Kreidekurve nach oben oder nach unten zielt. An der Tafel entstehen Wellenberge, Wellentäler. Manchmal auch treppenartige Gebilde. Zickzacklinien. *Hamlet. Richard III. Rotkäppchen. Nibelungen. Lied der Matrosen. Kahn der fröhlichen Leute.*

Quer durch die Literatur- und Filmgeschichte. Er malt Homers *Odyssee.* Er markiert die Klippen, den Gesang der Sirenen. Anfechtungen. Gefahren. Launen der Natur. Er wischt mit dem Schwamm, manchmal mit dem Ärmel. Reine Tafel für *Faust. Emil und die Detektive*: die kleinen Unterschiede zwischen Erich Kästners Roman, dem Drehbuch von Billy Wilder und schließlich dem fertigen Film. Manchmal macht der Gast aus Leipzig eine Ratestunde. Er setzt die Kreide an, wirft flink eine liederliche Koordinate an die Tafel, quietscht weit unter der Null, wo sonst die Handlung beginnt, eine Parabel mit Schleife.

Das können Sie jetzt nicht wissen, sagt er. Er schreibt in Druckbuchstaben. Kafka, Franz. *Der Prozess.*

Eli hatte im Radio von einer Konferenz gehört, einer Kafka-Konferenz. Der in Prag gebürtige Dichter wäre jetzt achtzig geworden, doch er war jung, schon in den zwanziger Jahren, gestorben, an Tbc, hatte der Kommentator im Radio erklärt. Die Konferenz in Liblice sei ein Lichtblick für die Rezeption dieses bedeutenden modernen Dichters. Ein Hoffnungsschimmer für den Osten.

Der Gast aus Leipzig malt Kreideparabeln. Magische Zeichen. Er lässt die Waagerechte, wo sich sonst die Handlung entlangwindet, außer Acht. *Das Schloss. Amerika.* Meine Damen, meine Herren, das ist ein guter Tag.

Entfremdung von Marx bis Camus und Adorno. Eli buchstabiert in Gedanken. Flaggenzeichen an Ludwig. Ohne Entfremdung gibt es keine Kunst. Ich sitze tief in der Tinte.

Deine Eli.

Es schneit. Unter dem Bademantel ist Eli noch warm, noch erhitzt von der Nacht. Nur die Füße sind schon wieder eiskalt.

Kafka, hatte Schubert gesagt, den habe ich mit vierzehn in der Schulzeit gelesen, noch vor Brecht. Der ganze Kafka ist in Brecht enthalten. Im Hegel'schen Sinn dialektisch aufgehoben.

Schubert hatte die *Beschreibung eines Kampfes* mitgebracht. Ein Taschenbuch. Zum Schnuppern. Um daraus vorzulesen. Schubert hatte kurze Geschichten ausgesucht. *Die Brücke. Der Geier. Heimkehr.* Er wollte das Buch unbedingt wieder mitnehmen, denn er hatte es vom Freund seiner Scheinverlobten nur geliehen, aber dann hatte Schubert nicht mehr an das Buch gedacht. Es lag beim Abschied auf der Matte neben dem Bett, da hatte es Schubert nach der zärtlichen Lektion sorgfältig abgelegt. Vergessen. Das geschieht ihm recht.

Eli horcht, ein Klappern hinter der Tür, die streunende Katze, oder ob Schubert wohl noch einmal zurückgekommen ist.

Je länger man vor der Tür zögert, desto fremder wird man.

Das hatte Schubert vorgelesen, das steht in einer Geschichte von Kafka. In *Heimkehr*. So viel Wahrheit in einem einzigen Satz.

Eli kriecht wieder ins Bett. Zusammen mit dem erbeuteten Buch. Langsam weicht das Gaunergefühl, langsam kommt die Genugtuung. Zuerst liest sie die Nachworte von Brod, dann von Anfang bis: Stummheit gehört zu den Attributen der Vollkommenheit. Auch den folgenden Tag bleibt Eli im Bett. Sie liest Kafka. Noch einmal von vorn.

Bitte nicht stören, denn ich bin auf bestem Wege, ein vollkommen unglücklicher Mensch zu werden.

Eli hatte sich diesen Winter bei den Räum- und Streubrigaden der Stadtreinigung vormerken lassen. Nachtsondertarif: Bei Schneefall drei Mark pro Stunde. Nun lebt sie, ihre Wünsche betreffend, in zwei Teilen. Himmel, schicke Schnee, Himmel, wirf deine schweren Lasten woandershin, bitte nicht in den hiesigen Raum. Zeit oder Geld.

Anton hatte manchmal behauptet, die Arbeitslosigkeit Ende der Zwanziger sei seine schönste Zeit gewesen. Als Schülerin mit Unterricht in Gegenwartskunde war Eli empört.

Opa, du lügst doch wieder.

Nein wirklich, Eli, das kannst du mir glauben. Nie wieder habe ich so viel gelesen.

Ist doch Quatsch, Opa, ich denke, ihr hattet gar keine Bücher.

Anton: Es gab Volksbibliotheken. Lingner, Odol-Mundwassers-Lingner, der hatte gute Bücher in der Werksbücherei. Viel über Hygiene und Gesundheit, aber auch Hölderlin, Ricarda Huch, Fallada, Werfel.

Dann erkläre mir, warum du Kommunist geworden bist.

Ich war und bin Internationalist, gegen den Nationalsozialismus, und für die Berge bin ich auch.

Aber wovon habt ihr, du, deine sechs Brüder und Mutter Emma, ohne Arbeit gelebt?

Vom Vagabundieren, Fischefangen, Wildern und Nüssesammeln. Von Emmas Deputatzigaretten aus der Zigarettenfabrik, die haben wir verkloppt. Emma hatte als Einzige Arbeit. Zeit ist Geld, das stimmt nicht. Zeit ist Leben.

Eli lebt, weil es nicht schneit. Sie verordnet sich Bettruhe. Sie braucht die Winterwochen für ihre neue Krankheit, das Kafka-Fieber.

Bevor die offiziellen Winterferien beginnen, wickelt Eli die *Beschreibung eines Kampfes* in Zeitungspapier. Ein neutrales Päckchen liegt auf Schuberts Pult. Verständnisinnige Blicke. In der Seminarpause ein verbindlicher Dank. Danke, Rafaela. Bitte.

Eli fährt nach Berlin. Mit dem Sputnik, Doppelstock, bis Bahnhof Karlshorst, dann mit der S-Bahn zum Alexanderplatz.

Sie läuft die Strecke bis zum Sportgeschäft am Strausberger Platz, wo sie manchmal Schlafsäcke und Kletterschuhe aus Hirschleder haben, dort weiter die Karl-Marx-Allee und dann die Frankfurter. Eine Straßenseite hoch, die andere zurück. Auf der Suche nach einem Lampengeschäft. So viele Lampengeschäfte wird es nicht geben. Fragen kostet nichts. Entschuldigen Sie vielmals, arbeitet bei Ihnen eine Frau Zweig. Ludwig hatte am Mensatisch manchmal von seiner Mutter gesprochen, er hatte das Lampengeschäft erwähnt, die Frankfurter Allee, die Arkaden der alten Stalinallee. Wie gut, dass er damals so eitel, so mitteilsam war. Und Eli so aufmerksam. So gefangen von seiner komischen Spaßmacherstimme.

Leicht zu finden.

Im Schaufenster auf verschieden hohen Podesten, in Form und Farbe passend, Nachttischlampen für Ehebetten. Dahinter, eine aus Pappschachteln aufgebaute Mauer. Narva-Glühbirnen. Eli zögert nicht.

Entschuldigen Sie die Störung, ich suche Frau Zweig.

Martha? Ja, unsere Kollegin Zweig arbeitet bei uns. Sie ist schon eine Weile krank, vielleicht noch im Krankenhaus, vielleicht wieder zu Hause. Sie wohnt in der Skandinavischen, entweder Sie nehmen den Bus, Sie können aber auch laufen. Links ab, vor der Straße zum Tierpark. Skandinavische, in der vier oder in der sechs. Erste Etage. Grüße von uns. Die beiden Lampenverkäuferinnen vor der Ladentür. Nachttischlampen im Schaufenster, immer schön zu Paaren aufgestellt, Mann und Frau, ein tröstlich ausreichendes Angebot. Eli quert die Allee.

Der Rentner im Erdgeschoss Skandinavische vier weiß, dass Frau Zweig im Krankenhaus liegt, nicht noch, sondern wieder.

Er rückt das Kissen im Fenster zurecht. Bisschen Frischluft kann nicht schaden.

Was wollen Sie denn von ihr?

Ich kenne ihren Sohn.

Der Sohn, ach der. Student der. Er hat sich lange nicht blicken lassen. Noch bis vor kurzem ist bei der Frau ein Mann aus- und eingegangen, ein Grieche, aber der ist wahrscheinlich wieder fort. Kriegerwitwen gibt's immer noch reichlich. Aber ob sie was taugen. Der Sohn ist mal als Sportler in der Zeitung gewesen. Er ist Erster geworden. Er hat im Wettrennen einen großen Pokal geholt.

Der Rentner hebt sich schon aus dem Kissen, um das Bild zu suchen, die alte Zeitung unter den Papieren im Küchenregal.

Doch Eli will jetzt vielmehr wissen, wo es in der Nähe ein Krankenhaus gibt, ein zuständiges, hier im Bezirk.

Da gibt's zwei oder drei, Friedrichshain und Herzberge, das andere fällt mir jetzt nicht ein.

Eli bedankt sich. Machen Sie mal das Fenster wieder zu,

sonst holen Sie sich bei dem Wetter auch noch was weg. Hongkonggrippe macht jetzt grade die Runde.

Eli kauft Milch und Zwieback, weil das sinnvoll ist. Sie fährt mit der Straßenbahn bis Haltestelle Krankenhaus. Alle steigen hier aus. Denn gleich beginnt die Besuchszeit. Genau um sechzehn Uhr öffnet sich neben dem Portal eine Seitentür. Die Leute drängen, weil die Tür so schmal ist. Weil jetzt die Zeit läuft. Vor dem Fahrstuhl muss man warten. Eine Stunde Besuchszeit. Eli wartet draußen und drinnen. Sie wartet, bis sich nichts mehr bewegt.

Eli wartet. Es ist, als hätte sie ein Schluchzen gehört. Ein Echo. Schmerzen hinter einer Wand, aber hier gibt es keine Wand, nur die freie Halle mit dem Fahrstuhl, die breite Treppe, die in offenem Schwung nach oben führt, in einer Nische der Patientenkiosk, in der anderen Nische hinter einem Fenster eine Stimme, die Auskunft gibt. Die Sprechanlage klirrt.

Ich möchte Frau Zweig besuchen. Ein Schalter knackt.

Zweig, Martha?

Ja, sagt Eli.

Verwandt?

Ja, sagt Eli.

Zweiter Stock, Station vier, Zimmer 44.

Danke.

Wieder das Echo. Die eigne Stimme. Danke.

Am Patientenkiosk kann Eli die leere Milchflasche abgeben. Sie kauft ein lachsrotes Alpenveilchen, Cyclamen persicum, könnte Sorte Prinz Heinrich sein, dazu als Besuchsangebinde den *Eulenspiegel* von dieser Woche. Etwas Spaß kann beim Gesundwerden helfen. Eli lauscht. Schluchzen, Wimmern, Schmerzenslaute? Woher bloß? Vielleicht gibt es irgendwo ein Versteck. Sie steigt die breiten Krankenhausstufen hinauf bis zur Caritasfigur, wo sich die Treppe erst einmal trennt, um in zwei Bögen in die höhere Etage zu führen. Zu den Stationen römisch eins bis vier.

Hinter einer Zwischentür ist Eli wahrscheinlich in einem Seitenflügel auf eine Hintertreppe geraten, Stufe für Stufe im Abseits. Wo bin ich? Im Felsengebirge. Allein in den sächsischen Schrammsteinen. Ohne Anton, ohne Seil und Sicherung. Auf morschen Leitersprossen durch das Nadelöhr. Einen Rückweg gibt es nicht. Hinterrücks fällt die Wand senkrecht ins Nichts. Schwindelfrei müsste man sein oder gleich ein Flügelwesen. Möglichst ein Engel.

Station römisch vier, Innere Frauen.

Zimmer 44 ist ein Einzelzimmer.

Es ist die Sterbekammer.

Im Gitterbett flach auf einem Kissen liegt ein zitronenfeines Gesicht, die Stirn, der Kopf kahl und gelb, unter dem Kinn bauscht ein Häufchen Mull.

Junge, haucht der eingefallene Mund, und wieder kommst du ohne Mütze. Im Winter ohne Mütze. Versprich, dass du gleich deine Mütze aufsetzt. Gleich musst du mir das versprechen. Im Winter. Junge, Jungchen, immer bist du ohne Mütze.

Der Mull unter dem Kinn zittert wie ein geschlüpftes Kücken, es piepst sogar. Wie lebendig.

Eli berührt die gelbe Hand, die auf der karierten Wolldecke liegt. Ja, ich verspreche es.

Du bist mein guter Junge.

So viel Stimmen hinter der Wand. Irdisches Klagen. Bitten und Betteln. So viel eingemauerte Schmerzen. Der Mulltupfer unter dem Kinn, der bedeckt ein Loch, groß wie an einem Nistkasten für unsere Vögel, die vorbereitete Stelle, wo die Seele aus dem Körper ins Freie flüchtet, wo sie dann fortfliegt, immer weiter irgendwie fort.

Martha Zweig ist an einem guten Tag gestorben. Der Gefährte, der Grieche, war noch kurz vor ihrem letzten Krankenhausaufenthalt ihr Mann geworden. Sie hatten geheiratet, sich zusammenschreiben lassen, so kann er für die Monate und sogar für den laufenden noch Rente abholen.

Er kümmert sich um die Formalitäten. Er bestellt eine Urne, die wie schwarzer Marmor aussieht. Er zieht nun für immer in die Wohnung in der ersten Etage, es geht ganz einfach, weil er dort schon als Mieter auf dem Wohnungsamt und auch polizeilich gemeldet ist. Er tauscht das alte Türschild, trägt Sachen zum An- und Verkauf, feuert die Winterkohle, lebt von den eingekellerten Kartoffeln. Eli hatte eine Annonce, eine Postkarte mit Vor- und Zunamen, Geburts- und Todesjahr und dem Datum der Urnenbeisetzung erhalten, als alles schon vorüber war. Die Beisetzung war schon eine Woche Vergangenheit.

Eli reist den üblichen Berlinring über Schönefeld zum Zentralfriedhof Friedrichsfelde. Sie setzt ein frisches Alpenveilchen auf das Urnengeviert neben die weiße Schleife mit Goldbuchstaben. Unserer Kollegin Martha als letzten Gruß – von der HO Industriewaren. Ein Kranz unverwüstlicher Lilien. Alles Zeichen, dass es den Tod eigentlich gar nicht oder wenigstens nur vorläufig gibt. Du bist mein guter Junge, die Stimme hat gesprochen, das Gesprochene muss ja irgendwo sein – später wird man es hören können, mit Sensoren, Verstärkern, besonderen Ohren, man wird die Stimme herausfiltern aus dem Hintergrundrauschen, man wird das Einstige, wenn man will, wenigstens vorläufig wiederfinden, denn alles ist vorläufig auf der Erde. Tod und Leben sind vorläufig.

Auf dem Rückweg läuft Eli an der Gedenkstätte von Rosa Luxemburg und Karl Liebknecht vorbei. Der Platz ist noch ausstaffiert mit roten Blumen und Schleifen, lauter Gebinden von der Kranzniederlegung im Januar.

Eli strickt wieder einmal eine Wintermütze, wieder einmal wie in früheren Zeiten für einen, den sie retten muss. Diesmal nimmt sie schwarze Wolle. Aus Gründen der Trauer und der Mode. Eli steckt die fertige Mütze in die Kiste, in der sie den Jägermantel aufbewahrt. Gegen Motten und vielleicht auch gegen den Zahn der Zeit hilft Holz vom Juniperus chinensis. Eli hat kräftig duftende Knüppel in die Ärmel geschoben, in den Taschen stecken ein paar getrocknete Beeren, eigentlich Zapfen, Wacholderzapfen, Juniperusbeeren.

Damit sind die Sachen gesichert.

Auf bald. Auf irgendwann.

Eli verwahrt nun auch die Briefe in der gegen Motten gesicherten Kiste, wo Mantel und Mütze auf Ludwig warten.

Sie schreibt an die Eltern von Erika. Ich habe sehr lange nichts mehr von Erika gehört. Würden Sie mir ein paar Zeilen senden, damit ich weiß, wo und wie Erika aufgehoben ist in Rom?

Liebes Fräulein Rafaela, umgehend möchte ich, die Mutter von Erika, Ihren Brief beantworten. Mein Mann und ich können es bis heute noch nicht fassen, was uns widerfahren ist. Wir waren gleich sehr erschrocken, als wir von den Berufswünschen unserer Tochter erfuhren. Warum Schauspiel, wir sind alle nicht aus diesem Milieu, weder in meiner noch in meines Mannes Familie gibt es so etwas. Unsere Tochter hat die Prüfungen und Anmeldungen, alles, heimlich veranlasst. Alles ohne unsere Kenntnis. Sie hat nur gesagt: Ende August ziehe ich aus. Die Aufnahme zum Lehrerstudium in Greifswald hatte sie, wie wir hinterher erfahren haben, bereits zurückgeschickt. Alles Weitere wissen Sie besser als wir. Ich hätte mich gern einmal mit Ihnen unterhalten, denn Sie kennen wenigstens das Kind unserer Tochter, unseren Enkel. Wir nicht.

Nur Fotos, und die können nichts ersetzen. Auch Briefe nicht. Aber die Briefe waren wenigstens noch ein Lebenszeichen. Ich konnte lesen, wie sie in Rom zurechtkommt. Mit den Menschen und dem Geld. Beruflich geht es Erika wohl recht gut. Sie hat in einem italienischen Film eine deutsche Urlauberin gespielt. Das Kind bleibt in der Zeit bei der Nonna, der Mutter von seinem Papa. Traurig für mich, wenn ich denke, dass ich die Mutter seiner Mama, also seine liebe Oma, bin. Das mit dem Film war vor einem Jahr. Seitdem wissen wir nichts mehr. Mein Mann hat eine Stellung im Betrieb, wo er keine Kontakte ins nichtsozialistische Ausland haben darf, nicht einmal Briefe. Was soll man dazu sagen? Ich verstehe das nicht. Es hat deswegen eine Auseinandersetzung mit meinem Mann gegeben. Dieser Streit ging sehr weit. Ob ich nicht mehr zu unserer Sache stehe, also auf dem Boden des Sozialismus. Das ist nicht der Fall. Wofür haben die Menschen gekämpft, wofür sind sie im KZ gestorben? Darüber hat unsere Tochter leider nicht nachgedacht. Damit müssen wir Eltern leben. In der unverbrüchlichen Hoffnung, dass die Kommunistische Partei Italiens ihr Ziel erreicht. Wie die kubanischen Kämpfer. Fidel Castro macht uns Mut. Vielleicht gibt es vorher doch noch einen Weg, dass man sich sieht, oder wenigstens ein briefliches Lebenszeichen.

Herzlich grüßt Sie, liebes Fräulein,
die Mutti von Erika,
Enricos Oma.

Zu Silvester hatte Anton von den Moritzburger Teichen zwei Karpfen besorgt. Den großen für Dubberts, den kleinen hatte er sich selber gekocht. Polnisch, in Malzbier.

Seine Enttäuschung, dass er ohne Eli essen musste, auch vorher zu Weihnachten war sie nicht gekommen, ist dieser Tage verraucht. Nun ist sie da, zu Dreikönig, als Neujahrsbesuch.

Anton hat Briketts aufgelegt. Die Wasserpfanne spuckt. Tropfen tanzen über den blanken Herd.

Eli hat ein langes Schläfchen auf Antons neuer Luftmatratze gemacht. Sie gähnt. Herrlich, wirklich, man schaukelt wie auf hoher See.

Schön, dass du gelandet bist, sagt Anton. Er klappt das Rätselheft zu. Räumt die Illustrierte und die *Grüne Post* vom Tisch. Das hat Zeit, später, wenn die Stunde lang ist.

Anton erzählt, wo der Striezlmarkt dieses Jahr war. Auf dem Altmarkt und um die Kreuzkirche herum.

Dort ist er doch immer, sagt Eli.

Das Wasser kocht seit einer Weile. Die Dämmerung ist schon gekommen. Bald gibt's Nachrichten und eigentlich Bier, aber Anton kocht gerne um diese Zeit mal einen Kaffee. Er reibt sich die Hände. Eli sitzt endlich am Tisch. Sie ist endlich fertig mit Gähnen. Die Kaffeemühle zwickt durch die Hosen ins Beinfleisch. Quietscht. Müller, Mehler, Metzenstehler. Die Bohnen krachen.

Anton hat noch genug Stollen in Reserve. Drei Sorten, einmal Mandel vom Bäcker Gocht und zweimal Rosinen vom Altmarkt. Einen Mandelstollen hat er nach dem Westen an Heinrich geschickt. Von Heinrich liegt für Eli ein Weihnachtspäckchen hinter der Gardine. Anton hatte es aufgeschnürt, um nachzusehen, ob Verderbliches drin ist. Er hatte es wieder eingepackt, nur das herausgenommen, wo draufstand: Frohe Weihnachten für Anton. Zigaretten, zwei Nylonhemden bügelfrei. Ein weißes und eins gemustert, gelbe Zitronen, weiße Blüten, grünes Laub. Beinahe zu schade zum Anziehen. Wahrscheinlich hatte wieder Trudchen beim Packen geholfen.

Eli stöbert neugierig im Karton. Das Seidenpapier muss gerettet werden. Zuerst hat sie in durchsichtiger Folie das Allerneuste in Händen. Strumpfhosen, Schlüpfer und Strümpfe in einem Stück, federleicht, hauchdünn, reißfest, aber, so viel weiß man, hochempfindlich. Vorsicht, wenn eine Masche rennt, dann rennt sie. Dann ist wahrscheinlich nichts zu retten. Noch mehr kommt zum Vorschein. Lux-Seife, Kakao und Trumpfschogetten. Anton sitzt auf dem Sofa und freut sich, weil sich Eli freut. Was kost' die Welt, Weihnachten ist vorbei, wir holen die Festlichkeit nach, gehen in die Vollen. Dank Heinrich. Wir wollen nach den verschiedenen Stollen, nach dem Kaffee und kurz vor dem Abendessen am überladenen Stubentisch in einem Anfall von Leichtlebigkeit noch eine Kostprobe nehmen. Schogetten, was ist denn das?

Das ist der Augenblick, wo alle Schätze, das Zitronenhemd, die Strumpfhosen, die Tabaksachen, in den Schatten geraten. Unser listiger Großvater Heinrich. Sauber, man kann sagen fabrikmäßig, unter Zellophan und Glanzpapier und Stanniol, *Billard um halb zehn* von Heinrich Böll, statt Schokolade ein Buch.

Heinrich, Heinrich, sagt Anton. Und meint nicht Böll, sondern den Paketabsender, Elis schlesischen, nunmehr im Westen lebenden Großvater. Heinrich, den Vertriebenen, der seinen Lastenausgleich verpulvert mit Geschenken, dass Anton auf dem Plüschsofa in Dresden nun fast die Tränen kommen. Zu all den Sachen jetzt auch noch ein Buch, leicht und klein, trotzdem steht ein ganzer Roman drin, wie für die Manteltasche gemacht oder für Pralinenschachteln erfunden, für Grenzpakete. Ein Taschenbuch.

Woher er nur weiß, was ich mir wünsche, hast du ihm das etwa geschrieben?

Kein Wort, sagt Anton.

Unter dem anderen Stanniol steckt in fertig mundgerechten Quadraten dann wirklich echte Schokolade. Iss mal selber, sagt Anton, ich gönne mir heute mein letztes Weihnachtsstäbchen. Er schüttelt den Kopf, weil er immer noch staunt. Heinrich, der Ganove, das glaubt man nicht. Handwerklich begabt war er immer schon in Stall und Scheune und beim Fahrradschlauchreparieren. Wahrscheinlich könnte er auch mal einen Tausendmarkschein machen, so erfinderisch, wie der ist.

Guter Rauch füllt das Wohnküchengeviert. Eli nascht und liest und schnuppert. Harmonie am Tisch, obwohl im Radio wieder vom Wettrüsten die Rede ist. Anton zwinkert, als wolle er noch etwas Bedeutsames sagen zur Weltgeschichte.

Das soll die letzte Zigarette sein. Sagt er.

Anton hat sich verändert in den Wochen, seit Eli nicht mehr hier gewesen ist. Anton, ein Nichtraucher. Das heißt aus einem Rappen einen Schimmel machen. Eli staunt. Der alte Anton ist ein anderer Großvater geworden. Nicht mehr so maulfaul, so eigensinnig. Eli fragt sich, ob das im Alter die Hormone machen. Man kann mit ihm reden. Er will nicht mehr erziehen und alles besser wissen. Freiweg erzählt er von Dietrich Dubbert, dass er geheiratet hat, dass er in Rostock wohnt und ohne weiteres eine Stelle gefunden hat als Straßenbahnfahrer.

Die Welt bewegt sich, auch ohne Eli. Das ist gut, aber nicht grade zum Lachen. Anton schmunzelt. Jetzt endlich erkennt Eli, warum Anton so viel Humor hat und fast übertrieben viel von der heiteren Seite sieht. Er hat neue Zähne. Eine neue schlohweiße Brücke. Und das Vertiko ist nicht mehr da. Zerhackt, sagt Anton. Er hat die Kommode an die Stelle gerückt. Das Grammophon ist fort. Zerhackt und weggeschmissen. Die Platten, zerkratzt und grau, hat er auf dem Hof in Stücke zerbrochen, die Scherben in einem bestialisch stinkenden Feuer verbrannt. Er hat sich einen elektrischen Plattenspieler angeschafft. Kabel hängen durch den neobarocken Fensterflügel, führen an der Hauswand hinunter in den Kellerschacht zu einer Dose, wo der Stecker reinpasst. Er hört *Tannhäuser* ohne Kratzer und spart Zeit, die das Aufziehen gekostet hatte. Musik ist besser als das rausgeschmissene Geld, und Zeit ist Leben.

Eli schöpft Hoffnung, sie ist zuversichtlich, dass Anton sich eignen könnte als Absender ihrer Botschaften an Ludwig und als Deckadresse für Antwortschreiben. Alte sächsische Zuverlässigkeit, Bergsteigercourage paart sich mit moderner Neugier. Er sieht flott aus, besonders in seinem Zitronenhemd und wenn er freundlich die Zähne zeigt. Nur Rockmusik kann er immer noch nicht leiden. Für Elvis kein Ohr. Das ist schade. Anton hört Bruckner. Eli geht mit ihm ins Konzert. Bruckners Vierte, die Romantische. Es spielt die Dresdner Staatskapelle. Mit Heinz Bongartz am Pult. Im Programmheft wird darauf hingewiesen, dass wir hier in Dresden die Originalfassung hören. Es geht los. Das Hornsignal ruft den Tag aus. Daraus entwickelt sich das Leben.

Lieber Ludwig, jetzt habe ich schon, wie die Kamerastudenten mit ihrem Sucher, einen quadratischen Blick. Ich bin unterwegs, um zu sehen, ob der Ausschnitt was taugt. Manchmal mache ich einen Schwenk, oder ich hocke als Kamera in der Straßenbahn, fahre auf Schienen an den Häuserfronten entlang, wechsele das Tempo, verweile, drehe den Hals um 360 Grad. Da sehe ich wieder die nämliche alte Brücke, wo ich vor Zeiten schon einmal war. Standbilder. Oder Tempo, Rissschwenk, bis die Ansicht zerfetzt. Manchmal bin ich selbst im Bilde. Eingespiegelt. Zwischen den beiden Herkulessen in der Lindenallee. Ich sehe, wie ich sieben Bäume an einem Tag in die Pflanzlöcher setze, wie sie ihre zierlichen Äste strecken, jedes Bäumchen für sich, weil ich den Abstand auf hundert Jahre berechnet habe. Je länger die Blende, umso mehr Zeit ist vergangen. Aber das kann täuschen, im Holz meiner Linden steht die Zeit.

Es dauert noch, in hundert Jahren wird das Bild fertig sein, die Lindenallee. Krone in Krone. Ich mache inzwischen die Augen zu. Manchmal glubsche ich heimlich, dann sehe ich einige sehr viel spätere Sachen. Kindeskinder, die so aussehen wie Du.

Eli hat sich in Anton nicht getäuscht. Die neuen Zähne, das Zitronenhemd, die Musik, Bruckner vor allem, und was sonst noch walten mag, sein Entschluss, die Welt andersherum, vielleicht sogar von hinten zu sehen, Alices feige Flucht nunmehr als Mut zum Verrat anzuerkennen, das hatte Anton zu einem richtig guten alten Kumpanen gemacht. Zu einer wunderbaren Deckadresse. Die Luftmatratze trägt dazu bei, dass Eli nicht nur zuversichtlich, sondern auch ausgeschlafen ihre Pläne verfolgt. Etwas schwindlig, wie seekrank, aber froh.

Sie beschriftet braune größere Briefumschläge. 13 mal 21, DIN A5, Antons Absender, ihre Adresse, sie frankiert mit Doppelporto, ein Normalbrief passt ohne Mühe hinein.

Anton kapiert. Wenn es weiter nichts ist. Das macht er mit links und sogar gerne. Mit heimlicher Erleichterung. Ein entfernter Galan und dazu noch hinter der Grenze, das muss ihm viel weniger Kummer machen als ein Kerl im Studentenheim nebenan.

Hast du ein Foto von deinem Ludwig?

Eli hat eins, auf dem kann sie gleich noch Siegfried und Felix vorführen, von Eli sieht man den Rücken, zusammengebundene Haare, den Ellenbogen, in der rechten Hand eine Flasche, Milch. Das ist unser pompöser Seminarsalon. Der Linke auf dem Bild, das ist er, Ludwig, mon amour.

Anton betrachtet das Bild. Der Linke also, sagt er, der daneben, der Blonde mit der Taschenuhr, macht aber auch einen sehr zuverlässigen Eindruck.

Der ist es nicht. Es ist der Linke.

Eli reißt ihm das Foto aus der Hand, sie dreht sich zum Fenster.

Was ist denn nun wieder, bist du beleidigt, weil mir die Uhr von dem Blonden gefällt, ich habe doch gesagt, dass ich dir die Briefe von dem linken Kerl, sobald ich sie bei mir auf dem Tisch habe, in den adressierten Briefumschlägen schicken werde, was ist denn nun wieder falsch.

Nischt, sagt Eli. Gar nischt.

Na also. Hör auf zu fänzen. Eli fällt der wundersamen Großvatererscheinung, Zitronenhemd, weiße Zähne, um den Hals.

Es ist halt schwer, es tut halt weh.

Das brauchst du mir nicht zu erzählen.

Umsonst hält Eli am Pförtnerfenster Ausschau nach großen braunen Briefumschlägen.

Billard um halb zehn macht die Runde. Zuerst liest Schubert. Er hat manches auszusetzen. Zu viel Natur, zu wenig Natur. Keine Form oder immer noch 19. Jahrhundert.

In Saal zwei wirft der Vorführer *Die Kraniche ziehen* von dem georgischen Regisseur Kalatosow an die Wand. Wie die mandeläugige Tatjana Samoilowa mit ihren X-Beinen in Richtung Horizont rennt, wie sie im Ausschnitt der Handkamera stolpert, zickzack, rechts links, immer der Stupsnase nach, anstatt geradeaus zu laufen. Das Land ist weit. Die Unendlichkeit Russlands. Die Union der Sozialistischen Sowjetrepubliken. Immer wenn es spannend wird, wenn Eli wissbegierig und ergriffen wach bleiben will, schläft sie ein. Sie sinkt tief in ihren roten Sessel. Träume fallen über sie her. Gute und schlechte. Sie träumt lieber schlechte Sachen, zum Beispiel, dass sie im Theaterfoyer in einer kurzen fliederfarbenen Bluse herumspaziert, untenherum nackt, derweil das Leben so tut, als wäre daran nichts auszusetzen. Oder Dietrich, ein Knabe in Sepplhosen, durch dunkle Umstände ist er in den Besitz von Antons Pistole gekommen, wie sie beide, Dietrich und Eli, von einem Balkon in der Rehefelder Straße erst mit Wäscheklammern und dann aus der Pistole auf die Passanten schießen. Mit scharfen Patronen. Es ist die Wohnung von Frau Strohbach, Lehrerin in Deutsch und Musik. Unverkennbar wie einst und hautnah. Genau in die geträumte Katastrophenstimmung poltert das Ende, ringsherum das dumpfe Klappen der rot gepolsterten Sitze, Saallicht blendet. Taglicht bricht ein, jemand hat die schweren schwarzen Wachstuchvorhänge aufgezogen. Fenster auf. Tür auf. Durchzug. Eli atmet den süßen Sauerstoff. Das Schlechte ist nicht wahr. Die Luft ist rein. Aufwachen nach einem schlechten Traum ist, als wärest du nicht erwischt worden. Schuld ist getilgt, sogar das Gewissen ist etwas erleichtert.

Oft träumt Eli: Eli kann Klavier spielen.

Das Instrument steht in einem Gartenzimmer. Inmitten von Blumentöpfen, üppig blühenden Kamelien. Schon das ist ein Wunder. Lauter hochsensible Sorten. Minna Seidel. Prinzess Marie? Ausblick auf den Pillnitzer Park oder auf die Bornstedter Feldflur. Sie setzt die Finger, sie spielt locker wie der berühmte Wilhelm Kempff. Das nämliche Stück von Beethoven. Licht im Schatten des sinkenden Tages. Alles aufgehoben. Um zu träumen, muss der Mensch sehr umsichtig sein, er darf die Ränder des Alltags sowie die vorigen Träume nicht vergessen, er muss sparsam, geschickt und einfältig leben wie die alten Götter.

Eli hatte den Pianisten im letztvergangenen Sommer gehört, er hatte gespielt, während sie im Staudenrevier über den Tag zehn Mark verdiente, es war ein heißer Tag, die Jungpflanzen brauchten Wasser. Eli hatte die Kannen unter dem offenen Fenster vorbeigeschleppt, auch die Verandatür stand offen.

Der Pianist spielte den ganzen Tag. Und dann ein Sommerabend mit Publikum. Konzert im Haus und im Garten des Staudenzüchters Karl Foerster. Dazu Eli nicht nur als Zaungast, sondern auf einem Stuhl. Ein Platz gleich neben dem Klavier. Eli konnte ihm auf die Finger gucken. Und sie spürte ihre heißen Hände, die brennenden Schultern. Sie hatte einen Sonnenstich und Muskelkater, die Töne knisterten wie Gewitterluft in den Ohren. Ludwig van Beethoven, Opus 57, Sonate 23.

Eli achtet nicht auf die Welt neben dem klingenden Kasten. Die Welt ist leer. Ein leerer Raum. So ist sie allein. Mutterseelenallein. Sie vergisst ihre eigene Anwesenheit. Sie versenkt sich in die Finger der beiden Hände, schaut den Anschlägen zu, kein bisschen erstaunt, wie selbstverständlich die Töne fließen. Man muss nur im einzig richtigen Augenblick die richtige Taste berühren und richtig atmen und gleich auch an etwas Verlorenes oder Bevorstehendes denken. Wie Regen perlt, braust, strömt die f-Moll-Sonate. Erfrischt Phlox und Rittersporn, alle Jungpflanzen der Erde, labt den Staudengarten, die Feldflur. Tiefstehende Sonne funkelt durch die triefenden Bäume. Nachschauer fallen in den satten warmen, gleichfalls träumenden Wiesengrund. Nebel steigt. Schwebt in der Senke. Lichtsäume. Bläulich schimmernder Horizont. Hinterrücks das Zeichen des Mondes, orientalisch, eine silberne Sichel. Der Wahrheit als Zeuge bleibt die Natur. Warum jetzt nicht schlafen? Schlaf im Schlaf.

Nie träumt Eli von Feuer oder wieder einmal von Ludwig.

Sie träumt von einer Reise, vom Anfang der Wanderung: ohne Gepäck ohne Geld ohne Grenzen, sie träumt von einer eigenen Zukunft, von einem eigenen Kind. Das Kind ist viel zu groß für den Kinderwagen. Es liegt trotzdem in der himmelblauen gummibereiften Wanne. Es stößt mit dem Kopf an, es strampelt mit den Beinen gegen das massive Gestell. Eli sorgt sich um ihre Bürde. Sie hat Angst, dass sie das liebe frohe Kind vergessen oder etwas an ihm versäumen könnte, am meisten Angst hat sie vor den ungläubigen Leuten, die ungläubig in den Wagen schauen. Das Kind müsse längst laufen. Warum Eli es nicht auf die Beine stelle? Eli kann darauf keine Antwort geben. Sie findet keine Worte. Sie schiebt den Wagen auf die andere Straßenseite. Sie flüchtet. Sie hat Angst, dass drüben eine der Fragepersonen wartet. Nirgends ein Ausweg. Rosenhecken, Brombeerdickicht. Wenn Eli nachts aufwacht, fühlt sie sich wie gerädert. Sie kratzt die Schenkel, den Bauch, überall blutunterlaufene Spuren. Rote Haut. Sie ist froh, dass am Montag in der Frühe die Woche beginnt.

Unten in der ehemaligen Wirtschaftsküche, wo der Feuerofen mit dem Kupferwaschkessel noch steht, wurde für die hygienischen Bedürfnisse der Studentinnen eine neue Kaltwasserleitung installiert, dazu drei Waschbecken, Ablage, Spiegel, Handtuchhaken. In der Ecke noch Gebrauchsgegenstände aus alter Villenzeit: ein Wannengestell, eine Wringrolle, Waschbretter. Schrott. Ein Holzzuber leistet noch gute Dienste. Man muss als Erste am Morgen aufstehen. Man hat den Zuber vielleicht schon am Vorabend mit Wasser gefüllt. Der Tauchsieder braucht eine Stunde. Man hat Zeit für alles andere, darf nur nicht noch einmal ins Bett kriechen, verschlafen darf man nicht. Wenn das Wasser heiß genug ist, muss man zur Stelle sein. Eine Tablette grüne Latschenkiefer oder lila Lavendel. Man faltet Arme und Beine sparsam zusammen, sinkt eiförmig in den Zuber und genießt. Wärme und Duft. Nicht ohne vorher das große chinesische Handtuch vor das ehemalige Waschküchenfenster zu hängen. Denkste, Onkel. Du bist umsonst so früh aufgestanden.

Es geht das Gerücht, jemand, ein Mann, ein Spanner, alt und scharf, lauere hinter der Hecke. Kein x-beliebiger Lustmolch.

Es geht das Gerücht, Dr. Lehmann, der Dozent für Pol.-Ök., kauert im Busch. Er liegt auf Knien im wintergrünen Eibengestrüpp, dort hat er sich versteckt, Goldzahn-Lehmann, Vorlesungen frühmorgens um acht. Auf dem Pult eine Anwesenheitsliste, in der er unsere Abwesenheit schwarz markiert. Goldzahn, ein geiler Spanner und dazu noch der im nämlichen Terrain sein Unwesen treibende Schlüpferklau. Wäsche verschwindet von der Studentinnen-Leine. Pastellfarbene Sachen aus Dederon.

An den Gerüchten wird rachsüchtig weitergebaut. Neue phantasievolle Details machen die Runde. Statt Taschentuch habe Lehmann in der Mensa ein champagnerfarbenes Seidenteil aus der Hosentasche gezogen. Er habe sich damit Soße, auch Milchreis und Apfelmus von den Lippen getupft. Anderntags ist die Seide schwarz, ein kleines elastisches Dreieck, es habe nach dem Essen unter dem Professorentisch neben Lehmanns Stuhl gelegen. Ein Exquisit-Slip, wie er von Angelika seit Tagen vermisst wird. Sämtlich nur Dichtung. Üble Nachrede. Böse Verleumdung.

Es kann geschehen, dass die Mäuler schweigen, über Wochen, über Monate, erschrocken, sogar schuldbewusst. Es gibt Sachen, die darf man nicht zu Ende denken, die müssen aufhören, die müssen im Sande verlaufen. Doch eines Tages, wenn einer auf Pol.-Ök.-Lehmann Wut hat, wird das Gerede wieder laut. Lehmann ist gesichtet worden. Hinter der Hecke. Mit Fotoapparat. Ein Teleobjektiv habe sich Schleicher Lehmann, Goldzahn-Lehmann, im Fundus der Fachrichtung Kamera ausgeliehen. Der Hilfsassistent von der Geräteausgabe kann das beschwören. Jetzt schießt der sogar Nacktfotos von unseren Schauspielerinnen und macht sich womöglich damit noch Geld.

Lehmann hält fachübergreifende Vorlesungen über die Krisen des Kapitals. Über die zehn Punkte im *Kommunistischen Manifest*. Über Punkt 5: Zentralisation des Kredites in den Händen des Staates durch eine Nationalbank mit Staatskapital. Zum Mitschreiben. Lehmann wiederholt, über absolute und relative Verelendung, bis jeder die Sätze notiert hat, bis Michaela, Schauspiel, drittes Studienjahr, den Kugelschreiber hinschmeißt. Meine Cousine drüben, neunzehn Jahre, ist

Krankenschwester. Sie fährt im Pelzmantel mit einem neuen Auto zur Arbeit, und im Urlaub fährt sie mit dem Auto nach Rimini. Laut, dass alle im Saal es hören. Dr. Lehmann, solche kindischen Einwürfe kennt er, erklärt noch einmal geduldig den Unterschied zwischen absolut und relativ, er verhaspelt sich manchmal, aber wenn er recht hat, hat er recht. Die unsichere Zukunft. Die deutlichen Unterschiede zwischen Arm und Reich. Die Schere, die immer weiter aufgeht. Zum Schluss argumentiert er, ohne den Namen zu nennen, mit Friedrich Nietzsche. Denn glaubt es mir! – Das Geheimnis, um die größte Fruchtbarkeit und den größten Genuss vom Dasein einzuernten, heißt: gefährlich leben! Baut eure Städte an den Vesuv! Baut eure Unternehmungen auf den Sand der Spekulation, nur hier, im Gebiet der ungesicherten Risiken, winkt der Reichtum, den uns die Jugendfreundin Michaela begehrlich vor Augen geführt hat. Michaela klopft Beifall.

Pol.-Ök.-Lehmann verdient unseren Krieg. Lehmann braucht eine Lektion. Spanner, schreibt Michaela auf ihren Pol.-Ök.-Hefter neben die vielen Kugelschreiberfratzen, die vielen bösen Gesichter des Kapitalismus.

Eli weiß ziemlich genau, dass die Spanner-Geschichte erfunden, die Sache eigentlich gemein, eine Verleumdung, damit sogar strafbar ist, trotzdem hängt sie das große Chinahandtuch vor das Fenster. Es heißt ja, ein Gerücht ist wie eine Geschichte, die hat immer irgendwo versteckt einen wahren Kern. Draußen irgendwo, vielleicht sogar hinter der Hecke. Augen. Die Lichter eines Fuchses.

Eli steigt aus dem Zuber, sie räumt das Feld. Der Tag beginnt. Angelika erscheint als Nächste im Waschraum, nackt und laut mit Kofferradio. Jazz am Morgen. Sender Freies Berlin, das ist, man weiß nicht warum, nicht ganz so sehr verboten. RIAS wäre schlimmer.

Noch vor Ende des Winterhalbjahres verschwindet Lehmann. Die gelben Durchschläge, Zettel, die den Vorlesungsbesuch bestätigen, liegen für alle, auch für Michaela, zur Abholung im Sekretariat. Ohne Zensuren, aber mit Unterschrift. Lehmann, der Gnadenreiche. Es heißt, er sei auf eigenen Wunsch gegangen. Man erzählt, er sei vom Ministerium versetzt worden, vom hiesigen Blumengarten ins Paradies, nämlich an die Ballettschule nach Berlin. Ein Sturzflug mit weicher Landung. Das Gerücht ist bestimmt wieder einmal wahr. Michaela, ch wie k gesprochen, ist die Tochter eines in der Filmgeschichte gepriesenen, mittlerweile verstorbenen Ufa-Lustspielregisseurs. Auch das ist ein Gerücht. Über solche Sachen weiß man nie was Genaues. Der muss doch über siebzig gewesen sein. Einundsiebzig, als Michaela geboren wurde. Das geht niemanden etwas an. Man sieht nur, dass sie sich Sachen erlaubt, die ein anderer nicht wagen würde. Und es gibt kein Spektakel, und es gibt keine Maßnahmen, auch nicht, als sie eines Tages zusammen mit der Mutter in die alten Verhältnisse zurückkehrt, nach München oder Hollywood. Das rote Berlin, der Ostkommunismus, hat in vielen Teilen nicht gehalten, was sich die Künstlerfamilie versprochen hatte, beruflich und privat, das Finanzielle eingeschlossen. Die Talente von Mutter und Tochter wurden nicht wirklich voll erkannt und gewürdigt. Es ist schade, dass die immer hilfsbereite unerschrockene Michaela fortgeht. Das naive Weltkind, sagt Schubert.

Die Besten bleiben. Sagt Siegfried Müller. Ludwig ist eine Ausnahme. Ausnahmen bestätigen die Regel.

Eli will sich auf Schuberts Urteile und Prognosen, auf seine ganze Hegel'sche und Bloch'sche Gelehrsamkeit und seine Erziehung im Waldorfkindergarten nicht mehr verlassen. Dass er nach dem Film, meist aus internationalem Festivalangebot, den der Außenhandel jeden ersten Montag im Monat den Studenten in einer schnellen inoffiziellen Abendvorführung stiftet, im Finstern die Treppe zu Eli hochschleicht, in alter Manier, scharf auf das gemeinsame Boot, den Kahn, die nächtliche Kahnfahrt, immer ein Buch in Reserve und Meinungen, ausreichend bis weit nach Mitternacht, das ist Tradition und Protest, beides macht zufrieden und stark, ist aber nichts wirklich Wunderbares, nicht wirklich Liebe. Eli stellt sich Liebe anders vor. Wie es geworden wäre mit Ludwig. Nicht, wie es mit Ludwig war. Das konnte die Liebe noch nicht gewesen sein. Es war der Anfang von dem, was gleich unverdient urplötzlich beginnen würde. Sonnenaufgang am Meer. Ludwig konnte abwesend sein oder hier seinen äußeren Blick sonst wohin richten, zu den neuen Studentinnen der Fachrichtung Schauspiel, er hatte doch nur immer Eli im Sinn. Jedes luftige Wort in die Luft geredet, galt ihr. Gracia mia. So will es das Gedächtnis.

Schubert hat diesmal Gotthold Ephraims *Laokoon oder Über die Grenzen der Malerei und Poesie* mitgebracht. Das Reclambändchen liegt unter den Kleidern, unter der Cordhose usw. Lessing, weil Schubert sich Sorgen macht. Weil Eli säumig ist. Die anderen Fachrichtungen haben ihre schriftlichen Arbeiten längst abgeliefert. Sie haben schon Termine für die mündliche Prüfung. Während der Fakultätssitzung habe sich der Dekan nach seinem Jahrgang, den eigensinnigen Sechzigern, erkundigt, angelegentlich nach Rafaela Reich. Der proletarischen Perle in seiner goldenen Krawattennadel. Sie arbeitet am Laokoon-Text, habe ich ihm erklärt. Damit habe ich doch recht? Stimmt doch, oder? Schubert fühlt sich jedes Mal, wenn er dem Dekan Bericht erstattet, ertappt. Er kann sich drehen und wenden, er landet immer gleich bei Eli. Wir haben im Jahrgang, wenn man den Österreicher nicht zählt, nur noch zwei Studenten. Siegfried Müller und die Perle, Rafaela Reich. Überall Rafaela. Schubert berichtet dem Dekan. Fräulein Reich sei etwas ins Hintertreffen geraten.

Und fügt sogar noch, hintersinnig schützend, hinzu: Es war

möglicherweise ein Fehler, die Reich damals hier aufzunehmen. Er fängt an zu schielen, so beißt das Gewissen. Hin und her. Deswegen und überhaupt. So viel Härte und Verleumdung muss sein, Eli, ich hüte dich.

Der Dekan, ein Monolith in seiner Weisheit und Gnade, habe dazu genickt und ergänzt: Unserem Arbeiterkind fehlen immer noch knapp 500 Jahre.

Eines Tages findet Eli beim Pförtner einen braunen Brief. Absender Anton aus Dresden. Große Freude. Geschmälerte Freude. Im Umschlag steckt ein Brief aus Rom. Von Erika. Ludwig, du Lump, du fauler Hund, du Ignorant. Du Inseltier. Wie geht es überhaupt meiner tipptopp reparierten Schreibmaschine? Ein Streit bis auf das Damalsblut, samt zärtlichster Versöhnung.

Erika berichtet Gutes aus Rom. Sehnsucht, sogenanntes Heimweh, eigentlich keins. Enrico geht im Kloster der Ursulinerinnen in die Spielschule. Sie verdient mit Sprecherziehung nicht schlecht. Sie färbt sich die Haare. Es gibt dafür ganz gute chemische Mittel. Weil sie nicht ihr Leben lang deutsche Frauen oder Skandinavierinnen spielen möchte. Nicht immer nur Blonde. Sie lebt jetzt also als kohlrabenschwarze Signora, als italienische Mama, übrigens mit Kugelbauch. Schwanger im siebenten Monat. Und das ist eine Freude. Für Enrico vor allem. Der wünscht sich ein Brüderchen. Die Familie von Alfredo, die Nonna besonders, wartet schon lange darauf.

Nun zu Deinem Laokoon:

… Ja, ich habe ihn gesehen. Er ist eine der Hauptattraktionen der Vatikanischen Museen. Ich konnte gut mit dem 64er Bus bis zum Petersplatz fahren, dann zehn Minuten zu Fuß, und ich stand vor ihm. Erst einmal: Ich hatte ihn mir größer vorgestellt, den Vater, die beiden Kinder, das Schlangenknäuel. Ich nehme ja nie die Maße zu Kenntnis, die in den Kunstbüchern unter den Abbildungen angegeben sind. Das ist, ich sehe es hier, ein Fehler. Nicht mehr als lebensgroß sind die Figuren, der Vater und die beiden Söhne, dafür armdick die Schlangen, die Würgeengel, die Werkzeuge der verärgerten Göttin. Doch es gibt mehr. Denk Dir, Eli, der zweitausend Jahre alte Vater Laokoon sieht anders aus. Er hält sich ganz anders. Die Abbildung im Band *Kunst des Altertums* von Richard Hamann, auf die du dich beziehst, ist falsch oder doch zumindest veraltet. Das Falsche an der Sache kennen die Experten seit fünfzig Jahren. Manche zweifeln noch, manche wollen es bis heute nicht wahrhaben, dass nicht stimmt, was alle, beinahe alle, in den vergangenen Jahrhunderten für herrlich und richtig gehalten haben. Lessing, Herder, Goethe, die Herzogin Anna Amalia, Winckelmann, Schopenhauer, Hamann in deinem Kunstbuch.

Ich sehe hier: Der sterbende Vater Laokoon hat einen anderen rechten Arm. Nicht den altbekannten muskulösen Arm, der die Schlange gestreckt gegen den Himmel hält, den imponierenden kräftigen, nicht den rechten Arm, den Du und Goethe kennen. Du von der Abbildung, dem Schwarzweißfoto, und der in Rom weilende Goethe von der ausgestellten Skulptur. Der richtige rechte Arm bildet im Ellenbogen einen Winkel, denn der Arm wird augenblicklich von der Schlange mit Gewalt hinter die Schulter zum Genick gezogen. Laokoon also im Kampf mit der Schlange rein kräftemäßig demütigend chancenlos, k. o. gesetzt. Ich habe Dir das ungefähr skizziert, leider hatte ich keinen Fotoapparat bei mir, und neue Postkarten vom Laokoon mit dem richtigen Arm gibt es noch nicht. Man lässt sich Zeit. So wie man mit der Korrektur der Skulptur viele Jahre gewartet hat. Den richtigen Arm soll schon 1905 ein in Rom wohnender Herr Pollak gelegentlich eines Nachmittagsspaziergangs bei einem Steinmetz unter Marmorklötzen im Lagerschuppen gefunden haben. Was würden Goethe,

Lessing, Schinkel, die vielen gelehrten Besucher des alten Rom wohl dazu sagen? Was sagst Du, liebe Eli!

Übrigens Michelangelo und Tizian, wie später die Kunstkenner Napoleons auf dem Beutezug durch Europa, haben aus verschiedenen Gründen von dem gestreckten Arm, wie er 500 Jahre für richtig und gut galt, nichts gehalten. Von Tizian gezeichnet gibt es eine Karikatur, Laokoon ein Affentheater.

Dies in Eile, in alter Verbundenheit über die angegebene Adresse Deines netten Opas,

Deine Erika

Liebe Erika, ich danke Dir für die Ausführungen und die Skizze Laokoon betreffend. Ich bin baff und am Ende Deiner Zeilen wieder am Anfang.

Dieser Tage war ich oft in Berlin in der wunderbar finsterklotzigen Staatsbibliothek, meiner liebsten labyrinthischen Welt. Ich lese Goethe, jedes Wort über Laokoon und die Kunst im Allgemeinen, gut und schön, aber das bezieht sich ja alles auf den falschen Arm.

Liebe Erika, was mache ich nun? Deine Skizze mit dem neuen, dem echten Arm zeigt, dass Laokoon durch das geschickte Manöver der Schlange, indem das Biest seinen rechten Arm hinter das Genick zerrt, schon bezwungen ist. Du schreibst es ja auch, der Mann ist damit k. o.

Der Biss in die empfindliche Hüfte ist gar kein Angriff mehr. Die Schlangen haben den Auftrag der Götter bereits mit Ringkämpferkraft erledigt. Die früheren Betrachter, auch ich!, sahen beim Blick auf das Foto mit dem gestreckten Arm an erster Stelle den Biss in die Hüfte. Grausam genug, aber nun ist es anders.

Liebe Erika, ich wäre Dir sehr dankbar, wenn Du mir weitere Einzelheiten zum echten Arm des Laokoon mitteilen könntest. Ich will nächstens nach Dresden reisen. Vielleicht gibt es dort im Albertinum in der Antikensammlung einen, mit dem ich darüber reden kann. Unser Kunert glaubt an seine Dia-Kiste und die Wahrheit der Renaissance, da möchte ich erst mal nicht stören.

Addio amica. Deine Eli

Liebe Erika,

ich bin umgezogen, in meiner alten Bude wohnt ein Rudel Produktionsstudentinnen vom neuen Jahrgang. Ich hause jetzt ganz oben unter dem Dach, wo früher die Hausmädchenkammer war. Zu deiner Zeit hat da oben eine Einzelgängerin gewohnt, Nüsschen, eine freischaffende Schauspielerin. Sie ist ausgeflogen, weil sie nun ein Engagement in Berlin hat. Ich bin in dieser neuen Bude einigermaßen abgekoppelt von der Teeküche und vom Treppenpalaver um Mitternacht, das immer noch fachübergreifend mindestens dreimal pro Woche unter uns Weibern läuft.

Vor dem Dachbalkon habe ich wieder drei Pappeln zu meiner Gesellschaft, ich schaue auf die Häuser, die Blaufichten und Obstbäume von der Gewoba-Siedlung und auf die Wildnis hinter unserem Tauber-Haus. Ich habe mein solides Internatsbett heraufgehievt. Außerdem habe ich einen Besenstiel als Kleiderstange zwischen zwei Schornsteinen festgeklemmt, ich habe Obstkisten und ein Bretterregal für Bücher und das Beste, Dein Radio, Deinen Plattenspieler und die Platten, Neuerwerb: Louis Armstrong. Das Zweitbeste: eine Bodenkammertür, zwei mal ein Meter, als Unterbau Ziegelsteine vom Schutthaufen unten im Garten, das nenne ich Schreibtisch. So bin ich eigentlich ganz gut zu Hause. Meine Füße steigen schon allein hoch und höher. Nur Schubert hat sich einmal beinahe zu den Produktionsstudentinnen verlaufen. Er ist halt ein Schussel, aber ich verehre ihn wie einen Meister. Noch ein

Bestes: durch Balkontür und Fenster eine durch nichts gestörte Aussicht auf ein Himmelsquadrat, auf dem ich wichtige Wolkennachrichten empfange. Es ist die Projektionsfläche für die Gegenwart, geeignet als Ergänzung zu dem, was in der Vorführung läuft. Gestern auf der großen Leinwand der neue Film von Godard mit der Bardot und Monsieur Piccoli.

Liebe Erika, der Rektor hat strenge Anwesenheitspflicht angeordnet, sogar für die Schauspieler gibt es keine Ausnahmen mehr. Und für mich keine Reise nach Dresden, aber Neuigkeiten. Ich habe mit dem dortigen Albertinum korrespondiert. Die hatten früher einen Abguss der antiken Laokoon-Gruppe, und zwar mit dem richtigen!, dem gebeugten Arm. Leider zerbombt. Doch im Dresdner Archiv soll ein Briefbündel liegen. Post aus Rom von diesem von dir ausgemachten Herrn Pollak.

Die Dresdner müssen sofort überzeugt gewesen sein. Pollaks Fund – der richtige rechte Arm des Laokoon. Der Arm hinter dem Nacken.

Wir haben die Szene in der Fechthalle nachgestellt. Unser Sportlehrer hat Ahnung von Ringkampf. Er hat es mir und den Schauspielstudenten erklärt. Wenn dir der Arm hinter den Nacken gezogen wird, bist du der Verlierer, dann hast du keine Chance mehr. Der andere hat gewonnen. Du bist knocked out. Vater Laokoon ist verloren, und so geht das, wie ich es sehe, weiter:

Die Schlange züngelt zwischen Vater und Sohn, um den Sohn durch einen Biss zu töten, doch der Vater packt mit festem Griff zu und lenkt so das giftige Maul auf den eigenen hinfällig sterbenden Körper. Die irritierte Schlange tötet den Vater zum zweiten Mal. Nicht mehr in göttlichem Auftrag, sondern in instinktivem Abwehrangriff. Und der ältere Sohn kann sich durch den väterlichen Einsatz retten.

Das ist mein Bild, so geht meine Hoffnung.

Liebe Erika, könntest du über diesen Spaziergänger Pollak etwas herausfinden? Seine Adresse war Rom, Piazza Santissimi Apostoli 81. Palazzo Odescalchi.

Liebe Eli,

er heißt Antonio. Wir sind glücklich. Leider höre ich nichts mehr von meinen Eltern. Könntest Du Dich mal mit meiner Mutter in Verbindung setzen? Auf Pollaks Spuren bin ich noch nicht gewesen. Die angegebene Adresse habe ich auf dem Stadtplan gefunden. Ich behalte die Sache fest im Auge.

Liebe Eli, noch was Schönes: Wir haben eine Waschmaschine, ich muss nur noch aufhängen. Und das machen wir Italienerinnen mit Vergnügen.

Liebe Erika, alles erdenklich Gute für Dich und Antonio, für die ganze italienische Familie. Gratulation zur Waschmaschine, bei uns dampft immer noch der Windeltopf, kocht über und stinkt. Diesmal Evi, die kennst Du nicht mehr, aber Peter von der Kamera, der ist schon wieder (inoffiziell) Vater geworden. Wir haben jetzt noch einen anderen Geruch im Haus. Ich habe einen Sack Kaffeebohnen, allerdings grün, ungeröstet, in der Dachschräge zwischen Schottersteinen und Schindeln gefunden. Wer den wohl versteckt hat? Der einstige Bauherr oder der Geist des Hauses, Richard Tauber, oder die Russen damals. Die Bohnen sind noch gut. Der Sack steht unten im Küchenwaschraum, wer will, röstet sich was in der Pfanne. An der Wand hängt noch die solide Kaffeemühle aus Porzellan. Du siehst, das Studium geht seinen Gang. Der Dachboden neben meiner Kammer ist voller Krempel. Jeder stellt seinen Koffer hin, Bündel von *Sinn und Form*, Körbe voll Zeitungen. In einem Karton, noch von der Vorbewohnerin wahrscheinlich, habe ich ein wunderbares Dünndruckbuch, *Künstlerbriefe aus fünf Jahrhunderten*, gefunden. Mit Widmung. Zum Lebensfest, immer

Dein Ortwin, das muss der Dicke von der Bezirksleitung sein, so viel Ortwins gibt es hier nicht. Das habe ich gemaust und einen schwarzen Rollkragenpullover, auch aus dem Karton. Der gehört bis auf weiteres mir.

Schubert, der sonst zu meinen Klamotten keine Meinung zeigt, meint, ich sei ein Typ für Schwarz. Also folge ich seinem Rat. Mütze, Socken, Unterzeug: schwarz.

Liebe Erika, Schubert meint, ich soll mein schriftliches Treiben Versuch nennen, *Versuch über Laokoon*. Das tönt.

Die elende Anwesenheitspflicht hält mich fest. Laokoon stagniert. Ich hoffe, dass die Dresdner im Albertinum wenigstens irgendwo eine Abbildung von dem zerbombten Abguss finden. Inzwischen suche ich einen Anfang. Ich werde mit einer Wolkenstory starten, erste Szene: Wie die Söhne des Priesters Laokoon ein Stierkälbchen für das Opferfest fangen, also ein mythisch-fröhlicher Auftakt.

Das Schlusskapitel soll mit möglichst viel Dokumentarmaterial von der Wiederherstellung der alten Version erzählen, unbedingt mit einer Würdigung des glücklichen Finders. Unsere Bibliothekarin im Stalin-Haus, immer noch das Goldstück Frau Felber, ist fleißig auf der Suche nach Aufzeichnungen über die Spürnase Pollak. Es gibt einen Titel in Wien. Leider haben wir in dieser Richtung keine Möglichkeit, was per Fernleihe zu bestellen, wir vermuten jedoch, dass man in der Zentralbibliothek in Leipzig ein Exemplar der Wiener Publikation im Bestand hat. In dem Falle muss Dein Nachmittagsschatten Dr. Richter (der zum Glück wieder zurückgekommen ist!! Nicht in seine Praxis, sondern in die Poliklinik) für mich eine Krankheit suchen, ohne Ansteckungsgefahr, ohne Bettruhe. Eine schlichte Seminaruntauglichkeitsbescheinigung (Fischvergiftung), damit ich nach Leipzig und auch nach Dresden fahren kann. Richter schreibt altbewährte Atteste. Im Notfall, die Mädchen sagen, man darf ihn nicht überfordern.

Liebe Erika, ich bin neugierig auf Deine Erkundungen in Rom, ob Verwandte, Nachkommen? oder Nachbarn oder Bekannte von Pollak noch in Rom wohnen. Seine Person, Herkunft, Ausbildung, Lebensweg, Pollak steht als Epilog, vielleicht mit einer Rede über Marmor.

Verbote und Grenzen vergisst man mit der Zeit wie anhaltende Kälte oder wie den Dauerregen im November und die Müdigkeit mitten am Tag.

Ludwig soll ein Theaterstück geschrieben haben.

Das weiß Peter Tetzner. Sein Vater hat erzählt, ein Text mit dem Titel *Haiti* habe auf dem Tisch des Deutschen Theaters gelegen. Kurz und aussichtslos. Man weiß nicht, wie er dorthin gekommen ist. Vielleicht über Hacks, sagt Tetzner. Eli hört Radio, mit Netzteil oder mit Batterie, Kultursendungen aus dem Westen. Sie wartet auf seine Stimme oder auf eine Verlautbarung über das Stück. Sie kennt die Radioprogramme, die Übernahmen und Wiederholungen. Die Wiederholung der Wiederholung. Die Wiederholung wird auch von den anderen Sendern wiederholt. Die Frühkultur kann man am Mittag, am Nachmittag, am Abend und um Mitternacht noch einmal hören. Bis das kulturelle Geschehen in Fleisch und Blut übergegangen ist. Lang und breit über den im sächsischen Großbaselitz gebürtigen Maler. Die Bilder *Der nackte Mann* und *Die große Nacht im Eimer* in der Berliner Galerie Werner und Katz von der Staatsanwaltschaft wegen Unsittlichkeit beschlagnahmt. Zwei Bilder von Georg Baselitz beschlagnahmt. Beschlagnahmt in Berlin wegen Unsittlichkeit. Beschlagnahmt in Berlin. In Berlin. Berlin. Berlin. Ost oder West. Das wäre mal die Frage. Ist aber keine. Werner und Katz, eine Galerie im Westen der Stadt. Dort, wo die Dekadenz wohnt. So weit soll es im Osten gar nicht erst kommen. Ist es aber doch. In Dresden. Schwarze Strichmännchen, die auf der Leinwand von einem Häuserblock zum anderen über ein Hochseil balancieren. Unter dem Seil züngeln die Flammen, es wird heiß, die Füße brennen.

Im hinteren Terrain der Tauber-Villa wuchern Pappelschösslinge aus dem Grund, Wurzeln treiben, Sämlinge gedeihen. Bald wird ein Pappelwald in den Himmel wachsen.

Das Gebüsch im Parkwinkel zittert manchmal. Die Brombeerhecke atmet, räkelt sich wie ein schlafender Riese, doch gleich ist es wieder still. Wintergrün. Undurchdringlich. Abseits. Vergessen.

Eli hat von ihrem Dachfenster aus eine Wildschweinrotte beobachtet, Bache, Eber, gefolgt von sieben Frischlingen. Sie leben hier, sie schlafen im Gebüsch, suhlen sich im einstigen Teich neben der gemauerten Pergola. Deutliche Spuren führen durch das Gelände. Aufgeworfene Erdschollen. Ein Trampelpfad geht zum Haus, dann weiter unter der Dachtraufe, an Keller- und Küchenfenstern vorbei. Lehmann.

Spanner Lehmann war, wie sich nachträglich aufklärt, nicht total aus der Luft gegriffen, kein Geist, nicht ganz ohne irdischen Bezug. Lehmann war fester Stoff, echtes unheimliches Poltern, Rascheln im Gebüsch. Eine durch den Garten streifende Wildschweinrotte.

Eli ist aus ihrer Dachstube auf die Erde herabgestiegen. Um die Nachmittags- und Abendkultur nicht zu versäumen, hat sie das plaudernde Kofferradio auf die Verandatreppe gestellt. Hüfthoch Gras und Wildwuchs. Schritt für Schritt arbeitet sich Eli voran. Sie reißt die tiefen festkrallenden Wurzeln aus der Erde. Eine Aktion gegen die Urkräfte des Pappelwaldes und für den einstigen Garten, gegen alte Missverständnisse, gegen Verwechslungen. Für den Plan und den Schöpfer, weil sich der Architekt was gedacht hat. Eli schwitzt im großen Gelände. Sie arbeitet sich frei bis zu einem Plateau, tiefere Wurzeln greifen flach in ein schwarzes Steinbild. Hörner, ein Stierkopf, grüne Mäander, ein rosa Vogel. Mosaiksteine fallen aus dem Wurzelgeflecht. Phönix. Unter dem Brombeerwulst gut erhaltener Marmor. Die Umrisse einer Bank. Eli wühlt die Erde rings um den Sockel beiseite. Reste kommen zum Vorschein.

Im Radio hat die Lesezeit angefangen. Zusammenfassung und letzte Folge aus einem amerikanischen Roman. *Das Feld war eine Grasharfe, die alles bewahrte, die alles erzählte.*

Die Radiostimme steigt lässig raunend ein in die Fortsetzung des Kapitels: *Es war Zeit, zu gehen. Wir nahmen nichts mit. Wir ließen die Decken vermodern, die Löffel verrosten; und das Baumhaus und die Wälder ließen wir dem Winter.*

Eli richtet sich auf, echt Amerika, die Löffel verrosten, so ist Amerika, sie setzt sich auf den Sockel, sie lauscht, Amerika, verlockend und fremd, vor allem verlockend, sie lauscht dem Erzähler bis zum Schluss.

Ein Satz, fast am Ende, der hängt sich fest in Elis Gedanken, denn der erzählt nicht nur von Amerika, der trifft ihr Herz. *Es war, als ob keiner von uns sich dessen bewusst war, wohin wir gingen.*

Dr. Richter hatte Eli kein Attest geschrieben. Er habe übers Jahr schon zu viele Atteste ausgestellt. Rafaela, bitte verstehe mich, nur wenn es brennt. Auf seinem Schreibtisch im Behandlungszimmer ein Bilderrahmen. Beträchtlich in Größe und Standfestigkeit. Das Farbfoto eines frisch geborenen Kindes, runde Augen, schwarze zum Hahnenkamm gebürstete Härchen. Weite Wege in kurzer Zeit. Eli hält ihre Lederjacke im Arm. Das Sprechzimmer, die Poliklinik total überheizt. Er sitzt auf seinem Stuhl, der hat Räder und ein Gelenk für den gesunden Rücken, damit kann Richter sich wegdrehen. Eli umarmt ihre Jacke. Sie dankt. Trotzdem danke schön, und weiterhin alles Gute. Er scheint gerührt und erleichtert zu sein. Ein kumpelhafter Schwung mit dem Stuhl. Grüße die Römerin, falls du noch Verbindung hast.

Eli hustet. Sie niest und hat sogar erhöhte Temperatur. Nun kann sie zu Dr. Düsterlow in die Sprechstunde gehen, jetzt ist sie ernstlich krank. Der alte Düsterlow schimpft über die jungen Frauen, die kurze Mode, das nasskalte Wetter. Leg dich ins Bett, kauf Summavit.

Briefe aus Rom über die Zwischenstation Anton in Dresden. Die Post kreuzt, gerät auf Zickzackkurs. Später abgeschickte Briefe überholen ein Schreiben mit einem früheren Datum.

Dieser Tage liegt für Rafaela Reich ein brauner Umschlag in der gelben Kiste im Haupthaus.

Eli, dein Opa, du hast einen Brief. Der Pförtner steckt den Kopf aus dem Pförtnerfenster, er wedelt mit dem Kuvert, er ist ein Freund der Studenten. Das ist sein gutes Recht, das ist sein guter Ruf. Er schont niemanden damit. Er will seinen Ruf gerne noch verbessern. Bruder, Kumpel, Vater, alles in einer Person, so was schwebt ihm vor. So will er sein. Die Seele von der verrückten Bande. Eli bevorzugt er in seinem Bemühen. Oft lässt Eli die Bevorzugungen über sich ergehen. Sie hört sich die schrägen Sachen über den Dekan an, die der Freund aller Studenten vom Chauffeur gehört hat, oder was er Neues weiß über Michaela oder über die Domröse, denn die liebt er auch.

Heute nicht, sagt Eli. Sie rennt mit ihrem Brief über die Straße. Das Auto stoppt. Die Fahrerin kreischt aus der Autotür. Bist du total verrückt geworden.

Kann sein.

Eli rennt weiter, auf der anderen Straßenseite, die Abkürzung über den Berg, die Spitzweggasse. So ist es immer. Es könnte ein Brief von Ludwig sein.

Erikas Schrift.

Neues zu Laokoon. Eli darf nicht enttäuscht, sie muss dankbar sein, die Freundin hat sich wirklich Mühe gegeben, sie hat ihrem Enrico eingeredet, dass er den neuen Papst sehen will, nur um noch einmal hinfahren zu können zum Petersplatz, scheinbar zum neuen Paul, vor allem aber zu Laokoon mit den bösen Schlangen, die beißen und Aua machen und sogar einen Namen haben. Porkis und Chariboia. Erika hat mit einem Steinmetz geredet, der dabei war, als sie den Arm des Laokoon ausgewechselt haben, den wehrhaft falschen ab und den von Pollak gefundenen richtigen dran. Eli stellt sich das vor. Erika mit den Kindern im Gespräch mit dem Mann, der die Szene erzählt: Die Skulptur wird auseinandergenommen und wieder zusammengesetzt, man findet sogar in einem Werkstattregal einen Keil aus Marmor, der hatte dort bis zum Tage der Wiederherstellung, also ein paar hundert Jahre herumgelegen, der gehörte zwischen den Pollak-Arm und die Schulter der Skulptur und lieferte zum Schluss den Beweis.

So ist der über zweitausend Jahre alte Laokoon heute endlich richtig.

Aber wie konnte es denn dazu kommen? – Das Wiederfinden war eins, wie konnte denn diese hochgeschätzte Figur ihren Arm verlieren?

Rückblende Rom 1506.

Bauarbeiten in der Region des Goldenen Hauses. Die Sensation – ein seit Ewigkeiten verschollenes antikes Kunstwerk steigt ans Licht. Priester Laokoon mit seinen Söhnen. Wer am Rande steht, beobachtet, wie in der Aufregung der Wiedergeburt, im Trubel zwischen Arbeitern und den vielen Neugierigen, einzelne Teile, ein marmorner Arm, ein Kinderfuß, liegenbleiben, schließlich gar verbummelt werden, aber zum Glück, wie man im Allgemeinen schon weiß, nicht von der Erde verschwinden. Wenn man Glück hat, kommt Verlorenes wieder ans Licht.

Zurück in die Gegenwart. Erika mit Kinderwagen. Enrico trottet an ihrer Seite. Unterwegs spricht Erika deutsch mit den Kindern. Enrico schleppt immer noch sein rotes Seidentuch mit sich herum. Viele Knoten sind drin und Löcher. Er nuckelt manchmal. Wehe, wenn wir das Tuch verlieren.

Die Szene spielt vor dem Portal des Palazzo Odescalchi an der Piazza Santissimi Apostoli. Hausbewohner haben sich auf der Straße versammelt. Sie reden mit Erika, vor allem aber untereinander. Laut und engagiert, wie es sich gehört in Rom. Von einer Familie Pollak weiß niemand. Die soll im Haus gewohnt haben? Pollak gibt es hier nicht. Die Leute scherzen mit den Kindern, bringen den Kleinen im Kinderwagen zum Lachen. Enrico klammert sich an seine Mama.

Erika will es noch nicht glauben. Dottore Pollak, ein Kunsthistoriker, mit Frau und zwei Töchtern?

Erika bedauert in ihrem Brief: Niemand kann sich erinnern, aber die Älteren müssen ihn eigentlich noch gekannt haben. Ich verstehe das nicht, es war doch zu ihren Zeiten, so lange ist es nicht her.

Auf dem nächsten Brief, nach seiner Datierung vor dem Bericht vom listigen Ausflug mit den Kindern geschrieben, findet Eli einen Kaffeering, den Abdruck einer größeren Tasse, außerdem findet sie das Dresdner Couvert mit Klebstoff ziemlich liederlich zugekleistert. Kristallkörnchen rieseln aus dem Umschlag aus Rom. Salz. Zucker? Es ist Zucker. Römischer? Oder Dresdner? Geheimnisse der Post. Kapitel für sich. Fragen, die ins Abseits führen.

Mir ist ja was passiert, schreibt Erika in diesem vorvorigen gezuckerten Brief. In der Bibliothek des deutschen archäologischen Instituts haben sie mir ziemlich hämisch sechs Karteikästen vor die Nase gesetzt. Sechsmal ungefähr sechshundert Titel.

Das ist Laokoon. Darauf habe ich ein paar neuere Bücher zur Ansicht in den Lesesaal bestellt. Du wirst Dich wundern. Die Geschichte mit dem gefundenen Arm spielt kaum eine Rolle. Meist streitet man sich um Zahlen, wann die Skulpturengruppe entstanden ist und ob Original oder Nachbildung einer früheren Plastik. Drei Bildhauer aus Rhodos werden als Schöpfer genannt und gepriesen. Hagesandros. Polydoros. Athanodoros. Das gilt als sicher, denn man hat kürzlich in Sperlonga, nicht weit von Rom, Skulpturen in einer Grotte im Meer gefunden, von denen man durch Signaturen bestimmt weiß, wer sie gemacht hat – die drei Künstler aus Rhodos. Das musst du den Experten einfach mal glauben. Ob zwei- oder dreihundert Jahre früher oder später, kümmert Dich das? Zum Schluss bin ich noch auf ein Buch gestoßen, eine Veröffentlichung des Wiener Akademieverlages. Wahrscheinlich der nämliche Titel, den Frau Felber für Dich ausfindig gemacht hat. Der unfreundliche Kerl am Tresen hat das Buch, knirschend, mit Blick auf seine Armbanduhr, aus dem Magazin geholt. Man kann darin von verschiedenen Autoren viel über die Arbeit des Privatgelehrten Pollak erfahren, über seine Expertisen zu griechischen und römischen Vasen, außerdem findet man Tagebuchnotizen, sogar Einzelheiten zum Fundort des Laokoon-Arms, er hat tatsächlich als Krempel bei einem Steinmetz herumgelegen. Pollak hatte Familie, zwei Töchter. 1943, genau am 16. Oktober, dem berüchtigten Sabato nero, wurde er, weil er Jude war, samt der Familie von der SS aus seiner Wohnung geholt. Jemand aus dem Vatikan habe den jüdischen Gelehrten am Vortag gewarnt, wohl auch eine Fluchtmöglichkeit angedeutet. In einem Gesprächsprotokoll berichtet ein Augenzeuge, er habe die Familie auf dem Sammelplatz, der Piazza del Popolo, gesehen, ein anderer sagt, der Transport sei von dort ziemlich direkt nach Auschwitz geleitet worden. Liebe Eli, ich hoffe, dass ich Dir mit diesen Details etwas helfen konnte. Der Lesetag war erkämpft bzw. erschwindelt. Die Familie denkt, ich habe den Mittwochsegen der Mütter empfangen.

Eli hat sich wieder bei der Stadtreinigung zum Wintereinsatz gemeldet. Hoffentlich kommt bald recht viel Schnee. Das bringt Geld und Fluchtmöglichkeiten.

Der Laokoon hängt wie ein Klotz an ihr. Das Schicksal des Mannes, der den richtigen Arm gefunden hat, wirft aus der Bahn. Fakten taugen nicht, um durch die Geschichte zu leuchten, der Weg ist dunkel.

Eli hat für ihren Abendbesuch Kaffee gekocht. Schubert ist gekommen, um die Konzeption zu bereden und das Ganze in eine anständige Form zu bringen. Geduld hat Grenzen. Schuberts Geduld ist grenzenlos. Auf das Dach trommeln sacht, aber beständig die aus den Pappelkronen fallenden Regentropfen.

Was heißt das, Fakten taugen nicht?

Eli rührt im Kaffeegrund, einen Schluck gibt der Becher noch her. Ich muss mir wahrscheinlich ein anderes Thema suchen.

Das Kapitel Pollak ist keins über Marmor, hier muss von einem Labyrinth erzählt werden, das noch niemand bis zu einem toten Gott erkundet hat, also keine Gegenwartskunde.

Schubert runzelt die Stirn, er streicht sich das Bärtchen.

Soll das heißen, jetzt können nur noch Romane und Gedichte geschrieben werden? Und zwar von Dichtern, die noch nicht geboren wurden. Auch unser Ludwig ist nicht Manns genug.

Ich gleich gar nicht. Ich bin befreit, das habt ihr mir damals versprochen, ich bin vom Drama befreit.

Eli rührt und schluckt auch noch den schlammigen Kaffeegrund.

Jetzt schmeckst du bestimmt ziemlich bitter. Schuberts grenzenlose Geduld: Er küsst versuchsweise den Kaffeeschlamm von Elis Zähnen, von der Zunge.

Gallebitter.

Die Regentropfen trommeln zart und genau.

Höre dir das an, es regnet immer noch, murmelt Eli, wenn das alles Schnee wäre, dann wäre ich reich. Für eine Stunde schippen gibt es drei Mark.

Schubert muss gehen, er will nicht erst einschlafen, er hält Eli im Arm, ob Regen oder Schnee, er hat noch einen weiten Weg, Bahnsteige ohne Bahnhof, überheizte Busse und Waggons, bierlaute Skatspieler. Elis Stimme säuselt. Hörst du mir zu? Lippen berühren sein Ohr. Als Kind, murmelt Eli, habe ich alles hellgrün gemalt.

Grüne Hühner.

Schubert schließt die Augen. Er kennt das Lied, ein Schlaflied, ein unerbittliches Bleibelied.

Eine grüne Sonne, murmelt Eli, weil ich nur einen Buntstift hatte, einen hellgrünen Pastellstift, der wurde immer kleiner zwischen den Fingerkuppen, deswegen habe ich nur ganz kleine hellgrüne Sachen gemalt. Der Stift wurde trotzdem kleiner.

Dann habe ich nur noch an den Sonntagen mit der erbsenkleinen hellgrünen Kugel gemalt. Und dann: nimmermehr.

Eli lauscht auf Schuberts Atemzüge.

Das habe ich dir wohl schon mal erzählt?

Schon mindestens dreimal. Es sind gewiss prächtige grüne Hühner gewesen. Und Fliegenpilze und grüne Kartoffeln.

Und Hasen und Pferde. Vor allen Dingen grüne Pferde.

Grüne Tannenbäume.

Und grünes Gras.

Schuberts Geduld. Er springt aus dem Bett. Eli sucht seine Socken, sie hilft, sie knotet die Schuhe mit einem sicheren Doppelknoten.

Sie schaut ihm nach, wie er zum Bus hetzt, sie schließt leise die Pforte, das Internatsportal.

Ölbäume, Weinstöcke, Feigen. So stellt sich Eli eine Landschaft im Tal des Skamander vor. Verschiedene Ulmenarten, eine wuchtige Korkulme, schützende Hecken aus niedrigen Flatterulmen. Ein weiß getünchtes Haus, ringsherum Pflanzkästen aus gebranntem Ton. Hier wohnt der Priester Laokoon mit Frau und Söhnen. In den Tonkästen gedeihen Kräuter, Gemüse, auch Blumen. Vier- oder fünfmal im Jahr wird geerntet, gesät und geerntet. Thymian, Hirse, Mohn. Im Monat des Sirius werden die zarten frisch keimenden Pflanzen auf die Dächer in die Sonne getragen, so will es der Brauch. Man bringt dem jungen hübschen, etwas schussligen Gott Adonis ein Opfer. Im Monat des Sirius liegt das Flussbett des Skamander trocken. Die Erde knistert in der Nacht und stöhnt in der Hitze des Tags. Das Land lechzt nach Wasser. Das trojanische Volk lechzt nach Frieden.

Das erste Kapitel heißt *Friedensopfer*. Untertitel: Laokoon.

Eli schlägt das linierte DIN-A4-Heft auf, die erste Seite. Eine neue Mine steckt im Kugelschreiber. Schmieriges Grün, aber das macht nichts, die Zeilen schwimmen, auch das macht Eli nichts aus. Das trübe Augenlicht hat seine Ursachen. Es kommt vom Blei, das sich einen anderen Platz gesucht hat in Eli. Die Zeilen gehen auf und nieder. Die grüne Schrift geht auf und nieder. Auf ab auf und ein Pünktchen drauf. Sütterlin. Papa führt noch einmal Elis Hand. Schnell schöne Buchstaben, schnell und geduldig, bis Eli das I gelernt hat. Dann marschiert Papa an die Front.

Lieber Ludwig,

am Tage lese ich Flaggenzeichen. Am Abend studiere ich Wolkensignale. Das Fensterquadrat schafft den Rahmen, meine rechte Hand reagiert, und ich denke an Deine rebellischen Finger und Deine Meinung, am Abend bin ich so weit, das Heft, der Kugelschreiber, die Geschichte der Friedensbedingungen, die grüne Schrift, ich verlasse mich darauf: Du führst meine Hand.

Der Bettwäschewechsel erfolgt reibungslos immer am letzten Dienstag im Monat. Die dreckigen Stapel liegen in den Treppenhäusern. Das Wäscheauto sammelt ein und verteilt die verschnürten aus der Großwäscherei kommenden Pakete, die Frischwäsche. Wenn nicht gestreikt wird. Es wurde noch nie gestreikt. Aber gestern wurde in der Großwäscherei gestreikt.

Das ist schlecht für die Studentenbetten und für Jürgens Film, denn Jürgen, viertes Studienjahr Kamera, hat einen Film vorbereitet, der in einer Großwäscherei gedreht werden soll. Seine Konzeption stützt sich auf die Farbe Weiß, auf mächtig große weiß dampfende Bottiche. Wasserschläuche. Tropfgeräusche, unverständliche, meist heitere Stimmen. Auf schwere weißgraue Wäsche, die wie ein Lavastrom vom heißen Kessel in eine kalte Wanne klatscht. Weiß auch in den Trockenräumen und an der Mangel. Am Ende hat man nur Frauen gesehen. – Frauen, die aus dem Frauengefängnis hergebracht worden sind, das steht nicht in Jürgens Konzeption, auch nicht im Antrag für die Drehgenehmigung. Das hat Jürgen nicht gewusst. Das hat niemand gewusst. Jürgen hat sich für seinen Kamerafilm ein stilisiertes, aber auch optimistisches Sujet ausgedacht. Eine schwere Arbeit, hin und wieder Originalton, Geräusche, ferne Gespräche, vor allem kollektives Lachen aus der Totale. Am Ende saubere Bettlaken, weiße Wäsche.

Mehr Wirklichkeit hat Jürgen gar nicht gewollt. Er sucht Argumente, um seinen poetischen Wäscherinnen-Film zu retten. Alles ins Atelier verlegen. Mit Taglichtlampen. Sparsam mit künstlichem Nebel. Semidokumentar, in vorhandenen Kulissen, in Glitzerwänden, wichtig der Nebel und die schwitzenden Frauen.

Jürgen ahnt nicht, dass sein Weiße-Wäsche-Projekt nicht mehr nur ein Fall ist, der sich auf die Kameraabteilung samt ihrer formalistischen Kameraästhetik beschränkt. Man stellt die Frage, ohne Jürgen, auf Leitungsebene. Wer die Dinge so unverantwortlich weit aus dem Ruder hat laufen lassen? Bis in den thematischen Plan. Einen Film mit dem Drehort Wäscherei. Ohne die Gegebenheiten zu prüfen. Der Rektor lädt ein. Thema Bildungsauftrag. Man prüft, was noch zum Problem werden könnte im kommenden Jahr: alle Filmprojekte, alle Themen der Abschlussarbeiten. Alles, was mit Wäschewaschen zusammenhängt, hat jetzt erst einmal sehr schlechte Karten. Wenig Chancen hat ein Film, in dem Frauenbrigaden agieren. Auf dem Prüfstand stehen vor allem Koproduktionen mit Barrandov und den Formalisten in Polen und mit der Schule in Moskau.

Für die Studentenbetten werden unverzüglich direkt aus Plauen im Vogtland neue Laken und Bezüge angeschafft. Bügelfrei, gelb, bedruckt mit blauen Blumen.

Eli ruht in Schuberts Arm. Ich möchte gern denken, dass du der bist, den ich haben will. Der sogenannte Einzige und bis zum sogenannten Tode. Sie liegt nicht sehr bequem, aber sie hat sich an seinen Ellenbogen unter dem Kopf gewöhnt und an seine Finger, die auf ihrer Stirn herumphantasieren oder ihr Haar durchkämmen. So hört er zu. Weil die Sache spannend ist. Sehr spannend. Suspense, nennt Hitchcock, der amerikanische Kriminalfilmregisseur, diesen Knalleffekt. In Wirklichkeit tickt Schuberts Armbanduhr. Eli redet viel. Es ist ihre Stimme, die ihn hält, die Bett- und Herzwärme und Suspense, er möchte gern wissen, wie die Geschichten, die Buntstiftgeschichten, weitergehen, die Storys, die Eli erzählt, und sein

Leben, wo er morgen sein wird. Unterdes ist die Zeit sowieso überschritten, jetzt kommt er nicht mehr ungesehen aus dem Haus. Aus der Dachkammer, die knarrende Treppe hinunter. Am Treppenfuß der klirrende Katzenteller. Das quietschende Portal. Einmal musste es so kommen. Der neue Säugling unten im Erdgeschoss schreit. Der Hausmeister schaufelt Koks durch das Kellerfenster, dann das Kratzen im Heizkessel, ein Geräusch, das man bis unter das Dach deutlich hört. In den Rohren klopft Wasser. Die Temperatur steigt. Die Nacht hat zwölf Stunden, dann kommt schon der Tag. Damit meint der Dichter: Mensch, du bist erlöst. Es wechseln die Zeiten. Die riesigen Pläne. In Wirklichkeit ist es anders. Der Hausmeister bleibt jetzt eine ganze Weile im Haus. Erwin Schubert weiß, dass er längst hätte verschwinden müssen. Er hat die Zeit vergehen lassen. Er lässt das Schicksal walten. Eli liest ein Kapitel aus dem Laokoon vor. Es ist eine von Eli ertrotzte Frist, ein Aufschub, der ihn beruhigt und gleichgültig vor der Welt macht und besorgt und fast stolz. Eli liest von den Bauarbeiten auf dem Grundstück von Felice de'Freddi in der Nähe von San Pietro in Vincoli. Rom, Januar 1506.

Falls die Zitrone, über die Station Sizilien kommend, seinerzeit in Rom schon heimisch war, darfst du dir den Duft eines Zitronenhaines denken.

Das Jahr wird ein Limonenjahr, sagen die Gärtner von Rom. Man riecht es, wenn sich am Morgen die Knospen öffnen. Ein milder Januar.

Felice de'Freddi, der Besitzer der Ländereien, der Eigner des Weinbergs im Domus auria, nur einen Katzensprung vom Colosseum entfernt, hat einen Trupp Männer bestellt. Es sind Brunnenheber, spezialisiert auf Erdarbeiten. Sie arbeiten schon Tage hier und wissen immer noch nicht, was das einmal werden soll, die Gruben, die sie in den Berg graben. Latrine,

Therme, Weinkeller. Mindestens drei Meter stecken sie mit dem vierten Loch in der Erde. Die Bauvorschriften in Rom sind streng. Für Latrinen gilt ein modernes Kammersystem. Die Männer schaufeln, werfen aus der tiefen Grube herauf, was Wetter, Kriege und Moden übriggelassen haben. Restliches Menschenwerk und verwandelte Natur. Felsenschwere Brocken – Urgestein, gebrannte Ziegel. Wenn die Grube weit genug ist, helfen Hebelstangen. Beim Klopfen und Stoßen tönt es unter den Stangen hohl. Eine Ramme soll abgeseilt werden. Aber dann läutet die Glocke, Pause zum Essen und Trinken, Zeit, um die Situation in der Grube zu überdenken.

Zu dieser Stunde hätte die Sache schiefgehen können, doch die Baukundigen erkennen den Hohlraum als ein vormaliges Gewölbe. Sie gebieten Vorsicht. Fort mit dem groben Gerät.

Man versucht, Ziegel aus dem Gewölbe zu lösen, arbeitet weiter mit zierlichen Hämmern und spitzen Krallen. Plötzlich, das sollte eigentlich nicht passieren, stürzen Steine durch das Gemäuer. Glücklicherweise können die größeren Ziegelbrocken am Rande abgestützt werden.

Nun überschlagen sich die Ereignisse.

Es ist der 15. Januar.

Der Kleinste aus der Arbeitstruppe, ein schmales Kind von neun Jahren, wird in ein Seil eingebunden, sodann samt einer brennenden Fackel, die er mit beiden Händen über Kopf festhalten muss, in die Höhle hinuntergelassen. Attenzione, avanti, avanti, etwa sechs Meter ohne Hindernis. Der Junge setzt alle Fackeln, die man ihm im Gürtel mitgegeben hatte. Die Experten hängen über dem Loch. Che cosa videte? Marmor, ruft der Junge, ich erkenne einen nackten Mann, dazu zwei sehr schöne Kinder, und ganz viel Schmerz. Sehr sehr viel Schmerz.

Was noch?

Sechs Füße.

Was noch?

Die Männer horchen.

Der Junge schweigt.

Holt mich raus, ruft er.

Die Männer warten, bis die Fackeln verlöschen, dann greifen sie in das Seil. Was hast du da unten gesehen?

Habt keine Angst, sagt der Junge. Als würde ein alter Mann zu Kindern reden und nicht umgekehrt. Ruhe dich aus, sagen die Männer. Sie lassen den Jungen gehen.

Die Baukundigen sichern einen größeren Einstieg. Von der Seite wird umsichtig ein zweiter Zugang gegraben.

Die Nachricht vom wunderbaren Fund im Weingarten des Felice de'Freddi verbreitet sich in der Stadt.

Unter Fachleuten herrscht Aufregung. Der Papst wird in Kenntnis gesetzt. Der schickt reitende Boten.

Giuliano da Sangallo, der Stadtarchitekt, lässt sofort anspannen, Michelangelo Buonarroti, der zufällig im Haus ist, steigt mit in den Kutschwagen. Auch Sangallos zwölfjähriger Sohn darf mitkommen. Sie fahren gradewegs nach St. Pietro in Vincoli zum Freddi-Weingarten.

Sechzig Jahre später hat der Sohn das Ereignis nicht vergessen. Er beschreibt es in einem Brief:

Ich war seit wenigen Jahren das erste Mal in Rom, da wurde dem Papst berichtet, man habe in einem Weinberg bei Santa Maria Maggiore sehr schöne Statuen gefunden. Der Papst befahl einem Reitknecht, gehe und sag dem Giuliano Sangallo, er soll sofort hingehen und nachschauen. Und so ging er sofort hin. Und da Michelangelo Buonarroti sich ständig im Haus aufhielt, weil mein Vater ihn hatte kommen lassen und ihm das Grabmal des Papstes verschafft hatte, da wollte er, dass auch er mitging. Als wir hinuntergestiegen waren, wo die Statuen standen, sagte mein Vater sofort:

Das ist der Laokoon, den Plinius erwähnt.

Man ließ das Loch erweitern, um ihn herauszuziehen, und als das geschehen war, kehrten wir zurück, um zu speisen, und man redete immer von den antiken Dingen und auch von den Angelegenheiten in Florenz.

Papst Julius II. kauft die Skulptur zwei Monate nach der Entdeckung. Es war die alte Marmorgruppe, von Künstlern aus Rhodos ungefähr 200 vor Christus geschaffen, lange verschwunden, doch nie ganz vergessen. Nicht zuletzt dank des Historikers Plinius, der sie an einer Stelle seiner Schriften als ein außerordentlich eindrucksvolles Kunstwerk preist.

Ein Sachverständigenrat tagt, das gut erhaltene, jedoch reparaturbedürftige Fundstück muss gereinigt, fehlende Teile sollen ersetzt werden.

Die Seele des alten Werkes sei zu bewahren.

Auch Michelangelo wird gebeten, sich dieser Sache anzunehmen. Er lehnt ab. Aus Demut.

Wie tief er von der Skulptur beeindruckt ist, zeigt, dass er später in Florenz den Kopf des Laokoon an die Wand seines Arbeitsraums in der Sakristei der Medicikapelle malen wird: die Haarlocken, die Stirn, die typischen Laokoon-Brauen, den Mund für den letzten Atem offen.

Ein anderer Künstler, Angelo da Montorsoli, hat inzwischen im Auftrag eines Nachfolgepapstes, Clemens VII., den kostbaren antiken Fund restauriert.

Die Skulpturengruppe wird im Belvedere aufgestellt, Laokoon streckt seinen neuen Arm weit nach oben. Er hält eine Schlange fest im Griff, ein anderes Schlangenmaul berührt seine Hüfte.

Michelangelo malt in der Sixtuskapelle. Täglich geht er durch das Belvedere an dem antiken Kunstwerk vorbei. Angst und Schmerz. Signale aus dem Brunnen der Vergangenheit. Aus mancher Körperhaltung, die Michelangelo seinen Figuren gibt, vor allem den Aposteln des Jüngsten Gerichtes, spricht das bewunderte Vorbild. Er überträgt den Ausdruck des Leids der Laokoon-Gruppe auf seine Schar vor dem Weltenrichter. Er malt die nämliche Unausweichlichkeit.

Spielst du mit?

Jürgen hat das Atelier mit einer brauchbaren Dekoration übernommen. Umgekippte Tische, Kupferkessel, ein zugehängter Tankwagen, damit kann er was machen. Er startet erste Versuche mit der Kamera. Bogenlampenlicht will er nicht haben. Von der Requisite im Deutschen Theater hat er sich eine 1500-Watt-Nebelmaschine ausgeliehen. Es ist ein kleiner, einfacher Apparat, dazu Nebelfluid, besonders geeignet für länger anhaltenden blickdichten Dunst, eine Flasche davon wird genügen, die hat sich Jürgen aus Studiobeständen beschafft.

Eli ist einverstanden. Sie macht mit, obwohl sie weiß, dass so ein Versprechen wieder viel Zeit kosten wird. Sie macht mit, weil Jürgen vorwärtskommen muss und weil er nicht lockerlässt und weil die Studentinnen von der Fakultät Schauspiel nicht mitspielen dürfen. Grundsätzlich ist ihnen jede Filmrolle, jeder Tag auf der Bühne, ob mit oder ohne Geld, während der Ausbildung untersagt. Denn das verdirbt den Charakter und die Kunst, das bestimmt der Schauspiel-Natschalnik von oben. Von ganz oben, vom Ministerium in Berlin, angeordnete Rollenbesetzungen in Hauptplanpositionen nimmt er tief schweigend hin. Muss er. Da beißt die Maus keinen Faden ab. Weiß er.

Eine Hauptplanposition in Farbe, Cinemascope, eventuell auf Kodak, also auf Devisenmaterial gedreht, das ist das Höchste und damit das genaue Gegenteil zu Jürgens schwarzweißer und stummer Kameraübung, zusammengebastelt aus 16-mm-Restfilm von ORWO.

Eli spielt mit, sie kümmert sich außerdem um die Kostüme. Damit muss sich Jürgen nicht belasten, denn Jürgen braucht jetzt jede Minute für die Konzeption und den Drehplan und das optische Drehbuch, das muss schnell auf den letzten Punkt gebracht werden. Was im Kopf ist, muss endlich aufs Papier. Mit dem Papier holt er sich in den Etagen des Haupthauses wichtige Unterschriften, Drehgenehmigungen. Jürgen braucht jede Minute, vor allem die letzte, denn in letzter Minute fällt ihm noch etwas ein, etwas Überzeugendes, ein letzter Satz für die Konzeption auf dem Papier. Dann ist die Minute vergangen, und der Film ist immer noch Jürgens Geheimnis, ein Geheimnis, über das er gerne und lange spricht, und damit wird sein Vorhaben immer mehr zu kochender Seife, ein wunderbarer Schaum, lauter schillernde Seifenblasen. Der Kamerafreund hat es in der letzten Debatte gesagt. Kochende Seife.

Der Fundus stellt ein Dutzend weiße Herrennachthemden vom Mamlock-Film zur Verfügung. Eli kauft dazu rosa Gummischürzen. Jürgen lässt sich überzeugen, rosa, weil es keine weißen Gummischürzen gibt. Nur gummirosa. Jürgen muss noch entscheiden, ob die Wäscherinnen barfuß gehen sollen. Jürgen schweigt, er schwankt. Barfuß wäre schön, aber wahrscheinlich würde das dem Künstlerischen Berater nicht gefallen, vielleicht würden damit Fragen provoziert, auf die Jürgen eine Erklärung haben müsste. Barfuß, ja oder nein?

Das Ende kommt vor dem Anfang, es kommt, bevor alles schiefgeht, was vielleicht einmal nicht schiefgegangen wäre.

Gibt es so etwas überhaupt?

Die Waschhaus-Dekoration im Atelier sieht perfekt aus. Die Beleuchter setzen versuchsweise eine Silberwand und Licht. Die Kamera verharrt in erster Position, das Bild wird eingerichtet für eine amerikanische Halbtotale. Kreidekreuze auf den imitierten Fliesen bezeichnen den Stand der Wäscherinnen, Kreidepfeile zeigen die Bewegungsrichtung und die Endposition. Es ist eine Probe.

Jürgen bedient selbst den Schalter an der Nebelmaschine. Die Bedienungsanleitung sagt, es dauert dreizehn Minuten, erst dann erreicht das Gerät 300 Grad Celsius, erst dann geht es los, das Fluid verbindet sich mit der atmosphärischen Feuchtigkeit, die Nebel wallen. Die Wäscherinnen, barfuß, auf ihren Plätzen. Jürgen wartet hinter der Kamera. Ruhe bitte. Gefasstes Schweigen allüberall. Ernste Stille. Kamera. Kamera ab. Kamera läuft.

Im Kameraausschnitt zeigt sich ein zartes weißes Knäuel. Nebel, wie er neugierig schleichend hinter der Tür hervortritt, wie er am Boden entlangkriecht, wie er breit zerfließt und steigt und wie er sich zu einer flauschigen Wolke entwickelt, wie er wandernd das Fliesenimitat und die nackten Füße umspielt. Eine überirdische Suppe. Wie die zwölf Helferinnen in diesem weißen Dunst den Boden verlieren, Zöpfe, Locken, Pferdeschwanz, Pony und Brechtfrisuren, rote Lippen, schnapsrosa Wangen, rosa Lätzchen, wie sie ohne Halt, ohne Position in einem watteweichen, schier grenzenlosen Gefilde geistern. Himmel. Und Engel, lauter Engel.

Jemand schaltet die Maschine und das Licht aus. Das hat ausgesehen, als wollte uns der Himmel zur Seite stehen. Als würde sich einer in unsere Story einmischen. Unheimlich. Eine Komödie. Eine Göttliche. Dantes 31. Paradiesgesang:

Und die Mitte sah ich wonniglich
Vieltausend Engel ihre Flügel schwingen,
Und kein Schwund und Glanz dem anderen glich.

Der Beleuchter meint: Eigentlich waren die Weiber gar nicht schlecht, eine schöne Szene wie beim Weihnachtsmann in der Küche. Pfefferkuchenbacken.

Jürgen will jetzt nicht debattieren. Die Nebelmaschine ist viel zu schwach. Das Ding ist Scheiße. Er gibt sofort ein Zeichen. Schlussklappe, abbrechen. So wird die Dekoration im Schulatelier frei für die Nächsten. Ein Drehstab mit ganz anderen Ideen wartet schon.

Trotz des problematischen, vielleicht sogar gescheiterten Drehversuchs lässt Jürgen sein Wäscherinnenprojekt noch lange nicht fallen. Er denkt darüber nach, er hat schon seit einiger Zeit schlaflose Nächte gehabt, nun schließt sich der Kreis, er kehrt zu seiner Anfangsidee zurück, er denkt wieder an einen Trickfilm mit Puppen. Da bist du nicht mehr gebunden. Denn der Mensch in seiner Natur ist für den Künstler als Material eine seidene Fessel, das lernt man schon in der ersten Stunde beim Fotografieren.

Jürgen bedankt sich bei jedem Engel einzeln für den Versuch, er bedankt sich bei Eli, sie hatte die Hemden beim Kostümfundus abgeliefert und die rosa Gummischürzen in den Sanitätsladen zurückgebracht, alle in alten Falten wie neu. Danke, Eli, nächstens erzähle ich dir mal, was mir im Kopf herumgeht.

An einem Montag im Juni hat Eli in der großen Vorführung den neuen Bergman-Film *Das Schweigen* gesehen. Wie arm und unglücklich der Mensch ist in seiner schönen Hülle, wie begierig nach Liebe. Das sieht man. Der Mensch ist nicht gut, er lügt, vergisst seine Pflichten und Versprechen um einer Seligkeit willen.

Vor dem Haupteingang haben Studenten eine Barriere gebildet, sie beschwören den Chauffeur vom Außenhandel, der ausgestiegen ist aus dem parkenden Dienstwagen, um den Kofferraum für den Abtransport der Filmbüchsen zu öffnen. Der Zündschlüssel steckt, der Motor läuft. Unser Vorführer karrt auf der Sackkarre die Büchsen herbei, ohne Übergabeschein, einfach so. Er beeilt sich. Montags ist immer Eile geboten. Wir wissen genau, dass die Montagsaktionen nicht statthaft sind. Die Aufführung verstößt gegen das Urheberrecht und gegen Handelsgesetze, gegen den Warenverkehr und nicht zuletzt auch gegen den Lehrplan.

Rebellion wieder einmal gegen die Falschen. Gegen den sturen Fahrer, der nur, streng unterwiesen, den Auftrag eines Auftraggebers erfüllt. Eines heldenhaften Unbekannten. Das Ganze noch mal, noch einmal zwei Stunden Kino, das hieße, den Himmel aufreißen und danach: Schluss der Vorstellung. Aus. Ende. Vertreibung aus dem Paradies. Und der Unbekannte würde deswegen vom Stuhle krachen.

Damit die Sache im Dunkeln bleibt, müssen die Filmbüchsen so schnell wie möglich zurücktransportiert werden, mit der freundlichen, aber bestimmten Maßgabe, dass der sozialistische Filmmarkt so einen Film nicht gebrauchen könne, nicht kaufen, nicht aufführen, nicht lieben wolle. *Das Schweigen*, die sogenannte Ansichtskopie, muss sofort wieder rüber in den Westen. Andernfalls gibt es Aufsehen, und es kostet Geld, und die ideologischen Debatten würden beginnen. Ein Trupp unvernünftiger Studenten hält den Vorführer mit den Filmbüchsen fest. Einige haben das Auto bedrohlich bittend umstellt. Weil die Aufregung unter uns groß ist, das Herzklopfen anhält. So einen Film muss man zweimal sehen. Die Bilder sind beim ersten Ansehen an unseren Augen vorbeigezogen wie im Kino, wie auf einer Leinwand, weil wir nichts Arges denken wollten. Wir wollten nur erfahren, wohin die Reise geht. Die Stadt. Das Hotelzimmer. Die kranke Schwester, die Mutter mit ihrem Sohn. Die Hitze. Das Badezimmer. Die Badewanne. Im kühlen Wasser die Mutter, das Söhnchen in den kurzen Kinderhosen heißt Johan, wie alt mag er sein, vielleicht neun Jahre, er taucht einen Schwamm ins Wasser. Er wäscht seiner schönen Mutter den Rücken, er kühlt ihre Schultern. Der kleine Junge in seinen kurzen Hosen ist überall, scheint überall zu sein, mit still forschenden Augen, wo die Mutter sich sehnt und verzehrt, wo die Tante leidet, wo die beiden Schwestern ihre Liebessehnsucht und Lebenslust als Abgründe erkennen, wo sie sich hassen.

Wir müssen diesen Film, bitte, noch einmal sehen. Um das Auto vom Außenhandel bildet sich ein geschlossener Ring.

Unmöglich, der Film muss noch heute über die Grenze. Der Chauffeur bleibt vernünftig.

Er schlägt die Tür zu, er startet ohne Erbarmen.

Wie der kleine Johan im Film stehen wir nun da. Sprachlos. Wie kann das sein. Wir wissen nur, dass wir nichts begreifen von dieser Kunst, die von Angst, Verwirrung und Hilflosigkeit in einem funktionstüchtigen Niemandsland erzählt.

Das Auto fährt in Richtung Teltow, Mahlow, um pünktlich in Berlin anzukommen. Die Filmbüchsen im Kofferraum. *Das Schweigen.*

Eli wagt nicht, über den Film zu reden. Es gibt überhaupt keine Gespräche. Man geht seiner Wege. Das Schweigen ist nicht nur ein Titel, es herrscht, kommt über alle, die dabei gewesen sind. Man weiß, der Rest ist größer als das, was die Leinwand in zwei Stunden Vorführzeit hergeben kann.

Jemand war dann auf die Idee gekommen, an Ingmar Bergman zu schreiben, ihn um Erlaubnis zur nichtkommerziellen Aufführung seines Films im Rahmen eines studentischen Seminars zu bitten. Mehr sinnloses Zeug wurde nicht erwogen. Es war schade. Man hätte den Film gerne noch einmal gesehen.

Eli geht voraus, sie hat Schubert nicht entdeckt unter den Zuschauern im brechend vollen Saal. Sie weiß nicht, ob er dabei war, wenn nicht, wird sie ihm bei nächster Gelegenheit, vielleicht, hoffentlich heute Abend noch erzählen, dass er was Tiefes und Großes verpasst hat, wegen einer lumpigen Sitzung, einer Versammlung vielleicht, wo es bestimmt nicht aufgefallen wäre, wenn er gefehlt hätte. Du hast was verpasst, wegen deiner blöden Pflichtgefühle. Er eifert in letzter Zeit mehr als notwendig, er wirft sich in den Sand. Der Filmbesuch, der neue Bergman, hätte doch zu seinem Amt gehört. Eli wird ihn bedauern. Wer *Das Schweigen* nicht gesehen hat, lebt im Dunkeln. Eli wird damit bekennen, dass sie ihn sucht. Nicht nur heute, auch gestern, die ganze Woche hat sie ihn nicht gesehen. Seit jener Nacht, in der sie einfach den Morgen und den Tag haben kommen lassen, aus verschiedenen oder gleichen Gründen. Aus gar keinem Grund, denn sie waren längst aufgewacht aus dem Schlaf und aus der Umarmung, sie waren höchstens verfangen in ein Gespräch, das sie auch später, an einem anderen Tag hätten führen können oder gar nicht. Sie hatte ihm, statt im Seminarraum in ihrem Bett, ein langes Kapitel Laokoon vorgelesen, eins, das ihn beruhigen und unterhalten konnte. Trägheit, Trotz, die Lust, das Schicksal einmal zu versuchen. Sollen sie uns doch beide im Nest erwischen. Ein Aufstand wider die Ordnungen. Sie waren aber dann taktisch sehr raffiniert vorgegangen. Einfach so, als wäre nichts. Sie waren gegen Mittag zusammen die Treppe hinuntergegangen, gleichmütig durch den Park, zu zweit, Studentin und Assistent, quer durch das Internatsgelände, geleitet von einem eindeutig fachlich ausgerichteten Gespräch. Statthafte Erscheinungen, gute Mitglieder der Gesellschaft, die sich zufällig eine Stunde vor den Nachmittagslektionen getroffen haben, um das Thema Laokoon zu bewegen. Stimmt sogar, das mit Laokoon. Dann hatten sie an getrennten Tischen in der Mensa Topfwurst mit Sauerkraut gegessen. Eli hatte auf dem Teller herumgestochert. Sie isst nicht gerne Topfwurst, aber das passte sehr gut zum Ablauf eines unbescholtenen Studentenlebens. In der Mitte des Tages Mensaessen.

Eli hatte sich die Milch aus dem Kasten genommen und war zurück ins Tauber-Haus gegangen, um ihre Kapitel voranzubringen. Weiter im Text.

Nach dem Montagsfilm verschwindet Eli immer sofort in ihrer Dachkammer. Manchmal dauert es fast eine Stunde, bevor Schubert kommt. Seit dem Bergman-Film hat sie vorsichtig nach ihm Ausschau gehalten, im Hauptgebäude, im Stalin-Haus, bei den Vorführungen der Studentenfilme. Er sitzt oft ziemlich versteckt im Saal, oft ganz hinten. Er setzt sich auch im richtigen Kino in die letzte Reihe, es macht ihn nervös, wenn hinter ihm vielleicht jemand flucht, weil er dem Hintermann die Sicht nimmt.

So ein Riese bist du nun auch wieder nicht.

Hinten kann ich dich besser küssen. Sie waren bis jetzt nur ein einziges Mal zusammen im Kino, im *Charlott*. Eli weiß nicht mehr, warum sie sich den weiten Weg gemacht hatten. Bestimmt nicht wegen des Films. Die alte Müdigkeit war über Eli gekommen, und sie hatte an Schuberts Schulter geschlafen.

Er hatte ihr mit seinem Taschentuch die Spucke vom Mundwinkel getupft, dadurch war sie kurz aufgewacht. Sie hatte die hellen Stimmen der Matrosen vernommen, ihre einschläfernde Meuterei.

Das war Kino mit Schubert.

Eli sucht, sie irrt durch das Gelände. Bin ich betrunken? In der Verwaltung, unterm Dach bei der Wirtschaftsleiterin, hat Eli nichts verloren. Hier oben, wo die Akten liegen und die Materialien und Gutachten und Schlechtachten, war Eli noch nie. Auch Elis Urkunde liegt hinter einer Tür in einem Schrank, denn die Urkunde war eines Tages von der Wand über dem Regal mit den Siegerpokalen verschwunden. Nicht etwa geklaut wegen des schönen Rahmens, sondern einfach nur abgenommen, weil es Probleme gegeben hatte mit dem Komponisten des Films. Das sind keine Neuigkeiten. Das Neueste erfährt Eli beim Pförtner, weil sie zu seinen Vertrauten gehört.

Schubert hat seine Kampfgruppenuniform abgegeben.

Eli sucht nicht mehr.

Sie ist aufgewühlt und erschöpft zugleich. Das Blei hat sich jetzt unter der Schädeldecke gesammelt, grau und schwer. Sie spannt die Schultern. Streckt den Rücken grade auf ihrem Stuhl vor dem Tisch, der einmal eine Bodenkammertür gewesen war.

Schubert ist nicht gekommen. Wenn ich nicht komme, weißt du, warum.

Kein auf Wiedersehen. Kein Addio. Ich bin Luft geworden.

So hatten es Eli und Schubert schon seit Monaten im Stillen ausgemacht. Freue dich mit mir. Eli freut sich nicht. Sie wartet. Die Schädeldecke will platzen, das Herz will zerspringen, aber das ist nur eine Rede.

Wenn Schubert jetzt noch hereinschleicht, wird er Eli fleißig verbissen vor dem DIN-A4-Heft finden. Kapitel *Laokoon, das Kunstwerk als Kriegsbeute.* Das ist eine erprobte List, man tut so, als wäre nichts geschehen, man lebt in Gedanken weiter, man atmet und redet sogar, man hört die andere Stimme.

Parallelen vermeiden, die Anmerkung hatte Betreuer Schubert zu guter Stunde gemacht, und er hatte erklärt, vermeide die Parallelen, weil sich Geschichte nicht wiederholt. Gleichnisse gibt es nur im Märchen.

Eli, du musst den Täter und die Orte betonen, du musst den Dieb möglichst oft namentlich nennen. Dreimal mehr als gut.

Eli sammelt erst einmal das Material, sie versucht es ohne Tricks, auch ohne Aspirin, sie öffnet das Fenster, Luft rieselt wie vom Gebirge, in Wahrheit sind es aufgetürmte Wolken, die die Zuversicht bringen.

Die Beutesammler der siegreichen Grande armée waren kundige Leute. Sie ließen die Reparaturen, den neu angesetzten Marmor, von der Skulpturengruppe entfernen. Nackt, unverfälscht, wie es einst unter staunenden Augen aus der Baugrube gehoben worden war, so rollte das requirierte Kunstwerk am

27. Juli 1798 in einem Spezialwagen aus der Stadt Rom nordwärts.

So wurde die Laokoon-Gruppe als eine Hauptattraktion im Louvre aufgestellt.

Doch nach Waterloo, der endgültigen Niederlage des Weltenherrschers Napoleon, ging es retour. In Rom hatte man den wehrhaft gestreckten Arm und all die Marmorteile, die für den Besucher der Vatikanischen Museen zur Vollkommenheit der Skulpturengruppe gehörten, sorgfältig aufbewahrt.

Im Atlas sucht Eli unter der Lupe die Reiseroute. Von Paris wieder nach Hause nach Rom. Die Lupe ist ein Geschenk von Anton, ein Vergrößerungsglas mit einem Griff aus Stahl, eine Art Dolch zum Briefeöffnen. Eli zieht das gewölbte Glas über das hirnartig-knittrige braune Alpenmassiv, der Ort des Malheurs heißt Moncenisio.

Der Sturm war plötzlich aufgekommen. Aus blauem Himmel, Pfeifen aus nordöstlicher Richtung, neidische Geister, die den Tross mit Gewalt im Alpendiesseits festhalten wollen.

Das Wetter nötigt zur Umkehr. Zwingt zum Bleiben.

Von einer Minute zur anderen steigen grauschwarze Wolken über die weißen Zacken. Peitschender Schnee von oben und von der östlichen Bergwand. Ein strudelnd weißer Kessel. Die Kufenkarren versinken, und die Menschen fallen auf die Knie. Dunkelheit ohne Sterne. Kein Mond. Ein Wunder, dass am Morgen nach dem Sturm wieder Leben erwacht. Keiner erfroren, keiner abgestürzt oder verschwunden. Unter der Schneedecke das gedämpfte Geläut der Geschirrglocken. Die Pferde sind munter. Aber der Karren liegt quer, die Fracht ist auf einen tückisch den Weg wendenden Felsen gekracht. Man braucht Hilfe von den Leuten unten im Tal. Die Holzfäller und die heimischen Pferde haben Übung in den Felsengassen, der Tiefschnee macht ihnen nichts aus. Binnen Stundenfrist steht die

Fuhre. Weiter geht es. Von nun an im Sonnenschein und auf Rädern, durch das liebliche Piemont, durch Ligurien, dann immer der Nase nach Richtung Süden, zur Rechten, grenzenlos, das blaue Tyrrhenische Meer.

Eli steckt Antons Lupe ins Lederetui. Anton hatte ihr die Lupe als Spielzeug geschenkt, er mit seinen guten Leseaugen und seinen Fernsichtinteressen konnte so was nicht gebrauchen. Pass aber auf, dass du dich nicht mit dem spitzen Brieföffner stichst. Immer verbindet er seine Geschenke mit einer Ermahnung. Verlier es nicht. Mach's nicht kaputt. Fünf Mark auf die Hand: Kauf dir aber keinen Fingerring. Sicherlich hatte er die Lupe im Mai 45 auf der Straße gefunden. Wahrscheinlich von einem Plünderer verworfen. Als Plünderer war man in der Zeit auf andere Sachen aus. Man schleppte Nährmittel und Kleider, Schuhe, Betten und Zigaretten. Erst als Letztes nahm man als Plünderer eine Lupe mit. Als Letztes war schließlich alles irgendwie noch verwendbar, sogar ein Meißner Messerbänkchen vom königlichen Schwanenservice. So ein Messerbänkchen hatte Anton 45 auf dem Theaterplatz gefunden, das hängt jetzt als Gewicht am Fliegenfänger, dafür ist es wie geschaffen.

Eli plagt sich mit dem letzten Kapitel.

Sie würde gern beten, wenn das möglich wäre, oder ein anderes Ritual vollführen wie Dietrich, wie die Dubbert-Kinder auf dem Waschbrett knien oder einen Pilgerweg gehen bis nach Dresden, weiter zum Dorf an der Katzbach und dann nach Rom. Ludwig versagt seinen geistigen Beistand, buchstäblich, er verweigert die Buchstaben. Drei Kreuze. Das letzte Kapitel heißt: *Sammelplatz Piazza del Popolo und weiter*. Die Hand liegt bleiern auf dem linierten Papier. Schubert ist nicht gekommen, er kommt nicht.

Eli hatte sich verboten, zu warten. Sie wartet nicht auf Schubert. Sie nutzt die Stunde, um einen Turnschuh zu reparieren, sie hört Radio.

Genug Zeit ist vergangen.

Das Verbot ist aufgehoben. Das Gebot der Eigenliebe. Eli wartet wieder. Sie horcht hinunter zum Eingangsportal. Sie dreht die Schlagermusik leise. Und dann auf null. Die Skala lauert, katzengrün. Wie auf dem Sprung. Warten ist Knistern in den Wänden, Summen im Kopf, Rauschen über dem Dach. Windheulen. Gedanken, die auf der Zunge liegen, lauter Fragen, ein gespielter Vorwurf und die zerkaute Nelke, das Nelkengewürz. Holz. Krümel im Mund. Eli wartet, weil er nicht kommt. Wahrscheinlich nie mehr, weil die Zeit nun vergangen ist, die Wartezeit, Lebenszeit, die Zeit, die es dauert, ehe ein Antrag genehmigt wird, die Bearbeitungszeit in Berlin, Keibelstraße. Man hat der Eheschließung mit der Bürgerin des Staates Österreich stattgegeben, auch dem Wohnsitzwechsel wurde zugestimmt. Entlassung des Erwin Schubert aus der Staatsbürgerschaft ab Zustellungsdatum in Tagesfrist.

Das Prorektorat ist benachrichtigt worden.

Eli hat es immer gewusst.

Für den Bürger Schubert ein erfreulicher Tatbestand. Nach unvorhersehbar langer Wartezeit, nach wiederholten Gesuchen, endlich. Offiziell Heirat. Dann, wie oft hinterher, Trennung von der scheinverlobten, in Schuberts Falle, Wienerin. Dann das eigentlich angestrebte Zusammensein mit der über Grenzen hinweg geliebten echten Braut, ersehnte Umarmung, herzliche Begegnung mit dem inzwischen fünfjährigen Kindchen. Beginn eines gemeinsamen Lebens in Hildesheim.

Eli muss sich eingestehen, sie hat nie mit reiner Seele die Daumen gedrückt, nie inbrünstig bedauert, wenn Schuberts Antrag wieder abgelehnt worden war. Statt mit ihm zu leiden, hat sie auf Seiten der hartherzigen Behörden gestanden. Sie war jedes Mal, wenn er ihr von einem Ablehnungsbescheid erzählte, nicht gerade froh, aber doch für diesen Tag sehr erleichtert, und er schien nicht gehörig wütend gewesen zu sein. Sie haben halbherzig geschimpft und sich als wechselseitig einander Schutzbefohlene sehr tröstend umarmt.

Dr. Erwin Schubert, unser Assistent, ist fort, nicht geflohen, nicht geflüchtet, er ist ganz offiziell gegangen. Er hat geheiratet. Er ist rausgeheiratet worden. Er trug ja deutlich einen goldenen Ring am Finger, links, einen Verlobungsring.

Siegfried Müller und Rafaela Reich werden per Brief von der Sekretärin zu einem außerordentlichen Montagsgespräch eingeladen. Der Dekan hat unterdes einen neuen Jahrgang übernommen, dennoch: Ihr Alten bleibt meine Sorge und meine Zier. Felix, der Wiener, glänzt, jetzt notgedrungen, durch Abwesenheit. Er hat in dritter Fassung ein Lustspieldrehbuch geliefert, dafür ist ihm das Diplom zugeschickt worden. Ein gutes Ende. Ein abgeschlossener Vorgang, die Akte wird im Archivkeller im Stalin-Haus aufgehängt. Für Siegfried liegen lobende Außengutachten in einer Mappe, seine Analyse des Nachkriegsfilmschaffens wird in allen Abteilungen mit Eins bewertet. Auszüge daraus sollen in der Studentenzeitung *Forum* auf der Kulturseite abgedruckt werden. Der Dekan nimmt sich Zeit für seine zwei Restkandidaten. Für Beststudent Siegfried und für Rafaela, die leider immer noch nicht geliefert hat.

Der neue Jahrgang, diesmal ein ganzes Dutzend, in der Mehrzahl weiblich, befindet sich mit dem Literaturdozenten auf Reisen, auf Exkursion, wie es heißt, als würden sie auf dem Dach der Welt campieren, dabei besuchen sie die Klassikerstadt Weimar, anschließend das Konzentrationslager Buchenwald. Sie wohnen im altehrwürdigen *Hotel Elefant*.

Der Reinigungsdienst hat im Seminarraum den kostbaren Teppich des Teppichhändlers gebürstet, die Möbel kräftig mit

Bohnerwachs eingerieben. Klappleitern lehnen neben den nackten Fenstern. Auf dem Boden ein Vorhanghaufen. Roter Samt. Der Dekan sitzt heute in sehr viel Licht. Siegfried Müller und Rafaela bilden die beiden anderen Ecken des Dreiecks am großen ovalen Salontisch. Der Dekan zögert noch.

Siegfried erkennt, was fehlt. Sieht, was hilft. Die Untertasse aus der Mensa, wo das Scheuerpulver draufsteht. Ein Aschenbecher.

Die Dekanorgel beginnt verhalten, leise, aber deutlich.

Er habe gerufen, um den unersetzlichen Verlust nicht grade zu beklagen, aber doch beim Namen zu nennen. Assistent Erwin Schubert wird nicht zu ersetzen sein. Wird nicht ersetzt. Es wird kein Neuer kommen. Kein neuer Assistent. Das Dekanbüro ohne Hilfe. Der Dekan redet über das Sekretariat im Verwaltungshaus und über die Fesseln des Fernsehens. Er redet wieder, als wäre er auf der Flucht, als wolle er ein Zentrum nicht berühren.

Er hält sich noch einmal an Schubert fest. Betont sein Wissen, seine pädagogischen Talente. Seine Vielseitigkeit und Verlässlichkeit. Der Dekan kenne niemanden, der sich so uneigennützig für die Studenten eingesetzt habe und das bei Schuberts vielbeachteten Publikationen über Brecht und, neuerdings ins Bulgarische übersetzt, über Kafka. Seine Meditationen über den Heißhunger vor einer Leihbibliothek im alten Prag, kenntnisreich, höchst anregend. Und sollten eigentlich nächstens in *Sinn und Form* erscheinen. *Kafka und die Erziehung*, auch dieser Text glänzend. Von nämlichem Kaliber. Dass Erziehung nur aus zweierlei bestehe, aus der Abwehr des ungestümen Angriffs der unwissenden Kinder auf die Wahrheit und dann in der sanften unmerklich-allmählichen Einführung der gedemütigten Kinder in die Lebenslügen.

Siegfried Müller notiert eins und zwei. Allerdings mit Fragezeichen. Er wird nachlesen, er sagt, er habe bei Schubert manchmal den historisch-konkreten Bezug vermisst.

Eli kämpft. Ihre Augenlider flattern. Sie versteckt unter der Hand eine Träne. So groß ist ihr Kummer um den unersetzbaren Verlust. Sie bedauert stellvertretend die unwissenden Kinder, sie bedauert auch gleich noch die Erzieher und die erwachsenen Kinder.

Es gibt aber doch Leute, die sich wehren, sagt Eli.

Der Dekan hebt die Hände. Es sieht wie segnend aus oder wie bedauernd. Tut mir leid. Die Sonne blendet.

Verehrtes Fräulein Reich, ich weiß, Sie müssen nicht getröstet werden. Denn Sie werden geliebt.

Siegfried hätschelt Eli mit einem guten Lächeln, er denkt an Elis Opa, den freundlich rüstigen Alten, dem er kurz begegnet war, Anton, so hatte Eli ihn vorgestellt, Siegfried denkt an die großen braunen Briefe. Zeichen der Liebe. Eli, Post aus Dresden, dein Opa sendet dir Grüße. Eli muss nicht getröstet werden.

Eli denkt an Ludwig oder Schubert oder Ludwig und Schubert, sie denkt, der Dekan weiß alles, dem Dekan entgeht aber auch gar nichts. Doch der Dekan hat weder an Elis Opa noch an Ludwig und nun auch nicht mehr an Schubert gedacht, er denkt an das Arbeiterfräulein. An den Funken Hoffnung, leben, nicht nur in der Zeit.

Ich setze Ihnen keine Frist, sagt der Dekan. Er sagt es im nunmehr mit einem Schild versehenen Seminarraum 08, wo die Vorhänge in der Ecke liegen, wo das Licht ungefiltert durch die Glasfront flutet: Keine Frist. Fristlose Erwartungen. Ohne die schallschluckenden Vorhänge im einstigen großen Salon des Teppichhändlers. Im späteren Besuchszimmer von Stalin.

Siegfried als Kumpel und Seminarsekretär mischt sich gutmütig ein, er zieht da nicht mit, er drückt auf den Termin. Nur nichts schleifen lassen. Wenn du willst, tipp ich schon mal die fertigen Seiten. Ich habe grade für Rudi die Abschlussarbeit in die Schreibmaschine geschrieben.

Für welchen Rudi?

Für Rudolf, der in Moskau studiert hat. Der von der Regie, der am Anfang mit uns in Musik saß, der dann delegiert worden ist, der Rudi ist wieder da. Er muss nämlich hier die Hauptprüfung machen.

Ach der, sagt Eli.

Immer noch ein Streber, erklärt Siegfried anerkennend, Rudi hat sich in Moskau überhaupt nicht verändert.

Eli hat keine Lust, jetzt wieder den schlauen dialektischen Bertolt Brecht zu zitieren, den Herrn Keuner und dass es was Negatives ist, wenn einer sich nicht verändert hat. Wieso denn. Gleichbleibende Liebe, das wäre doch gut.

Du bist ein edler Mensch, sagt Eli. Ich komme bestimmt auf dein Angebot zurück.

Nachts im Traum fühlt sich Eli wie ein Kaninchen auf freiem Feld, ringsumher Büsche, hinter denen wahrscheinlich die Jäger lauern. Die Büchse knallt. Die Hunde bellen. Eli schlägt einen schlauen Haken. Die blaue Blümchenbettwäsche ist nassgeschwitzt, die Bettdecke ein Klumpen.

Manchmal schwimmen Nächte und Tage nahtlos zusammen.

Der jüngere Jahrgang, der jetzt montags beim Dekan im Stalin-Haus das Hauptseminar absolviert, hat aus Buchenwald Material mitgebracht. Postkarten vom KZ. Echte Fotos, eine Luftaufnahme, Baracken, die sperrangelweit offenen Verbrennungsöfen im Krematorium, ein Wachturm. Auf der Rückseite der Ansichtskarten die Schablone für die Briefmarke und für die Adresse, kleingedruckt: Volkskunstverlag Reichenbach i. V. und auch die Namen der verschiedenen Fotografen. Das liegt auf dem Tisch. Material, eigens für Eli. Sie arbeitet im DIN-A4-Heft am Pollak-Kapitel, der ist allerdings im KZ Auschwitz umgebracht worden, Auschwitz liegt in Polen, in der Nähe von Krakau. Wie soll einer dahin kommen? Es ist gut, dass sie wenigstens Buchenwald auf dem Tisch hat. Auf einer Postkarte sieht man eine Pritsche und ein vergittertes Fenster, ein ernst blickendes, etwas schielendes Mädchen, das ein an der Wand hängendes Männerporträt betrachtet und gleichzeitig eine Gedenktafel zu lesen versucht, daneben ein Junge, der einen Blumentopf hinstellt. Vor dem Porträt stehen schon andere Blumentöpfe mit Alpenveilchen. Im Hintergrund gekreuzte Fahnen, Hortensien, Nelken. Der blonde Junge trägt am linken Handgelenk eine Armbanduhr, wahrscheinlich Ruhla. Der Text auf der Rückseite sagt: In dieser Zelle wurde der evangelische Pfarrer Paul Schneider von der SS ermordet. Eli benutzt die Lupe, um den Hintergrund zu erkennen, Einzelheiten. Die Topfpflanze ist eindeutig eine Obconica, Primula obconica, eine Becherprimel. Das gerahmte Bild über der Pritsche zeigt verschneite Bäume, darunter steht in holzschnittartigen Buchstaben irgendetwas von Gott.

Eli nimmt sich vor, die Kapitelfolge zu verändern. Wenn sie mit dem Pollak-Kapitel anfängt, dann hat sie das Ende der trostlosen Geschichte als Erstes bewältigt, das Schwerste hinter sich, dann bleiben am Schluss die Griechen, die Familie des Priesters Laokoon, ihre Wohnstatt am Fluss Skamander. Die Legende vom hölzernen Pferd.

Eli holt die bestellte Milch aus der Kiste vor der Mensa. Dann geht sie in die Bibliothek. Frau Felber hat ein Buch über den französischen Kunsträuber Denon aufgetrieben. Stichwort Laokoon. Dann studiert sie an der Mitteilungstafel den Plan für die mündliche Prüfung in Französisch. Dann geht sie nach Hause. Sie ist müde, aber sie will nicht schlafen. Eli macht ein paar Wäscherinnen. Figurenentwürfe für Jürgen. Sie schneidet Papier in Postkartengröße, dreht Röhren, biegt die Ecken. Das hat sie in Dresden gesehen. Werke des Künstlers Glöckner. Lächerlich normale Sachen. Da vergeht die Müdigkeit. Ein anderer Kniff, und schon unterscheiden sich die Geister. Eli nimmt nun die Postkarten aus Buchenwald, die ausgebreitet auf dem Tisch herumliegen, sie rollt den Haupteingang zum Appellplatz nach innen, den Zellenbau, Stacheldraht in Streifen. Innen das Barackenlager. Außen sichtbar hauptsächlich gelbliches Fotopapier. Sechs, sieben Wäscherinnen nach Vorbild gefaltet.

Und jetzt Licht.

Perspektive.

Bewegung.

Keine Blenden. Manchmal kurz, höchstens drei Sekunden, Schwarzfilm zwischen den Sequenzen, sonst nur Schnitt. Und Geräusche. Wasser. Frauenstimmen. Keine Musik!

Jürgen greift die Idee auf. Dass im Inneren noch etwas anderes ist. Kaum erkennbar, aber doch vorhanden. Er will darüber nachdenken. Wahrscheinlich braucht er größere Figuren. Vielleicht aus DIN-A4-Bögen. Nach außen gewendet die Rückseite von beschriebenen Blättern. Kugelschreiber drückt Muster ins Papier. Spiegelschrift. Hermann Glöckner hat Knüllpapier glattgebügelt. Das kann Eli erklären, das hat sie gesehen, damals in einer Ausstellung im Botanischen Garten. In den Vitrinen des Kakteenhauses, von Henn organisiert, Faltungen des Künstlers Hermann Glöckner, geometrische Formen, meist aus Papier oder Blech. Das andere in der Vitrine hatte plötzlich ebenfalls seltsam ausgesehen, die Winkeleisen und Heizungsrohre. Wie Körper. Wie Gestalten. Wie verwandelt. Elis Vorschlag: Jürgen, wir könnten später mein Schreibheft mit dem Laokoon-Text auseinandernehmen.

Für das Puppentrickstudio braucht man einen großen

Schlüssel. Es ist die Küche vom Schloss Babelsberg. Hier in separatem Gebäude, durch einen Kellergang mit den Herrschaftsräumen verbunden, wurde für den deutschen Kaiser Wilhelm gekocht, für seine Familie und seine Gäste. Fürst Otto von Bismarck zum Beispiel, der hat hier Spiegelei und Spargel gegessen, bevor er Deutschland von oben zur glücklichen Einigung gezwungen und die Sozialisten gebändigt hatte. Jetzt gibt es im Geviert aus holländischen Fliesen viel Bastelzeug und Meister, die ihr Handwerk verstehen. Puppenführer. Requisiten. Ein Spielfeld.

Eli vertrödelt die Zeit. Sie schaut zu, die sieben Arbeitstage, die Filmminuten, wie Königin Hermione, total zu Unrecht vom König schuldig gesprochen, sterben muss, doch nach vielen Jahren – zum Glück für alle – aus ihrem marmornen Gedenkstein wieder erwacht.

Dazu die kleinlaute Stimme des Königs Leontes:

– Und niemand verlache das Geschehen wie ein altes Märchen. Sondern: ein jeder frag' und höre, welche Rolle wir in dem weiten Raum der Zeit gespielt, seit wir zuerst uns trennten.

Und weil Leontes mit der Selbsterkenntnis und dem Klügerwerden nicht säumen will, fügt er rasch mit großer Geste hinzu: *Folgt mir schnell.*

Der Puppenführer dreht den komisch vergrämten Königskopf. Hebt den Fuß, schwingt das Bein zur ersten Phase des ersten eiligen Schrittes.

Und damit fängt die Geschichte wie auf einer Kreisbahn noch einmal von vorn an. Das *Wintermärchen* von William Shakespeare als Puppenfilm. Sizilien, ein Zimmer in Leontes' Palast. Die Szene steht leer. Warten auf das Erscheinen des drolligen Personals. Warten, warten.

Jürgen wartet. Wenn das *Wintermärchen* abgedreht ist, darf Jürgen mit seinen Wäscherinnen auf das Spielfeld. Außer dem großen Schlüssel für die Schlossküche, das heißt für das Atelier, brauchen wir auch hier unseren Ausweis im Ausweis, das eingeklebte mit Stempeln und Unterschriften versehene Leporello, das uns berechtigt, direkt neben dem Eisernen Vorhang in einem Grenzgebiet zu studieren.

Bei Frau Felber liegt ein Buch für Eli bereit, es kommt aus den Beständen der Leipziger Zentralbibliothek, hochinteressant, leider mit kurzer Leihfrist. Es sind Aufsätze über den Franzosen Denon. Man erfährt, wie er, als Kunstexperte die Feldzüge Napoleons begleitend, sein Wesen trieb, liest, was ihm gefiel in Schlössern und Museen Europas. Wo er Bilder von den Wänden nahm, wo er Perlen, Gold, Porzellan einsammelte und Elfenbeintüren aus den Angeln hob. Hunderte kostbarster Türen hat er mitgenommen und mit dem roten Siegel des neuen Besitzers versehen. Sogar die Quadriga vom Brandenburger Tor in Berlin wurde auf sein Geheiß nach Paris verfrachtet. Die Alexanderschlacht von Altdorfer hat man aus der Münchner Galerie ins Schlossbadezimmer von Saint-Cloud umquartiert. Aber was ist daran befremdlich? Dass Monsieur Denon trotzdem von Goethe zu geselligem Gedankenaustausch empfangen, dass Denon zum Mitglied der Bayrischen Akademie gemacht wurde.

Dass die beherzten Dresdner schnell, bevor noch Denon, das Auge Napoleons, die Stadt erreicht hatte, ihre besten Sachen in der Festung Königstein versteckten.

Das traue ich den Dresdnern zu, sagt Eli, und auch Goethe traue ich das zu. Denon war ein Mann von Welt, gebildet, voll Esprit, ein sogenannter Schöngeist. Der war rumgekommen in Europa, der hatte ein Auge für besondere Schätze, für Dürer und Cranach zum Beispiel. Die hatten bis dahin zu Hause sowieso nur Plätze am Rande.

Hauptsache, du konntest mit dem Buch was anfangen, sagt Frau Felber, denn Fernleihe belastet den Schuletat. Schubert hatte den Leihantrag noch befürworten und eine Begründung schreiben müssen. Sogar der Dekan hatte sein Zeichen druntergesetzt. Antrag stattgegeben.

Frau Felber bedankt sich bei Eli für die schnelle Lektüre, Elis Pünktlichkeit erlaubt Frau Felber, über Nacht selbst noch das letzte Kapitel der Denon-Affaire zu lesen und in Leipzig um andere Bücher nachzusuchen. Fernleihe zu Studienzwecken: Boris Pasternak. Man muss es einfach mal versuchen. Der Dekan krakelt sein Zeichen. Einverstanden.

Bei so viel Aufwand darf Eli das Kapitel *Laokoon in Paris* keinesfalls streichen, es muss Gewicht haben und vor allem, es muss einmalig sein. Singulär. Eli hat noch Schuberts Empfehlung im Ohr, seinen dringenden Rat, vermeide die Parallelen. Denon ist Denon. Raubzug ist nicht gleich Raubzug.

Paris. 16. August 1803, es ist früh am Morgen.

Vom Louvre-Garten her flöten die Amseln. Ägyptische Akazien blühen. Durch die empfangsoffenen Portale weht ein Schattenwind. Lakaien in regloser Position.

Musée Napoléon, das ist der neue Name des Louvre.

Der Erste Konsul eilt, am Hals glänzt der letzte Orden, am Arm die Gemahlin Josephine. Beide zügigen Schritts treppan, voran, die Flure entlang, durch Flügeltüren.

In Siegerlaune, ausgeschlafen, rasch durch die Säle, an dem gesammelten Zierrat vorbei. Nur die Skulptur aus dem Vatikan will er sehen.

Den antiken Laokoon, ohne die plastischen Zutaten der Renaissance, die rechte Schulter lädiert, gelähmt.

Ein sterblicher Leib.

Das ist die Natur des Menschen. Der Marmor spricht für das Ende. Kein Kampf mehr. Steinerne Stille.

Kneif die Augen fest zu, dann guck noch einmal. So hat es Goethe gemacht in Rom. So seine Empfehlung an uns. An Napoleon, Augen zukneifen und noch einmal gucken. Bewegte Bilder. Film.

Noch ungewiss, in undeutbaren Frequenzen, tönte eine neue Botschaft. Eine Stimme flüsterte tröstend aus den Wolken auf die Hinfälligkeit der Menschen herab.

Mein Reich ist nicht von dieser Welt. Schmerz und Erlösung.

Die Skulpturengruppe des Laokoon sei aus acht Marmorblöcken gehauen.

Im Palast des römischen Kaisers Titus habe man, bei Reputation, den Marmor bewundern können. So überliefert es Plinius in seinen Aufzeichnungen. Er, der sich sonst vor allem Naturerscheinungen widmete, war angesichts allerhöchster Bildhauerkunst ins Schwärmen geraten. Laokoon nannte er ein Werk, das allen anderen in Malerei und Bronzeplastik vorzuziehen sei.

Plinius starb im Jahr 79. Er hatte sich als Flottenkommandant mit seinem Schiff, um den Ausbruch des Vesuvs zu beobachten, aber auch, wie sein Neffe an den Historiker Tacitus schrieb, um Fliehende aus Pompeji zu retten, viel zu nahe an den Vulkan herangewagt.

In späterer Zeit ging das Kunstwerk verloren.

Das Buch von Plinius enthielt manches Rätsel und viele Legenden, auch die eines wunderbaren Kunstwerks. Durch die Erwähnung blieb die Skulpturengruppe des Laokoon im Gedächtnis. Es war einmal vor eintausendfünfhundert Jahren.

Frau Felber hat in der unteren Etage des Stalin-Hauses im ledertapezierten Kaminzimmer neben der Bibliothek ein Lesekabinett eingerichtet. In der Türfüllung zwischen den beiden Räumen klemmt neuerdings ein Brett.

Nach der Fortbildungswoche für Hochschulbibliothekare gilt eine einheitliche Bibliotheksordnung. Trennung der Bereiche. Die Neuen dürfen nicht mehr selbst in den Regalen stöbern. Frau Felber nimmt auf einem Vordruck Bestellungen an, sie ist gehalten, die registrierten Bücher zur Ausleihe bereitzustellen.

Mit einem Tauchsieder kocht sie für die Gäste im Kabinett türkischen Kaffee. Noch von Elis selbstgerösteten Bohnen, dem unerschöpflichen Bodenkammerfund. Gemahlenes Pulver in die Tasse, sprudelndes Wasser drauf. So bleibt der Geist des Ortes irgendwie erhalten. Man muss das Beste draus machen.

Im Lesekabinett lernt Fatme, die Mutter von Parsi, die deutsche Sprache. Ich trinke Tasse. Das ist falsch. Ich trinke Kaffee, das ist richtig. Ich trinke eine Tasse Kaffee, das ist auch richtig. Ich trinke nur eine Tasse. Auch das kann man sagen. Fatme trägt Sachen von Frau Felber. Hose mit Bügelfalte und Pullover. Über die Krankenkasse und Optiker Kufuss kann sie nun auch mit Hilfe einer Brille die Schrift erkennen.

Eli gießt Milch in den türkischen Kaffee.

Fatme wiegt den Kopf. Tee und Milch ja, Kaffee und Milch eigentlich nein. Eli würdigt Fatmes Haar. Ein Pferdeschwanz, glänzend wie schwarze Seide.

Ich wasche das Haar ohne Seife. Mit Tonerde.

Tonerde, essigsaure Tonerde, die nimmt mein Großvater Anton, wenn er nach einer Wandertour seine geschwollnen Füße badet.

Tonerde gut für Haar, sagt Fatme.

Wieder was gelernt, sagt Eli.

Ich auch, sagt Fatme.

Eli möchte wissen, ob es den Turm von Babel gibt. In Wirklichkeit. Frau Felber kann das besser erklären. Koldewey, der hat 1913 in Babylon die Überreste eines Zikkurats ausgegraben. Sie trägt ein Buch herbei. Schwarzweiße Fotos. Ein niedriges Lehmgemäuer, das ist der Turm. Auf der nächsten Seite das Ischtar-Tor. In Berlin zu besichtigen. Babylon in Berlin.

Hängende Gärten der Semiramis?

Fatme wirft den Pferdeschwanz. Das nein. Das ist nicht wahr. Fatme hat unten am See, wo die Soldaten gehen, von den wildwuchernden Sträuchern Beeren gesammelt. Sie zeigt die zerstochenen Hände. Schwarze Beeren.

Berberitzen?, sagt Eli.

Berberitzen. Gut mit Reis. Sauer, aber gesund.

Gemeine Dornen, wie Draht. Eli sagt ein neues Wort. Stacheldraht.

Bei uns in Babylon auch Stacheln. Überall in der Wüste Beeren und Stacheln. Rote Beeren oder schwarze Beeren. Alle gesund.

Jetzt reifen schon die roten Berberitzen. Das ist eine Verszeile aus einem Gedicht.

Frau Felber kennt das Gedicht. Rilke. Schon schlägt sie das *Buch der Pilgerschaft* auf. Jetzt reifen schon die roten Berberitzen, alternde Astern atmen schwach im Beet. Wer jetzt nicht reich ist, da der Sommer geht, wird immer warten und sich nie besitzen.

Die Berbera ist hier in unserem Klima ein Zierstrauch, sagt Eli. Es gibt über hundert Arten. Siehe unten im Garten, im Grenzgestrüpp. Du hast sie ja schon entdeckt. Unsere Berberis darwinii.

Fatme geht zum Gesangsunterricht ins Kulturhaus von Lokomotive Potsdam. Sie singt schon im Sonderchor mit. Weil ihre Stimme so schön ist. Stimme ist mein Bestes, sagt sie. Und Lachen kann ich auch gut.

Die hängenden Gärten der Semiramis gehören zu den Weltwundern. Ich glaube an die Gärten, sagt Eli.

Fatme probiert die deutschen Sätze: Ich glaube, ich glaube nicht. Alles ohne Himmel.

Die Gärten hat es bestimmt gegeben. Es wäre schön, wenn sie gefunden würden, die Reste von den Gärten der Semiramis.

Frau Felber gießt noch etwas heißes Wasser auf den Kaffeesatz. Schmeckt's noch?

Viel heiß, sagt Fatme.

Das Lesekabinett ist unter der Hand zu einem beliebten Treffpunkt geworden. Es ist gut, wenn Fatme kommt. Sie hat ihren weiten Rock gestiftet. Daraus hat die Mutter von Frau Felber fünf Röcke genäht. Auch Eli bekommt einen bunten Bordürenrock aus bestem Barchent, kühlt im Sommer, wärmt im Winter.

Parsi weiß nichts von Gärten zwischen Euphrat und Tigris. Das ist ein Märchen. Sagt auch er.

Ihr habt bei euch zu Hause nur noch nicht richtig danach gesucht.

Da müssen erst die Deutschen oder Engländer kommen.

Ach Quatsch.

Tassen stehen auf dem Tisch, Fatmes Sachen liegen auf dem Stuhl. Eine kleine perlenbestickte Tasche, Wörterbuch, ein Notizbuch.

Seit dem Frühjahr zieht sich ein grob planierter Fahrweg längs des Sees parallel zu Stacheldraht und Ufergesträuch. Undurchdringlich wuchernd: Fliederbüsche, Brombeeren, Berberitzen. Die Grenzer patrouillieren jetzt mit Motorrad oder Geländewagen, sie werfen immer noch Bonbonpapier und Zigarettenkippen ins Gras.

Manchmal knirscht ein Befehl oder eine Anweisung aus einem Funkgerät, manchmal tönt abgehackte Musik aus einem Radiorecorder. Old Man River.

Fatmes Verschwinden war lautlos geschehen. Man konnte es sich nur ungefähr erklären. Das Sekretariat der Schule wurde per Telefon von einem Sachverhalt unterrichtet.

Eine weibliche Person ausländischer Herkunft sei von Grenzorganen bei der Verletzung der Grenzsicherungsanlagen sichergestellt worden.

Berberitzen. Berberitzenreis. Der Duft der Berberitzen im Mai. Eli war neugierig, bald auch ziemlich besorgt auf Suche gegangen. Unser Stalin-Haus-Garten, das Pausengelände, lieblich frühsommerlich, mit deutlichen Zeichen des Verfalls, sogar die felsenfesten Stufen waren tiefer gerutscht, schief, von Laub und Erde bedeckt, von flinkem Efeu überwuchert. Unten auf dem Fahrstreifen konnte man nichts Besonderes erkennen. Neben den regenvollen Profilen des Jeeps frische Stiefelspuren und im Gestrüpp ein paar vorjährige schwarze Beeren und üppige orangefarbene, schwer duftende Blütentrauben. Ziemlich eindeutig Berberis darwinii. Das Leuchten der Natur. Vom Schöpfer gestiftet das Lied einer Nachtigall. Die sitzt pünktlich ab 4. Mai in den Fliederbüschen am See. Manchmal singt sie so laut, dass wir in der Umgebung keinen Schlaf finden können.

Weil Parsi vor dem Abschluss steht, bekommt er drei Monate Aufschub, dann muss er sein Internatszimmer räumen. Mutter Fatme war nach Zwickau gebracht worden. In Zwickau existiert eine entsprechende Einrichtung. Ein Ausländerwohnheim.

Parsi will später seine Mutter zu sich holen. Es sei kein Knast dort in Zwickau, bestimmt nicht.

Mutmaßungen, Befürchtungen, Trost im Lesekabinett. Frau Felber kocht Kaffee.

Parsi hofft auf einen Aufenthaltsschein, auf eine Wohnung, auf Arbeit als Fotograf, vorläufig in der Islamabteilung auf der Museumsinsel, bis er eines Tages als Kameramann zurückkehren wird in sein frommes Land. Die Konflikte häufen sich in der Welt. China baut einen Extrakommunismus. US-Kriegsschiffe stehen in einer Bucht vor der vietnamesischen Küste. Rüstungswettlauf in West und Ost. In Berlin wird eine Operninszenierung vor der Premiere verboten. Frau Felber gießt noch etwas heißes Wasser auf den schwarzen Grund. Sie hat die Sachen von Fatme in einem Bibliotheksschrank aufbewahrt. Für Parsi: Fatmes Perlentasche, das Wörterbuch, das kleine Notizbuch voll wunderlicher wellenartiger Schrift. Parsi kann uns sagen, was so ein offenes Schüsselchen mit einem Punkt darunter bedeutet. Das heißt Lenin, erklärt er. Parsi zeigt von rechts nach links, so muss man lesen. Die Schrift seiner Mutter. Das hat sie sich alles ausgedacht. Eine Geschichte. Am Ende, auf der letzten Seite, der Anfang, von rechts nach links, sie erzählt von ihrer Reise, wie sie hier angekommen ist, ohne ein Wort Deutsch zu können, ohne Adresse, nur mit Dollargeld und Blumenteppich. Die Überschrift lautet: Wo das Paradies ist.

Das Paradies befindet sich unter den Füßen der Mütter.

Parsi steckt das kleine Notizbuch ein. Es ist eine Last, er stöhnt sogar, er saugt Luft durch die persische Nase. So fremd und heimatlos. Eli hätte gern seine Hand berührt, tröstend, mitfühlend, neidisch, weil sie gern so eine wunderbare Last tragen würde. Wie mag das sein, eine Mutter in Höhe der eigenen Augen, die dazu noch genaue Worte findet, trefflich treffende Donnerworte. Direkt ins Herz. Das Paradies befindet sich unter den Füßen der Mütter. Über dem Kinderbett im Kinderauffangheim drohten weiße, knochig holzgeschnitzte Hände. Zum Fürchten. Während Eli noch die warmen Mamahände im Nacken spürt. Haarschleifen, Zopfflechten.

Schade, dass Fatme fort ist, das sagen alle im Lesekabinett.

Frau Felber will sich darum kümmern, sie wird mit dem Chauffeur des Dekans reden, der muss unbedingt den Teppich befördern, der Teppich, Fatmes Blumenteppich, gehört zu Fatme nach Zwickau. Parsi schnürt ein Paket. Es liegt bei Frau Felber im Stalin-Haus, der Chauffeur wird das Paket abholen. Er wird einen Weg finden.

Der Dekan sitzt pünktlich im Auto, denn heute ist Freitag, sein Chauffeur wartet nicht gern. Warten kann der Chauffeur für den Tod nicht leiden. Auch der Dekan liebt das Warten eigentlich nicht, er duldet keine Unpünktlichkeit. Er verbirgt seinen Unmut hinter schläfriger Geduld. Unterdes ist es gleich, es ist ihm einerlei, nicht mehr so wichtig, wo er die Zeit verbringt, wartend, unterwegs oder an einem dritten Ort. Unmut ist ein eitles Trachten. Er würde gern rauchen.

Das Auto parkt mit offenen Türen vor dem Stalin-Haus, der Motor läuft, es könnte losgehen.

Ziel Freiberg in Sachsen. Auf gewohntem Wege.

Endlich taucht der Chauffeur auf.

Er gibt Eile vor, schmeißt ein paar Bibliotheksbücher auf den Beifahrersitz. Die hat er sich von Frau Felber heraussuchen lassen, Tragisches von nordischen Menschen für drei Nächte im *Hotel Glückauf*. Er schwingt sich ins Auto. Er würde jetzt gerne vor dem Start etwas klären, damit der hinten wartende Chef, den er nach Freiberg zu bringen hat, unterwegs nicht allzu sehr überrascht ist oder gar überrumpelt. Also horch mal her, Kollege, wir müssen heute erst nach Zwickau, ich habe nämlich im Kofferraum ein Paket mit einem Teppich für die Perserin, die hier unten an der Grenze hochgenommen worden ist, die Mutter von einem ausländischen Studenten, bloß damit Sie wissen, wie es heute langgeht und wo. Ich habe es der Kollegin Felber versprochen.

Der Chauffeur spielt mit der Kupplung, dem Gas, es gelingt ihm nicht, den Mund aufzumachen. Es ist nicht seine Art, viel zu reden. Im Auto wird nicht palavert. Das ist Gesetz, von beiden gemacht, von beiden eingehalten.

Und so sind sie schweigend auf der Strecke. Der Dekan wie immer eingedeckt mit Papieren und Zeitungen. Russische und das Neue Deutschland. Er kümmert sich nicht um die Gegend draußen, wie weit sie schon sind, ob sie noch geradeaus fahren, ob es schon bergauf geht ins Gebirge, ihm ist einerlei, ob es dunkel wird. Er ist auf alles eingerichtet, Schirm, dunkelblauer Mantel, es gab eine Zeit, da musste er jeden Augenblick auf der Hut sein, jetzt will er nicht mehr auf der Hut sein, jetzt braucht er nur sein Ziel Freiberg, wo er vielleicht hingehört, wo er gerufen wird. Wer ruft? Die Pflicht. Die Gewohnheit.

Der Chauffeur tritt aufs Gas, gegen die lastende Stille fährt er, weil er etwas zu sagen hätte. Er hebt die Hand. Er macht sich bemerkbar.

Wenn Sie wollen, von mir aus können Sie rauchen.

Der Chauffeur weiß, dass der Dekan ein Raucher ist, beinahe ein Kettenraucher. Das Angebot hat der Chauffeur noch auf keiner Fahrt gemacht. In seinem Auto gibt es das nicht, Raucher. Im Rückspiegel sieht er erst das zerknüllte Papier, die verrutschte Lesebrille, die zugeklappten Augen. Dann erleichtert, den zuckenden Mund, die flatternden Lider.

Das hätte mir noch gefehlt.

Der Chauffeur fährt etwas langsamer, vorsichtiger, aber gegen die Schlaglöcher auf der Zwickauer Landstraße kann er nichts machen. Im Rückspiegel beobachtet er, wie der Dekan trotz der Schaukelei weiter sein Nickerchen macht, wie er langsam ruhiger atmet und nicht mehr so alt aussieht. So grau und wie Stein.

Er hätte dem Chef Bescheid sagen müssen, das wäre nicht schlecht gewesen, denn der Alte kann einem eigentlich leidtun, so einer ist nicht zu beneiden. Unklar, ob er, zur Strafe oder weil er gebraucht wird, auf dem Schulposten sitzt. Bei ihm trifft sicherlich beides zu. Jedenfalls hat er was im Kopf, hat viel erlebt und macht sich seine ziemlich eigenen Gedanken. Das spürt man als Chauffeur, und man merkt natürlich auch deutlich, dass so einer nichts zu melden hat. Sitzt auf einem Stillhalteposten. Man nutzt das nicht aus, man macht aber hauptsächlich, was man selber für richtig hält. Man bestimmt. Jedenfalls im Auto. So sind die Verhältnisse. Auf der Strecke bin ich König.

Der Chauffeur studiert die Skizze, die Parsi ihm in die Hand gedrückt hat. Alles in guter Butter, sagt er laut genug, damit auch der Chef ruhig bleibt. Ruhig bleiben, das ist wichtig.

Er parkt direkt vor dem Haus.

Es ist ein ganz normaler Neubaublock. Hier ist unsere Perserin untergekommen.

Der Name Parsi steht auf dem Haustürschild im Erdgeschoss neben Schmidt und Lustig.

Der Dekan sagt keinen Ton. Als hätte er von dem Paket mit dem Teppich gewusst oder als wären solche Umwege, wie viele Dinge, über die sinnlos palavert wird, nicht der Rede wert.

Neuerdings gehen die Studenten sonnabends in den Ratskeller, es sind die Jazzer. Dort ist was los, Play Bach zum Beispiel, Saxophon, Piano und noch mehr, dort kann man sein eigenes Wort nicht verstehen. Also Bier trinken, also Klobürstenwitze: Entschuldigung, kleiner Irrtum, so springt der Igel von besagter Bürste, also Bewegung, die Beine schwingen, vor und zurück, man rutscht auf dem Boden. Man fliegt über eine Schulter, man wird quer um eine Hüfte geworfen. Alle Schritte und Schwünge sind erlaubt, man muss nur immer wieder auf die Füße fallen. Das ist der Sinn. Es ist Rock and Roll. Die Schauspielstudenten lernen Rock and Roll in Bewegung und Fechten. Sie müssen diese dekadenten Sachen beherrschen für die Filme und Theaterstücke, die uns Geschichten aus der anderen Welt erzählen. Frau Rückert gibt wegen großer Nachfrage dienstags, fakultativ, einen Kurs für alle anderen Fachrichtungen, Bewegungstanz, im Unterschied zum klassischen und zum Paar- und Volkstanz. Eli macht mit. Es geht los mit Lockerungen. Wir stehen im Kreis, wir werfen uns rundherum in die Arme, wir lassen uns fallen.

Eli kann das nicht, die lernt das nie, sie stemmt sich jedes Mal dagegen, jedes Mal versucht Eli sogar, die anderen, die locker hinfallen wollen, aufzufangen.

Loslassen, lass endlich los.

Frau Rückert nimmt Eli aus dem Kreis. Während die große Runde auf Kommando umfällt, wird Eli in Einzelübung auf den Boden geworfen, erst mit Beinstrick, dann ohne, dann muss sich Eli barfuß auf eine Luftmatratze stellen. Fallenlassen, Vertrauen, Frau Rückert pfeift. Das machen wir jetzt so lange, bis du auf mein Signal sauber umfällst. Konzentration. Eli fällt und fällt.

Locker umfallen, so kommst du zu einem Gedicht, das hat Ludwig gesagt. Ludwig, der begnadete Spaßvogel zwitschert in Elis Kopf.

In der Bucht von Troja sieht es so aus, als wollten die Kriegsschiffe endlich abziehen: Segel werden gesetzt, Körbe verstaut. Dann heißt es: Kommando zurück. Konfuse Manöver, Scheinmanöver, scheinkonfus.

Das Sinnlose hatte einen Sinn.

Das gezimmerte Monument im Truppengewimmel zwischen den frisch geteerten griechischen Schiffen sollte, wie man hörte, ein Pferd darstellen. Man hörte, das Pferd sei ein Geschenk, ein Friedensgeschenk der Griechen an die Trojaner nach vielen bitteren Kriegsjahren.

Aus Holz gezimmert, braun, mit vier Säulen, so posierte das Präsent tagelang gegen den grünen Morgenhimmel.

Man sah, das Pferd stand auf Rollen.

Laokoon, der durch Losentscheid erhobene Priester im Dienste des Gottes Poseidon, hatte sich aus der Nähe ein Bild von der Sache mit dem Pferd gemacht. Er zweifelte sehr, er meinte, das Geschenk sei eine Kriegslist der Griechen.

Er warnte laut, doch die Trojaner glaubten ihm nicht. Sie glaubten an den Frieden.

Unter Jubel öffneten sie das lange verschlossene und schwer verteidigte Haupttor, darauf rollten sie das Pferd mit eigenen Kräften in die Stadt. Die bewaffneten Griechen, die sich im Bauch des Pferdes versteckt hielten, warteten noch, bis ganz Troja vor Friedensfreude und vom Wein betrunken war, dann fing das Gemetzel an.

Troja wurde besiegt, genau so, wie es die sturen Götter beschlossen hatten.

Unter den Menschen war das Gewissen schon erfunden, aber noch nicht das Taktieren. Laokoon hatte den Mund aufgemacht, die Stimme erhoben. Weil niemand ihm glauben wollte, hatte er, als das Holzpferd vor dem Tor stand, eine Lanze gegen die Bretter geworfen, so dass es der Letzte hätte hören können, der Körper war hohl, außerdem konnte man Waffenklirren, sogar griechisches Palaver aus dem Bauch des Pferdes vernehmen. Lasst das sogenannte Geschenk vor der Stadt, haltet das Tor geschlossen. Traut dem Frieden nicht.

Die Götter beobachteten den Querdenker. Sie beobachteten, dass einige Trojaner misstrauisch geworden waren. Laokoon behinderte die Pläne der Götter, er durchschaute ihre List, den Trick mit dem Holzpferd, er schadete, er musste entfernt werden.

Göttin Athene übernahm den Fall.

Laokoon war ein sportlich-zupackender Mann von etwa vierzig Jahren, er lebte zusammen mit einer liebenswürdigen, sinnenfrohen Frau. Das Schicksal hatte das Paar mit zwei Knaben beglückt. Antiphas und Thymbraios, Zwillinge, doch sie unterschieden sich in ihren Kräften, in ihren Interessen und im Wuchs. Einer blieb ein verspielter fröhlicher Knabe, der andere wuchs rasch zum klaräugig-klugen Jüngling heran.

Seit die beiden auf eigenen Beinen gehen können, nimmt der Vater sie zur Verrichtung der Opferzeremonie mit zum Altar.

Der Vater packt die Utensilien in einen Sack. Er ruft die Söhne.

Der Jüngling rollt gehorsam das Maßband ein, er ist mit Eifer dabei, eine Sonnenuhr auszurichten. Der Schattenwinkel soll zum Sirius- und Muttertag genau auf die Haustür fallen. Noch ein paar Tage, dann wird er sehen, ob er richtig gerechnet hat. Wenn sie vom Opfer heimkommen, will er aus weißen Kalksteinen die Teilstriche und Himmelspunkte auslegen.

Der Knabe knüpft aus Palmblättern mancherlei Zeug. Palmblattvögel. Auf dem Weg abwärts in Richtung Küste lässt er die Vögel fliegen. Weit, immer weiter, im Aufwind in die Hügel des Skamandertals. Er rennt hinterher, triumphierend, weil sie immer noch fliegen.

Der starke Sohn führt das Stierkalb, das sie gleich auf dem Altar opfern werden. Laut rauscht das Meer, erregt, die Hüften aufschwingend. Sie reden über das Holzpferd der Griechen. Es ist tückisch, erklärt der Vater. Man darf in der Götter Namen nicht alles glauben.

Ob es einen Unterschied gibt zwischen Wissen und Glauben? Eine Kinderfrage.

Ich glaube an meine Sonnenuhr, sagt der Jüngling ziemlich keck.

Dann müssen sie das Stierkalb fangen. Es hat sich hinterrücks davongemacht, um am Bachufer zu grasen. Mit grüner Speichelzunge leckt es die Hände der Laokoon-Söhne.

Am Altar fließt Blut. Der Knabe kneift die Augen zu. Der Jüngling schaut auf einen Punkt in der Ferne. Der Vater handelt schnell, als Schlächter, als Priester. Alle Notwendigkeiten des Rituals. Die Söhne ministrieren, weil es so sein muss. Dann laufen beide zum Bach. Waschen. Baden.

Die Schlangen sind schon unterwegs, zwei männerarmdicke Biester, von der Göttin Athene aus der Mitte des Meeres zum Ufer gelenkt und weiter zwischen den Steinen zum Bach.

Der Vater legt einen Kranz aus Olivenzweigen um das ausgeblutete Opfertier.

Da hört er einen Schrei. Eine Kinderstimme. Möwen flüchten in Richtung Meer. Die Schlangen haben den Vater gepackt, Beine, Arme und Handgelenke gefesselt. In müheloser Eleganz. Der Jüngling sieht mit Entsetzen den wehrlos eingeknoteten Vater, weit geöffnete Schlangenmäuler und den kleinen Bruder, hingestürzt am Ufer des Baches, die Füße zucken im glitzernd tänzelnden Wasser. Die weißen Kinderaugen blicken zum Wolkenhimmel. Das Meer ist in eine tiefe Stille gefallen. Schwärme lautloser Vögel.

Damit war den Trojanern Bescheid getan. Laokoon, der Priester, hatte die Götter durch seine Kriegsprognosen in Zorn versetzt. Noch anderer Frevel wurde ihm nachgesagt. Als Priester unter einem Dach mit einer Frau, obendrein habe er seine Söhne auf einem Opferaltar gezeugt. Man muss sich das einmal vorstellen. Für Zorn und Strafe gab es Gründe genug.

Troja wurde durch den Beistand der Götter geschlagen. Nur einer rettete sich. Er floh mit Vater, Frau, Söhnchen und Schiffsbesatzung vom Ort des Niedergangs und begründete ein neues Kapitel der Geschichte, das spätere Rom. Der beherzte Äneas.

So bestimmten es die Götter, so waltete das Geschick.

So überliefern es die Dichter. Ein neues Leben fängt an.

Troja versank irgendwo, heutigentags ziemlich entfernt von der lebhaften Küste, unter Schlamm, Schutt und Humusschichten.

Der römische Dichter Vergil erzählt vom gründlichen Vollzug des Götterauftrags. Er lässt von Anfang an römische Götter walten. Athene wird Minerva. Die Schlangen erwürgen alle, den Vater und beide Söhne. Kein Lebenszeichen mehr. Damit hatte diese Geschichte ein klares Ende und die neue Epoche einen sauberen Anfang.

In den Jahren vor der Zeitenwende steht vor drei Bildhauern von der felsigen Insel Rhodos eine nämliche Vision. Aus acht Marmorblöcken wollen sie das gewaltsame Ende des Laokoon in einer Skulpturengruppe zum Vorschein bringen. Der achtsame Priester soll sterben und mit ihm seine unschuldigen Söhne. Schlangen sind, wie überliefert, die Mordwerkzeuge. Das zarte kleinere Kind stirbt zuerst, im Tode erfährt es, dass niemand auf dieser Welt es retten wird, es sinkt hilflos aus der unvollkommenen Obhut des irdischen Vaters.

Eines Mannes, der besinnungslos ist vor Schmerz, niedergemacht, gewürgt und gefesselt. An der Schwelle zwischen Leben und Tod.

Keine Rettung, nirgends und für niemanden.

Da greift der Sterbende in letzter Geistesgegenwart mit der freien Hand nach dem züngelnden Tier. Das ist die entscheidende Sekunde. Statt nach Vorsehung der Götter den zweiten Sohn zu töten, beißt die Schlange in die Hüfte des schon in sich selbst versinkenden Vaters. Durch diese von Überlebens- und Liebeskräften diktierte Geste wird der Jüngling verschont. Ein Himmelszeichen, ein früher Stern, der nach Bethlehem führt?

Frau Felber in der Bibliothek liest das Trojakapitel, sie vertieft sich in die Skizze von Erika und in das Foto im ersten Band Kunstgeschichte von Hamann, die gängige Version des Laokoon. Am Ende wiegt sie den Kopf, sie zieht die Augenbrauen ziemlich hoch.

Das ist meine Meinung, sagt Eli. Die Geste des Vaters ist doch deutlich genug, man sieht doch, dass die Schlange irritiert ist.

Frau Felber betrachtet wieder das Foto, es ist gut gedruckt, aber leider ziemlich klein.

Eine irritierte Schlange, das kann ich nicht sehen.

Auf dem Foto nicht, aber auf der Skizze von Erika.

Eli bedankt sich für Kaffee, die Kekse und das Gespräch. Das Sorgenbündel unter dem Arm, so macht sie sich auf den Weg vom Stalin-Haus in die Dachbude, an die Bodenkammertür, den geliebten Notschreibtisch, wo die anderen Kapitel liegen und ein Brief an Erika.

Notiz:

Bleibt am Ende noch die Frage, was aus dem Knaben geworden ist. Was wird aus Überlebenden? Wurde Laokoon junior Sklave der Griechen? Ging er im Tross von Äneas auf die lange Reise? Wurde er am Ufer des Tyrrhenischen Meeres Spezialist für Sonnenuhren? Ein Davongekommener, vaterlos, bruderlos, glücklos? Einer, der die Gefahr nicht gebannt, den Mord nicht gehindert hatte. Ein Schwindler. Davongekommene sind nur scheinbar brauchbare Zeitzeugen.

Der fünfte apokalyptische Reiter heißt: Schuld.

Siegfried Müller tippt. Eli diktiert. Nach jedem dritten Satz hat Siegfried Müller eine Frage. Das ist typisch. Nichts will er durchgehen lassen. Den Wechsel zwischen griechischen und römischen Götternamen. Eli, du musst die Perspektive beachten. Und die Spekulationen vermeiden.

Eli legt das Deckblatt, die Durchschläge, dazwischen das Kohlepapier, Seiten, die Siegfried in die Walze seiner Maschine einspannt, es ist eine schwarze hochglänzende Optima. Weil Siegfried sich nicht vertippen möchte, will er lieber aus Elis Heft abschreiben, dein Diktat verwirrt mich. Weil er schon wieder einen Fehler gemacht hat, weil er ins Schwitzen gekommen ist, zieht er seinen hellblauen Westover aus. Er blättert in den nächsten Seiten, nicht nur der Inhalt, auch die Form irritiert ihn.

Siegfried nimmt das Heft hoch, er liest. Soll das deine Schrift sein? Schräg, höchst schräg. Das sind doch Ludwigs Buchstaben. Wirklich, das sieht aus wie von Ludwigs Hand.

Unser schräger Ludwig schleicht durchs Gelände. Er geistert. Wenn nicht persönlich, so doch als grüne Schrift. Ludwig liefert von auswärts seine Gedanken an Eli. Aber das weiß Siegfried am besten, das ist unmöglich, dafür gibt es feste Grenzen, die Grenzorgane und genügend Kontrollinstanzen. Die Brieftaubenvereine sind verboten. Wie die Segelflieger und Taucher.

Ist dir das noch nicht aufgefallen, Eli. Du hast Ludwigs Schrift angenommen. Komisch wäre es, wenn Ludwig jetzt schreiben würde wie du.

Das wäre echt komisch, sagt Eli.

Weiter im Text. Die Geistesgegenwart des Laokoon. Siegfried liest, seine Stirn wird zum Waschbrett. Die Gegenwart des Geistes im Augenblick des Todes.

Das geht aber jetzt zu weit, Eli.

Siegfried hat sich stets um Arbeiterkind Eli gekümmert, jedes Sommer- und Winterhalbjahr hat er sich Sorgen gemacht, weil die Leistungskurve nicht kontinuierlich nach oben gehen wollte. Eli, du fällst, du schwankst schon wieder. Eli, ich bitte dich, bleibe bei gesicherten Erkenntnissen. Du darfst das Ende jetzt nicht vergeigen. Schon wieder so eine Stelle, du schreibst: Zufällig gefunden beim Latrinenbau. Das tippe ich bestimmt nicht, das ist total aus der Luft gegriffen.

Also gut, an der Stelle bleibe ich ganz allgemein bei Bauarbeiten im Gelände. Aber jetzt sind wir erst mal bei der Geistesgegenwart im Tode, wo sich Prinzip Hoffnung und himmlische Erlösung berühren.

Das meinst du, sagt Siegfried. Du allein und sonst niemand. Eli pocht auf ihren Beweis.

Sieh dir die Skizze von Erika doch mal genau an. Kneife bitte die Augen zu. Wir sind zwar nicht in den Vatikanischen Museen wie Goethe, wir haben nur die Skizze vor unserem Blinzelblick, und Fackelbeleuchtung haben wir auch nicht. Trotzdem. Augen fest zu, Augen auf. Kapierst du, der Junge ist fort. Er hat die Biester vom Knöchel gestreift, den Arm weggezogen, den dicken Schlangenwulst vom Oberschenkel geschleudert, er hat das Geschlinge hinter sich gelassen. Lauf, was du kannst. Renne. Er ist fort.

Eli, du spinnst, du musst bei den Tatsachen bleiben, du darfst nicht spekulieren.

Tatsache ist, ich muss nach Rom.

Jeder muss nach Rom, sagt Siegfried Müller, und Siegfried Müller erklärt, warum das nicht geht. Es hat mit der Währungsreform angefangen, eigentlich mit den Nazis. Sogar schon mit der Weltwirtschaftskrise, die Wurzeln stecken im Ersten Weltkrieg, in der Revolution und dem Rubel, mit Rubel kannst du nicht nach Rom, der Rubel ist nicht konvertierbar. Der Rubel war schwach, er ist schwach und wird immer schwach bleiben, darüber können wir lange reden, aber es hat keinen Zweck. Du würdest die Welt durcheinanderbringen. Denke nach, hast du es wirklich so schwer?

Ich platze gleich vor Wut und Sehnsucht.

Eli nimmt einen Kaffeebecher aus dem Regal. Sie geht in die Küche. Ein paar Bohnen sind immer noch im Sack. Rösten und mahlen.

Eli kocht Kaffee. Für Siegfried, denn sie wird ihn jetzt ablösen an der Schreibmaschine. Sie knipst die Lampen an. Die Deckenkugel, die Tischlampe, die Arbeitslampe. Hell erleuchtet die Szene. Etwas frische Luft aus dem offenen Dachfenster tut gut.

Siegfried hat den Westover noch nicht wieder angezogen, er trinkt den Kaffee genießerisch und recht langsam, er sitzt auf dem Tagsofa, also eigentlich auf dem Bett, er behält den Kaffeetopf gemütlich in den Händen. Er pfeift leise, fast ein bisschen verträumt, während Eli tippt. Sie hat vorgearbeitet, die geschichteten Seiten, Kohlepapier, rosa, blaues und gelbes Durchschlagpapier liegen kreuzweise neben der Maschine. Sie spannt eine glattgeklopfte Lage ein. Eigentlich könnte Siegfried die Maschine hierlassen, er sieht ja, wie sie vorankommt, eigentlich könnte er jetzt nach Hause fahren.

Deine Frau wartet vielleicht schon auf dich.

Das kann sein, sagt er.

Siegfried, ich beneide dich.

Mich? Warum?

Ich sage dir erst einmal, worum ich dich eigentlich nicht beneide. Nämlich, dass du immer der Beste bist und unser Seminarsekretär und um deinen festen Klassenstandpunkt, denn dafür musst du stets konzentriert geradeaus denken und hart arbeiten, Sitzungen und Schulkonferenzen besuchen, darum beneide ich dich nicht. Ich beneide dich um deine Frau. Wie du so was erwischt hast, auf Anhieb gleich die Richtige.

Siegfried schaut aus seinen blauen Augen. Er hat es noch nicht gewusst und in der vorigen Minute am wenigsten, aber jetzt weiß er genau, dass Eli eine gute Wahrheit gesagt hat.

Das stimmt, Eli, ich habe Glück. Er versteckt seine Rührung, indem er die Taschenuhr hervorzieht. Er kriecht in seinen hellblauen Westover. Er schaut Eli zum Abschied in die Augen wie im Film *Casablanca*, ziemlich traurig vor so viel Wahrheit. Die Maschine hole ich in ein, zwei Wochen bei dir ab, oder du stationierst sie im Stalin-Haus bei Frau Felber in der Bibliothek, oder du stellst die Maschine hinter den Heinrich-Heine-Kopf. Versteck sie hinter dem Sockel. Dann eilt Siegfried zum Bus.

Liebe Eli, ich bitte meine Eilschrift auf den vielen beigelegten Zetteln zu entschuldigen. Ein Glück, dass ich dem Hinweis des arroganten Affen in der Bibliothek noch gefolgt bin. Museo Barracco. Realmente vero, Pollak hat dort gearbeitet. Dort war einige Jahre sein zweites Zuhause. Dort existiert doch tatsächlich ein Schuhkarton mit ein paar schriftlichen Sachen von ihm, sogar ein Tagebuch, sogar mit Einträgen, die Dich sehr interessieren werden. Ich stecke meine Notizen in den Umschlag und sage: Ab die Post.

Aus dem Tagebuch von Ludwig Pollak

1. 2. 1904 – Beim jour den Laokoon-Arm gezeigt. Petersen und Com. Galli vom Vatikan.

7. 3. 1904 – Vormittags brachte ich den Laokoon-Arm in den Vatikan. Die Kustoden waren nicht wenig erstaunt. Es scheint doch eine Replik zu sein.

Dezember 1905 – Den Laokoon genau besichtigt. Hinaufgestiegen und den kostbaren Körper genau mit den Händen abgetastet. Ich sah, dass in antiker Zeit schon der rechte Arm gebrochen und wieder angesetzt war. Den von mir geschenkten Arm verglichen. Dann bei Galli im Studio.

12. 1. 1906 – Adunanz im deutschen archäologischen Institut Rom anlässlich der 400-Jahr-Feier zur Bergung der Laokoon-Gruppe. Ich sprach als Dritter. Referierte über den bei Supino gefundenen rechten Arm.

Tags darauf von Journalisten aufgesucht.

Würdigung in der Frankfurt/Oder-Zeitung.

12. 9. 1907 in Dresden – Ich sah zu meiner Freude die Kopie der Laokoon-Gruppe mit meinem rechten Arm reconstruiert.

6. 5. 1919 – Ordentliches Mitglied des deutschen archäologischen Instituts in Rom.

Zweifel in Fragen der Echtheit des Arms. Proportionen. Marmorvergleich.

1932 – Goethefeier in der Hertziana. Verschiedene Leute fehlten. Auch ich war ausgeschlossen. Das Bild von Henriette Hertz, der jüdischen Stifterin, ist entfernt.

1933 – Göring hält in der Hertziana, die nicht mehr Hertziana heißt, eine Rede zu Hitlers Geburtstag. Hier endet das Tagebuch.

Im Karton liegen Rechnungen. Postkarten.

Il Ceco, so wurde er genannt, weil er aus Prag gebürtig war. Aufsätze, Gutachten zu antiken Vasen. Einige Schreibmaschinenseiten, Überschrift: Lebenslauf. In der Kindheit Flecklsuppe am geglätteten Tisch. Während eines Pragbesuches in der Zigeunersynagoge eine Jugendfreundin geheiratet. Treffen mit dem alten Rabbi Deutsch, mit Kantor Löwensohn und Custus Jeitteles. Ausführungen zu 1905: An einem kompakten, gewiss vor Jahrhunderten bearbeiteten parischen Marmorbrocken eine dicke hufeisenförmige Umschlingung entdeckt. Es sieht aus wie das Segment einer Schlange. Der Scalpellino erklärte, das Bruchmaterial sei von der Via Labicana zu ihm gebracht worden. Er habe das Material einem Trümmersammler abgekauft, der sich mit solchem Handel sein Brot verdient. Von der Via Labicana ist es kein weiter Weg zum einstigen Weingarten des Signor Freddi.

Ich ließ den Marmor nach Hause transportieren. Den rechten, wahrscheinlich den richtigen Arm des Laokoon. Das Handgelenk von der Schlange gefesselt, den Ellenbogen in die Beuge gezwungen.

Dresden, den 6. Juni 1906

Sehr geehrter Herr Doktor! Können wir durch Ihre freundliche Vermittlung nicht einen Abguss Ihres Laokoon-Arms haben? Beauftragen Sie eventuell Ihren Gipsgießer kurzerhand zur Einsendung eines solchen an die K.-Skulpturensammlung. Der rotbraungoldige Fleck, von dem Sie in *Römische Mitteilungen XX*, Seite 280 sprachen, kann übrigens schwerlich von einem Bronzestift, sondern wohl nur von einem Eisendübel und dessen Oxyd herrühren. Mit verbindlichem Dank im Voraus. Ihr ergebener Georg Treu

Sehr geehrter Herr Geheimrat, eben nach Rom zurückgekehrt, habe ich gleich das Nötige veranlasst, um Ihnen die zwei Abgüsse (einen für Prof. Studniczka in Leipzig) des Laokoon-Arms zu verschaffen. Der Gießer Maratalli verlangt 10 M pro Stück.

Hochachtungsvoll, ergebenst, Ludwig Pollak

Aus einem Gutachten, grünes Durchschlagpapier, Stempel Kopie, ohne Unterschrift:

1942 Vatikanische Museen. Bei notwendigen Restaurierungsarbeiten stellte der Restaurator Caffarelli fest, dass die Löcher der Befestigungseisen zwischen dem gefunden Arm und der Schulter des Originals genau übereinstimmen. Auch die Frage des Größenunterschiedes lässt sich erklären: Man hatte beim Anbringen des jetzigen gestreckten Arms ein Stück Originalschulter herausnehmen müssen. Der von Pollak gefundene angewinkelte Marmor ist mit großer Wahrscheinlichkeit ein Originalteil der antiken Skulpturengruppe der Bildhauer aus Rhodos. Ein Teil des von Plinius beschriebenen Kunstwerks, jenen Priester darstellend, den die Schlangen samt seinen Söhnen töteten, weil er die Pläne der Götter gestört hat.

Liebe Eli, ich würde Dir gern die ganze Kiste samt Inhalt schicken, am liebsten käme ich persönlich mal kurz in Deiner Bude vorbei.

Meine Mutter hat geschrieben. Wahrscheinlich lässt sie sich scheiden. Das darf ich hier aber nicht erzählen. Sonst läuft das römische Leben: Mann und Kinder wohlauf.

So kriechen Dank und neidische Sehnsucht auf krummen Postwegen hin und her.

Nicht zum wenigsten habe ich mich über die Blütenblätter zwischen den Zetteln gefreut. Danke für den Zitronenduft.

Ich hätte gern Pollaks Handschrift vor meinen Augen, hätte gern selbst ein bisschen in der Kiste gekramt. Dein Brief und ein Marmorsplitter aus dem Tauber-Garten liegen auf meinem

Tisch, wenn ich mir Mühe gebe und müde genug bin, gelingt mir die Wandlung. Ich bin in Rom. Ich schreibe das Kapitel ZUFALL und ZWEIFEL noch einmal ab, Siegfried hat mir seine Maschine geliehen. Meine ist ja mit Ludwig unterwegs. Ist das nicht wunderbar! Die Maschine macht mich zum Weltbürger, so denke ich mir, ich habe Besitzungen, wo immer die langen Läuferbeine hingehen, in Übersee oder vielleicht sogar in deiner Nähe, das könnte doch passieren: Italien, Rom. Meine bewegliche Habe profitiert von einem geliebten Geist. Unterdes sitze ich in warmen Socken am stabilen selbstgebauten Schreibtisch, ich mische die Kapitel neu. Deine Zettelsendung tut das meiste dazu. Am liebsten würde ich die Splitter aus Pollaks Leben original von deiner Hand einfügen, die Zettel sauber auf Pappe kleistern, sozusagen als Unterfütterung des Beweises. Weil ich selbst mich nicht von Musen küssen lassen muss. Ich bin befreit.

Liebe Erika, ich danke Dir für Deine große Hilfe. Ich bekenne, dass ich seit langem ein schlechtes Gewissen habe, Du hattest mich gebeten, Deine Eltern mal zu besuchen. Wahrscheinlich habe ich ein bisschen Schiss davor. Das soll aber keine Entschuldigung sein. Durch die bevorstehende Scheidung ist die Situation wohl noch heikler geworden? Wenn ich hier Luft habe, mache ich mich auf den Weg nach Halle, vielleicht zu Fuß.

Auf das Deckblatt gehört der Titel, der Zweck und der Name, auf Seite zwei darf eine Danksagung folgen. Eli rückt folgenden Text in die Mitte:

Der besondere Dank gebührt

1. meiner Seelenschwester Erika von Friedbrodt-Corani, Rom,
2. meinen Herzensfreunden Ludwig Zweig und Erwin Schubert, irgendwo in der weiten Welt,

3. meiner gütigen Stütze Siegfried Müller, Berlin, und der Bibliothekarin Herta Felber ebenso wie
4. meinen Großvätern Anton, Ost, und Heinrich, West, die mich nährten und kleideten, und nicht zuletzt
5. unserem mich allzeit streng fördernden Dekan, Berlin, Moltkestraße, Ministerium für Kultur.

Sie schreibt das Deckblatt und die Widmung mit sämtlichen Durchschlägen ins Reine, fügt zum Schluss noch einen Dank

6. an die Wolken hinzu. Vielen Dank für die stets anregende Begleitung.

Eli tippt ihren Namen und das heutige Datum.

An diesem Tag ist Großvater Heinrich, West, schon tot.

Eli erhält die Nachricht in einem Brief, den der Pförtner ihr mit langem Arm durch sein Fensterchen entgegenstreckt. Der Pförtner macht ein mitfühlendes Gesicht. Das sieht nicht gut aus, das rieche ich, sagt er.

Der Pförtner hatte richtig gerochen.

Der Umschlag enthält die Anzeige vom Hinscheiden des verwitweten schlesischen Landsmannes Heinrich Mann, des liebenden Großvaters, Imkerbruders und Hühnerologen. In einem Extrakuvert stecken Ausschnitte aus dem *Heimatboten*, das Brustbild des Verstorbenen, eine kurzgefasste Kondolenz des Vertriebenenverbandes und ein Zeitungsschnipsel: *Was sonst noch geschah*. Neubürger aus dem Leben gerissen. Auf einem Zettel ein paar Zeilen von Anton. Heinrich ist gestorben, man weiß nicht warum, er habe am Abend zuvor noch in der Nachbarschaft beim Dacheindecken von einem Lastenausgleichshäusl geholfen. So schnell kann es gehen, wenn du eigentlich was anderes machen willst als sterben. Die Asche von ihm steckt nun in einer Blechbüchse, und jetzt stell Dir vor, liebe Enkelin Rafaela, Heinrich will nicht auf den Kirchhof ins Vertriebenenrevier, er hat sich in den Kopf gesetzt, dass wir seine Asche nach Osten schaffen, respektive an die Katzbach an seinen Geburtsort, in die dortige rote Erde. Als Erstes soll die Büchse nach Berlin gebracht werden. Von Berlin aus, so denken die drüben im Westen, ist es nicht mehr weit über die Oder-Neiße-Linie bis zum Ziel. Auf der Landkarte rechne ich 130 Kilometer.

Was sagst Du jetzt Rafaela? Ich verstehe nicht, erstens, dass Heinrich vor mir gegangen ist, und zweitens, dass er nun so was will. Trudchen schreibt, es war alles für alle eine Überraschung. Das plötzliche Hinscheiden von ihm und der Eigensinn, obwohl das über Generationen schon ein Mann'sches Erbteil ist, der Eigensinn, und Du, liebe Rafaela, hast auch davon und nicht nur das messingfarbene Haar. Trudchen glaubt, das neue Passierscheinabkommen kann helfen. Schreibe mir umgehend, was ich schreiben soll, ob Du bereit bist, die Asche zu übernehmen. Man muss einen Treffpunkt ausmachen in Ostberlin. Was schlägst Du vor, wo und wann? Mit der Post schicken geht nicht, weil Büchsen, wie Schusswaffen und Bücher, in Westpaketen verboten sind. Ich weiß nicht, ob Trudchen selber kommen wird, die mit ihrem orthopädischen Fuß.

Anton macht noch einige Anmerkungen zum Postgeheimnis. In der Systemzeit habe Anton daran geglaubt, wie an was Heiliges, einen fremden Brief liest man nicht, heute haben wir einen klaren Fall von Paketschnüffelei und Zensur, wo man mit Glück dran vorbeikommt. Anton erinnert in blumigen Andeutungen an das Taschenbuch in der Schogettenschachtel, erinnert an die Kompetenz, welche Heinrich in diesen Dingen besaß. Es ist sehr traurig und schade um ihn. Zu der Büchse mit seiner Asche wäre ihm gewiss was eingefallen. Vielleicht später in der Weihnachtssaison versteckt in einem größeren Westpaket, Geschenksendung keine Handelsware, mit wenig ängstlichen Knoten solide verschnürt in einem Knäuel Jackenwolle oder in einem Sack voll Reis, vielleicht mit einer schwedischen Zwischenadresse und dann auf der Schwedenfähre, vielleicht bis Rostock zu Dietrich Dubbert. Leider hat Heinrich keine praktische Idee hinterlassen, sondern nur sein Vertrauen, dass ihn auch als Asche das Glück begleiten und dass uns in seinem Sinne was einfallen wird.

Stillstand. Der Kalender stockt. Der Mai verharrt wie eine abgelaufene Uhr. Er will nicht weichen. Seit Wochen liegt in der Gartenecke, wo zu anderen Zeiten in der Nähe die Wildschweine hausen, eine vom Himmel gefallene Wolke, weiß, wenn die Sonne endlich untergeht, zeigen sich feine rosa Stiche, die Rhododendronbüsche blühen, unverwüstlich wie Sebnitzer Friedhofskunstblumen. Es ist das Tempo der Post und des Studienjahres.

Eli hat die farbigen Durchschläge sortiert, die Deckblätter, in gesperrten Buchstaben die Überschrift: *Mutmaßungen über Laokoon*. Versuche über Laokoon, wie Schubert ihr einstmals vorschlug, das hat für Eli keinen Klang mehr. Sie muss niemandem erklären, weshalb, und das ist traurig, vielleicht sogar gefährlich, wie ein Alleingang über die morsche Katzbachbrücke ohne Geländer. Ein Abenteuer.

Mutmaßungen, der Titel ist eigentlich geklaut von einem anderen Buch, einem im Westen veröffentlichten Roman oder einer Erzählung. Eli kennt nur eine Beschreibung, eine Rezension, ein paar Sätze daraus aus dem Radio. *Mutmaßungen über Jakob*, es geht um einen alten Eisenbahner, der verunglückt oder sich das Leben nimmt oder umgebracht wird, lauter Rätsel über das, was war und was geschieht. Rätsel wäre ein mögliches Beiwort zum Laokoon-Titel, statt der gestohlenen Mutmaßungen oder: Meinungen oder Ansichten, das geht in die Richtung. Mutmaßungen jedoch bleibt die einzig richtige Überschrift, die anderen würden höchstens Ersatz sein und damit vielleicht den Diebstahl vertuschen oder gar aus dem Diebstahl eine Anregung machen. Eli klaut ehrlich und nicht ohne List, sie maust ein Wort aus dem Westen, ein nüchternes Wort für einen unverstellten Blick auf ein unergründliches Geschehen, die Kenntnis dieses Wortes, woher und überhaupt, müssen der Dekan und seine Beisitzer erst einmal zugeben, ehe sie ihr die unrechtmäßige Aneignung fremden geistigen Eigentums nachsagen können. Außerdem steht das Wort für jedermann zum Gebrauch im Duden, zwischen Mutlosigkeit und Mutter.

Eli trägt ihre fünf Durchschläge ins Prorektorat. Frau Gieram stempelt das Eingangsdatum auf die Mappen. Die Schreibmaschine stellt Eli, wie verabredet, im Stalin-Haus hinter den Sockel mit dem bronzenen Heinrich-Heine-Kopf.

An der Hauswand neben der Treppe in den alten Dübellöchern der im Keller abgestellten Marmortafel, die den Aufenthalt Stalins im August 1945 in diesem Haus bezeugt, hängt ein neuer Spruch, Holz auf Holz, geschnitzte Buchstaben. *Das Leben! Das Leben! Verflucht, darin liegt alles. Deshalb lieben wir die Kunst.*

Eli mit leeren Händen.

Ich bin befreit: vom Kleinkaliberschießen und von der Kunst. Vom Wir zum Ich.

Eli fühlt sich erleichtert, doch mit pochendem Herzen wie eine listige Versteckspielerin, die gleichzeitig fürchten muss, dass keiner sie entdeckt. Einsam, kleinmütig. Zu alten Zeiten in Dresden würde sie, um wieder ins Leben zu finden, im Arnoldbad vom Zehnmeterturm springen, in der Frühe, bevor die Badegäste kommen, bevor der Arbeitstag im Botanischen Garten anfängt. Aus zehn Meter Höhe in einem Kerzensprung ins kalte blaue Wasser.

Im Dorf an der Katzbach war sie eines Tages in ihren Kleinkinderpantoffeln ganz allein über die schmale schwankende

Katzbachbrücke gegangen, drunten schäumendes Wasser, drüben auf der Wiese ein wütender Gänserich, eine händeringende Großmutter und alle schlesischen Nachbarn. Jesses Maria, Madl, Madl, Jesses. Der Großvater hatte plötzlich bei ihr gestanden, ihren Kragen gepackt. Das ist gefährlich, da kannste stürza, nunger ins Wasser, und plumps biste weg, hängst im Wehr, drehst unten an der Mühle über das Rad. Haste gehört?

Ja. Nicht fallen.

Genau. Und jetzt schaff die Gänsla ins Gatter.

Die Gänsla, die Herde, der gemeine Gänserich mit dem langen Hals, dem scharfen Schnabel, die mussten jeden Abend von den Katzbachwiesen nach Hause getrieben werden. Erst sind die Stellen am Bein, wo der Gänserich gebissen hat, rot, dann blau und zum Schluss lila und grün.

Pfingsten ist der Gänserich fort. Er war fett genug, sagt Heinrich. Die Gänsla sind schlau. Sie haben mit Eli ein Spiel angefangen, sie schwimmen ans andere Ufer, immer, wenn Eli kommt, sind sie auf der anderen Seite. Eli macht das Spiel eine Weile mit. Über die Brücke, mit einer Weidengerte, mit dem Rutenbesen, so weit ist sie schon. Nicht fallen, so was weiß Eli genau, sie weiß unterdes, dass die Gänsla den langen Rutenbesen am meisten fürchten. Sie fürchten den Besen mehr als Heinrichs Gebrüll.

Der Pförtner hat die Pförtnerloge im Haupthaus verlassen, das darf er nicht. Es stehen Filmbüchsen herum, und die Post liegt am Fenster, die Schlüssel hängen im offenen Schlüsselkasten, das Telefon, die Milchgeldkassette, der Pförtner muss die Ausweise kontrollieren, die eingeklebten Passierscheine, die jedes Halbjahr in der Polizeimeldestelle mit einem Stempel verlängert werden, erst der Besitz eines verlängerten Passierscheins gestattet das Betreten des Grenzgebietes oder des grenznahen

Raumes. Er ist verantwortlich dafür, dass kein Unbefugter an seinem Pförtnerfenster vorbei das Gelände betritt. In dieser Sache muss er unerbittlich sein. Gastdozenten ohne Stempel müssen mit den Studenten neuerdings in die Fechthalle wandern oder in einen anderen größeren Raum außerhalb des Sperrgebietes. Der Gastmensch aus Leipzig kennt die hiesige Lage immer noch nicht, er ist in seiner weltfremden Art uneinsichtig und eine Kämpfernatur, weil er eine Wandtafel oder eine bestimmte Technik braucht, die in der Fechthalle nicht zur Verfügung steht, weil er überhaupt seinem Amt und Professorentitel entsprechend Entgegenkommen und Vernunft erwartet, wenn er schon mit eigenem Wartburg seit fünf Stunden unterwegs ist, und alle anderen lässig mit einem sogenannten Passierschein am Pförtner vorbeimarschieren. Nach seinem Vortrag im Stehen, ohne ein Stück Kreide, in einer fensterlosen total verspiegelten Turnhalle darf er nicht in die Mensa zum Mittagessen und nicht ins Vertragsbüro. Sein Honorar muss er auf der Straße auf dem Autodach quittieren.

Jedes scharfe oder gute Wort ist vergebens.

Der Pförtner besteht auf dem Passierschein mit einem aktuellen Stempel. Das ist das Allerwichtigste an der Sicherheit. Keine Ausnahmen. Er verscheucht die Fliegenschwärme, er klatscht die Wespen.

Auf den ersten Blick von der Straße aus gesehen ist das Grenzgebiet ein Idyll. Holunderbüsche, Berberitzen wie auf dem Dorf. Düfte wie im Sommer. Aber das Ufer zum See ist inzwischen vermint und mit Leuchtraketen bestückt. Das ist der Eiserne Vorhang.

Unter der offenen Haustür klemmt ein Holzkeil. Im Verschlag, wo der Pförtner seinen prinzipienfesten Tag lebt, der leere Lutherstuhl, das breitgesessene Sofakissen. Der tickende Wecker. Von der Deckenlampe herab hängt eine braune klebrige Schillerlocke, heute früh als Erstes aufgehängt, ein frischer

Fliegenfänger. Jemand hat Eli gesehen, vor einem Augenblick sei sie mit einem schweren Schreibmaschinenkoffer und Filmbüchsen aus dem Prorektorat gekommen. In einem buntgemusterten Rock.

Der Pförtner hat seinen Platz verlassen. Sie kann nicht weit sein. Der Pförtner trägt Eli einen braunen Brief hinterher. Die Nachricht, auf die sie schon lange wartet, seit Wochen, den ewigen Mai. Er findet Eli, Frau Felber, beide in bunten Röcken, Persermuster, persische Baumwolle, in geschwisterlichem Einvernehmen.

Eli, das Elala, ist über die schwankende Brücke gegangen. Eine Buchenholzbrücke. Langaufgeschossene Stämme schaffen den Halt für das meterbreite Holz, ebenfalls Buche. Der Großvater hatte im Wäldchen genug Holz geschlagen. Er schafft Raum, Licht für die Sämlinge, denn aus dem Wäldchen soll ein Buchenwald werden, und er schafft Material für die Brücke, die er ausbessern will. Das Bild behält Elala, das Madla, die Enkelin, in Erinnerung. Altes Holz strudelt im Wasser. Der Großvater kniet auf der Brücke, Hanf, Binderuten, passgerechte Stäbe zur Hand. Hammer und Säge hängen an festen Riemen über seiner Schulter. Die Katzbach spielt wieder verrückt. Im Frühjahr kann sie sich nicht benehmen. Sie rüttelt an der Brücke, die Trittbalken krachen. Allerlei Treibgut landet am Ufer, Strohbunde, ein Hühnerstall, ein dürrer Christbaum. Lauter Zeug kommt mit dem Wasser der Wütenden Neiße und der Schnellen Deichsa bis in die Katzbach, das Zeug bleibt an den Pfosten hängen, und auch Heinla, das Kind aus dem Oberhof, Heinla wird im tobenden Wasser am Brückenwehr aufgefangen.

Es hat nichts geholfen.

Jetzt helfen ein Heuwenderechen und eine Mistgabel, Werkzeuge, die schnell herbeigebracht werden. Großvater Heinrich kriecht auf allen vieren über die krumme Brücke. Gabel und

Rechen stecken unter den Hosenträgern, damit er sich mit den Händen an den Balken festklammern kann. Drüben, auf der anderen Seite pflanzt Heinrich mit beiden Beinen stark wie eine eiserne Panzersperre in dem wild gewordenen Fluss, bald reicht ihm das Wasser bis zum Hals. Er wirft den Rechen, dann zieht er. Weh tun kann dem Heinla nun keiner mehr.

Das tropfnasse Heinla wird in einen Backtrog getan. Es wird getragen, Richtung Oberhof, wo sie noch gar nichts wissen, an stummen Schmiedehämmern vorbei, an bläulich in sich versunkenen Flammen, am Glockenturm, Gasthaus, an Hühnern, die bestürzt den Schnabel halten.

Wolken ziehen über die Berge. Blitze verschwinden. Der Wind liegt hinter dem Straßenrain.

Das Heinla ist in die Katzbach gefallen.

Das sind Stimmen, ein Schrei, seine Mama. Jenseits, hinter dem großen schwarzen Erntetor für die Doppelgespanne mit den vollbeladenen Erntewagen, vor dem wir haltgemacht haben.

Die Männer haben das Heinla durch das kleine Tor in den Hof getragen. Es ist das Leutetor im rechten Flügel des Erntetores. Ein Tor mit Klinke. Durch das Leutetor kehren die beiden Männer zurück. Einer trägt den Backtrog.

Das Heinla ist tot.

Das Fritzla ist in den Brunnen gestürzt, das Brüderla hat verkehrt herum in der Mutter gelegen.

Papa in Stalingrad.

Das sind längst noch nicht alle, die in Elis Leben gestorben sind.

Großvater Heinrich steckt seit Frühjahr in einer Büchse. Es hat eine Feierstunde in der Klosterkirche gegeben. Der Pastor und der Vorsitzende des Vertriebenenverbandes haben geredet. Sehr schön, heißt es in dem Brief von Klose Martin, der über Antons

Adresse an Eli schreibt, um die weiteren Schritte, die Asche von Heinrich betreffend, in die Wege zu leiten. Ich habe die Möglichkeiten geprüft. Es gibt immer noch Brieffreundschaften zwischen Imkern in Ost und West und auch zwischen schlesischen Hühnerologen, ein Neubauer, jetzt in Rosswein, hat unserem Heinrich bis zuletzt das Monatsblatt zugeschickt. Doch Bienen und Hühner haben in obiger Sache nicht weitergeführt. Letztendlich haben sich die Verbindungen, die zur Schlesischen Landsmannschaft in Charlottenburg/Berlin bestehen, als brauchbar herauskristallisiert, denn die Landsmannschaft hat Beziehungen zur evangelischen Kirche in Mitte, also im Osten.

Liebe Eli, man schlägt ein Treffen im Café Moskau vor. Bitte um Nachricht, wann. Der Koordination halber muss ich drei Termine haben, von denen wir einen umgehend niet- und nagelfest machen werden. Die kirchliche Vertrauensperson ist ein Neffe von Kindler Julius, er wird Dir, liebe Eli, auf direktem Wege schreiben. Wir hoffen, Du bist wohlauf und findest mit Heinrichs Asche einen sicheren Weg in unser liebes fernes Gebirge.

Mit herzlichen Grüßen, Dein Klose Martin. An den Briefrand setzt er noch einmal sein Bedauern um den Verlust und seinen Jammer, dass Heinrich nicht mehr dabei sein wird beim nächsten Richtfest. Wer wird uns nun die Krone machen und die Ziegel abladen?

Das Treffen im Café Moskau findet im Mai statt.

Wie brieflich verabredet, ist Eli ganz in Grün, also in ihrem Allerweltsoverall, gekommen. Der Neffe von Kindler Julius hat als Erkennungszeichen gleich nach dem Grenzübertritt in der Buchhandlung der Evangelischen Verlagsanstalt Bücher gekauft. Drei Stück. Ein kleiner Stapel auf dem Restauranttisch. Alles nach Plan, doch gottlob ohne Büchse. Was sich Klose so denkt in seinem alten niederschlesischen Schädel, das ist Elis

Meinung und auch die des Besuches. Büchsen sind verboten. Die darf man auch nicht im Handgepäck mit Besucherpassierschein herüber- oder hinüberschleppen.

Die Büchse hier im Café Moskau auf dem Tisch neben den Büchern, das wäre zwar ein Schritt vorwärts auf dem Wege nach Osten, aber doch ein sehr gefährlicher Schritt. Ein Vabanquespiel. Gott versuchen, so hätte man das Verstecken der Büchse im Gepäck nennen müssen, und nicht: Gott vertrauen.

Stellen Sie sich mal vor, sagt Eli, Sie wären bei der Passierscheinkontrolle durchsucht worden, stellen Sie sich mal vor, Sie hätten Ihre Tasche aufmachen müssen, die Grenzer hätten die Büchse herausgefischt und dann gefragt, was drin ist, oder die Büchse durchleuchtet, oder man hätte Ihnen die Büchse kommentarlos abgenommen. Dann säßen Sie jetzt in Rummelsburg im Knast.

Wollen wir nicht Du sagen, fragt der Besuch.

Eli hebt die Kaffeetasse. Sie sind trotzdem sehr mutig, sagt Eli.

Ich bin der Markus.

Rafaela, sagt Eli.

Folgendes, sagt Markus, wir haben uns das so gedacht. Er nimmt einen Zettel, eine alte Rechnung, aus seinem Westportemonnaie, auf die Rückseite malt er einen Grenzstrich, dazu die Exklave Steinstücken.

Kenne ich, sagt Eli, das ist zehn Minuten von meiner Bude entfernt.

Westen, sagt Markus.

Weiß ich, sagt Eli.

Daneben, das Haus, der Garten, die Stahnsdorfer Straße, das ist der Osten. Das hier soll ein amerikanischer Hubschrauber sein, einer, der das Ostterrain täglich mehrmals mit Alliiertenstatus im Landeanflug auf die Exklave überfliegt, übermorgen, also am Sonntag, werden dort nicht nur Colabüchsen in den

Garten bei Seiferts in der Stahnsdorfer Straße plumpsen, sondern auch, rate mal, Rafaela.

Heinrich, sagt Eli.

Richtig.

Seiferts warten schon auf den Sonntagsgruß von oben, und sie wissen, dass du kommst. Du müsstest am Nachmittag, so gegen 16 Uhr, mal vorbeigehen. Das Haus und der Garten liegen im Grenzgebiet.

Da kann ich locker hin, ich habe für die Schulgebäude einen Passierschein, der gilt bis zur Stahnsdorfer Straße.

Eli zeigt ihm ein grün gemasertes, mit vielen roten Stempeln markiertes Leporello, das in ihrem Ausweis klebt, die Berechtigung zum Betreten des Sperrgebietes. Markus blättert bis zum Passfoto. Rafaela Reich mit zwei Zöpfen.

Niedlich.

Das war zu meiner Zeit im Botanischen Garten. Eli nimmt ihm verschämt den Ausweis weg, das ist lange her. Sie zerrupft den Zettel mit der Lageskizze in feine Schneeflocken. Was soll man nun noch sagen, die Büchsenprobleme sind geklärt.

Vielleicht ein Stück Eierschecke, Dresdner ist es nicht, aber trotzdem essbar.

Bist du oft hier?

Selten, sagt Eli ziemlich kurz angebunden, aber eigentlich sehr überzeugt, was den Kuchen angeht, wenn sie den auch ein bisschen heruntermacht. Sie wird rot, weil sie an das Passfoto denkt. Eli mit Zöpfen.

Sie geht flink zum Kuchentresen, dort bekommt sie eine Nummer. Na also, das wäre doch gelacht. Sie wird wieder rot an dem kleinen intimen Restauranttisch.

Markus fällt ein, dass er für Eli etwas hätte mitbringen können, Schokolade oder Seife, statt der Büchse, irgendetwas Feines, das auf der Liste der erlaubten Sachen steht. Er hatte sich nicht als Besuch, sondern in einer Mission auf den Weg gemacht. In schlesisch-christlicher Mission. Seife hätte er Eli schenken können oder Nivea. Er fängt an, verlegen oder überlegen, männlich oder westlich, zu schwadronieren.

Ich kenne die Exklave von oben, erklärt er. Man sieht einen See und viel Wald, neue Wachtürme. Ich bin in den Semesterferien oft mitgeflogen, wir haben Kinder mit dem Hubschrauber von der Schule nach Hause in die Exklave gebracht. Die haben dort sogar einen Landeplatz. Der Pilot ist ein prima Kerl. John heißt er. So was macht Laune, mit dem Hubschrauber fliegen.

Er schielt über die drei Bücher von der Evangelischen Verlagsanstalt.

So was macht Laune, wiederholt er.

Ich weiß nicht, Eli zupft die Papierflocken von der Skizze ganz fein, ganz klein, verschwindend klein. Ehrlich, ich weiß nicht.

Dann kommen die Teller mit der Eierschecke. Der Ober vergleicht die Nummer. Er nickt.

Eli gabelt beklommen.

Eli hatte noch erfahren, dass Markus mit seiner Mutter mit dem Dominiumtreck im Westen gelandet war, und jetzt lebte er, um der Wehrpflicht zu entkommen, in Westberlin. Er hatte sich an der Uni in mehreren Fächern eingeschrieben, studierte manchmal und verdiente Westgeld als Missionshelfer oder als Orgelspieler. Als Organist, wie er sagte. Eli hatte erst nicht verstanden, was er damit meinte. Er kam ihr um Jahre jünger vor, aber er war so alt wie sie, und sie waren sogar, wie sie durch genaues Rechnen herausgefunden hatten, in Pilgramsdorf noch im Krieg ein halbes Jahr zusammen in die Spielschule gegangen. Er war so mutig und gut, beinahe dummgut. Man möchte auf der Welt sein wie er, aber leider. Andererseits, besser man erkennt die Stolpersteine. Besser, man hat Augen im Kopf. An die schmale Brücke über die Katzbach, die oft repariert werden musste, konnte er sich nicht erinnern. Seiger, das schlesische Wort kannte er gar nicht mehr.

Herr und Frau Seifert hätten auf die Cola gerne verzichtet, aber die Kinder freuten sich auf die süße braune Brause, und für den Piloten war der Cola-Sonntag zu einer Tradition geworden. Jede Woche eine gute Tat und dazu noch ein sportliches Vergnügen. Er wusste nicht, dass an einem Herbstsonntag etwas schiefgegangen war. Echt schief. Wahrscheinlich hatte es am scharfen und eigentlich seltenen Südwind gelegen. Eine Büchse war, statt im Sandkasten, auf dem Hausdach gelandet. Mehrere Dachschindeln waren zu Bruch gegangen.

Jetzt hat das schieferblaue Dach ein gelbes Mal, einen Flickfleck von sieben Schindeln, die von der Beethoven-Schule, der man grade ein neues gelbes Dach aufgesetzt hatte, auf glückliche Weise, nämlich mit fünfzig auf die Hand, abgezweigt werden konnten. Seitdem beten die Seiferts. Lieber ahnungslos gütiger Cola-Bomber, lasse die Büchsen nicht wieder ins Dach krachen, triff bitte genau den Sandkasten.

Eli, wie stets bei besonderen Anlässen, in Grün, diesmal außerdem mit weißer Bluse unter dem Overall. In der Faust einen üppigen Maiglöckchenstrauß, umwickelt mit nassem Zeitungspapier.

Eli ist etwas zu früh gekommen. Trotzdem, herein, wenn's kein Schneider ist. Wir sind im Garten. Sven, fünf Jahre alt, und Lydia, acht, das sind die Kinder. Udo, freundlich, mit leichter Fahne von den drei Mittagsbierchen, im Trainingsanzug von SC Dynamo, das ist der Mann. Christine in langem kastenförmigem Sonntagskleid, das ist die Frau, sie setzt am heutigen Nachmittag Tomatenpflanzen an den Fuß der Wand, die in dieser Form das erste Frühjahr steht, sieben Meter hoch, auf Mannshöhe frisch getüncht, die Grenze zur Exklave Steinstücken. Man weiß, drüben hat sich im dörflichen Westgelände – es kräht in der Frühe ein Hahn, es gackern Hühner in Berlin – seit der Abschottung eine Art Künstlerkolonie angesiedelt, vor dem Bau der Betonwand hatte es nach dem scheußlichen Kraut herübergestunken, was die in ihren Gärten immerzu qualmten. Marihuana, sagt die Frau. Cannabis, verbessert der Mann. Gefährlich für die Kinder, sagt die Frau. Sie hat für die Tomaten Pflanzlöcher ausgehoben. Eli greift ein. Nicht zu tief einpflanzen, das macht der Laie gerne falsch. Eli verrät, dass sie Gärtnerin gelernt hat, und übernimmt den Rest der Arbeit. Einsetzen, gießen, die Triebe in den Blattachseln ausbrechen. Lauter nützliche Sachen, damit die Zeit vergeht, damit die Spannung nicht in Angst übergeht.

Christine in ihrem kastenartigen Sonntagskleid, vor der Brust eine Messingsonne, schaut zufrieden. Was die Tomaten für einen gedeihlichen Platz gewonnen haben. Im Schutz des Gemäuers. Ein gemütliches Ende der Welt.

Eli wäscht sich die Hände in der Regentonne. Sie horcht. Ein Geräusch, die Kinder kreischen vor vergnüglicher Furcht.

Lydia und Sven werfen die Federballschläger ins Gras, sie halten sich die Ohren zu. Sie ziehen die Köpfe ein. Der Heli kommt. Jetzt kommt er. Im nächsten Augenblick neigen sich die Pappeln im Park der Akademie für Staat und Recht, die Bäume kreiseln verzweifelt, als wollten sie sich aus der Erde reißen, der Himmel rumpelt, schnell fegt der Wind, ein dunkler Schatten huscht über das Gelände. Die Seiferts und Eli sind in die Veranda gelaufen. Es ist besser, sagt Udo, er hält die Kinder fest, er blickt besorgt in den Himmel. Christine bringt die Maiglöckchen aus einem Provisorium in einer schönen blauen Vase unter. Auch sie achtet auf das sonntägliche Geschehen. Das abschwellende Geknatter.

Im Sandkasten liegen vier rotweiße Colabüchsen, und eine Büchse hängt im verblühten, aber immer noch duftenden Fliederbusch. Wie versprochen, eine blanke verschlossene Konservendose in einem blauen gummiartigen Netz.

Ja, das ist mein anderer Großvater, sagt Eli, mein Heinrich. Seiferts schweigen pietätvoll.

Nun bleiben Sie aber zum Kaffee, wo Sie mir so nett beim Pflanzen geholfen haben.

Die Kinder machen ihre Colabüchsen auf.

Eli behält ihre Büchse auf dem Schoß, während sie mit der Familie Seifert in der Veranda am Kaffeetisch sitzt, einen Keks zerkaut, die Tasse sorgfältig austrinkt. Kurze Zeit später zieht das Rotorengeräusch eine andere Bahn. Entfernt und ohne Schatten. Eli erfährt, dass Frau Seifert eine Laubanerin und mit dem jungen Christen aus Charlottenburg und der Familie Kindler Julius um drei Ecken verwandt ist. Beim Abschied bittet Herr Seifert um Verschwiegenheit. In unser aller Interesse. Auch Sven und Lydia werden belehrt. Keine Cola, kein Westsandmann, ist doch klar. Die beiden sind geschult in dem, was draußen in der Welt schicklich ist und was im Haus und im Garten geschieht. Heute kommt noch die Sache mit Heinrichs Landung im Fliederbusch dazu.

Wir haben nichts gesehen, rufen die Kinder, ist doch klar.

Frau Seifert gibt Eli für die Büchse einen Beutel von ihren vielen Beuteln, die sie gesammelt hat. Suchen Sie sich einen aus, Sie dürfen den Beutel gerne behalten, sagt sie. Eli nimmt einen mit grünen Streifen. Sie dankt. Herr Seifert, Frau Seifert, Sie können sich auf mich verlassen.

Eli schultert das leichte und doch schwere Gepäck.

Flauschige Abendwolken schmücken den Himmel. Pünktlich schlagen die Nachtigallen. In der Büchse befindet sich Asche. Es ist Heinrich. *Durch einen Spiegel ein dunkles Bild, dann aber von Angesicht zu Angesicht. Jetzt erkenne ich es stückweise, dann aber werde ich erkennen, gleich wie ich erkannt bin.* Es ist einfach nur der Tod.

In der Tauber-Villa kehren die Wochenendheimfahrer zurück und die Ausflüglerinnen, die beim Baumblütenfest gewesen sind. Obstweinbeschwipst.

Eli räumt auf, die vollgeschriebenen Hefte, die grün beschriebenen Seiten, die Zeitungen, Zeitschriften, *Iskustwo Kino*, daraus schnürt sie ein Altpapierbündel, die fünf Milchflaschen wird sie morgen in die Milchkiste schmuggeln, denn eigentlich dürfen die Flaschen nicht aus der Mensa entfernt werden, jedenfalls nicht aus dem Schulgebäude, Milchtrinken außerhalb der Mensa in den Seminar- und Schneideräumen, das ist schon Entgegenkommen genug. Die Flaschen sind Eigentum der Schule, es ist bares Geld. Eine eigene Währung. In den Geschäften gibt es dreißig Pfennige pro Flasche. Eli steckt den grüngestreiften Beutel samt Büchse hinter die Bücher, sie will nichts mehr sehen. Heute und morgen, die nächsten Tage nicht.

Die Wolken haben sich aufgelöst, der Himmel hat eine dunkle rostige Farbe angenommen. Sonntagabendstimmung im Haus. Offene Türen. Lauter fröhliche Leute, denen das Leben leicht ist. Der neue Louis Armstrong, Satchmo, *Back Home Again in Indiana*, tönt von der unteren Etage herauf. Wie, wenn Eli die Büchse für immer im Regal lassen würde, einfach vergessen, wie, wenn sie die Büchse gleich hier in der Gartenwildnis verscharrte, morgen unter dem blütenreichen weißen Rhododendron, dem die Wildschweine, wie es aussieht, überhaupt nicht geschadet haben. Sie würde den Kloses, Kunzes und Kindlers und allen zugehörigen Niederschlesiern melden: Auftrag erledigt, oder, weniger politisch, so ehrlich wie möglich: Heinrich ist angekommen.

Die Augen tränen. Dachstubenstaub und Trauer und Wut. Eli tut sich selber leid. Allein die Vorstellung, allein der Gedanke, Tag für Tag, Jahr für Jahr – Eli sieht sich nach langen Jahren gebeugt, alt, unter der Last des Gewissens irgendwie grau geworden, sieht sich als alte, zerknirscht reuige Fünfzigjährige zurückkehren an den Ort der feigen Tat, hierher in die Villa des Kammersängers Richard Tauber. So startet ein englischer Gruselfilm: Wie die alte Eli durch die Büsche schleicht, durch Brombeer- und Rhododendrongestrüpp, dürre zerkratzte Hände umklammern die benedeite Büchse, kaltes Blech, das immer noch glänzt wie neu, wie zum Hohn: ohne Rostflecke, ohne Sturzbeulen. Heinrich, wie Eli ihn einst vergessen wollte.

Vorsätzlich vergessen, das wäre Betrug.

Eli trauert also um den Verstorbenen. Ihren schlesischen, den nachmaligen West-Großvater. Herrn Heinrich Mann, Witwer von Frau Mann, Berta. Landwirt. Hühnerologe. Bienenhalter. Brückenbauer. Statt vor dem Abtransport innezuhalten, statt Abschied zu nehmen, statt sich zu erschießen wie Knopffabrikdirektor Hirsch, hat er zum Schluss noch einmal seine Brücke repariert. Mit Baumstangen und Bast und Einsamkeit. Für nichts und wieder nichts, sagten die Leute, und manche glaubten, bei dem tickt es nicht mehr richtig im Kopf. Morgen sind wir fort, und morgen sind die anderen da, die nichts lieben können, weder die Esche vor dem Haus noch die Erlenhexe, weder den Spitzberg noch unser warmes Strohdach über Stube und Stall noch die Hühnerstiege mit den Goldmedaillehühnern, schwarzen Italienern, und die wunderbar festgefügte Kackhütte mit der schönen Aussicht ins Katzbachtal. Heinrich repariert die Brücke für all die Lieblosen, die in Kürze über den Berg kommen werden. Man hört schon sehr nahe die Werkzeuge des Jüngsten Gerichts, die russischen Katjuschakanonen. Dazwischen Heinrichs Pochen, den Rhythmus seines Hammers, fünf Schläge für einen Keil.

Eli verzieht ihr Gesicht zu einer Trauerfratze, hässlich, die Augen rot vom Salz.

Endlich kann sie trotz des inneren Gelächters nach außen hin anständig heulen.

Montags waltet immer noch zuverlässig der gute Geist von Berlin, er schickt mit dem Chauffeur vom Außenhandel den Montagsfilm. 17 Uhr startet die Vorführung. Sie ist nirgendwo angezeigt, weder am Pförtnerfenster noch im Schulfilmprogramm an der Mitteilungstafel. Der Montagsfilm ist ein Ritual, man findet sich ein wie zu einer heimlichen heiligen Messe.

Eli hockt schon seit einer Stunde im großen Vorführraum, die beiden Projektorfenster sind schwarz, noch geschlossen, denn der Vorführer macht seine lange Pause. Ungestört hockt Eli in ihrem warmen roten Sessel, die Knie unter dem Kinn, offene Tür, offene Vorhänge, sperrangelweit offen die Fenster. Der Dunst des Tages, der Mulm der Stummfilme des Fachs Filmgeschichte hat sich verzogen, frische Mailuft flutet herein. Die Leinwand raschelt, eine Hummel stößt in den Raum.

Unten am See patrouilliert pünktlich der Grenzjeep.

Eli, so wunderbar vor der Zeit, so vielfältig aufgehoben, sinkt in die alte bleierne Finsternis. Schlaf. Da schwimmt das Leben, die Reise, die Aufgabe wie im Film, viele wunderfeine Nadeln sticheln deutliche Muster. Dresden, der Heidefriedhof. Eli geht unter Bäumen einen Hauptweg entlang, feierlich schreitend trägt sie die Heinrich-Büchse in beiden Händen.

Musik hängt in den vielen zuckenden Schatten, Stimmen flüstern. Gedrängte Anteilnahme. Schwarzweiß und momentane Stille. Ein grober Lichtwechsel. Dann ein wahrlich knisterndes Schweigen. Die Spule, der Transport des Streifens, die Greifer packen die Perforation.

Die Vorführung läuft.

Ein fingiertes Telefonat hatte den Hausmeister beim Pförtner festgehalten. Der Vorführer hatte den Film, weil er für die Saalbesetzung nicht verantwortlich war, wieder einmal trotz Überfüllung gestartet. Darauf war der Hausmeister machtlos.

Die Wände entlang und auch im Mittelgang sitzen Studenten, Mitarbeiter aus der Verwaltung, die ihre Bekannten mit hineingeschleust haben.

Der Mann vom Filmvertrieb hatte die lange Version von *Sie küssten und sie schlugen ihn* aufgetrieben. *Les quatre cents coups*, so heißt der Film nach einem französischen Sprichwort im Original. Der Regiestudent Werner hatte sich Tage zuvor intensiv mit dem Material beschäftigt. Er sagt an, wenn eine Stelle kommt, die in der offiziellen Version fehlt. Jedes Mal Gelächter im Saal. Nackter Hintern, Hände in der Hose, Zärtlichkeiten, so was. Entbehrlich und notwendig, unabdingbar für die Kunst.

Eli atmet, sie kriecht aus den Träumen und den Lasten des Alltags. Die Luft, der Rhythmus. Das Wesen, das aus dem Geschehen kommt. So wach. So hell erleuchtet.

Am heutigen Tag, genau mit dem heutigen Montagsfilm, hat mein neues Leben angefangen, schreibt Eli noch in der Nacht in vier Briefen. Das ewige Schnipseln am Schneidetisch hat ein Ende. Lange ungekürzte Einstellung. Man hört die Stimmen, die Fragen aus dem Off, es darf auch umgekehrt sein, man sieht das stumme Gesicht und hört die Antworten, jedenfalls Schnitt und Gegenschnitt, damit ist Schluss. Der Regisseur Truffaut soll durch Zufall die stabile altmodische Form verworfen haben. Weil eine Schauspielerin nicht pünktlich am Drehort gewesen war. Später habe er ihre Stimme, ihren Text, aufgenommen. Not macht Tugend. Das Ende von Opas Kino. An Erwin Schubert, Ludwig Zweig, an Erika und Großvater Anton. Anton erhält außerdem die wichtige Mitteilung, dass Eli sich auf den Weg machen wird. Ich reise mit Ruck- und Schlafsack Richtung Cottbus, dann Görlitz, über die Neiße-Friedensgrenze kommt man besser als über die Oder. Weniger Bewachung, wird gesagt. Halte den Daumen für mich und für Heinrichs Asche, Deine Eli

Lieber Anton, mach Dir keine Sorgen. Ich war beizeiten auf der Kasse und bin eingedeckt.

Anton schreibt umgehend, nicht ohne vorher das nützliche Fremdwörterbuch unters Licht zu holen. Off, ein kurzes Wort, er könnte raten, dass es etwas Offenes bedeutet, er will es wissen. Off, so nimmt er verwundert zur Kenntnis, heißt etwas anderes, es heißt: hinter der Bühne bzw. hinter der Kamera, oder: der unsichtbare Sprecher.

Liebe Eli, ich freue mich, dass Du Fortschritte machst im Studieren und gut, wenn Du die nächsten und letzten Schritte für Deinen anderen Großvater bald gehst. Woher hast Du denn einen Schlafsack, Du hättest doch meinen nehmen können. Nun hast Du wohl dein ganzes Erspartes abgehoben. Passe nur gut auf.

Lieber Ludwig, liebes Merkbuch, ich bin unterwegs.

Leider habe ich in Berlin die letzte Eisenbahn verpasst, also musste ich in der Stadt übernachten. Ich habe mir, als es finster genug war, im Tierpark eine bequeme Bank gesucht. Da wir jetzt schon die Schafskälte haben, war ich froh über meine wollenen Socken und die Qualität meines chinesischen Schlafsacks. Urwaldstimmen haben mich heute in der Frühe geweckt, Elefanten und Papageien. Und dann Erleuchtung und Wärme, die aufgehende Sonne sorgte für mich, die Flamingos auf der Wiese vor meiner Bank streckten die Hälse. Ich hatte Brot bei mir, dazu vom Bahnhofskiosk eine Pulle Stierblut.

Die Flamingos mochten mein Brot, mir blieb der Wein.

Nach dem Stierblutfrühstück habe ich mich Richtung Hinterausgang geschlichen. Das ging beinahe schief, wegen der Affen im Prinz-Ferdinand-Schloss, denn die hingen zu der frühen Stunde schon in den offenen Fensterrahmen. Als die Turner mich von ihrem Klettergerüst aus entdeckten, haben sie ihre Leibesübungen abrupt unterbrochen, sie kreischten vergnügt und winkten mir zu, ich versuchte, Zeichen zu geben. Finger auf die Lippen. Es sah aus, als würden sie über mich lachen. Über meinen Rucksack, über meinen Schwips, einer warf mir eine Banane zu. Weil ich die Banane im Flug erwischte, wurde daraus ein Spiel, sie warfen, ich fing. Apfelsinen, Bananen. Ich fing mit beiden Händen. Eine Trillerpfeife rief sie zur Ordnung, und ich machte mich mit vollen Jackentaschen auf Schleichwegen aus dem Staube.

Auf dem Bahnhof Lichtenberg habe ich ohne weitere Umstände den ersten Zug Richtung Cottbus erwischt.

Derzeit sause ich, noch immer ein wenig besoffen, dazu satt von Obst, das mir die spendablen Einwohner des Prinz-Ferdinand-Schlosses zugeworfen haben, durch den Spreewald.

Ich habe mit meinem Mehrzweckwerkzeug, dem Taschenmesser von Anton, meinen Bleistift gespitzt. Jetzt hätte ich gern für den spitzen Stift ein paar brauchbare Gedanken, einen Vers, der meine Wege begleiten könnte.

Paradies mit Trillerpfeife, das will ich mir über den Schlaf hinweg merken.

Die Tauber-Villa, die eiligen Schritte im Treppenhaus, das Rennen zum nächsten Termin, die vorsichtigen Bekenntnisse, die Zugeständnisse liegen hinter mir. Kilometerweit.

Die Regale in der Dachbude habe ich aufgeräumt, die Bibliotheksbücher fristgerecht zurückgegeben.

Der Wäscherinnenfilm liegt unverdorben auf Eis. Lose Blätter über Laokoon habe ich vor mir selber in einer Kiste versteckt. Mühen um Beweise und Gegenbeweise, Gewissensbisse und Zweifel sind verflogen.

Einen fromm wütenden handschriftlichen Dreitageschreibrausch, Titel: Novelle über den Kunsthändler Ludwig Pollak, habe ich während der Aufräumaktion in einer gesegneten Minute zerrissen. Die Namensgleichheit, Ludwig. Ludwig im

Verbrennungsofen von Auschwitz. Das ist die alles durchdringende Kälte, von der dieser Philosoph Adorno spricht. Man redet mit mechanischer Zunge, nur um voranzukommen. Schubert hatte von Anfang an empfohlen, ich soll den Namen ändern. Als wenn das möglich gewesen wäre, als wäre Liebe noch nicht gewesen, wie der Philosoph meint. Aber das weiß ich nun wirklich besser. Sie hat nicht stattgefunden, aber sie ist gewesen. Wie Künftiges in einem Augenblick vorher geschieht.

Unter einer Parkbank schläft man am besten, auch Brücken eignen sich gut zum Übernachten. Unterführungen, Pfeilernischen, Bögen. Vor der Stadt Cottbus hat man die Wahl.

Ich habe einen untertunnelten Waldweg gefunden, besser geht es nicht, in der Nähe ein Graben, das Wasser flott fließend und klar, am Ufer genießbare Kräuter, Sumpfdotter, wo die Knospen kapernähnlich schmecken, eigentlich sogar besser. Auf einem Buchweizenfeld hatte ich unterwegs von der Vorjahresernte gestoppelt. Die Körner trage ich in der Jackentasche. Man braucht für Buchweizen gute Backenzähne und reichlich Flüssigkeit. Die Blaubeeren sind fast reif, Blaubeeren gehören zum perfekten Rezept. Buchweizenplinsen mit Blaubeeren. Das wächst mir ins Maul.

Die Nacht unter der Brücke war angenehm, der Sternenhimmel im Tunnelrund wie gestochen. Geträumt habe ich von einer Ehrenurkunde für einen schwarz glänzenden italienischen Hahn. Die Urkunde gehörte meinem Großvater Heinrich. Der Verein der Hühnerologen zeigte sich enttäuscht, der Festredner verärgert, weil der Ausgezeichnete im Festsaal nicht anwesend war. Und ich blieb wieder einmal stumm. Kein Wort über die Büchse in meinem Rucksack.

Am Nachmittag grünes Licht auf dem Cottbuser Bahnhof.

Der Zug stand fahrbereit auf dem Gleis, Görlitz, der Schaffner hatte bereits die Kelle gehoben, die Trillerpfeife klemmte zwischen den Zähnen. Es war sein Ermessen, er wartete, ich rannte, riss die Tür auf, in letzter Minute zur Weiterfahrt, zur Reise ins Leben aufgenommen, der gute Schaffner von Cottbus wartete immer noch, aber es kam keiner mehr. So ließ er die Kelle sinken. Man hörte das Abfahrtssignal.

Ich saß allein im Abteil, vielleicht allein im ganzen Zug. Wer will denn nach Görlitz?, dachte ich mir.

In der Stadt auf deutscher Seite, Suche nach einem Versteck, erst eine Bank. Dann Umzug in eine Fabrikruine, dort lasse ich die schweren Sachen, Schlafsack, Rucksack samt Büchse mit der Heinrich-Asche.

In der Mitropa auf dem Bahnhof findet man Leute, mit denen man reden kann, es gibt Bockwurst, Kartoffelsalat, Bier. Man versteht zu leben.

Habe jetzt auf Empfehlung ein festes Quartier.

Eli hat eine Herberge gefunden, nicht weit vom Bahnhof entfernt, am Brautwiesenplatz. Es ist eine Pension und damit fast ein Hotel, nur etwas kleiner und hoffentlich auch billiger.

Am Tisch in der Gaststube füllt sie einen Meldezettel aus. Der Stift hängt an einer Schnur, weil er Eigentum der Pension ist und nicht verschwinden soll. Pension, das wäre wieder ein Wort für Antons Fremdwörterbuch, er würde staunen, was man darunter Verschiedenes verstehen kann. Geld, sogenanntes Ruhegeld, und eine Unterkunft.

Eli hat noch nie für Geld in einem Hotel übernachtet, auch Anton war noch nie in einem Hotel, Anton schläft unter einem Felsenvorsprung, wenn er in die Sächsische Schweiz fährt. Zweimal hatte Eli auf Betriebskosten in Betriebsferienhäusern gewohnt. Das war als Gärtnerlehrling in Dittersbach und später, während des Praktikums, die *Sonne* in Gönnernhausen, das war früher einmal ein Hotel.

Die Schnur für den Stift ist sehr lang, sie reicht vom Tresen bis zum Frühstückstisch. Ihr eigener Bleistift liegt wahrscheinlich in der Bahnhofskneipe, dort hat sie zuletzt ein paar Sachen aufgeschrieben, Anrufungen, Liebesbriefe, Notizen zum Merken. Paradies mit Trillerpfeife. Knietief im Paradies.

Eli trägt auf dem Meldezettel die Personalien ein und die Aufenthaltsdauer. Sie wird beschirmt von einem stolzen Gummibaum, der schon bis unter die Decke gewachsen ist, die ledernen Blätter rahmen das offene Fenster, bedecken die Wände. Ein Lüftchen weht. Eli will nichts überstürzen, man muss die Gegend genau erkunden, den Grenzfluss, die Möglichkeiten. Sie hat sich bei den Einheimischen am Bahnhofskiosk erkundigt, sie hat es selbst gesehen. Die Brücke in der Altstadt ist in den letzten Kriegstagen gesprengt worden, da ragen nur noch die Reste der Pfeiler aus dem Wasser, und das soll jetzt so bleiben, das ist wie geschaffen für die politischen Gegebenheiten, für die Sicherung der Grenze und Länderordnung, das sieht nicht gut aus für Eli. Eine provisorische Brücke am Stadtrand, zugelassen allein für östlichen Wirtschaftsverkehr und Militär, wird von Posten hüben und drüben streng kontrolliert. So viel hat Eli für sich schon erkannt, trockenen Fußes wird sie den Fluss nicht bezwingen.

Eli hat darüber vor dem Reisestart bei Frau Felber in der Bibliothek gelesen, nun hört sie von Einheimischen, es gebe eine Stelle im Fluss, ziemlich in der Nähe der kaputten Brücke, die heiße Ochsenfurt, weil da in früheren Zeiten die Rinderherden von einem zum anderen Ufer geleitet wurden, einfach von einer Weide zur anderen oder in den Schlachthof auf der anderen Seite der Stadt. Eine Untiefe also. Eli glaubt an den Fluss und an ihre standfesten Beine. Es bleibt ihr nichts anderes übrig. Wo eine Untiefe ist, da wird es gewiss im Flusslauf eine zweite und dritte Untiefe geben, eine flache Stelle, wo man durchkommen kann, auch als Mensch.

Eli trägt auf dem Meldezettel der Pension das Datum ein, den 23. Juni, morgen ist Johannistag.

Die Frau an der Theke hat alles erklärt, die Zimmernummer, die Waschgelegenheit oben auf der Etage, dass Eli die Schlüssel am Mann behalten soll, wenn sie außer Haus geht. Frühstück von sieben bis acht, die Frau hat auf einer Liste eingetragen, wie viel Semmeln Eli morgen essen möchte, und sie hat Eli gesagt, dass man die Rechnung erst bei Abreise bezahlen muss. Auf dem Meldezettel die Unterschrift nicht vergessen und Ausweis abgeben.

Eli hat zu allem genickt, sie lässt sich nichts anmerken, weder die Unsicherheit noch die Angst. Sie denkt an die Drahtschere in ihrem Gepäck, extra scharf, selbst geschliffen. Sie schreibt mit dem Pensionsbleistift an Anton eine offene Ansichtskarte, ein Foto von den Häusern am Brautwiesenplatz. Morgen Abend will ich es irgendwie irgendwo wagen. Mach Dir keine Sorgen, deswegen nicht und auch nicht um die Kosten hier.

Ein Übernachtungsgast hat sich in der Gaststube eingefunden, sportlich in Jesuslatschen und Turnhemd, er unterhält sich an der bretterverschalten Theke mit der freundlichen kundigen Wirtin, kälbert über das Bier, das in Görlitz am besten schmecke, und zwar aus der Flasche. Die Wirtin weiß, dass er kein Bierglas haben möchte. Aus Prinzip. Sie stellt ihm die nächste Flasche hin.

Die Letzte, sagt er und süffelt genüsslich. Eli hat herausgehört, dass Görlitz eine eigene Brauerei hat, und sie hat erlauscht, dass er oft hier übernachtet. Ein Stammgast, ein Fernfahrer aus Wittenberge auf dem Weg nach Polen. Eli spitzt die Ohren. Er hat Veritas-Nähmaschinen geladen, die er rüber nach Polen transportieren muss. Nach früher Goldberg. Er bestellt nun Apfelsaft und spendiert eine Runde für Eli und die Wirtin. Zum Wohl. Was nützt das schlechte Leben? So ist die Stimmung. Er fahre gerne von Wittenberge rüber nach Złotoryja. Er mache in Görlitz Stopp, weil er frühmorgens am Ziel ankommen möchte, da seien die Leute in Złotoryja noch nüchtern, und er gewinne einen ganzen polnischen Tag.

Der Fernfahrer erzählt weiter, dass er letzte Woche Geburtstag hatte, den zweiunddreißigsten. Jetzt wird es langsam, aber sicher ernst, sagt er.

Man ist so alt, wie man sich fühlt, sagt die Wirtin hinter dem Tresen. Eli weiß inzwischen, dass sie keine richtige Wirtin ist. Sie arbeitet hier als Angestellte der HO-Gaststättenbetriebe, zweimal am Tag kommt sie vom Nachbardorf angeradelt, um mit Frühstück und Rechnungen ihre acht Stunden vollzumachen. Zum Bettenbeziehen und Saubermachen nimmt sie die Zeit bis zum Abend.

Vom Rasenrondell draußen vor dem Fenster hört man die Grillen, ein Dauerton wie von einem elektrischen Apparat.

Goldberg kenne ich, sagt Eli. Es rutscht ihr heraus. Und das ist nun gewiss der Augenblick, wo die Gaststättenangestellte und der Fernfahrer an der Theke hätten fragen müssen, warum Eli hier übernachtet, was Eli überhaupt hier zu suchen hat, hier in dem Ort an der deutsch-polnischen Grenze, aber sie fragen nicht, sie wollen nichts wissen, die beiden haben irgendetwas anderes im Sinn.

Eli kann sagen, was sie will, singen oder zirpen wie eine Grille, sie kann ihnen was vorspinnen von gestern, von damals, vom Zirkusfest in Goldberg, wo die kleine Eli hätte gerne dabei sein wollen, aber leider hatte die Großmutter nicht aufhören können mit dem Feinmachen und Putzen, dem Kämmen und Zöpfeflechten und Schleifeneinbinden in Elis Haar. Die Großmutter hatte noch die Schleifen gebunden, da war die lustige Kutsche unten am Tor vorbeigaloppiert, vollbeladen mit sämtlichen Kindern des Dorfes, nur nicht mit Eli. Man hat lange den Staub gesehen und die Pferdeglöckchen gehört, die

Wolke in der Ferne. Immer noch die Kutsche. In Ewigkeit das Geläut des Pferdegeschirrs.

Goldberg, die Zirkusstadt, von Goldberg aus wäre es gewiss nur ein Sprung für einen Lkw bis ins Dorf an der Katzbach.

Die Grillen zirpen. Leere Flaschen stehen auf der bretterverschalten Theke. Eli nippt so langsam wie möglich am Apfelsaft. Endlich zeigt der Fernfahrer, dass er ein Ohr hat für Eli, für die Kalamität mit einer wunderlichen Großmutter und überhaupt.

Manche Leute kommen einfach nicht aus der Knete, sagt er und schüttelt den Kopf.

Da hast du recht, Uwe, sagt die Frau.

Eli trinkt.

Ab sieben gibt's Frühstück, sagt die Frau.

Eli merkt, dass der Fernfahrer die Frau beim Vornamen nennt. Irmgard, von Anfang an Irmgard. Und der Fernfahrer heißt Uwe.

Da läuft doch was. Ganz gegen Elis Interessen, jedenfalls neben ihren Sorgen. Andere Heimlichkeiten.

Guten Abend, sagt Eli.

So früh am Tage, sagt Uwe.

Eli zuckt schlau die Achseln. Die Welt ist voller Irrtümer und Falschdeutung.

Irmgard zieht einen verschnürten Pappkarton unterm Tresen hervor.

Zusammen mit dem Rucksack, darin die Büchse, Heinrichs Asche, so bezieht Eli das Zimmer in dieser Pension. Sie rollt das fremde Bettzeug beiseite, sie kriecht in ihren Schlafsack und denkt an die Zukunft, wenigstens an die nächsten Schritte.

Wie wenn ich heute Nacht auf den Lkw aus Wittenberge klettern würde, hinschleichen, auf die Ladefläche steigen und zwischen den Nähmaschinen verstecken. Morgen früh, wenn der Motor läuft, würde ich entweder mäuschenstill sein oder flüsternd fragen: Hätten Sie, lieber gütiger Herr aus Wittenberge, etwas dagegen, wenn ich mit Ihnen fahren würde als blinde Passagierin über die Grenze, ich, Eli, möchte nämlich genau dorthin, wo Sie hinfahren mit den Veritas-Nähmaschinen. Richtung Goldberg. Wir beide haben ein Ziel, wenigstens ungefähr bis zur Katzbach, wenn es so weit ist, werfe ich den Rucksack samt Büchse von der Ladefläche und springe hinterher. Sie müssen sich um gar nichts weiter kümmern, nur etwas langsamer fahren, wenn es so weit ist, damit ich abspringen kann, und bei der Grenzkontrolle müssen Sie ein frommes Gesicht aufsetzen, eine gute Miene machen, oder wir zahlen denen ein paar Złoty. Ich vertraue Ihnen jetzt einfach mal. Ich traue Ihnen. Sie kennen sich gewiss in diesen Dingen aus. Sie sind doch ein Mann mit Erfahrungen, Herr Uwe.

Über dieser Idee, dieser berauschenden Apfelsaftidee, schläft Eli ein, versinkt in lächerlich weichen Stacheldraht, wie von Spinnen gemacht. Als gäbe es hier im Osten keine triftigen Gründe für Schieber, keine familiären Anlässe, diesen Fluss heimlich zu überqueren. Watteweiche doppelt und dreifach gesponnene Stacheldrahtnetze. Eine ekelhafte, aber keine schmerzhafte oder gar tödliche Grenze. Und dann stürzt eine Büchse aus ziemlicher Höhe, fällt vom Himmel, schlägt aufs Wasser und versinkt. Wie von alleine. Eine Tat ohne Täter. Ein schwarzes Loch.

Eli hört ihre Stimme im Traum. Einen Ruf. Geständnisse. Ich war es. Ich bin es gewesen. Ich habe die Büchse geschmissen und das Netz zerrissen. Den Ball zerstochen. Ich habe die Geschenkschachtel noch vor der Bescherung aufgemacht. Im selben Augenblick, der Sekunde des absoluten Wortes, erkennt Eli erleichtert ihren grünen chinesischen Schlafsack, die Pension am Brautwiesenplatz zu Görlitz, zum ersten Mal im Leben in Görlitz und zum ersten Mal in einer Pension, so gut wie in einem Hotel. Sie befreit ihren rücklings verschränkten Arm. Die Büchse steht auf dem Stuhl, der Rucksack daneben.

Ich bin es. Eli blinzelt der komisch blinzelnden Büchse zu. Sie sitzt eine Weile wie Buddha im Nest, dann legt sie sich wieder hin. Schlaf ist kostbar. Zwölf Mark kostet ein Pensionsbett pro Nacht.

Am Morgen schleicht Eli noch vor der Frühstückszeit durch den Pensionsflur, schlendert mit kleinem Gepäck, die Büchse im Beutel, durch die kühlen, stillen Straßen zum Parkplatz.

Wie, wenn sie den gutmütigen und spendablen Wittenberger bäte, die Büchse an sich zu nehmen, um sie bei Gelegenheit drüben jenseits der Grenze abzuwerfen. Sie wird ihm erklären, wo es ihrer Meinung nach am günstigsten oder am schicklichsten wäre.

Eli würde diesen Uwe einweihen in ihre heikle Mission. Sie würde ihm die Büchse übergeben, zusammen mit guten Wünschen und Dank im Voraus. Zu treuen Händen Heinrichs Asche. Am besten, er würde die Büchse bis in die Gegend von Pilgramsdorf chauffieren, zu einem Hügel mit Grabsteinen, Holzkreuzen, Engeln.

Das sind ja keine Entfernungen, wenn eins motorisiert ist. Gern würde sie dem Wittenberger eine Skizze mitgeben, aber sie hatte ja nur eine Landkarte im Kindermaßstab im Kopf und sowieso keinen Bleistift. Eli denkt einmal mehr daran, den Pensionsstift heimlich von der Schnur abzuschneiden.

Eli drückt beide Daumen, sie kämpft gegen ein flaues Gefühl in der Magengegend. Hunger und Kleinmut oder Übermut. Sie beschwichtigt die Zweifel. Es ist nicht weit bis zum Parkplatz. In Görlitz gibt es wahrscheinlich überhaupt keine weiten Wege. Hinter dem Bahnhof halten die Laster, entweder für einen kurzen Kaffeestopp in der Mitropa oder über die ganze Nacht bis zum Start am Morgen.

Eli kommt zu spät, der Lkw aus Wittenberge hat die Reihe bereits verlassen, er rollt in diesen Minuten gewiss schon über die Brücke, geradeaus weiter nach Polen.

Schade, er rollt ohne die Büchse. Eli atmet trotzdem erleichtert auf, Uwe, der Chauffeur, ist fort, die Chance und die Falle. Wer weiß.

So auf sich gestellt, beinahe heiter, trägt Eli die Büchse zurück in die Unterkunft. Nichts gewonnen, aber auch nicht total auf die Nase gefallen.

Das Weitere muss sich finden. Erst einmal Frühstück, Semmeln und Milch. Eli betritt die Gaststube, sie drückt die Büchse fest an die Brust.

Über Kopf hängt eine bunte Wolke aus Seidenpapier, Girlanden, Lampions, Bänder rascheln im Luftzug, in der Mitte schwenkt ein großer blauäugiger und elektrifizierter Vollmond. Große Zähne lächeln herab.

Irmgard hat schon gelüftet und serviert.

Heute ist Johannistag, sagt sie.

Sie kümmert sich um den Gummibaum, die Grünpflanzen, die Blumenvasen für die Tische.

Eli vertilgt ihre Semmeln.

Johannistag, das ist die Erklärung für die Trittleiter und den Pappkarton, der nun leer mit aufgewickelter Schnur auf dem Tresen steht, neben einer leeren Bierflasche, das ist die Erklärung für das breite Grinsen des Mondes. Verständnisinnig, aufklärerisch in seiner Mission als Laterne.

Nur Mut, liebe Eli.

Uwe ist ein hilfsbereiter Mensch, gestern hat er Girlanden aufgehängt, jetzt fährt er eine Ladung Nähmaschinen nach Polen. Kommt Zeit, kommt Rat. Es ist noch nicht aller Tage Abend, im Gegenteil, jetzt geht es los.

Ich hole meine Sachen, sagt Eli.

Auf dem Tresen liegt die Rechnung, Übernachtung und Frühstück.

Eli zahlt.

Im Centrum-Kaufhaus kauft Eli ein paar Sachen, die sie in Polen brauchen wird, Tauschobjekte, am besten eignen sich Büstenhalter, das weiß man, die sind willkommen.

Sie kauft außerdem eine Tischdecke aus Igelit und eine Schachtel Bleistifte, zwölf Stück zum Verschenken, zwei davon trägt sie zur Pension am Brautwiesenplatz. Sie wirft die Bleistifte in den Hausbriefkasten.

Die Glocken läuten, erst fern und dann ganz nah, für Eli und weil Johannistag ist.

Eli schultert den Rucksack, sie wandert quer durch eine Gartenkolonie, dann einen Hügel hinunter. Unterwegs hat sie einen Stock gefunden, mannshoch, einen Pilgerstab, sie hat gerne einen Stock in der Hand.

Der Stadtpark ist in den Jahren in Höhe und Dichte zu einem Wald geworden, dann fängt das Urstromtal an. Natur.

Ein sumpfiges Gelände, man hört fließendes Wasser, den Fluss. Frösche, die Rohrdommel, den Schrei eines Kranichs. Eli bahnt sich einen Weg durch schulterhohes Kraut, sie verschwindet im Grün, Mandelgeruch streift um die Nase. Es sind die blühenden und stark staubenden Dolden vom Mädesüß oder Johanniswedel oder Unsern Herrgott sein Bart. Sie muss die Augen zukneifen, sie muss sich die Nase zuhalten, trotzdem tönt ihr Niesen durch das Gestrüpp. Verräterisch. Wer weiß wie weit. Hatschi. Eli hockt sich hinunter zur feuchten staubfreien Erde, die Laute, die nun noch ein paarmal aus ihrer Nase trompeten, tönen wie von einer Bekassine, also wie von einer Himmelsziege. Tick är, tick är. Es ist ein metallisches Meckern. Ein Naturlaut im Grenzgebiet. So gebückt, tastet sie sich voran, näher ans Wasser. Die Hand schmerzt, Eli schmeckt, das ist Blut. Sie niest noch einmal. Tick är.

Stacheldraht. Dreimal Draht.

Den Rucksack über Kopf. Die Drahtschere. Der sanfte Fluss. Man weiß nicht, was noch kommt, nur Steine oder auch Stalinrechen, Eisenspitzen. Minen. Eli tastet mit dem Pilgerstab. Das Wasser reicht bis unter die Achseln, dann bis zum Kinn, damit hat sie die Mitte des Flusses erreicht. Eli balanciert mit der rechten Hand den Rucksack hoch im Nacken. Sie hält mit der linken Hand den Stab fest.

Dann ist Eli auf der anderen Seite. Polen. So liest man es in den neuen politischen Atlanten, und so wird es sein. Über dem Fluss beginnt das fremde östliche Land, die andere Sprache, die besondere östlich-orthodoxe Frömmigkeit. Sie wirft Rucksack und Stab ins Uferkraut. Sie zieht die nassen Kletterschuhe aus. So einfach geht das.

Wer hätte das gedacht. Kein Schuss aus einem Gewehr, keine Minen, keine Verletzungen von den Krallen des berüchtigten Rechens, die Kleider im Bündel sind dank der Tischdecke trocken. Eli sitzt auf dem Rucksack, das Herz klopft wie verrückt. Die Zähne klappern. Weil alles so einfach war, ganz leicht, das Wasser der Neiße verhältnismäßig warm, ein Spaziergang, eigentlich fast romantisch. Eli wischt mit dem Handrücken über das nasse Gesicht. Salz. Sind das etwa Tränen? Sie rutscht vom Rucksack, sie schaut in den hellgrauen Himmel und in das Land.

Es ist Nacht, man erkennt in der Ferne einen zackigen Waldsaum und in der Nähe eine große horngekrönte Kuh. In der Johannisnacht können die Menschen die Sprache der Tiere verstehen. Zum Beispiel: Ducks. Die Kuh klirrt mit der Kette, Ducks, das ist ein Wort aus einem Märchen und aus einem Lied. Ducks heißt, pass bloß auf, denn du bist noch nicht angekommen, du bist längst noch nicht am Ziel.

Die Kuh hebt den Kopf, sie dreht die Ohren, als warte sie auf eine Antwort. Sie kommt einen Schritt näher, vorsichtig klirrend, bis die Kette nichts mehr hergibt. Die spitzen Hörner im Abstand.

Eli starrt in die Finsternis. Sie sitzt wie ein Schneiderlein neben dem Rucksack, horcht waldwärts in die Richtung, wo man in einer milchigen Senke eine Straße vermuten könnte, horcht wachsam, im Nacken immer noch eine Last, Furcht, aber jetzt deutlich unter dem Segen eines guten Geschicks oder der Johannisnacht, als würde bald einer kommen, sie abzuholen, Prinz Ludwig mit einer Kutsche, gezogen von einem Schimmelgespann. Der Mond steht wie eine Schüssel Grießbrei über dem Wald. Ludwig, ich liebe, ich denke an dich und an die Schreibmaschine. Gern wüsste ich, was ihr miteinander treibt, die Buchstaben und du.

Ducks, käut die Kuh, und das ist Schlesisch, Eli erinnert sich, es ist die Zeile aus einem Märchen und aus einem Hochzeitslied. Ducks hie, ducks har.

Eli wartet auf den Morgen.

Die Kuh käut und käut, denn die Kuh ist ein Wiederkäuer.

Im ersten Taglicht erkennt man, es ist eine rotbunte Kuh. In Heinrichs Stall, da hat immer eine rote gestanden und immer eine Liese. Das schummrige Morgenlicht zeigt eine Wiese, gehäufeltes Gras, Heu. Landschaft. Landwirtschaft.

Aber drüben am Wald tritt Finsteres aus der Finsternis. Eisern und mächtig tritt es vor den dunklen Saum der Bäume.

Eli, du dachtest wohl, du hast den Sprung von einer Seite auf die andere in einer einzigen langen scheußlich romantischen Sommernacht geschafft, du dachtest wohl, du brauchst nur mit deiner Drahtschere durch einen Drahtverhau, du musst nur einen mannstiefen Fluss durchqueren. Nein, jetzt erst, im durchsichtigen Licht des Tages, steht der bewaffnete Apparat auf, jetzt kommt der ernste Teil deiner Frechheit.

Ein eisernes Grenzgespenst hockt in der Morgensonne, es lauert geladen. Es lauert sprungbereit. Du bist erkannt. Du bist das Ziel. Es ist die Klaue, die zupackt, wenn du dich wunderbar aufgehoben, wenn du dich bereits in Sicherheit, sogar schon in Liebesträumen wähnst.

Nun gilt es. Befiel dich dem Herrn oder dir selber.

Erweibe dich, Rafaela.

Die Kuh schüttelt die Ketten. Kein Laut, kein ermunterndes Ducks.

Eli stapft mit geschultertem Rucksack, der Trinkbecher schwenkt am Riemenhaken, schwenkt entschlossen mit jedem Schritt. Sie quert die Grasstoppeln, gradewegs Richtung Wald. Es ist ein Fichtenwald. Das Gespenst ist ein Heuwender. Ein alter verrosteter Doppelwender, hochgestellte Zinken, Deichselhalter, hinten an der Sitzschale aus gestanztem Blech eine geprägte Fabrikmarke: Hassia und Co. Butzbach.

Der alte Hassia hat Schimpfe verdient. Rosteimer. Eli tritt gegen die Eisenräder. Sie geht noch ein Stück, dann fällt sie wie ein Käfer ins Heu. Todmüde, mit schmerzender Zehe. Den Rucksack auf dem Rücken.

Die Sonne steht schon hoch, als Eli zu sich kommt. Ein quietschendes Instrument, eine taktsichere Fidel überfliegt ihren Kräuternarkosetraum. Mückenwolken und eine schleifende Fahrradkette, dazu klapperndes Blech. Ein alter Mann mit Strohhut und Heugerät. Wie Heinrich, aber Heinrich kann es nicht sein, der steckt in der Büchse, außerdem konnte Heinrich nur mit einem Bein treten, das andere hing stocksteif neben dem linken Pedal. Granatsplitter. Erster Weltkrieg. Verdun. Eli zwinkert verschlafen, weil Sommer ist und wahrscheinlich Frieden. Blech und Kette klappern den Weg entlang. Es ist ein Pole, denn Eli ist in Polen. Keine Zweifel mehr, das steht jetzt fest.

Der Pole holpert bis zum Heuwender, dieser verrosteten

Maschine aus verdammt alten Zeiten, dort stellt er das verrostete Rad ab. Er nimmt die Heugabel, rückt den Strohhut in die Stirn, er schaut in den wolkenlosen blauen Himmel, dann wirft er mit der Gabel das nachtfeuchte Heu auseinander. Er arbeitet Richtung Grenzfluss, wo die Kuh ihn erwartet. Eine rotbunte Kuh wie unsere Liese. Aber unsere Liese kann es nicht sein.

Die Kuh brüllt dreimal wie zur Begrüßung, der Mann ruft der Kuh ein Wort entgegen. Gewiss ein polnisches Wort.

Eli rappelt sich hoch. Sie duckt sich, dann läuft sie schnell über das letzte offene Wiesenstück, zügig zum Waldsaum, um wieder Deckung zu gewinnen, um schnell die Flussniederung zu verlassen, das Grenzgebiet und den sogenannten grenznahen Raum.

Sie läuft Richtung Osten. Sie bleibt in Waldnähe, meidet die Dörfer, manchmal sieht Eli zwischen Feldern in einer Senke oder auf einem Hügel ein dunkelgrünes Nest, zwei Kirchtürme, einen spitzen und einen mit Zwiebel. Einmal findet sie einen Bach, gutes Wasser, bestimmt kommt es aus einer Quelle im Bober-Katzbachgebirge oder aus dem Riesengebirge, wo Rübezahl wohnt. Rübezahl darf man nicht sagen, wenn du ihn rufen willst, musst du ihn beim richtigen Namen nennen. Herr der Berge.

Eli geht den ganzen Tag, bei Nacht läuft sie eine schnurgerade Chaussee entlang, am Horizont die dunklen Hügel, einzelne höhere Kuppen. Dort hinten muss es sein. Hinter den Bergen.

Man könnte beim Laufen ohnmächtig werden oder einfach einschlafen. Laufen ist Freiheit oder eine Gefängnisfolter. Eli will an etwas Gutes denken, an Ludwig am besten oder an wichtige Filme oder an Geschichten, die mit ihrem Auftrag in Zusammenhang stehen, schlesische Geschichten, an Heinrichs

Erzählungen, weil das naheliegend wäre, weil sie ihn im Rucksack trägt, weil sich das Andenken aufdrängt und jede Berechtigung hätte. Die Voraussetzungen sind da, Leben und Tod, ein Fluchtkapitel. Doch die Büchse im Rucksack hat nichts zu sagen, auch Ludwig ist in der Einsamkeit zu einem blassen Mitläuferschatten geworden, vielmehr bestimmen die Beine, vielmehr bestimmt die Müdigkeit. Hunger diktiert. Sie denkt an ihr Fahrrad, wie es im Keller steht und jetzt nützlich wäre, jetzt auf gerader Strecke. Wie die Kilometer sich wegradeln würden. Eli wäre mit ihrem Fahrrad ein glücklicher, mindestens ein anderer Mensch. Das Fahrrad ist heutigentags der am meisten geklaute Gegenstand. Fahrräder wurden nach dem Krieg immer zuerst geplündert, als zweites dann Uhren. Über den schönen Fahrradgedanken fällt Eli der Fernfahrer aus Wittenberge ein, sein Lkw mit den Veritas-Nähmaschinen. Eine sanft schaukelnde Kutsche. Rote Sitzpolster, ein Samtschemel unter den Füßen.

Eli zieht die Schuhe aus, barfuß, wie einst, da bist du sogar mit nackten Sohlen über Stoppelfelder gegangen. Barbsch. Mit barbscha Bena.

Auf den Wiesen wachsen Sauerampfer und Huflattich, lauter essbare Kräuter.

Eli findet sogar Erdrauch, fette Fumaria, das schmeckt bittersüß und etwas rauchig, Fumaria ist eine Heilpflanze, Fumaria, hilft gegen Krämpfe und Melancholie. Es dämpft die schlechten Gedanken, es heitert dich auf. Fumaria macht den Hunger zu einem guten, wunderbar leichtlebigen Gefühl. Fumaria beflügelt.

Eli macht sich nichts mehr draus, sie sucht keine Deckung mehr, am hellen Tag quert sie eine Wiese, sie wandert gradewegs auf ein Schild mit einem Ortsnamen zu. Budachow, so ähnlich. Die Richtung stimmt, ostwärts, der Sonne entgegen. Von einem Dorf ist nichts zu sehen, keine Kirche, keine Behausung, aber am Wiesenrain: ein Melkeimer, ein Schemel, eine Melkerin und eine Kuh. Milch zischt in den Eimer.

Eli hält ihren Becher hin. Die Melkerin lacht mit goldenen Zähnen, sie nickt, die Lockenwickel wippen im schwarzen Haar. Mit der Nase zeigt sie zum Eimer und zu ihren Fäusten, zu dem weißen Strahl.

Eli hält den Becher unter die Kuh, bis der Becher voll ist, obendrauf Schaum.

Chleb, murmelt Eli, das ist russisch und heißt Brot. Haben Sie ein Stück Brot für mich? Die Frau lacht und weist mit der Nase die Richtung, sie zeigt bergan, wo Eli unter Bäumen ein Haus erkennt.

Eli steht mit nackten Füßen auf der Erde. Sie geht ein paar wunderbar leichte Schritte, sie traut sich bis vor den Hund, der ihr stumm in den Weg tritt.

Oben am Haus unter den Bäumen haben zwei kleine schwarzbezopfte Mädchen ihr Spiel unterbrochen. Wenn Eli sich rührt, hört man ein Knurren im Bauch des Hundes. Der Hund duldet keinen Schritt. Nicht vorwärts, nicht rückwärts. Er duldet keine Bewegung, zu Stein soll die Fremde werden oder zu Luft. Die Kinder schauen ernst und verwundert zu, der Hund, die Fremde mit dem Rucksack, ihr Zögern, ihr Schwanken.

Eli hört vom Rain her das Klappern von Eimer und Milchkanne, das ist die liebenswürdige Melkerin mit den schwarzen Augen, den Lockenwickeln und dem goldenen Lachen. Eli kann nur hoffen. Die Kuh muss ja einmal leer gemolken sein, alle Milch aus der Kuh im Eimer, strudelnde Milch, auf dem Eimer eine Mütze voll Schaum. Schaum zum Versinken. Eli hört wieder das Knurren.

Als Eli aufwacht, liegt sie auf einem Sofa.

Die Mädchen, die Frau und ein Mann sitzen in gläserner

Ferne um einen Tisch. Es riecht nach Wurst und Himbeersaft. Die Mädchen trinken aus Strohhalmen, bis das Glas leer ist. Eli hört zuerst das Schlürfen und Röcheln, die Stimmen der Kinder, dazu über dem Sofa das Ticktack einer Uhr. Eli sieht, wie der Gewichtzapfen der Uhr über den Zacken fällt. Seiger, das ist das Wort. Großvaters Wort für die Uhr in der Kammer. Aus den Augenwinkeln entdeckt Eli neben dem Sofa den Rucksack, sie rührt die Hand, tastet zärtlich, sie streichelt das folgsame Gepäck. Eli träumt, dass sie nicht aufwachen will, sie entscheidet sich im Dämmer zwischen der Seligkeit des Schlafes und dem Brot, der Wurst, den anderen Genüssen. Schlafen ist leicht, die Schmerzen verschwinden, der Hunger vergeht, und bald tönt von irgendwoher Musik. Vom Himmel kommt sie wohl nicht.

Das jüngere der beiden Mädchen hockt hinter einem Notenständer, ein Cello zwischen den Knien. Die Familie sitzt am abgeräumten Tisch. Wenn sich die Kleine verspielt, fängt sie von vorn an, mit finster entrücktem Gesicht, immer wieder den ersten Takt, manchmal gelangt sie fast bis zum Ende, sie blättert zurück, spielt den Anfang sehr schnell, molto presto. Die Eltern lauschen andächtig, das andere Mädchen rollt die schwarzen Augen, sie stöhnt. Eli liegt immer noch auf dem Sofa. Die Kletterschuhe hat jemand neben den Rucksack gestellt. Es ist eine Cello-Romanze von Mendelssohn Bartholdy. Es ist ein Idyll.

Mitten in der Nacht steht Eli in der stillen Stube am mondbeschienenen Tisch vor lauter köstlichen Sachen: Butter, Wurst, saure Gurken, geschnittenes Brot. Es ist wie im Märchen. Es ist wie im Kino, in Filmen wird in einer solchen Hungerszene das Brot zerfetzt, das gebratene Huhn zerrissen und gierig ins Maul gestopft, es wird gerülpst und geschlungen, selbst kampferprobte Leute, solche mit Bildung und Bewusstsein, können sich im Film nicht beherrschen, sie ersticken fast, lassen die Suppe aus den Mundwinkeln kleckern, weil sie zeigen müssen, wie außerordentlich hungrig, also dem Tode nahe, sie sind. Eli nimmt eine Brotscheibe vom Tisch, sie erträgt den wunderbaren Geruch nicht mehr, Räucherkammer, Gurkenfass, Kuhmilch, sie flüchtet mit dem Brot auf das Sofa, kaut erst ein Stück von der Rinde und schaut teilnahmsvoll zu, wie das Gewicht des Seigers fällt.

Die Cellospielerin heißt Nina, die große Schwester heißt Paula, der Hund heißt Zora. Auf Russisch geht die Verständigung gut. Tichi, Zora, ja lublju tebja. Sei still, Zora, ich liebe dich.

Die Kinder fahren mit dem Fahrrad in die Schule, zwölf Kilometer, das ist im Sommer kein Problem. Paula trägt die Cellokiste auf dem Rücken, die muss sie für die begabte Schwester transportieren, und auf die Launen der Kleinen muss sie achten. Wenn sie zu spät in die Schulstube kommen, ist Paula schuld. Die Eltern heißen Witek und Antonia. Sie kommen aus Galizien, dem Gebiet, das seit Kriegsende nicht mehr zu Polen, sondern zur Ukraine gehört. Antonia freut sich über die deutschen Exzellent-Büstenhalter, sie kann sich nicht entscheiden, ob schwarz oder weiß. Wybori, freie Wahl. Antonia deutet mit der Nase erst dahin, dann dorthin.

Eli schläft fünf Nächte auf dem Sofa der Familie Kupka. Bis Mittwoch, sreda, denn mittwochs kommt der Postbus, der Fahrer hält am Transformatorenhaus, man muss hingehen und winken. Er fährt über die Dörfer Kunzendorf, Pilgramsdorf, Probstein und weiter.

Eli erkennt die Brücke sofort, die Schafe am Ufer wie auf dem Spielzeugtisch, wie nach dem Gedächtnis in alter Ordnung hingestellt. Die Häuser im Gelände, genau platziert das Müllerhaus, dahinter die Wiesen vom Dominium. Gegenüber das Haus, wo der Schuster gewohnt hat. Ein bisschen anders sieht alles nun aus, schiefer und vielleicht kleiner.

Stanzija, die Haltestelle.

Die Brücke über die Katzbach ist aus Buchenholzstangen.

Eli sitzt auf dem Rucksack. Der Kuckuck ruft.

Unten am Ufer macht sich jemand mit einem Eimer zu schaffen. Es ist ein Mann, er versenkt den Eimer, man sieht, der Eimer hat statt festen Bodens ein Netz, wo das Wasser durchfließen kann. Fische, Forellen, die bleiben hängen. Man sieht einen Hut, man erkennt etwas Schwarzes unter dem Hut. Es ist eine Augenklappe. Eine schwarze Augenklappe vergisst man nicht. Hut und Augenklappe.

Eli kennt einen Mann mit Augenklappe aus Erzählungen, aus Heinrichs Geschichten, in Briefen hat Heinrich ihn manchmal erwähnt. Zibulka. Zibulka bringt's fertig, der fängt die Katzbachforellen mit der Hand.

Früher ist der junge zugewanderte Pole bei Klose im Mitteldorf Knecht gewesen, dann hieß es, er sei als Erbe eingesetzt worden, die kinderlosen Kloses wollten ihm das Anwesen samt Hypotheken und Herdbuch vermachen. Nach dem Krieg, als Zibulka keinen richtigen Herrn mehr hatte, noch selber Herr war, wurde Zibulka, weil er Polnisch und Deutsch wie zwei Muttersprachen beherrschte und weil er die alten und neuen Gegebenheiten durchschaute, zum wichtigsten Mann, zu einem Mittelsmann und Retter. Wenn irgendwo im Dorf Streit aufkam, wenn die Polen zuschlugen, dann wurde Zibulka mit der Augenklappe gerufen, er stiftete Frieden. Als dann alle Einwohner fort waren, geflüchtet oder per Dekret ausgewiesen, es kam auf eins raus, denn der Hitlerkrieg hatte auch das noch fertiggebracht, Vertreibung, blieb Zibulka so lange in einem Versteck, bis neue Verordnungen aus Warschau Geltung bekommen hatten.

Er war geblieben, wie es hieß im Klose-Anwesen über dem Pferdestall. Ob Knecht, ob Herr, man lebt, so hatte er von der Katzbach aus nach drüben in den Westen, wo nun sämtlich die alten Hiesigen wohnen, per Post berichtet, einst und jetzt, man existiert, so hatte es Heinrich seinerzeit brieflich nach Dresden weitergegeben.

Zibulka mit der Augenklappe ist geblieben.

Er kennt sich aus und verträgt sich, heißt es, und Eli weiß, dass die alten Hiesigen aus dem Westen Pakete an ihn schicken. Pulverkaffee, Schokoladentafeln, Nylonhemden, was das Herz begehrt.

Bist du nicht das Elala?

Da springt Eli vom Rucksack auf, stellt sich auf die Beine und macht einen Knicks, den Knicks macht sie vielleicht nur in Gedanken, im Angedenken, da man ihr eingetrichtert hatte, mach lieber einen Knicks zu viel als einen zu wenig.

Herr Zibulka?

Zibulkas Auge ist himmelblau. Das Hemd ist weiß und aus Nylon. Das himmelblaue Auge hat Eli schon einmal gesehen, von oben herab, vom Pferd herab, von einem Reiter, Zibulka hatte den galoppierenden Schimmel zum Stehen gebracht, und Elala hatte einen Knicks gemacht. Bist du nicht das Elala? Und sollst du nicht um diese Zeit längst in der Spielschule sein?

Das Elala sollte, aber sie hatte gedacht, heute mal nicht, heute ist es sowieso schon zu spät und der Weg viel zu weit. Schulschwänzerin. Diebin. Gänsedreck.

Ist denn das wahr? Zibulka. Brieferzählungen und Kinderzeit, da steht er als Bild, wie im Kino, im Tonfilm, denn man hört, Zibulka spricht. Es ist der leibhaftige Zibulka.

Der Mann mit der Augenklappe redet von dem Haus im Niederdorf, das leider nicht mehr steht. Alles hin. Er sagt, er besinnt sich. Elala zum Sattessen kriegsverschickt in das schlesische Paradies, wo Milch und Honig fließen. Kennst du noch den bissigen Gänserich und die prügelnde Sense vom Kantor Tischer. Weißt du noch?

Zibulka, du hast, wie es scheint, das Vergessen vergessen.

Herr Zibulka! Heinrich besteht darauf, dass sein Enkelmädl Herr Zibulka sagt, und auf dem Knicks besteht er auch, du kommst schließlich eigentlich nicht vom Dorfe.

Herr Zibulka, ist denn das wahr? Eli hält immer noch seine Hand.

Zibulka besinnt sich, er erzählt von Heinrich, dem Pferdekenner. Der wusste alles, vor allem über Schimmelpferde. Fliegenschimmel, Apfelschimmel, Eisenschimmel, Isabellen und so weiter.

Eli will nicht über den sprechen, dessen Asche sie im Rucksack trägt. Es ziemt sich nicht. Es tut weh. Reden ist wie Lügen und Schweigen erst recht.

Herr Zibulka, Sie haben das Vergessen vergessen.

Eli wäscht die Füße im Bach. Sie zieht die Schuhe an. Zibulka erbietet sich, den Rucksack zu tragen. Dagegen kann Eli nichts sagen. Wohin? Sie zuckt die Achseln. Vielleicht ins Niederdorf?

Sie gehen nebeneinander, in zügigem Schritt. Zibulka hat den Rucksack auf seine Schultern genommen. Parallel zur Dorfstraße strudelt die Katzbach. Himmelblau, die Farbe kennt man, aber Eli hatte vergessen, wo die Farbe hingehört, nicht unbedingt hoch in den Himmel.

Noch vor dem Niederdorf, noch vor der Stelle, wo das Haus einmal war, kehren sie um. Zibulka sagt: Da ist nichts mehr. Zibulka kennt eine Unterkunft, dort hat er schon andere einquartiert, im Posthaus, dort kann Eli bleiben, solange es ihr gefällt. Wie lange? Für immer?

Nein, sagt Eli, nur zwei oder drei Tage.

Eli fragt, ob Zibulka eine Familie hat: Kinder, eine Frau.

In dieser Art nicht, sagt er.

Es sind drei Kilometer zum früheren *Gasthaus zur Post*, etwa in Höhe der Schule. So ein weiter Weg. Eigentlich endlos.

Macht mir nichts aus, jetzt nicht mehr, sagt Eli.

Strohdach und Fachwerk, da hat das Feuer nicht lange gefackelt. Zibulka hat recht: Das Haus ist verschwunden. Aber nicht spurlos, das hat Eli sowieso nicht geglaubt. Sie glaubt nicht ans Nichts. Zu Füßen liegen ein paar Ziegelsteine, moosgrüne und efeuverwurzelte Grundmauerreste. Eine ausgetretene Türschwelle, ohne Türrahmen, ohne Haus. Eli hat die Stelle gefunden, wo der Brunnen früher war, ein Schöpfstein und Sand, Geschichten und Abenteuer, Spiele am tiefen Wasser, von denen niemand erfahren durfte, die keiner geduldet hätte, auch das gelbe Schlingkraut wollte der Großvater nicht dulden, weil es den Brunnen versaut. Eli findet die Schöpfsteine gelb überwuchert, lauter Kraut. In der Nähe liegt, schwarz verkohlt und nun faulend, die alte Esche, der sogenannte Hausbaum. Am Wurzelfuß treiben zierliche Schösslinge, grasgrün, manche haben schon kleine Zweige. Eli gräbt einen aus. Auch eine Handvoll Erde knotet sie in ein Taschentuch.

Eli stolpert.

Längs im Gestrüpp liegt ein Balken, es ist eine Wagendeichsel, warum ist denn die nicht verbrannt. Deichseln hatte Heinrich immer selbst aus Eschenholz gemacht. Aus einem Kronenast. Siehst du, Elala, der Ast hat das Maß. Der wird eine neue Deichsel, eine Heuwagendeichsel.

Zibulka hat gesagt, da ist nichts mehr. Verbrannte Erde. Eli fällt auf die Knie, weil sie wieder gestolpert ist, sie ist im hohen Gras hängengeblieben. Eli kniet vor einem zum Heulen unverwüstlichen Eisenklotz.

Was machst du denn hier, so verlassen, so heinrichseelenallein?

Heinrichs Schusterbock.

Es ist ein eiserner Dreifuß. Unser Drudenfuß, das Eisen zum Schuhebesohlen und Geistervertreiben, er hat sein Gewicht. Es ist gut, dass Eli einen stabilen Rucksack besitzt, darin die Büchse und nun auch der Drudenfuß. Auf dem Rücken verteilt sich die Last. Die junge Esche mit den zierlichen Blättern guckt oben heraus. Die Deichsel musste Eli leider liegenlassen. Die verfault irgendwann oder wird zu Stein, den dann Ururenkel ausgraben können, grübelnd, die Spuren eines Hobels vermutend, friedliche Menschenhand in Zeiten der Kriege.

Eli geht im Wanderschritt. Der Postchef hat heute früh in der Poststube eine Kanne Tee hingestellt und auch ein Gerät besorgt mit spitzem Dorn und Zahnrad, einen Büchsenöffner. Eli geht den Sonntagsweg, quer durch die Sonntagswiesen. Die Gräber liegen außerhalb des Ortes, und die alte Kirche, die mehreren Dörfern gemeinsam gehörte, steht wieder woanders, an einem Kreuzweg. Vor Jahrhunderten war das eine im Glaubensstreit geborene Notlösung. Später wurde daraus eine fromme Tradition. Man rastete vor Gottesdiensten und Beerdigungen gesellig mit Sarg und Bier und Gesang auf den Sonntagswiesen und zog gestärkt weiter bis zum Acker des Herrn. Weil es keinen Zaun gab, man aber zum Ende durch ein Tor schreiten wollte, haben der Stellmacher und der Schmied einen Bogen samt Tor und Klinke mitten auf die freie Wiese gebaut.

Der Weg steuerte grade darauf zu.

Die Pforte hatte einen rätselhaften Schatten geworfen. Immer anders, und man konnte drauftreten, auf eine wandernde Kugel. Ein Symbol, hatte Heinrich behauptet, die ummantelte Kugel oben auf dem First, auf dem Weg der Schatten.

Die Holzpforte ist verbrannt, aber der Schatten ist liegengeblieben, auf der Wiese genau vor Elis Füßen, der Schatten bleibt, du musst wissen, es ist einfach nur der Schatten des Himmels.

Jeden Sonntag, viele Sonntage sind wir gegangen.

Auf halber Höhe der Berglehne, da haben wir vor einem Holzkreuz haltgemacht, es stand immer schief, man musste es jedes Mal richten, und die rote Pelargonie musste man begießen, aus der Trinkkanne, in der immer noch eine Neige, a Negla, drin war, dann musste man das Kreuz und die Blume lange anschauen und an den Urgroßvater denken. Bunzel aus Bunzlau.

Eli hört die Uhr vom Mitteldorf schlagen. Jetzt muss die Sonne den Rücken vom Spitzberg links übersteigen, dann ist es zwölfe, dann stimmt die Welt. Zwölf Schläge, so ist es im Sommer, so ist es heute.

Kreischende Eichelhäher jagen zwischen Büschen und Steinen. Sie schimpfen, weil Eli nicht hierhergehört. Ein Fremdling im Revier.

Eli behält den Rucksack geschultert. Außer den beiden Eichelhähern hat hier wohl niemand etwas zu sagen. Die schwarzen Hügel auf dem Hügel hat der Maulwurf gemacht. Steine liegen quer oder woanders. Guter schlesischer Marmor ist umgefallen, auf dem besten sind neue Gedenktafeln aufgeschraubt worden, darunter leuchtet noch das alte Gold. Manches kann man entziffern, Namen, drunter und drüber, Ruhe sanft. Daneben eine ausgebrannte Laterne, ein Ewigkeitslicht.

Urgroßvaters Holzkreuz hat die Zeit aufgefressen. Der Zahn der Zeit.

Eli sucht nicht mehr, sie wirft den Rucksack hin. Sie gräbt mit den Händen, es ist rote Erde. Heinrich war immer stolz auf diese rote Erde und auf seine roten Kartoffeln, Sorte Roter Schwede. Das findest du nicht überall. Nur auf unserem Acker und drüben am Berg. Rote Erde.

Eli hat die grauweiße Asche in das Loch gekippt, rot und grau vermischt, dann die Esche hineingesetzt. Sie arbeitet schnell, wie sie es gelernt hat, sie drückt die Erde fest um Fraxinus excelsior, dann läuft sie mit der Büchse zwischen Koppeltränke und Setzling hin und her, Wasser löst die Nährstoffe, die Kraft steigt aufwärts von Zelle zu Zelle und befördert das Wachstum, Eli lässt das Wasser in die kleine Mulde, den Gießring, rinnen. So nehmen die Wurzeln der Esche Fühlung auf mit der Erde. Die Esche ist ein Ölbaumgewächs. Es ist Heinrichs Esche. Blütezeit im April. Eli gießt und gießt, sie rennt hin und her mit der Büchse. Es ist niemand da, der Einhalt gebieten oder trösten könnte. Schöpfen und gießen. Niemand auf weiter Flur. Nur der Herr der Berge, Rübezahl, der schickt die meckernden Eichelhäher mit ihrer Wahrheit. Verschwinde.

Ich hau ja schon ab. Eli lässt die Büchse an der Koppeltränke zurück. Für Menschen, die einer kleinen Esche behilflich sein wollen beim Wurzelnschlagen, für Geister, die sich um Verlassenes kümmern.

Die Sonne ist nun rund hinter dem Spitzberg hervorgekommen, oder der Spitzberg ist höflich beiseitegetreten.

Eli wandert ins Dorf. Den Drudenfuß auf dem Rücken. In Eile, einer Einladung folgend.

Eli lernt Zibulkas Herrin kennen. Eine Stoikerin, hatte Zibulka erklärt, das sind die, die niemals bereuen. Eli sieht es gleich an ihrem stolzen Gesicht, ihrer großzügigen seidenen Umhüllung. Man sitzt mit Teegläsern in der Clematisveranda von ehemals Klose. Der Gatte grüßt in der Tür, ein gebildeter Stuben- und Nachtmensch, sieben Kinder gehören zum Haus, Pferde, Hunde. Eli ist eingeweiht und trotzdem überrascht. Der Stubenmensch und deutlich auch Vormittagstrinker verschwindet wortlos, mit einem Pfiff nach seinem Pudel und einer noblen Verbeugung tritt er ab, verzieht sich in seine Rechenkammer mit elektrischer Rechenmaschine und einem Sofa für seinen Vormittagsschlaf. Die Kinder rennen über die Verandatreppe schnell aus dem Haus. Kaputt, kaputt, ihr keckes Lachen tönt unter den aufgeschobenen Verandafenstern, kaputt, ein Wort, das die Besucherin tüchtig erschrecken soll. Im weiten Hof verliert sich das Rudel. Es ist still.

Die Herrin spricht Altpolnisch mit Zibulka. Sie nennt ihn

Panulku, also ungefähr Herrchen, mit Eli unterhält sie sich in einer Art Deutsch, k. u. k., ein liebenswürdiger Zungenschlag. Sie nimmt sich Zeit für die Gästin.

Auf dem Korbtisch ein Teller mit Rhabarberkuchen.

Bitt schen. Eli langt zu. Rhabarber pur. Elis Gesicht gewinnt nun auch einen stoischen Anflug, vielleicht ein verständnisinniges Lächeln. Sie erfährt von den sieben Schwangerschaften, alle Kinder nicht am Sam, in der alten Heimat, sondern hier an der Katzbach geboren. Überhaupt habe das Fruchten hier erst begonnen.

Eli packt ihre Mitbringsel aus. Die Herrin betrachtet die Kleidungsstücke. Atlasseide, Kultur wie in Jugendzeiten am Sam. Sie lächelt stolz und etwas melancholisch. Die Sachen, Exzellent-Miederwaren, weiß und rosa, verschwinden mit einer eleganten Geste im Puffärmel des weiten seidenen Mantelkleides.

Panulku Zibulka trägt Wurst und Honig herbei. Für Eli zum Mitnehmen, und sie muss auch nicht mehr zu Fuß gehen heute und morgen. Panulku Zibulka verschwindet, um die Pferde anzuspannen.

Fiel Glick, schenes Fräulein. Man nimmt, man gibt. Zibulkas Herrin zaubert aus ihrem Puffärmel ein Buch. Mittel fürs Leben, sagt sie, *Die Frau ohne Schatten*, Hofmannsthal, bester Dichter.

Auf dem Buchdeckel eine in Seide gehüllte, von Efeu umschlungene Dame, wissend, träumend. Da danke ich aber von Herzen. Eli macht einen kleinen Knicks, man knickst hin und her. Weiterhin alles Gute.

Die Kutsche steht bereit, ein Landaulett, fast so gut wie die Zirkuskutsche. Eli nimmt Platz, die Geschenke auf dem Schoß, Honigglas, Wurst und Buch, der Rucksack zu Füßen, ohne die Heinrich-Asche. Das ist ein gutes, erhabenes Gefühl, wie eine Taufe in eigener Sache. Die Kinder wirbeln herbei, aus allen Winkeln des Klose-Hofes, Hunde wirbeln im Staub hinterher. Die Kinder fahren mit. Holla, Kyrill, das ist der Name des Schimmels. Die beiden Buben sitzen neben Zibulka auf dem Kutschbock. Die fünf Mädchen haben Eli in die Mitte genommen, die Kutsche ist voll. Es kann losgehen. Lauf, Kyrill, bystro, Kyrill. Hundegebell bleibt zurück. In der Veranda eine Gestalt, die Hand zum Gruß gehoben, umrankt und allein, ungefähr wie auf dem Buch, das Eli in den Händen hält. Eli denkt, da täusche ich mich jetzt aber nicht. Die Gesichter, die Augen der beiden Buben und der fünf Mädchen blau, sehr blau. Eli atmet die kühle Gebirgsluft, der Fahrtwind macht Laune. Zibulka schnalzt mit der Zunge. Galopp, wir fliegen. Lauter himmelblaue Zibulka-Augen. Da täusche ich mich nicht. Sie fahren mit Karacho die Landstraße hinunter bis zum *Gasthaus zur Post*.

Dreimal pro Monat werden Nähmaschinen, Schrank- und Koffernähmaschinen, aus Wittenberge nach Złotoryja, ehemals Goldberg, ins polnische Großhandelslager geliefert. Das weiß nicht nur Eli, das weiß auch Zibulka, er kennt sich aus. Das ist eine seiner neuen Berufungen, sein Wissen um den deutsch-polnischen Handelsverkehr, die Beziehungen reichen weit, bis in den Westen, bis nach Amerika. Er kennt Fernfahrer Uwe aus Wittenberge ziemlich gut, weiß, dass der am liebsten Görlitzer Bier trinkt, und zwar aus der Flasche. Kaffee in der Kanne gebrüht, mit Milch ohne Zucker.

Zibulka steht pünktlich vor der Tür, er spielt den Kutscher und Herrn, er kann das perfekt, stolz sein und dienen, Augenklappe und weißes Hemd. Panulku. Er dreht den Bremsklotz, springt vom Bock.

Eli mit schwerem Rucksack.

Um Himmels willen, was ist denn da drin.

Eisen, sagt Eli, ein Schusterbock zum Schuhebesohlen. Ein

Drudenfuß, statt fünf hat mein Geisterbeschwörer allerdings nur drei Füße. Mal sehn, was er kann.

Viel Glück, sagt Zibulka.

Ich danke, auch dafür, dass Sie nicht wissen wollten, warum ich hier war.

Keine Ursache, zumal ich seit gestern Bescheid weiß. Ein Klose-Päckchen ist gestern angekommen, inliegend ein Brief. Es stehen zwar nur Andeutungen drin, aber ich konnte mir gut einen Reim drauf machen.

Danke trotzdem. Panulku tatko. Eli kneift verschwörerisch ein Auge zu, denn Tatko heißt Papachen.

In eine Zeltplane verpackt, reist Eli im Lkw von der Veritas-Nähmaschinenfabrik aus Wittenberge über die deutsch-polnische Grenze und weiter ohne Halt auf der Autobahn bis nach Michendorf. Sie hat unterwegs sogar ein bisschen geschlafen.

In der Raststätte Michendorf macht Fernfahrer Uwe auf der Ladefläche mit flinken Handgriffen die Stricke um die Zeltplane locker, dann springt er runter, inspiziert in gut gespielter Ruhe das Fahrzeug, die Reifen, die Radlager, gründlich ringsherum. Dann, ein kurzer Pfiff, und Eli steht mit beiden nackten Füßen auf der festen Erde. Erst im toten Winkel zum Tankstellenbetrieb, dann tritt sie offen und sehr erleichtert auf den Plan. Aufrecht, mit gradem Rücken, ein normaler Mensch, eine Anhalterin, die unterwegs freundlich aufgenommen wurde und jetzt auf dem Rastplatz vielleicht einmal ins Häuschen muss. So steigt sie in die Fahrerkabine. So sitzt sie als Mitfahrerin an der Seite des Fahrers. Das Gepäck, vielleicht Ausflugsausrüstung, jedenfalls nur ein Rucksack, der liegt neben dem Beifahrersitz.

Alles wie geschmiert.

Alles vor dem Start ausgemacht. Die Dunkelheit hilft. Es ist kurz vor Mitternacht. Eli massiert ihr steifes Genick. Sie hält die nackten Füße ins warme Heizgebläse und schluchzt einmal ganz laut wie ein Kind im finsteren Wald.

Das sind die Nerven, sagt Fahrer Uwe.

Der Lkw aus Wittenberge verlässt die Autobahn. Ein kleiner Umweg aus Gefälligkeit. Eli kramt im Rucksack. Knoblauchduft steigt in die Nasen.

Der Lkw saust über den Telegraphenberg, biegt ab, rumpelt am alten Bahnhof vorbei. Die Strecke ist grade noch lang genug, um die polnische Wurst wegzuputzen, dazu etwas Brot. Alles mit gutem Appetit und mit der Rede über Zibulka. Eli kann erzählen, dass er wahrscheinlich mit der Augenklappe bloß angeben und etwas finster aussehen will. Der Lkw-Fahrer schüttelt dazu, wie eigentlich zu allem, was er hört, den Kopf und schnappt nach den Brocken, die Eli ihm in den Mund schiebt, leckt ihre Finger, Elis süßen Zeige- und Mittelfinger, nach der polnischen Wurst noch Honig aus dem Honigglas. Man will es nicht glauben. Der Fahrer schüttelt den Kopf.

Habe ich mich eigentlich für den Apfelsaft in der Görlitzer Kneipe bedankt?, fragt Eli.

Nicht der Rede wert. Gern geschehen. Anderntags ist ja da noch groß was los gewesen. Johannisfest.

Ich hab's gesehen, die Girlanden und Lampions.

Irmgard hat es nicht leicht, sie muss den Laden alleine schmeißen, alles, erst war es HO, jetzt gehört der Laden zu Rotation, das Gehalt ist schlechter, aber Flaschenbier ist immer auf Lager. Dafür haben die Sportler gesorgt.

Der Lkw hält vor der feriendunklen Tauber-Villa.

Eli steigt aus. Sie hievt den schweren Rucksack auf die Schulter.

Ich weiß gar nicht, wie ich Ihnen danken soll.

Nicht der Rede wert.

Doch doch, sagt Eli, solche hilfsbereiten Leute wie Sie, denen sollte man einen goldenen Punkt auf die Stirn malen, wasserfest, damit man sie gleich erkennt. Auf Wiedersehen, und passen Sie gut auf sich auf!

Den Abschiedsgruß hatte Eli in einem Montagsfilm gehört, der Gruß hatte ihr gefallen.

Der Gruß gefällt auch dem Lkw-Fahrer Uwe aus Wittenberge. Er ist gerührt, und er wird den Gruß weitersagen, wenn ihm jemand am Herzen liegt. Pass auf! Nicht auf dein Geld oder auf deine Jacke, nein, auf dich selber. Er schüttelt den Kopf, weil er wieder mal verwundert ist. Irmgard, pass auf – nicht auf Schlüssel und Bleistifte, sondern auf dich, pass auf, *dass dein Fuß nicht möge gleiten.*

Er hat jetzt das letzte Ende vor sich. Er fährt nicht mehr auf die Autobahn, er fährt nun nur noch Landstraße, aus lauter Vergnügen, weil das Leben auch im Dunkeln seine guten Seiten haben muss.

Hinter dem Eingangsportal wird Eli von einer einsamen und hungrigen Katze empfangen. Es stinkt nach Hausputz, Katzendreck und Zeitung. Bohnerwachs klebt auf dem Treppengeländer. In Elis Bude sind die Dielen geölt, die Fenster geputzt, der Papiereimer ist leer, frische Wäsche liegt auf dem Bett, der Stuhl steht ausgerichtet vor dem Tisch, darauf liegen die Briefe. Frau Klatte, die Kehrfrau, verteilt in den vorlesungsfreien Wochen die Post in den Häusern der Studenten. Damit sich die Sachen nicht beim Pförtner stapeln. Er braucht Umsicht, Blickfreiheit, er hat Anweisung, im Sommerquartal Sicherheitsstufe drei, verschärfte Ausweiskontrolle.

Frau Klatte legt die Briefe fächerförmig auf den Tisch. Für Eli drei Stück. Eli liest und erschrickt. An Fräulein Rafaela Reich die Milchgeldrechnungen, eine zweite Mahnung und auch gleich einen Pfändungsbescheid. Sehr geehrte Studienfreundin Rafaela Reich, wir haben uns veranlasst gesehen, den

Vorgang Milchgeldrückstände dem Gericht Potsdam Stadt, Gerichtsgebäude Hegelallee, zur Eröffnung eines Pfändungsvorganges zu übergeben. Termin: sofort. Mit sozialistischem Gruß, Versorgungseinrichtung Getränke Potsdam Nord.

Eli wirft die Post auf das Bett, deckt das Kopfkissen über die Versäumnisse. Lächelt, fällt um und schläft. Nicht, weil sie die Sache eine Nacht ruhen lassen, nicht weil sie im Schlaf eine Lösung finden will, sie schläft, weil ihr die Sinne schwinden, Stunden, bis in den nächsten Nachmittag hinein, kaputt, vergiftet: das Blei in den Adern, von Kopf bis Fuß in tiefer Narkose.

Zuerst Licht, später die Wahrheit.

Nachmittagssonne steht im Fenster. Eli setzt den eisernen Dreifuß auf einen Stuhl.

Sie muss sich besinnen, sie muss herausfinden, was geschehen ist. Barfuß über Stoppelfelder, aber dann müssten die Nächte kalt sein. Mindestens die Nächte, dagegen spricht das Feuer, die Hitze, der Schweiß. Angstschweiß. Eli wirft nach langer Reise und tiefem Schlaf endlich die Sachen vom Leibe. Eine Klette in der Jacke und Stroh, polnischer oder schlesischer Staub, jedenfalls Dreck.

Romkater, du siehst ja aus wie ein Romkater. Mama schlägt die Hände über dem Kopf zusammen, jedes Mal, wenn sie vom Dorf an der Katzbach heimkommt in die Stadt, muss man aus der Elala eine Rafaela machen.

Romkater, weil die Kater in Rom so lumpig und dreckig sind. Eli nimmt im Zuber der einstigen Waschküche unten im tiefen Keller ein Bad. Eli ist der einzige Mensch im Gemäuer. Das Wasser ist kalt, es schießt in scharfem Strahl aus einem Schlauch in den Zuber.

Eli schreibt, um das Heinrich-Kapitel abzuschließen, ein paar Sanssouci-Ansichtskarten an die alten Schlesier. Meine Lieben! Opa an Ort und Stelle. Sie schreibt ohne Absender, die Empfänger wissen auch ohne Bescheid. Meine Lieben, ich habe, hoffentlich in Eurem Sinne, einen Schössling von der alten hinfälligen Esche im Niederdorf in die Asche gesetzt. Gruß E.

Auch an Ludwig schickt Eli ohne Absender eine Karte. Toska. Toska. Toska. E. – Toska ist ein russisches Wort. Es heißt Sehnsucht.

Dann hebt Eli das Kopfkissen hoch, die Briefe, leider nackte Tatsachen, es ist leider wahr, schwarz auf weiß, Milchgeldschulden, es bleibt dabei, trotz Schusterbock, trotz Drudenfuß, Eli muss handeln.

Noch am Nachmittag trägt sie das Internatsbügeleisen zur Pfandleihe in der Leninallee.

Das Bügeleisen gilt als *langlebiger Wertgegenstand*, es ist gut erhalten, es ist ein volkseigenes Bügeleisen, aber das sieht man nicht. Die Studentinnen, die sonst damit bügeln, sind in diesen Tagen in der Produktion oder mit der Kamera an einem Drehort oder mit dem Zelt an der Ostsee, das Eisen wird also nicht gebraucht.

Eli handelt entschlossen. Sie trägt nun zwanzig Mark und einen nummerierten Pfandschein mit vier Wochen Gültigkeit bei einem Prozent Schuldzins im Beutel.

Vom Sparbuch war nichts mehr zu holen, das steht seit dem letzten Kassenbesuch noch vor Reiseantritt, von Tintenstrichen begrenzt, unter Guthaben auf Betrag: eins, also auf einer Mark.

Der besorgte Schaltermann hatte Eli erklärt, das muss so sein, die Einemark, damit der Kontoinhaber das Konto hält, unbedingt hält, für die nächste Zeit, die auf der Habenseite unbedingt wieder eine bessere werden muss. Fräulein, man hat doch anständig mit einer tüchtigen Summe angefangen. Traurig, dass man so tief gesunken ist.

Eli hatte nach einer Antwort gesucht, einer Rechtfertigung.

Es war ihr nichts eingefallen, auch nicht draußen vor der Sparkassentür. Wahrscheinlich hatte der Schaltermann recht. Anton würde ihm zugestimmt haben. Ich hab's gewusst, eines Tages kommt die Pleite, eines Tages steht ein Kuckuck vor deiner Tür.

Zwanzig Mark für das Bügeleisen.

Eli radelt mit dem Geld gradewegs zur Hegelallee. An der Gerichtskasse zahlt sie den offenen Betrag. Fünfzehn Mark plus eine Mark Mahngebühr plus zwanzig Pfennig Porto, also sechzehn Mark zwanzig.

Am Zehnten gibt's Stipendium. Geld für Milch und Theater, endlich wieder einmal Berlin, Deutsches Theater, vielleicht eine Besson-Inszenierung, vielleicht ein Stück von Peter Hacks, Geld genug für ein Moskauer Eis und auch genug zur Auslösung eines Bügeleisens, das den Internatsbewohnerinnen und damit von Rechts wegen dem Volke gehört.

Ein dritter Briefumschlag, eine weitere Forderung, hatte auf dem Tische und dann unter dem Kopfkissen gelegen, offen, ohne Briefmarke, ohne Adresse, nur mit Namen: An Rafaela Reich. Drinnen ein Zettel: Bitte umgehend im Sekretariat vorsprechen!

Eli gönnt sich eine Frist. Sie kämmt das Haar, versucht, die Bluse ohne Bügeleisen zu glätten, schreibt einen Satz auf die Rückseite des Zettels, etwas über Wolken und den Dreifuß aus Eisen, über Leichtes und Schweres, etwas in Ludwigs Schrift.

Sollte der Dekan in diesen Wochen im Haus sein?

Das Hauptgebäude dämmert im Bohnerwachsruch, sauber, still. Eli muss beim Pförtner den Personalausweis mit Grenzstempel zeigen.

Mensch, Kurt, du kennst mich doch.

Egal, zeig die Pappe.

Fahrräder füllen das Treppenhaus, die dürfen nicht mehr draußen stehen. Warum? Man könnte die Räder klauen, aber das ist es nicht, man könnte sie klauen und als Leiter benutzen, als Absprunghilfe über die Grenze. Was soll das bloß werden, das ganze Gerümpel, das Zeug von den Fensterputzern, die Bank von der Bushaltestelle, die Milchkisten vom Milchhof, alles muss ich jetzt hier im Hausflur bewachen, und jede Nase muss ich nach dem Ausweis fragen.

Behalte die Nerven, Kurt, fang du nicht auch noch an.

Was denn?

Na, die Nerven zu verlieren. Die musst du behalten und Mensch bleiben. Kurt, verstehst du, einfach Mensch bleiben.

Wie denn?

Darüber reden wir später.

Hast du schon gesehen, dass deine Urkunde nicht mehr oben bei den Pokalen hängt, die ist ab.

Doch schon lange, Kurt.

Und warum?

Darüber reden wir später.

Frau Gieram hat Urlaub. Der Prorektor ist auf einer Prorektorenkonferenz. Eli lugt der neuen Schreibkraft über die Schulter, ob sie auf dem Tisch irgendetwas entdecken kann, eine Notiz, ein Schreiben, eine Benachrichtigung. Ob etwas Gelbes in den Ablagefächern liegt, eine Mitteilung vom Dekan, meist schreibt er auf zartgelbes Büttenpapier.

Ich soll mich hier melden, sagt Eli.

Da kann ich dir leider nicht helfen.

Das Mädchen tippt eine private Gefälligkeit in die starke Büromaschine. Fünf Durchschläge. *Das Gartenfest*. Ein Theaterstück von Václav Havel. Das hat Jürgen von einer Pragreise mitgebracht. Vom *Theater am Geländer*. Das will der rastlose Jürgen mit den Schauspielstudenten inszenieren. *Futter ist Futter, und Erbsen sind Erbsen. Ein neues Leben? Verdammt noch mal, das wäre möglich!* Ende des ersten Aufzugs. Dunkle Bühne. Zweiter Aufzug. Eingang zum Garten, in dem das Gartenfest des Amtes für Auflösung stattfindet.

Das Mädchen tippt mit flinken Fingern. Sie kann keine Auskunft geben.

Sonst aber hat Eli Glück. Im kleinen Vorführsaal läuft *Nosferatu*. Kunstgeschichte-Kunert hat nichts dagegen, wenn Eli bleibt. Kunstgeschichte-Kunert übernimmt im nächsten Jahr Filmgeschichte. Die Filmbüchsen unter der Treppe, die hat Kunert aus dem Archiv kommen lassen. 52 Stunden Stummfilm. Kunert ist ein wortkarger Mensch, kein richtiger Lehrer, aber jemand, der eine riesige private Sammlung von Dias besitzt. Gemälde, Buchillustrationen, meisterhafte Fotos von Skulpturen. Die wirft er in den Stunden, während er die Studenten zu unterhalten hat, an die Wand, manchmal fährt er mit einem Zeigestab eine Diagonale, oder er weist auf ein besonders farbkräftiges Detail, kreist ein und sagt mit hoher zufriedener Kinderstimme: Da haben wir den weißen Fleck. Er legt den Zeigestab auf den Tisch, schiebt sein langes dünnes Haar hinter die Ohren, steht lang und dünn hinter dem Diagerät und macht zwei Stunden weiter. Am *Nosferatu*-Film hat er noch zusammen mit Erwin Schubert gearbeitet. Kunert hatte belegen können, dass die in Transsylvanien spielenden Szenen des Films im tschechischen Oravsky hrad gedreht worden waren, und Schubert hatte eine Verbindung zu Franz Kafkas Roman *Das Schloss* zuerst nur stark vermutet, dann aber, nach wiederholtem Lesen und nach Erkundungen in seinen Berliner Kreisen, herausgefunden, dass Kafka im August 1921 einen Ausflug an diesen Ort unternommen haben könnte. Für beide, den Dichter und den Regisseur, gewiss ein faszinierendes Terrain. Ein Schauplatz. Wahrscheinlich ein magischer Ort. Abgesehen davon war Kafka ein Kinogänger. Ein Stummfilmbesucher. Das Kino und Kafka, Kafkas Kamerablick. Schubert und

Eli hatten dermaleinst, in jenen längst vergangenen Winternächten, nach klangvollen Titeln gesucht und schließlich das Beste, das Stärkste, von Glühwein besäuselt, in Elis Merkbuch notiert. Die K-Perspektive, Tiefe ohne Psychologie, Ästhetik der Fläche. Disparate Gedächtnisbilder. Sie hatten sich ins Ohr geflüstert, dass sie bald mal zusammen in die Tatra fahren werden, im Sommer oder im Winter, mit einem Goralenschlitten aus dem Hochtal noch höher in die Berge, um das Skifahren zu probieren, um das Schloss zu suchen. Wir würden das Schloss besichtigen, dann abends im Dorf vor einem Kamin den Text noch einmal von der ersten Zeile an lesen. *Es war spätabends, als K. ankam. Das Dorf lag in tiefem Schnee.*

Schon wieder ein Schloss, hatte Eli gedacht, doch mit Schubert ging es nicht um ein Liebesabenteuer, sondern um Fähigkeiten und Erkenntnisse. Sieht nicht schon der Buchstabe K wie eine drehbereite Kamera aus, das gespreizte Stativ, der Apparat. K wie Kamera. Das K taugt mindestens als Symbol für Kameras oder für Kino.

Der Dekan hatte ohne Erklärungen einfach nur gewarnt. Kafka, jetzt. Nein, noch nicht. Die Zeit sei nicht reif. Wenig später hatte er eingelenkt und grünes Licht gegeben. Man hing in Zügeln, spürte die Vorsicht des Wagenlenkers, seinen Weitblick, er kannte die Klippen und Kurven. Stopp, er wollte das Gefährt auf sicherem Weg halten. Stopp.

Der Dekan schubst und bremst.

Ob Schubert in Hildesheim unterdes Kafka-Spezialist geworden war?

Eli lümmelt in ihrem roten Sessel, fünfte Reihe, zwischen Projektor und Leinwand. Vergessen die Schulden aller Art. Auch die Angst schwindet. Sie denkt an Schubert und an den wandernden Jäger Ludwig, ob die Sanssouci-Ansichtskarte ihn finden wird. Und wo? Toska. Es ist wie am ersten Tag. Spannend und wunderbar traurig. Weltfern, selbstvergessen, wie im Mutterschoß. Eli im roten Sessel, fünfte Reihe. Der Film läuft.

Kunert sitzt in der ersten Reihe. Eli sieht seinen Kopf, den langen Hals, die etwas abstehenden Ohren, wie Muschelspangen für die langen, um die Schulter pinselnden Haare. Er ist ein Fanatiker, ein Alleswisser auf seinem Gebiet, auf Fakten gründend, kein ideologischer Schleimer. Ein Guter, findet Eli. Sie hofft, dass er nach der Vorführung, wenn sie sich bemerkbar macht, etwas durchblicken lässt über den Stand der Laokoon-Dinge. Eli wird frech nachfragen. Ungefähr: Ich bin jetzt mal neugierig, haben Sie bereits etwas Zeit gefunden, haben Sie in diesen Tagen vielleicht schon einen Blick hineingeworfen in meinen Text, in den Versuch, die Aufzeichnungen, in das mir am Herzen liegende Machwerk.

Eli hatte den *Nosferatu*-Film schon ein paarmal gesehen, immer mit sehr viel Schwarzfilm, mit gewagten Sprüngen und mutigen Schauplatzwechseln. Ein Geschehen, das von der Dramaturgie des Schlafes bestimmt wird. Herzbeklemmend modern, polternd wuchtig. Nicht wegzuscheuchen ein Schmetterling. Brechende Augen, das lernst du im Schlaf, du spürst auf der Stirn, wie der Wald rauscht, in den Schläfen pochen wortlos Anspruch und Klage aus Männermund. Immer wenn sie sich küssen, wacht Eli auf. Der Projektor rasselt. Es ist der Todeskuss und der Schlusskuss und der Abspann. Zelluloidgeruch, Silbernitrat. Aus dem Loch in der Wand weht ein kalter Hauch, das Jenseits flattert, die Vergangenheit, ein stummer Seufzer, tödliche Leidenschaft. Die Leinwand wird dunkel, und im Saal geht das Licht an.

Kunert ist gegangen.

Wieder hat Eli während des *Nosferatu*-Films geschlafen, pflichtvergessen und träge.

Wieder hat sie den berühmten Schnittfehler verpennt. Das Schulbeispiel für alle, die im Filmschnitt was lernen wollen.

Die klassische Szene für Gedankenübertragung beziehungsweise die Darstellung der Macht der Liebe im Stummfilm. Einfach wieder verpennt. Stichwort Parallelhandlung. Die junge Frau, räumlich weit entfernt von ihrem jungen Gemahl, ringt in Ahnung der Gefahr, die ihrem Angetrauten im Augenblick droht, ihre Hände. Sie streckt die Hände nach rechts, gleichsam in die Zukunft, sie hätte die Hände aber nach links strecken müssen, in die grade gesehene, beängstigend lange weilende Gegenwart. Gedächtnis und Sehnsucht verlangen einen linken Blick.

Das meiste geschieht im Dunklen, und der Mensch sieht die Resultate. Daraus bezieht der Film seine Spannung und das Leben seine Überraschungen, das Leid und die Freuden.

Eli hätte längst jubeln dürfen.

Während sie endlich aus der Müdigkeit herauskriecht, während der Asphalt unter den Straßenlampen schauernass glänzt, während weder Autos noch Fußgänger weder Mensch noch Tier unterwegs sind, selbst Kater sind zur Stunde nicht gern auf den Pfoten, während der Himmel immer noch an einer leichten Wolkendecke trägt und der Mond dieser Tage ganz im Schatten steht, während auf dem Grenzstreifen am Ufer die üblichen, normal bemannten Kübelwagen im üblichen Zeittakt patrouillieren, somit eigentlich nichts auf märchenhafte Auftritte oder höhere Erscheinungen hindeutet, Allnacht, langweilig, ewig, wie immer und scheinbar! unwandelbar, Eli, gemütlich im roten Sessel, währenddessen, man kann sagen genau parallel zum kunterbunten, schnell vergessenen Traumschlaf, sind die Schicksalsmächte in höchster Aktion.

So was lernt man im ersten Studienjahr. So was weiß man. Die Ereignisse laufen parallel. Parallel, im Kreis oder in Spiralen oder in Fraktalen.

Der Pförtner sagt: Eli, du bist wieder mal die Letzte.

Gute Nacht, Kurt, sagt Eli.

Eli quert die Straße. Es ist nur ein Sprung vom Hauptgebäude zur Tauber-Villa. Ein zweiter Sprung die Treppe hinauf bis unter das Dach.

Nicht erschrecken.

Es ist Ludwigs Stimme. Er ist es. Lulu, Lula.

Trotz Schießbefehl. Fangdraht und Sprengminen. Trotz sieben Meter hochgetürmtem Beton. Er hält Eli im Arm. Er trägt sie, weil ihr die Beine versagen. Sie hängt an ihm. Sie riecht durch die Jacke, das Hemd seine Haut.

Rumtreiber, sagt Eli, du elender Rumtreiber.

Was denn sonst, sagt Ludwig. Wie Frage und Antwort, aber da ist keine Frage. Also keine Antwort. Wort. Einzig Wort und Wesen.

Ludwig wird nicht bleiben. Nicht für immer und nicht bis morgen, nicht einmal eine Stunde. Darüber kann man nicht reden. Sonst wären die wenigen Minuten umsonst. Die wenigen Minuten dürfen nicht umsonst sein. Also sucht Eli festen Halt. Die Füße tragen. Es sind nicht tausend Küsse, es ist ein einziger Kuss. Eine Einverleibung. So bin ich bei dir, so gehe ich mit dir.

Ich komme mit. Sagt Eli und weiß, dass sie damit zwei oder drei himmlische Sekunden verschluckt, hinunterschluckt. Schwächezeit. Bald. Bald. Bald. Was ist das für ein Wort. Keinwort.

Ludwigs Stippvisite im Osten. Eine unerhörte Geschichte.

Das sind die einzelnen Schritte: Ludwig hatte sich als Erstes eine Adresse in Westberlin besorgt, Pass, Wohnsitz, sogar eine halbe feste Arbeitsstelle bei der *Komödie am Kurfürstendamm.* Dann hatte er eine gewisse Zeit verstreichen lassen. Das Frühjahr, den Frühsommer, er sei manchmal nach Zehlendorf und weiter bis Moorlake und zum Böttcherberg gefahren, bis zum See und habe vom freien Ufer her das Terrain mit dem Stacheldraht, das Stalin-Haus samt Balkon und Terrasse beobachtet, er habe sich einen Feldstecher zugelegt, und, er möchte schwören, er habe Siegfried Müller gesehen. Auch die Bibliothekarin sei ihm einmal vor das Glas geraten und ein paarmal Eli. Er habe sich eingebildet: Eli. Eli. Croce e delizia al cor. Eli winkend. Eli unter einem Baldachin. Sie winkt mit zwei kleinen Fahnen, manchmal auch nur mit der rechten Hand, die linke hält sie über die Augen, weil sie etwas entdeckt, erkennt, weil sie signalisiert: Ich habe dich erkannt.

Einmal sei er an der schmalen Uferlichtung einem Förster begegnet, einem winkenden Förster, da habe er sich eingestehen müssen, Eli winkt immer, sie winkt dem Förster, dem Wind, immer, wenn sich gegenüber am Westufer etwas regt. Sie winkt mit bloßem Auge und aus Prinzip.

Schließlich sei er in Steglitz zur Passierscheinstelle geeilt, dort habe er einen Verwandtenbesuch beantragt. Er habe ganz auf den Lichtenberger gesetzt. Er kenne ihn nicht, aber das weiß ja keiner. Als Ehemann seiner verstorbenen Mutter sei der laut Regelbestimmung und Melderegister unbedingt sein Stiefvater. Seit dem Passierscheinabkommen zwischen Ost und West konnte man als Verwandter aus humanitären Gründen zu besonderen Anlässen einen zeitlich befristeten Aufenthalt im demokratischen Berlin geltend machen.

Dem Antrag zum Besuch des Stiefvaters aus Anlass seines 70. Geburtstags war stattgegeben worden. Gültigkeitsdatum 7. August bis 0:00 Uhr.

Die Welt machte Witze.

Es war irre. Ein Wagnis. Das Papier, der Stempel, die Unterschrift des Ministeriums, die Berechtigung, das konnte genauso gut eine Finte sein. Eine Falle.

Falls es eine Falle war, hat sie am Mittag beim Passieren der drei Kontrollfenster, der nachfolgenden Sperren und Visitationen nicht funktioniert, oder sie sollte so früh noch nicht zuschnappen. Alles zu seiner Zeit.

Ludwig tippelt wie die anderen Tagesbesucher geordnet – möglichst unerschrocken, dabei demütig und höflich –, geraden Blicks ohne Sonnenbrille an finster geschulten Uniformen vorbei.

Druckerzeugnisse?

Keine.

Und was ist das?

Reclam, Leipzig, Gerhard Hauptmann, *Die Weber*.

Was wollen Sie damit?

Lesen.

Einstecken. Weiter.

Vielleicht will man die Falle noch offen halten bis zur Geisterstunde um Mitternacht, bis zur Verweigerung des sogenannten Rückreisestempels.

Ludwig ist durch. Die Dame mit Trauergebinde ist durch. Zwischen Ludwig und Dame ein kumpelhaftes Augenzwinkern, unvermeidliche Heiterkeit nach unverhofft glücklicher Landung.

Trotzdem, Ludwig bleibt auf der Hut, wenigstens bis er draußen ist, auf der Straße, in der Stadt. Am Schaufenster von Briefmarken-Schaubek wartet er ab. Zivile Verfolger rechts und links, die müssen erst einmal ins Leere laufen. Der Rücken muss frei sein, keine Augen im Nacken. Ludwig muss Orientierung finden. Im schönen Sommertag. Er zieht den Trenchcoat und den warmen Pullover aus.

Mit den Sachen über dem Arm, den Sportbeutel über der linken Schulter, so läuft er nun über die Weidendammer Brücke. Leichtlebig. Eigensinnig locker. Ein freier Mensch, vogelfrei, gelandet, gestrandet im großen heimatlichen Käfig. Wo alte Bekannte herumschwirren, Berliner Mittelstreckenläufer, frühere Schulkameraden. Der Dramaturg vom Deutschen Theater, der für Nachwuchs verantwortliche Mitarbeiter aus dem künstlerischen Betriebsbüro. Einer winkt über die Straße, aber Ludwig ist nicht gemeint. Ein anderer hebt die Hand. Ludwig müsste eigentlich froh sein, dass ihm niemand zuwinkt, aber er möchte in dieser kurz bemessenen Zeit dazugehören. Leben fortsetzen. Man müsste einfach mal hingehen. In die Theaterkantine oder direkt auf die Probebühne. Der Hafer sticht. Was kostet die Welt. Ludwig mit Sonnenbrille in Sommerlaune. Er wickelt den Trenchcoat zu einer Rolle. Er setzt sich auf die Steinbank am Friedrichstadtpalast, genau gegenüber vom Berliner Ensemble. Er zieht den rechten Schuh aus. Darin hat er zwischen Brand- und Einlegesohle seinen alten blauen Personalausweis versteckt, den hat er aus Nostalgiegründen aufgehoben und wohlweislich, aber auch ziemlich leichtsinnig mitgenommen. Den steckt er jetzt in die Brusttasche, während er den Bundespass mit der Westberlinadresse im Sportbeutel unter einer Lederlasche verbirgt. Aus dem linken Schuh holt Ludwig drei Hunderter Ostgeld hervor. Mit dem blauen Ausweis ist er kein Westbesuch mehr, sondern der frühere Ludwig-Ost. Damit ist der Weg frei, raus aus Berlin, nach Leipzig, Dresden, ins Erzgebirge. Ludwig fährt mit dem sogenannten Sputnik über Genshagen, Saarmund, Bergholz-Rehbrücke, dort umsteigend, mit dem sogenannten Zubringer nach Drewitz, er stopft das Reclamheft, seine Reiselektüre, in die Hosentasche, er spurtet dreimal 800 Meter und ist kurz vor 22 Uhr in der Tauber-Villa und ungesehen unter dem Dach. Er atmet. Er wischt sich den Schweiß von der Stirn und aus den Augen, vielleicht auch eine Träne, jedenfalls kommt er sich vor wie ein Salzfass. Ein Farbfoto, Jung-Ludwig auf dem Balkon vom Stalin-Haus, steht in Elis Bretterregal vor den Büchern. Er wischt sich die Augen. Er atmet und schickt einen Blick aus dem Fenster in den Himmel, also ins Nichts. Wenn Eli in den nächsten Minuten nicht kommt, wird er wieder verschwinden, als wäre nur sein Geist hier gewesen, er wird das Geld hinlegen, einen Gruß und den künftigen Lebensplan: Morgen gegen 14 Uhr stehe ich am Ufer.

Jetzt immer sonntags 14 Uhr. Dein alter Uferuhu Llullu, der neuerdings ganz in deiner Nähe nistet, in Fluglinie 9 Kilometer.

Es ist nicht leicht, ein Taxi zu finden. Ludwig und Eli haben Glück. An der Rathauskreuzung wartet ein Wartburg. Der Taxifahrer sollte in der Eisenbahnerkneipe einen Kunden abholen, aber der hat um diese Zeit noch keine Lust auf sein Heim. Er hat sich grade noch Bier und ein Schnitzel bestellt.

Eine Berlinfahrt, warum nicht, aber das kostet was. Ludwig zahlt im Voraus. Neunzig Minuten bis zur Friedrichstraße. Eli bringt kein Wort mehr heraus, sie hört zu, was Ludwig vom Leben erzählt, meist scheußliche Sachen, von Paris, désert populeux, wie er die Traumstadt jetzt nennt, und Rom, popoloso deserto, noch viel schlimmer, Hakenkreuze an den Häuserwänden und Tante Inge, also die Ingeborg Bachmann, die immer mit ihren Ungeheuern namens Hans, er, Ludwig, hätte am liebsten eine Hütte im Wald und mal wieder ein sowjetisches Gürkchen.

O mein Waldmensch, mein Wandersmann. Eli denkt an die Klamotten, die ordentlich am Bügel über dem Besenstiel hängen. Jägermantel, eine gestrickte Mütze in der Manteltasche. Eine Hütte im Wald, Rom, eine Stadt, wo schiefe, vertrocknete Palmen und eitle Säcke herumstehen. Letztere im Café Greco, eitel, dumm, ohne Talente. Ingeborg Bachmann, die Hochverehrte, ein verdrehtes Dämchen, das aus Liebeskummer mit Worten spielt.

Eli denkt, dann bleibe doch, bleib doch hier.

Ich suche dir eine Hütte. Ich weiß auch schon wo.

Ludwig fingert seinen Pass unter der Lederlasche hervor. Er steckt Eli den Personalausweis zu. Nicht noch einmal. Weg damit, wirf das bitte in die Spree. Eli hält die blaue Pappe fest. Mach ich, sagt Eli.

Mehr Abschied war nie.

Jetzt heißt es, Ohren anlegen, sagt Ludwig. Es ist, weil die Falle jetzt zuschnappen könnte, dann kannst du mich im Rummelsburger Bau besuchen. Vielleicht verschafft dir dein Dekan eine Besuchserlaubnis. Vielleicht gibt es für Arbeiterkind Rafaela ein Extrapapier. So viel Angst, so viel Bitternis. Ist das Liebe?

Taxis kurven herbei. Es geht wie am Schnürchen. Drei Minuten bis Mitternacht. Eine Schlange entsteht an der Stirnwand der Bahnhofshalle, ein Besucherstau vor dem Türchen, wo es hinausgeht.

Ludwig wendet den Blick. Über der zurückbleibenden Menschenwolke der rechte Ärmel einer abgescheuerten Lederjacke, eine Grußhand, ein einziges Fingerlein. Eli.

Dann schnarrt die Sperre. Das Signal für den Nächsten. Durchtreten. Wegtreten. Weiter.

Wir wollen die Goldene Brücke bauen. Wer hat sie denn zerbrochen? Der Goldschmied, der Goldschmied mit seinen sieben Töchterlein. Kommt alle herein, kommt alle herein, der Letzte soll gefangen sein! Mit Spießen und mit Stangen, so wollen wir ihn fangen. Der Erste nicht, der Zweite nicht, der Dritte soll gefangen sein.

Die Ohren klingen.

Schnarren. Weitergehen. Ludwig geht weiter. Durch die Vorkontrolle und die Kontrolle und durch den Zoll. Die Treppe hinauf. Zum Bahnsteig. Er drückt mit dem Locher ein Loch in die kleine Pappe, stanzt das Gültigkeitsdatum in die Fahrkarte, die Berechtigung, in Stundenfrist an den sogenannten Bestimmungsort zu fahren.

Weil einer an dich denkt, deswegen klingen die Ohren. Oder bei Schluckauf. Die kluge Mama lächelt und tröstet vom Himmel herab, wenn Tränen rollen.

Eli bittet den Taxifahrer, der nun schon fünfunddreißig Minuten auf die Rückfahrt wartet, um noch einen Augenblick Geduld. Sie hofft, dass der Mann nicht abhaut, denn er hat ja sein Geld schon in der Brieftasche. Er hat versprochen zu warten. Eli starrt auf die S-Bahn-Brücke über das kanalisierte Wasser zwischen dem letzten Bahnhof im demokratischen Berlin und der Häuserzeile, die eigentlich auch noch im Osten liegt. Sie hört, wie sich ein Zug in Bewegung setzt, sieht die S-Bahn-Wagen, wo Ludwig hoffentlich drin sitzt und gewiss in einem Reclamheft liest. Ludwig liest immer in einem Buch, wenn er mit einer Bahn fährt. Sein Gesicht sieht dann wie ein Rätsel aus, wie der Mühlenteich. Und wohin wollen wir denn? *Wollen wir denn über das Meer? – Warum doch gerade in diese Richtung, wo bisher alle Sonnen der Menschheit untergegangen sind? Wird man vielleicht uns einstmals nachsagen, dass auch wir, nach Westen steuernd, ein Indien zu erreichen hofften – Oder?*

Weiter laut Lebensplan. Sonntag 14 Uhr. Eli und Ludwig stehen sich gegenüber. Eli auf dem Balkon des Stalin-Hauses. Ludwig am Gegenufer in einer mannsbreiten Schneise, rechts und links niedergetretenes Schilf.

Es braucht keine Worte, die sagen, dass man nach dem Abschied, dem letzten Blick auf das Fingerlein, dem letzten Blick auf einen Trenchcoatkragen wieder glücklich gelandet ist.

Man sieht es ja. Über 100 Meter hinweg, die Luft ist klar, der Himmel südlich, unendlich blau.

Bist du allein?

Ja.

Niemand im Haus?

Nein.

In Ordnung. Und sonst.

So weit.

Ja oder nein.

So weit so Ja. Am besten, du schweigst und richtest dir eine Bleibe mit dem Rücken an der warmen Wand zum Beispiel.

Später, ziemlich überraschend, Finsternis, dazu, genau am

Platze, artig funkelnde Lichtpunkte, Sterne, vermeintlich beständige Himmelskörper, die in Wirklichkeit im Weltall herumrasen wie gehetzte Hasen. Eli verlässt den Balkon, den Seminarraum. Im Vestibül muss man den Schlüssel hinter dem Bronzekopf von Heinrich Heine verstecken. Die Außentür fällt einfach ins Schnappschloss.

Eli ist nicht müde, aber ihre Arme sind vom Überkopfwinken schwer. Eli hatte zwischendurch an Anton einen Brief schreiben wollen, Ludwig hatte ein Buch hochgehalten, dann wieder mit beiden Händen in seiner ganzen Länge gewinkt. Verrückt wie ein Clown. Damit Eli sich kaputtlacht. Besser wäre die Verständigung mit dem Fahnenalphabet gewesen, das Eli immer noch perfekt beherrschte, man kann lange Sätze signalisieren, aber leider, Ludwig hätte die Fahnen weder winken noch lesen können.

Eli steigt unter das Dach, sie schläft ohne Müdigkeit mit offenen Augen, sie starrt in den Himmel. Lichtpunkte sonder Zahl und irre Gedanken. Ich suche dir eine Hütte im Wald.

Oft hat Eli von Italien geträumt. Nicht von Erika, sondern von Zitronenbäumen. Zikaden, weil die Zikade ein Wundertier ist, ein Symbol für Unendlichkeit und für den glücklichen Augenblick. Zitronen, Goldorangen, weil man das Land, die Bodenverhältnisse, das Klima kennen muss, wenn sie blühen und glühen und Früchte tragen sollen. Italien, das ist Fortgehen und Bleiben. Elbflorenz. Wer diesen Namen sagt, der weckt Sehnsucht und stiftet gleichzeitig Heimweh nach der Ruine der Frauenkirche. In Dresden kennt man die Sehnsucht nach Italien wie nirgends sonst. Sie brennt seit alten Zeiten, seit mehr als fünfhundert Jahren. Renaissance, Barock kommen aus dem sonnigen Süden. Bauwerke, Malerei und Musik. Das Fernweh lodert heute wie gestern, besonders heute. Besonders, wenn Ludwig schlechte Sachen über Rom erzählt. Besonders, wenn Mama aus den Wolken spricht: Romkater.

Auch du, liebe Erika, schreibst gar nichts mehr über Bauwerke oder andere Kunst. Was macht Fellini? Arbeitet er an einem neuen Film?

Eli schreibt einen langen Brief, einigermaßen durch die Blume, Erlebnisse, Polen und Ludwig, als wäre es die Möglichkeit. Das Unmögliche – Todesschüsse, Todesstreifen – überspringt sie, als wäre das eine Nebensache, nicht der Rede wert. Aber die Liebe, wie seltsam, komisch, es sei nichts hinter der Sehnsucht – nur Müll. Naziparolen. Geld. Schlechter Geschmack. Das kann doch nicht wahr sein. Wenn ich du wäre oder er, ich würde einfach per Anhalter losfahren, vielleicht nach Mougins, auf dem Atlas liegt Mougins ziemlich südlich, fast am Meer. Picasso lebt in Mougins. Picasso hat sich diesen kleinen Ort in den Bergen am südlichen Meer ausgesucht. Ich habe mir den Babelsberg ausgesucht. Allerdings auf einem begrenzten Atlas. Ich würde gern sehen, wie sich einer als Kommunist, membre de Parti Communiste Français, entscheidet, dem der ganze Erdball zur Verfügung steht, die Frage ist, warum Mougins, warum nicht Dresden, ich würde, wenn ich du wäre oder er, erkunden, was Picasso grade malt oder formt. Vielleicht aus Beton, einem Material, das wir in unserem Kreis übermütig hassen. Dann würde ich nach Barcelona reisen, um mich im neuen Picasso-Museum eingehend mit seinen früheren Werken bekannt zu machen.

Oder besser erst Barcelona und dann Mougins. Oder ich käme trotz eurer Warnungen nach Rom, zu Fuß, per pedes apostolorum, wie Martin Luther, ich würde unter der Tiberbrücke im Schlafsack übernachten, damit ich noch Geld habe für einen Besuch bei Laokoon. Liebe Erika, Ludwigs grenzenlose Verdrießlichkeit macht mich krank.

Das noch: Die Wäscherinnen für Jürgens Film liegen in der Papiermülltonne. Das Projekt ist gestorben. Er inszeniert jetzt im Stahlwerk Brandenburg ein Theaterstück von einem

Schriftsteller aus Prag, Havel. Hartmut, der aus Regie 3, du kennst ihn vielleicht gar nicht mehr, hat eine Übersetzung versucht. Ziemlich gut, wird gesagt. Ludwig müsste jetzt hier sein. Er und Jürgen, die hätten zusammen was auf die Bretter gebracht. Erst mal alle Rollen mit Laien besetzt. Dramatische Authentizität. Nur Laien können eine künstliche Sprache sprechen, dabei hölzern wie Marionetten auf eigenen Füßen gehen.

Eli steckt den Brief mit einem erfundenen gutbürgerlichen Absender in den Postkasten an der Straßenecke direkt neben dem Polizeirevier. Unter den Augen. Direkt in den Rachen. Das ist ihre neue Taktik. Die Briefe an Eli kommen in alter Taktik über die Zwischenstation Anton zum postverteilenden Pförtner. Der rätselt und fingert an den Briefumschlägen. Als wenn da immer was drinstecken würde. Er schnuppert. Ein Kuvert im Kuvert. Mal Mitteilung machen, später mal. Pförtner Kurt hockt in seinem Lutherstuhl. Der Wecker tickt.

Erika schreibt diesmal umgehend, und Anton hat umgehend funktioniert.

Liebe Eli, klar kenne ich Hartmut, Lernpate von Meng, Hartmut Zapf, der mit siebzehn schon Vater geworden war. Niemand sollte das wissen, aber alle wussten – es stand ja in seinen Papieren bei Frau Gieram im Sekretariat. Liebe Eli, klar würde ich gerne, wie Du es Dir wünschst in der Welt herumwandern. Aber mir fehlt die Zeit jetzt mit drei Kindern und vor allen Dingen auch Geld. Also woher nehmen und nicht stehlen? Oder willst Du eine Bank ausräubern oder wie willst Du das machen? Selbst wenig musst Du erst mal haben.

Liebe Erika, ich würde mir die Haare abschneiden lassen. Für dreißig Zentimeter Frauenzopf, hat mir ein Maskenbildner erzählt, zahlt einer im Westen 300 Mark.

Liebe Eli, das ist eine gute Idee. Ich habe mich erkundigt, in

Rom wird sogar noch mehr gezahlt, für blondes Haar umgerechnet um 450. Nun zu Fellini. In *8 ½* habe ich in einer Tumultszene, wo Kinder in einem Weinfass baden, eine besorgte italienische Mama gespielt, ich fange meinen Enrico, trage ihn auf dem Arm eine Stiege hinauf ins Nest. Außerdem siehst Du mich zweimal in weißen ballettartigen Sequenzen als Brunnenmädchen. In dem Film geht die Zeit kreuz und quer. Ein Traum, sogar ein Traum im Traum, ineinandergeschachtelt. Federico dreht jetzt schon wieder, irgendwie hilflos mit schlechter Laune, er tut mir leid. Manche meinen, er habe sich mit *8 ½* aus einer Krise befreit, ich sage nein, im Gegenteil, er hat darin ziemlich schonungslos seine heutige Leidensmiene entworfen. Um die einfältige Welt nicht zu vergessen, hatte er damals an die Kamera ein Stück Pappe geklebt, seine Parole: film comico. So ist eine knallkomische Seelenoper entstanden. Filmkunst. Unbedingt ansehen!

Grüßend, auf ein Briefchen hoffend,

Deine Erika, die jetzt gleich Teig zum Bäcker tragen wird, wie immer freitags, um am Nachmittag den fertigen Kuchen abzuholen.

Sei unser Gast.

P. S. Was macht Laokoon?

Eli weiß inzwischen, um den Laokoon steht es schlecht. Unter den Experten haben sich zwei kritisch ablehnende Parteien gebildet. Die eine, zu denen Kunert gehört, sagt, solange man liest, will man der Geschichte in ihrer spekulativen Suggestion viel zu unbedingt glauben, man ist gebannt, und das stört. Will uns der Prüfling einen Schauerroman servieren? Den Ausführungen fehlen die überzeugenden Beweise. Fotos. Fußnoten. Dokumente.

Der Dekan dagegen meint: Nicht uninteressant, doch ich zweifele noch. Sein Urteil: Kühne Behauptungen und überhaupt: Warum Laokoon? Wer ist Laokoon, Priester, Kämpfer? Sie beschreiben einen Kraftmenschen in verzweifelter Ohnmacht, Sie beschwören Schauder und Entsetzen, Hoffnungslosigkeit, Gänsehaut. Angst. Fräulein Rafaela, Sie sind immer noch das gebrannte Kind. Viel Asche. Ich will, wir alle wollen Sie da herausbefördern. Also, gehen Sie noch mal ran, und: Raus aus der Asche.

Das Manuskript wandert den vorgeschriebenen Weg durch die Abteilungen. Fremdsprachen, Leibesübungen, die Trainer für Reiten, Fechten und die Tanzpädagogin sind zum Lesen verpflichtet.

Die Sprachler übermitteln ihr Urteil in einer Notiz, die mit Büroklammer am Schnellhefter hängt. Student hat die entscheidenden Grundlagen der klassischen Kunstrezeption nicht gelernt. Wo bleibt die Erkenntnis? Die Katharsis. Die Sportler schreiben darunter: Einverstanden, dazu das Datum.

Eli vermisst Anmerkungen zum richtigen rechten Arm und zu Laokoons Sohn, der nach ihrer Meinung davongekommen war, zu den roten Fäden, zu den Sachen, die zusammengehören, weil sie direkt in die Mitte zur Gotteserscheinung führen und zum Verschwinden.

Nur Fecht-Gäbel hatte an der Stelle mit dem Arm ein Ausrufungszeichen gesetzt und dünn mit Bleistift dazugeschrieben: Kämpfer kann ausgezählt werden, L. von Schlange nach Regel durch Schultergriff k. o.

Eli würde gern einen Spaten nehmen. Es wäre richtig und an der Zeit. Im Parkgelände der Tauber-Villa will die englische Wiese zum Brachland werden. Von Vögeln hergebracht, haben sich Sonnenblumen angesiedelt. Blüten auf dünnen himmelwärts ragenden Stängeln. Nach Osten lächelnd. Die Brombeerhecke wandert zügig zum schönen Haus. Schösslinge stoßen aus dem Mauergrund. Stachelfinger halten die Wand.

Die Besetzungsabteilung beim Spielfilm braucht junge Leute, möglichst hohläugig dürre Typen für eine Hauptplanposition. Da muss die Schule eine Ausnahme machen, statt Kleindarstellerverbot für Studenten, heißt es nun: Aus der Praxis lernen! Ein Assistent vom Studio hat sich in der Mensa einen Tisch gesichert. Über die Suppe gebeugt, begutachtet er das Material, Studenten, nicht nur von der Schauspielabteilung. Er taxiert die Hungrigen vor der Essenausgabe, Untergewicht, kränklich, müde, mit bläulichen Augenringen, das sucht er.

Eli eignet sich. Sie wird auf die Liste gesetzt. Der Assistent reicht ihr einen Zettel zum Unterschreiben. Einen Darstellervertrag. Die Drehtage werden kurzfristig per Aushang beim Pförtner bekanntgegeben.

Das bedeutet ein paar Wochen Aufschub für die Überarbeitung des Laokoon. So viel Ausnahmen und Entgegenkommen auf einmal. Nicht jedem werden gleich Monate eingeräumt, nicht jedem wird eine Frist zugestanden, eine wiederholte Chance gegeben, Eli, nur du, nur dir, nur für dich. Weil du unsere Arbeiterklasse bist. Oder unser Bauer.

Eli radelt nach Sanssouci. Aus alter Verbundenheit und um Termine abzusagen. Weil sie jetzt anderweitig beschäftigt ist.

Eli macht in einem Film mit. Nicht nur als Freundschaftsdienst in einem Studentenfilm. Sie ist Kleindarstellerin. Sie bekommt Gage.

Gage, was ist denn das?

Das ist Geld fürs Mitspielen.

Und wer bezahlt das?

Das bezahlt der Film.

Die Gärtner sitzen beim Frühstück, und dann räumen sie das Depot auf. Der Spätsommer ist eine gemütliche Zeit. Die paar Blätter, die von den Bäumen fallen, lohnen noch keine Aktion. Die Rabatten an den Wegen sehen jetzt vor dem Ende ganz von allein noch einmal richtig prächtig aus, die letzten

Blüten leuchten in der warmen Mittagssonne. Man muss nicht mehr wässern, denn in diesen ewig himmelblauen Tagen sorgt der Nachttau für die Blumen und für das restliche Sommergrün, sogar für ein paar zeitige Birkenpilze.

Holzhacken ist eigentlich eine Winterarbeit, aber bei Birke ist es gut, wenn man den Stamm gleich, frisch gefällt, in Kloben sägt und in Scheite haut. Eli hackt gerne Holz. Es ist keine Frage der Kraft, sondern der List. Die schwierigen astdurchwachsenen Stücke sind am besten. Keil, Axt und ein standfester Hauklotz in guter Höhe. Allmählich wächst rings um den Klotz ein Wall aus duftenden Birkenscheiten. Darüber sieht man Elis Kopf und in weitem Bogen die genau zielende Axt.

So was traut man Eli nicht zu. Der Depotchef verbietet so was. Der Arbeitsschutz untersagt so was von Gesetzes wegen. Arbeiten zum Spaß. Ohne Vertrag und Unterschrift.

Zum Spaß arbeiten, das ist verboten.

Vor der Mittagspause versammeln sich alle um die neue Grasmähmaschine, einen kleinen Traktor mit rotierenden Messern, die soll im nächsten Jahr zum Einsatz kommen, erst mal auf den Kurzrasenflächen im Marlygarten und um die große Fontäne. Die Sensenbrigade bleibt weiter bestehen. Das ist Beschluss, und Eli darf wiederkommen, wenn sie Geld braucht und wenn sie fertig ist mit dem Film.

Meng Hai-Feng nimmt dankbar die Birkenpilze. Eli, du Kamerad. Drei Pilze, etwas Zwiebel und viel Kartoffeln, das gibt deutsche Bratkartoffeln. Im Brachland sammelt er wilde Rauke, die hackt er mit seinem scharfen chinesischen Messer.

Ein Abschiedsessen für Parsi. Bitter-süß und etwas sauer. Wohin Parsi gehen wird, darüber will er nicht reden. Er darf nicht. Offiziell wohnt er bei Fatme, seiner Mutter. Sie lebt jetzt in einer Neubauwohnung in Zwickau. Parsi in Zwickau? Es sind die blauäugig Weltfremden, die darüber staunen. Die politischen Köpfe wissen Bescheid. Parsi geht in die Illegalität. Er kämpft mit der Kamera gegen den Pfauenthron, gegen Schah Reza Pahlavi und sein korruptes Regime.

Hartmut hat aus dem Russenmagazin Wodka, saure Gurken und Erdnüsse besorgt. Von dem Wodka wird man nicht betrunken und nicht müde. Es wird viel Feinschnitt aus der Dose geraucht, gedreht und in Pfeife. Eli bleibt wach bis zum Morgen. Sie reden, debattieren, streiten oder diskutieren über die Atomkraft, die Physik und die Höhle von Lascaux. Jemand weiß, dass das ein Ort in Frankreich ist. Jemand weiß, dass man die Höhle neuerdings, um die Steinzeitbilder zu retten, nicht mehr betreten darf. Ein schwarzer Schimmelpilz habe sich, seit die Menschen drin herumspazieren, in der Höhle am Fels festgesetzt. Sie reden über die Kraft der neuen Bombe, über Radioaktivität. Wie das einmal sein wird, kein Leben mehr auf der Erde. Die Menschen fort, dafür gut aufgehoben die Höhlenbilder.

Eli spielt für ihre Gage einen kleinen dürren Mann in Häftlingskleidern. Sie muss über einen Platz rennen, so schnell sie kann, an den anderen vorbei, dann mit den anderen zusammen in einer Menschenwoge. Das Lager rennt, es hat sich befreit. Es ist ein Fußballplatz, doch vor der Kamera steht das schmiedeeiserne Tor. Eisenbuchstaben. Der Regisseur dreht Totalen, dann auf der Ebene und aus dem Blick der Erlösten. Eli rennt. Die Hauptdarsteller rennen. Geschonneck trägt den kleinen Jungen, das befreite Buchenwaldkind. Jetzt, im Tumult fängt das Kind an zu weinen. Ein wahres Glück so was, der Kleine hat Angst, lass ihm die Angst. Lasst ihn schreien! Erwin, lass ihn heulen, und pack ihn, schleppe ihn unter dem Arm. Das ist gut. Weiter, schrei, heule. Das ist gut. Weine, Junge. Lauft vorbei. Achtet nicht auf ihn. Schaut nicht auf das Kind, rennt, lauft weiter. Vergesst den Hunger, seht das offene Tor, die Freiheit. Lass das Kind runterfallen, leg es auf die Erde, Erwin, jetzt könnte es zertrampelt werden. Jetzt in diesem Augenblick. Freiheit. Die Szene kostet kein Geld. Nur noch drei Einstellungen. Kamera ab, fertig, wir drehen. Das Kind auf der Erde. Die Fußlappen, die zerrissenen Schuhe. Eine achtlose Herde, keine Helden, eigentlich Material.

Gute Filme entstehen am Schneidetisch, am Tisch bekommt der Film seine Seele. Ein erfolgreicher Regisseur hat gesagt, man muss bei der Endmontage auf die liebsten, die besten Szenen verzichten, das sagte nicht der berühmte Russe Eisenstein, das hat der in Amerika lebende Billy Wilder gesagt, kill your darling, kill, kill, kill. Aus kärglichem Material kann nicht einmal die Meisterin Moni einen guten Film machen. Da hilft nicht mal Musik. Im Gegenteil.

Eli hat die Frist überschritten. Der Dekan grollt, aber er hat die Hoffnung nicht verloren. Fräulein Rafaela, leider bist du zurzeit mehr mit dem Leben beschäftigt als mit der Schule.

Er reicht Eli ein feines Taschentuch über den Schreibtisch, bräunliche Kante, deutliches Monogramm. Man könnte denken, dass nun Tränen fließen, aber Eli heult nicht, sie schnieft an einem würdelos wässrigen Septemberschnupfen.

Das muss sich ändern, sagt er.

Gewiss, sagt Eli. Sie steht vor ihm, unerschrocken, aber sehr blass, ihrerseits ist alles gesagt, alles besprochen, der Dekan hat sich ihr zugewandt, er hatte Eli Sprechzeit gewährt, weil ihr Fortkommen seine Dekanspflicht ist und sein Anliegen.

Eli hält das Taschentuch. Er nimmt es nicht zurück. Er nimmt ihre Hand. Es ist eine Sekundensache, und Eli ist weder schuld noch unschuldig. Eli sitzt auf dem Dekanschoß, sie neigt die Stirn, sie berührt die Schulter, den Kragen, die Haut zwischen Stoff und Ohr, viel fremder Duft, viel Schreck und verlockende Erlösung.

Ach nein, danke. Eli legt das glatte sauber gefaltete Taschentuch leise auf den Eichenschreibtisch. Der Dekan stützt die Ellenbogen auf, die Handflächen bilden eine Wand vor der Stirn, er schließt die Augen, als wollte er nun nichts erklären, nicht diese Sache und nicht jene verbleibenden Aufgaben, die auf den Schultern des ungezogenen Wesens ruhen.

Schalom, sagt er.

Schalom, sagt Eli und macht dazu eine Art Knicks. Wahrscheinlich war das jetzt wieder falsch, ein Knicks zu viel, ungehörig. So etwas sagt man wahrscheinlich nicht. Schalem. Eli weiß, so grüßen sich die Juden am Freitagabend, Schabbad Schalom, so haben sie sich begrüßt, früher, aber heute. Eli hätte dem Dekan gern etwas Gutes gesagt, etwas Tröstendes. Machen Sie sich nichts draus aus meiner Rückständigkeit, und entschuldigen Sie bitte: schalom.

Eli hat umgehend die Bude zu räumen, ihr Bett wird gebraucht, die Fakultäten Kamera und Regie sollen erweitert werden, denn das Fernsehen verschlingt neuerdings alles, was wir an ausgebildeten Künstlern haben. Im neuen Jahr steigt die Zahl der Immatrikulierten.

Das ist immer noch das größte Problem. Ein Bett. Wohnraum.

Das Paradiesbett in Dresden existiert nicht mehr, das Boudoir ist Antons Abstellkammer und Werkstatt für sein Ardi-Motorrad geworden. Und so soll es bleiben. Zurück, das geht nicht. Das ist ausgeschlossen. Der runde Tisch mit dem geblümten Wachstuch wäre zu klein für den Laokoon, die vielen Seiten, die sieben Kapitel. Er wäre nicht nur zu klein. Er wäre eine Katastrophe. Es ist nicht der Tisch, es ist Anton, seine Anwesenheit, die Wanderklamotten, seine Baderituale, seine gespielte Leichtlebigkeit, das falsche Gepfeife den ganzen Tag, der Gasgeruch in der Wohnküche, im Hausflur, eigentlich schon auf dem Neustädter Bahnhof. Die Stadt stinkt nach Gas, abstoßend. Abstoßend, der Gedanke an einen Unterschlupf im alten Nest, in einem Terrain, wo Dubberts wohnen, wo Henn herumgeistert, samt den anderen Krautern, den Experten und Kundlern der Vogelwelt und der Sachsenflora, Henn samt dem geizigen Geblühe der Wasserrose im großen Glashaus. An das Geheul der Dubbertkinder jeden Sonntag darf Eli nicht denken, wenn sie oben auf den Waschbrettern knien müssen. Katholische Sünder. Obwohl die jetzt vielleicht alle schon aus dem Haus sind. Noch schlimmer die Stille oben, man weiß nicht, was geschieht. Wartet auf den schrecklich anheimelnden Tumult, das gewohnte Protestgeschrei. Schnuppert. Gasgeruch schwelt um die verbretterten Ruinen, die kaputten Barockfassaden und um den wiedererrichteten Wallpavillon, um die lieblich verrußten Engelchen, die allegorischen Sandsteinfiguren, er dringt aus alten Rohren, strömt aus Laternen, steigt aus Rissen im Straßenpflaster. Die Gasuhr in der Wohnküche stinkt, obwohl der Kasten nur noch gut ist für den Schuhputzkram, Anton kocht längst elektrisch, Gaslicht wurde schon nach dem Ersten Weltkrieg abgeschafft. Der Geruch hängt trotzdem noch in den Kleidern, besonders im Wintermantel, und in den Sofakissen. Man geht damit um, man lebt damit wie in heimischem Wetter. Man merkt das Wetter nicht. Es ist sowieso nicht zu ändern. Eli fürchtet sich vor der geliebten Stadt, sie hat Angst vor Antons besorgten Augen.

Nie wieder Heimat. Jedenfalls nicht heute oder morgen.

Vor dem Schreibtisch in der Wohnraumlenkung ist das die erste Frage.

Heimatwohnsitz.

Habe ich nicht, behauptet Eli. Soll sie sagen, dass sie Antons Pfeifen nicht leiden kann, den Geruch überall und überhaupt, der Wachstuchtisch in der Wohnküche, der komische

Kopfputz von Henn, sein Gewese um den Fortbestand der Taxushecken, überhaupt der Arten in der Natur, der bedrohten Sachsenflora?

Die zweite Frage heißt: Familienstand.

Eli sagt: Allein. Wiederholt im ganzen Satz: Ich stehe allein.

Die dritte und letzte Frage lautet: Umstände.

Keine anderen, sagt Eli.

Die Frau zwischen den Karteikartenkisten wiederholt zusammenfassend die drei wichtigen Punkte: ledig, nicht schwanger, ausgebombte Kriegswaise nicht von hier, sondern aus Sachsen. Da kann ich leider nicht helfen.

Und nächste Woche?, fragt Eli.

Auch nicht, sagt die Frau.

Eli bleibt noch eine Weile stur vor dem Schreibtisch sitzen. Die Frau blickt noch eine Weile ärgerlich, vielleicht sogar ängstlich über die Brille.

Draußen im Flur, an den Wänden entlang auf ausgemusterten Kinoklappsitzen die Wartenden, hellwach und misstrauisch.

Der Nächste bitte, sagt Eli, dazu verkündet sie, wie es hier Brauch ist, die nächste Nummer, die nächste Zahl.

Hundertsiebzehn, dann sind jetzt wir dran. Die Klappsitze schlagen. Die Hundertsiebzehn ist schwanger, jedenfalls trägt sie einen deutlichen Kugelbauch. Der Mann an ihrer Seite ist zu allem entschlossen und hochkonzentriert, trotzdem hätte er beinahe den Regenschirm unter dem Klappsitz vergessen. Hundertsiebzehn, das sind wir. Wir sind bestellt.

Wer bestellt ist, genießt einen Vorzug, nicht jeder wird wiederholt verarztet, wer bestellt ist, hat Übung. Man hat das Warten gelernt. Nummer hundertsiebzehn entschwindet eilfertig, der Mann schließt hinter seiner schwangeren Frau sorgsam die Tür.

Dagegen halten solche Nummern wie Eli den Laden nur

auf, sie treiben die Zahl der Wohnungssuchenden hoch, sie blockieren die Plätze, schaffen Unruhe, weil sie mit ihrer Nummernmarke unnötig auf die Uhr schauen, stöhnen, gähnen. Beim Abgang fluchen, die altehrwürdigen Schwingtüren in den langen Stadthausfluren mit den Füßen treten, dass sie ewig schwingend gegen die Wände krachen.

Tumult, Aufruhr, der auf Erden nicht verlorengeht.

Am Sonntag will der Frühnebel nicht weichen. In der Senke am See hängt noch am Mittag ein seidenes Gewölk. Man sieht nichts, nicht das Wasser, nicht das Ufer auf dieser und auf der anderen Seite. Geräusche, dazu ein Lichtstreif, das ist der Grenzjeep, der längs des Drahtverhaus Streife fährt.

Dann hört man ein seltsames Tier. Komisch laute Rufe.

Luuu, luuuu, lu. Durch den Nebel. Oder wie von der Kommandobrücke eines festgefahrenen Schiffs. Eli formt mit den Händen einen Trichter. Luuu. Es kommt keine Antwort. Kein Echo, Schweigen hinter dem Vorhang.

Lieber Anton, ich möchte Dir heute mitteilen, dass ich bald eine neue Adresse haben werde, schicke mir bitte vorläufig keine Briefe mehr an die alte in unserem Hauptgebäude. Bitte rechne Weihnachten nicht mit mir, also keinen großen Karpfen in Moritzburg holen. Die kleineren schmecken allemal besser. Vielleicht komme ich mal kurz auf einen Sprung, auch wegen der Post. Wie sieht es mit Stollen aus, soll ich in Berlin was besorgen? Rosinen, Mandeln? Ich habe etwas Geld verdient, Gage, da staunst Du! Habe mir Shakespeare antiquarisch gekauft, trotzdem noch einen schönen Batzen für Weihnachten übrig. Gehst Du zu Bäcker Gocht abbacken? Ich frage, dabei kannst Du mir nicht einmal antworten, Du weißt ja nicht wohin.

Bald mehr,

Deine Eli

Eli darf keine weiteren Ansprüche stellen. Wenn sie nicht wieder zu ihrem Großvater nach Dresden zurückkehren will, dann ist das ihr eigenes Problem. Ihr eignes Behagen. Sie leistet sich damit einen Luxus.

Bei der Wohnraumlenkung darf sich Eli nicht mehr sehen lassen, dort bekommt sie nicht einmal mehr eine Nummer. Nummern nur für Bestellte.

Eli packt die Bücher und Schallplatten in Kisten, praktische Teile aus der Markthalle, festes Holz, stapelbar. Bastkisten. Obstkisten. Man nennt sie so oder so. Man braucht sie zur Erntezeit und jederzeit im Gartenbau. Die Studenten machen Regale daraus oder Hocker oder bequeme Rauchtische. Die Tauber-Villa ist voll von Bastkisten. Eli bringt ihre gepackten Kisten in der Dachschräge unter, wo schon das Zeug von der cleveren Schauspielerin steht, dort, wo Eli den Sack mit den grünen Kaffeebohnen gefunden hatte. Auf Elis Kisten liegen Zettel. Wird abgeholt.

Eli schläft in einer Laube in einer Gartenkolonie am Schlänitzsee. Wecker, Kofferradio, Bettzeug und Laokoon hat sie mitgenommen und Ludwigs Jägermantel. Den braucht sie dringend, denn der Herbst ist gekommen. Oktober und schon Nachtfrost. Die Dahlien in den Gärten sind hin. Die Winterastern sind frostweiß bezuckert. Eli hat die Laube mit Elektrisch, Fließendwasser und Kohleofen gemietet. Sie hat an einen Unterhändler des Gartenpächters bis Weihnachten im Voraus bezahlt, einen bösen Wucherpreis, fast so viel wie für ein Neubauhotel mit Frühstück. Gleich in der ersten Woche hat Eli Krach mit dem Vorstand des Gartenvereins. Übernachtungsverbot. Bei Einbruch der Dunkelheit werden die beiden Tore am Hauptweg abgeschlossen, danach darf sich kein Mensch, der Vorstand sagt: keine Sau, mehr im Bereich erwischen lassen. Die Vereinsordnung hängt deutlich genug an den Anschlagbrettern neben dem Haupttor. Eli darf kein Licht anschalten, darf das Feuer im Ofen nicht schüren, damit kein Rauch aus dem Dachrohr steigt. Sie darf sich im Dunkeln nicht blicken lassen. Einzig das Radio darf an sein, aber leise. Flüsterklänge, Flüsterstimmen. Eli hört leise das Nachtprogramm. Wiederholungen. Neues aus dem Theater. Eli hört Signale von Ludwig, besonders in den Sendepausen, in der Stille, im hohen Piepton, der die Frequenzen justiert. Lauter Verkündigungen. Zeitzeichen, viermal kurz, dann lang. Mit dem letzten Ton ist es fünf Uhr. Dann geht es leise, aber trotzdem mit Schwung in den neuen Morgen.

Eli wandert am Mittag los, Richtung Potsdam, Alt Nowawes, Babelsberg. Bei Bäcker Rudolph gibt es Kaffee und Kuchen, dort sitzen die Babelsbergerinnen, dort sitzt Eli mit Schreibzeug, Streuselschnecke und Kaffee komplett. Die beiden Tischchen stehen, in die Ecke gezwängt, dicht beieinander. Eli lauscht mit beiden Ohren. Rentnerinnengeschichten, in denen Nachbarinnen zu ihren Kindern in den Westen übersiedeln wollen. Richtig umziehen, ganz legal, mit Möbeln und Katzen, das Sparbuch bleibt hier, auf Sperrkonto. Die Rentnerinnen schauen wohlwollend auf das Fräulein mit den Büchern und Heften. Hier ist es warm, und der Kaffee schmeckt nach Bohne. Die schöne Frau Bäckerin schneidet eine frische Linzer Torte, je nach Kassenstand und Laune, sechs- oder achtmal durch das Rund, nebenbei verkauft sie Rudolphbrot und schlesische Semmeln. Doppelte, besser gesagt. Frau Gottschalk erzählt von ihren drei Häusern, eins steht in Klosterfelde, also in einer Gegend für Berliner Sommerfrischler, das hiesige wird grade frisch verputzt, neurenoviert, wie es heißt, der altmodische Stuck wird abgeschlagen, das Treppenhaus wird von den grünen Jugendstilkacheln befreit und freundlich gestrichen. Frau Gottschalk wandelt ihre Ersparnisse in feste Werte. Jedenfalls die meisten. Sie hat Glück, nicht jeder hat Beziehungen zu Handwerkern, die zügig arbeiten und zügig kassieren. Geld spielt keine Rolle. Frau Gottschalk spendiert, Torte und Kaffee. Sie entnimmt ihrem Pompadour eine braune Flasche. Aus der Apotheke, Herzgold, sagt sie. Der Ausschank von Alkohol ist in einer Bäckerei ziemlich streng verboten, Schnaps wird nicht gerne gesehen. Zum Wohl. Auf die Gesundheit. Für jeden eine dicke Träne in den Kaffee.

Eli wird nicht ganz schlau, worauf das mit der resoluten Kaffeetante hinauswill. Jedenfalls ist Frau Gottschalk kein Kind von Traurigkeit. Sie kichert, sie lacht. Eli berichtet von ihrer Wohnstatt im Grünen, im nasskalten Wintergemüse, in der Nacht jagt ein scharfer Wind das letzte Laub von den Obstgehölzen, am Morgen grinst zwischen schlafenden Krähen am höchsten Ast ein einzelner roter Apfel. Ein roter Hasenkopf. Frau Gottschalk lacht. Alles, was Menschenmund sagt, ist zum Lachen. So ist Frau Gottschalk siebzig geworden, durch zwei Weltkriege gekommen mit Mann und Kindern und Immobilien. Nun ist sie Witwe und Großmutter mit Häusern, die der Wohnraumlenkung unterstehen. Lustig, unternehmungslustig ist Frau Gottschalk. Sie macht immer das Beste draus. Aus den niedrigen Mieteinnahmen und den drei Badeöfen, die sie mit Kontingent für zwölf Mietparteien besorgt hat. Die Töchter sind vor 61 ins Rheinland gegangen, nach Rüsselsheim zu Opel.

Frau Gottschalk lacht beinahe Tränen. Weil Eli manchmal ein sächsisches Wort sagt. Sie kommen wohl aus Sachsen? Eli weiß nicht, was daran eigentlich komisch sein soll. Nur weil so eine sächsisch vorgetragene Meinung nicht stolz oder gar erhaben klingt, sondern eher melancholisch, sogar fragwürdig, jedenfalls nicht rechthaberisch. Der sächsische Dialekt ist dialektisch, er besteht aus Einzelheiten, Bestätigungen und Fragesilben, die meist ein ä oder nor enthalten.

Manchmal lacht man, weil man sich sonst fürchten würde, sagt Eli. Man lacht das Eigentliche kaputt, denn lachst du nicht, packt dich das böse Wesen.

Die Bäckerin schenkt Eli kein ganzes, aber ein ganzes halbes Brot. Der Bäckerin gefällt, dass die Jugend Humor hat.

Während Eli in ihre zugig kalte Höhle wandert, dreht sich ein Kampflied in ihrem Kopf. Es tönt wie von einer Schallplatte auf einem defekten Plattenspieler, vielleicht ist der feine Saphir des Tonarms an einem Fliegendreck in der Rille hängengeblieben. Eli marschiert im Takt. Das neue Leben muss anders werden als dieses Leben, als diese Zeit. Den Refrain singt Eli mit, erst solistisch, dann hinter der Fahrländer Windmühle zusammen mit den Krähen, lautstark im Chor. Die Beine treiben. Komm mit, Kamerad, steh nicht abseits, Kamerad, auf dich kommt es an, auf dich kommt es an, auf dich kommt es an kommt es an. Auf dich auf dich auf dich.

Ein Sprung über den Fliegendreck, danach geht es weiter im Text.

Ernst-Thälmann-Straße, Frau Gottschalk wohnt im Eckhaus Nummer 27. Die Baugerüste wurden bereits abgenommen. Es riecht noch nach Mörtel und Dreck. Vor jeder Wohnungstür sorgen Fußabtreter und Scheuerlappen für innere Reinlichkeit, für das Gröbste liegen feuchte Jutesäcke am Treppenfuß. Das Haus hat vier Stockwerke mit je drei Parteien. Frau Gottschalk wohnt im ersten Stock, also im einstigen Bereich der bessergestellten Leute.

Eli wartet vor der Tür, gehüllt in den warmen großräumigen Jägermantel, einen Strauß frostgeprüfter Winterastern vor der Brust, seitlich diskret ihr vollgepackter Rucksack.

Frau Gottschalk hat die Etagentür mit dem Ellenbogen aufgeklinkt, sie hält ein Nadelspiel mit Strickstrumpf in den aufgescheucht zitternden Händen, das Wollknäuel treibt am langen Faden hinten im Korridor, Frau Gottschalk juchzt, sie erkennt, erschrickt und freut sich über das Taggespenst, den Besuch, die Blumen, sie macht einen kleinen fröhlichen Luftsprung, so sticht sie die fünfte Strumpfstricknadel, nicht in den Haarknoten, wo die freie Nadel hingehört, wenn sie eine Strickpause macht, sondern ins rechte Ohr, aber glücklicherweise nicht bis ins Trommelfell, es hat nicht einmal weh getan. Keine Klage, nur helle Freude.

Weil so ein lieber Besuch vor der Tür steht. Sie sind es doch? Das Fräulein mit dem guten Hunger aus der Konditorei.

Ich bin's. Eli übernimmt fürs Erste das gefährliche Strickzeug, sie begutachtet das rechte Ohr. Kein Blut. Eine gezielte Hörprobe ergibt, es ist wirklich nichts passiert. Jetzt höre ich vielleicht sogar das Gras wachsen. Frau Gottschalk trägt die Astern, packt den Gast. Kommen Sie doch endlich weiter.

Den Rucksack lässt Eli im Korridor. Eli zögert nicht lange, weil Zögern die Sache vielleicht noch schwerer oder gar unmöglich machen würde. Eli ist gekommen, weil sie in der Bäckerei Rudolph gehört hat, dass Frau Gottschalk übersiedeln will zu den Kindern ins Rheinland, und dann würde doch die Wohnung frei, die würde ihr zwar nicht zustehen als Alleinstehender, das ist klar, aber ein Zimmer zur Untermiete, wenn sie erst mal drin wäre, das müsste man ihr dann zusprechen, jedenfalls raussetzen dürfe man sie als Einwohnerin nicht mehr, man müsse sie als Untermieterin wohnen lassen oder ihr auf jeden Fall wenigstens eine andere Unterkunft nachweisen. Das ist der Trick. Weil es Verordnungen gibt.

Eli braucht jetzt eilig von Frau Gottschalk ein formloses Schreiben mit Unterschrift und vielleicht einem Stempel. Sie braucht ein Papier, welches ihr, der Bürgerin Rafaela Reich, das Einwohnen bei Frau Gottschalk gewährt, bestätigt oder verordnet oder befiehlt, und zwar ganz schnell, bevor ruchbar wird, dass Frau Gottschalk rüber zu ihren Kindern will, denn dann käme Elis Sache, unvollendet, leider zu spät, dann hätte die Wohnraumlenkung umgehend die Hand auf der ganzen Wohnung. Es wird ja sogar geredet, dass Übersiedlungsanträge von Rentnern, die guten Wohnraum aufgeben, schneller beim Meldewesen bearbeitet werden, es sei ja sogar so, dass manche Wohnungen schon einem Wohnungssuchenden, meist guten Freunden oder Leuten, die was rüberschieben, versprochen werden, bevor der Ausreisewillige fort ist. Eigentlich ist das sogar üblich.

Man muss jetzt schnell sein. Vigilant, wie der Dresdner sagt. Vielleicht sogar etwas vordatieren, zwei Wochen oder drei.

Sie sind ja ein ganz schlaues Fräulein. Frau Gottschalk trägt ihr Fläschchen herbei. Von wegen Herzarznei. Frau Gottschalk kichert, heute ohne Umschweife, Goldi, also Goldbrand. Dass Sie nicht auf den Kopf gefallen sind, habe ich gesehen. Sie, still und fleißig, mit Ihrem Zettelkram in der Bäckerei, meine beiden Mädel wussten auch, was sie wollten. Zum Wohl.

Frau Gottschalk zieht mit, sie ist einverstanden. Im Erkerzimmer, der Ofen ist frisch umgesetzt. Überhaupt ist Frau Gottschalk stolz auf ihre Öfen in der Wohnung. Nur Brikett, die sind knapp, da hat Frau Gottschalk nicht über diesen Winter hinweg vorgesorgt. Es sind noch welche im Keller, aber wenig. Weil ich ja umziehe, hoffentlich noch vor der großen Kälte. Kein Problem, sagt Eli, obwohl es eins ist oder werden könnte. Ein Winter ohne Kohle. Aber schließlich besitzt sie ja immer noch den Jägermantel. Kommt Zeit, kommt Rat. Und immer wächst das Rettende auch. Oder: Wer wagt, gewinnt.

Frau Gottschalk zeigt Eli das große fast leere Erkerzimmer, ein königliches Reich.

Eli jubiliert im Stillen. Frau Gottschalk schenkt ein.

In einem kleinen Hinterzimmer in der Schornsteinecke steht ein Schreibtisch mit einer Büroschreibmaschine. Dort wird Eli das Dokument an die Wohnraumlenkung aufsetzen, morgen, denn morgen ist auch noch ein Tag für Unterschriften und Erledigungen.

Heute wird Eli in die Tauber-Villa gehen, sie wird beim Hausmeister einen Handwagen erbitten für ihre Bücherkisten, die sie morgen mitnehmen wird, sie will aus dem Möbellager der Schule eine Matratze ausleihen, heute wird sie noch mal irgendwo in einem Internatsbett, vielleicht bei Jürgen, pennen, vor allem aber wird sie in der großen Vorführung auf ihrem roten Stammplatz sitzen, sie wird sich hineinlümmeln in das geliebte Polster, in den warmen Mutterschoß, um einen Film von dem spanischen Regisseur Luis Buñuel zu sehen, vorher unbedingt noch in die Bibliothek zu Frau Felber. Könnte sein, die Tüchtige hat eine Abbildung von Laokoon mit dem Pollak-Arm aufgetrieben. Dass Kunert kein Dia besitzt, beschreibt nur, dass es etwas mehr braucht als Fleiß, es braucht eine Spürnase und Glück. Außerdem hat Kunert sämtliche Kunstkisten mit der Diasammlung beiseitegestellt. Er kümmert sich nicht mehr um Bilder und Skulpturen, er macht jetzt Stummfilmseminare, nächstens vielleicht sogar Kybernetik, also etwas Übergreifendes in einer anderen Abteilung.

Frau Felber ist unser Schatz, weil sie mitdenkt, mitfühlt, einfach im Stoff steckt, und nicht nur in einem, sondern in allen Stoffen, ob Kamera oder Regie oder Kunstgeschichte, wie macht sie das bloß? Sie lebt in den Texten der Studenten, sie kennt die Lücken und Schwachstellen. Sie merkt sich die Signaturen, die Titel der einschlägigen Literatur. Einen Bezug, den man selbst längst wieder vergessen hatte.

Das ist Frau Felber, zu Hause im Wohnzimmer hinter der Nähmaschine nahe am Fenster eine Mutter, die schneidern kann, Röcke nähen, Hosen säumen, Mutter Felber versteht was von Stoffen und Textilien und sogar von Mode. Die Fatmeröcke hat sie neuerdings kürzer gemacht. Auf einem Fußbänkchen neben der Nähmaschine kann man auf die Änderung warten, eine Handbreit über dem Knie, das ist heutzutage die richtige Länge. Mini. Von Textilien ist es vielleicht nicht weit zu geschriebenen Texten, Mutter und Tochter, aufgehoben in verwandten Passionen.

Frau Felber träumt wahrscheinlich von Examensarbeiten. Sie sorgt sich, während die Studenten im Strandbad liegen, so heißt es inzwischen.

Eli, dein Laokoon lässt mir keine Ruhe. Eli, ich habe was für dich. Fotos in einem ganz neuen Kunstbuch.

Eli sieht es mit einem Blick, leider wieder nur Abbildungen mit dem falschen Arm.

Wie er fast fünfhundert Jahre richtig war. Fünfhundert Jahre Gewohnheit, das ist Geschichte und Wahrheit. Soll es immer dabei bleiben?

Eli kommt zu spät. Der Vorführsaal ist längst überfüllt.

Der Pförtner lässt keinen mehr rein. Der Hausmeister hat Notsitze erlaubt, aber einmal muss Schluss sein. Eli wartet zusammen mit lauter unbekannten Gesichtern, nur Meng Hai-Feng ist wie Eli von den alten Hasen, beide zu spät. Sie harren vor der von innen bewachten Tür. Der Vorführer holt schon die vierte Filmbüchse vom Stapel im Flur. Aus seiner Kabine hört man Musik und Geräusche, Pferdewiehern. Die Tonspur.

Das hat keinen Zweck mehr, der Film läuft, steht hier nicht rum, der Vorführer versucht, den neuen, ziemlich vorlauten Studenten die Regeln klarzumachen. Meckern hilft nicht, das ist hier nicht Mode, das könnt ihr euch gleich abgewöhnen. Montag früh um acht, Filmgeschichte, da dürft ihr alle Mann wiederkommen, da dürft ihr euch in der Vorführung breitmachen, jetzt ist der Laden dicht, und zu Eli sagt er: Tut mir leid, Eli, du verpasst was.

Langes Weilchen nicht gesehen, sagt Meng. Er plaudert vom Licht, das er heute von der Technik bekommen hat, er versucht, seine Genugtuung auszudrücken. Eli, ich glücklicher Mensch.

Freue dich, Meng. Eli hört nicht mehr, was Meng fleißig auf Deutsch palavert. Wut und Trauer bilden in Eli eine böse Melange.

Du bist zu spät gekommen. Eli lehnt an der Wand. So wird man vielleicht Terrorist oder Partisan in eigener Sache. Brandstifter. Man müsste ein Streichholz in die Pförtnerloge werfen, direkt unter das Kissen vom Lutherstuhl. Ja, so macht man sich zum Affen, zum Affen kalter Götter. Hausmeister, Pförtner, Filmvorführer. Filmvorführer müsste man sein.

Viridiana ist ein Schwarzweißfilm. Der Film hatte in Cannes bei den Filmfestspielen einen Preis bekommen. Spanische Landschaft, spanische Schauspieler.

Im ersten Jahr Filmgeschichte hatte Eli von Salvador Dalí und Buñuel *Der andalusische Hund* gesehen. Das frisch geschärfte Rasiermesser, der Vollmond, ein Wolkenpfeil, das Auge der Frau, Messer, Auge, auch wenn der Kenner an den Wimpern sieht, es ist im nächsten Schnittbild das Auge einer Kuh, der Schauer bleibt, wenn in großer Perle das Augenwasser hervorbricht, wenn, statt Blut, schwarze Ameisen aus der stigmatisierten weißen Hand des weißen Mannes quellen, wenn zum Schluss Mann und Frau, bis unter die Achseln im Sand eingepflanzt, wie seltsame Gewächse den Strand des Meeres beleben. Sprechende Agaven.

Noch im dunklen Saal Ludwigs Stimme: Glaube mir, das bedeutet nichts, und das ist es.

Bis heute und wahrscheinlich für immer im Gedächtnis. Ludwigs Atem, der warme rote Sessel. Es bedeute nichts.

Eli wartet neben dem gutgelaunten chinesischen Freund, sie lehnt einfach lange genug an der schalldichten Wand. So lange, bis die Wut verschwindet. Die Wand ist grau, jemand hat mit einem Taschenmesser oder mit einem Schlüssel in Augenhöhe den Putz abgekratzt, als sollte später mal ein Guckloch daraus werden. Eli kratzt mit dem Fingernagel. So lange, bis sich die graue Wand ein bisschen rot färbt. Die Saaltür schwingt auf.

Musik. Abspann. Die Ersten kommen schon aus dem Saal. Vorboten, Einzelne noch wie im Traum. Dann zieht ein Schwarm an Eli vorbei. Ein warmer Atem. Weiche Gefieder. Niemand redet, niemand drängt, niemand bleibt stehen. Eine stumme Vogelschar. Fromm, andächtig, melancholisch und aggressiv.

Bis das erste Wort fällt. Ein Wort, das Eli noch nie gehört hat. Galdós. Es ist ein Name, es ist der Name des Autors, der den Roman *Halma* geschrieben hat, nach dem der Film gedreht worden ist. Galdós, nie gehört. *Halma*, nie. Es ist ein Schreck und ein Glück, was gibt es denn noch auf der Welt?

Es hat wieder gar keinen Zweck, den Pkw-Fahrer zu bitten, noch eine zweite Vorführung zuzulassen. Er käme, wie er sagt, mit unseren Ansprüchen noch in Teufels Küche.

Eli schläft in Jürgens Bett in der Villa schräg gegenüber der Tauber-Villa. In Elis Bude unter dem Dach wohnen inzwischen zwei Neue. Jürgen fährt zu seiner Freundin, Schneiderin am Hans-Otto-Theater. Sie wohnt gleich neben den Theaterwerkstätten, gleich neben Sanssouci, in einem leeren Gewächshaus einer stillgelegten Gärtnerei, dort hat sie schön viel Platz zum Malen, und Jürgen hat inzwischen seinen sämtlichen Kamerakram mitgenommen. Er bastelt an einem Trickfilm mit Puppen. Ein Wäscherinnenwintermärchen.

Eli, wenn du in Sanssouci arbeitest, dann komm uns bitte besuchen. Du arbeitest doch manchmal in Sanssouci.

Oft, sagt Eli. Ich darf dort in Leistung arbeiten, weil ich im Gartenbau den Gehilfinnenabschluss habe.

Jürgen gibt Eli den Zimmerschlüssel. Auch deswegen hat Eli im Flur des Hauptgebäudes so lange gewartet, sie hat gewartet, gezürnt und gehofft, mit dem Fingernagel die Wand zerkratzt, bis der Film zu Ende war, bis Jürgen ihr den für den Notfall versprochenen Schlüssel übergeben konnte.

Und morgen, wo pennst du morgen?

Ich habe was in Aussicht.

Dann bin ich froh, denn du kannst ja nicht unter der Brücke schlafen und bei mir im Kamerahaus ist es schlecht, es gibt halt Luchse, die gerne meine Bude haben wollen, weil ich oft bei Gritti bin.

Keine Sorge, es geht nur um heute, einmalig, die Angelegenheit, ich lege den Schlüssel in die Wandlampe, ich achte darauf, dass mich keiner sieht. Du kannst dich auf mich verlassen, ich habe Übung im Schleichen. Ich bin die beste Schleicherin der Welt.

Es war nicht leicht, einen Handwagen aufzutreiben. Entweder haben wir Hänger für Autos oder Tafelwagen, mit denen wir die Möbel zwischen den Internaten und Schulgebäuden hin und her transportieren. Aber dann hat wieder Frau Felber Rat gewusst. Der Hausmeister der Einrichtung neben dem Stalin-Haus, der hatte noch das Fluchtwägelchen aus dem Sudetenland. Sagt man das noch, Sudeten?

Sudeten, das nicht, aber Sudetenland ja. Das eine ist Politik, das andere Geographie. Man weiß nicht genau, wie es richtig ist, also am besten, man vergisst solche Namen.

Vorsätzlich vergessen, geht denn das?

Eli belädt den Wagen, Matratze, Bücher, Koffer mit Klamotten, Antons Lederjacke obendrauf, weil sie nicht mehr in den Koffer hineinpasst. Der schwere Dreifuß hält die Zettelmappen. Erikas REMA Trabant steckt in der sicheren Mitte. Es ist ja nur ein Sprung von der Tauber-Villa zur Thälmann-Straße.

Frau Gottschalk juchzt nicht, sie kichert nicht, der nackte Schreck spricht aus ihren blauen Augen, die andere Seite der

Frohnatur. Sie wartet schon auf Eli, sie steht in der Kälte unter der Haustür.

Fräulein Eli, kommen Sie schnell.

Der Leiterwagen bleibt auf dem Bürgersteig. Foto-Schlick im Eckladen übernimmt die Aufsicht über die Sachen, das Radio, die Lederjacke.

Frau Gottschalk springt die Treppe hoch, mit stummen Zeichen des Schweigens schiebt sie Eli durch den langen dunklen Korridor bis ins dunkle Loggiazimmer, Schreibtisch in der Schornsteinnische, offene Büromaschine, Sessel. Eli wirft den Jägermantel auf einen Stuhl. Sie versucht aufrecht zu bleiben, manchmal braucht man ein starkes Kreuz, festen Stand.

Ich muss mich setzen, flüstert Frau Gottschalk.

Sie sind eingedrungen. Es hatte geklingelt, ich kannte weder die junge Frau noch den Mann, sie haben mich gefragt, ob sie mal reinkommen dürfen, sie hätten nämlich eine Zuweisung bei der Hand, die Berechtigung für das Betreten der Räume, weil ich doch bald übersiedeln würde. Ich war total perplex. 1 Erkerzimmer mit Kachelofen sowie 1 kleines Durchgangszimmer ohne Ofen, einschließlich Küchen- und Badbenutzung, so stand es auf dem Schreiben von der Wohnraumlenkung mit einem Stempel und einer Unterschrift vom Rat der Stadt, gültig mit sofortiger Wirkung. Die Zuweisung geht auf den Namen der jungen Frau Jäger. Er hat sich mit Horst Simon vorgestellt.

Und weiter?

Frau Gottschalk seufzt, sie spricht noch leiser, sie flüstert. Sie wohnen schon. Der Herr Simon hat gestern Abend noch zwei Kastenmatratzen hochgebuckelt und Koffer und eine bunte Lampe. Ich habe grade vorhin mal gehorcht, es ist ruhig, sie schlafen noch, der Schlüssel steckt. Er arbeitet in der Filmbranche, ich glaube, das ist der Regisseur, der *Ein verhexter Sommer am See* gemacht hat. Der soll ganz gut sein. Was zum Lachen.

Und mein Rucksack?

Steht hier hinterm Schreibtisch.

Eli wie ein Stock, aber wankend, also kurz vor dem Umfallen und blass, jedoch im Innersten fest entschlossen.

Wo mein Rucksack ist, da will auch ich sein und bleiben.

Foto-Schlick hilft Kisten schleppen.

Frau Gottschalk quetscht sich gegen die Wand, um Platz zu schaffen. Das tut mir alles so schrecklich leid, sagt sie, und sie achtet weiter darauf, dass nicht so viel Krach gemacht wird, wenn Eli und Schlick durch den schmalen Korridor poltern, weil man im Erker- und im Durchgangszimmer immer noch ruht. Dielen knarren, Glasperlen klirren, Hängelampen schaukeln. Elis Kisten, das Radio, werden in einem Hinterzimmer gestapelt, die Matratze wird hochkant durch den Korridor geschoben bis zum Ende, dort an der Wand stört sie vorläufig niemanden.

Frau Gottschalk stöhnt und lacht nun wieder. Das ist ja wie bei den Zigeunern.

Eli darf sich neben ihren Kisten auf einer Chaiselongue einrichten, in dem Zimmer hat immer der Verlobte von der Tochter geschlafen, etwas abseits vom Familientrubel. Da klemmt auch der Schreibtisch aus dem früheren Büro. Frau Gottschalk sagt, das ist mein Lieblingszimmer, schummrig gemütlich, mit einer kleinen höhlenartigen Loggia, die man von Friedhofsgeräten, Vogeltränken, Kohleeimern freiräumen könnte, dann würde man sogar noch eine kleine luftige Räumlichkeit gewinnen. Das Hinterzimmer heißt Loggiazimmer.

Eli setzt sich an die Schreibmaschine, sie betrachtet das dunkle unergründlich fromme Ölbild über dem Chaiselongue mit scharfen Augen, trotz alledem und jetzt erst recht. Sie tippt wunderbar auf dem hohen klapprigen Schreibkasten. Hiermit erteile ich, Klara Gottschalk, geboren, wohnhaft, Fräulein Rafaela, geboren am und in, innerhalb meiner im ersten Stock des Hauses Ernst-Thälmann-Straße 27 liegenden Wohnung im sogen. Loggiazimmer das unbeschränkte und uneingeschränkte Wohnrecht.

Frau Gottschalk verfolgt mit gefalteten Händen, was die Typen auf das DIN-A4-Papier hämmern, Buchstaben, eine Botschaft. Sie nickt bei jedem Komma und Punkt.

Loggiazimmer möbliert, möchte Frau Gottschalk der Richtigkeit halber eingefügt haben. Eli tippt. Sie setzt dazu: Mit Küchen- und Badbenutzung, inklusive Gas und Warmwasser. Nun ist Frau Gottschalk wieder am Zuge. Unterschrift. Stempel. Frau Gottschalk kichert.

Das sieht gut aus. Doch Frau Gottschalk und Eli sind noch viel schlauer. Erst fragt Eli nach dem Hausbuch, wo alle Einwohner des Hauses mit Geburtstag und Beruf in entsprechenden Zeilen und Spalten eingetragen werden. Auch Verwandte, die über Nacht zu Besuch hierbleiben, tragen sich an vorgesehener Stelle ein. Eli setzt ihren Namen nicht unter die Besucher, sondern unter die echten Einwohner. Die ständigen Mieter. Aufenthaltsdauer: immer und ewig. Wieder mit Stempel: Gottschalk, verw. Eigentümerin. Dann bückt sich Frau Gottschalk zum Unterschrank, sie entnimmt eine Kassette sowie, nun endlich, das braune Goldifläschchen. In der Kassette verwahrt Frau Gottschalk das Mietgeld und die Buchführung, ein Oktavheft, wo die Haushaltungsvorstände monatlich die Miete quittieren. Mieterin Eli schreibt ihren Namen in das Heftchen, sorgfältig, leserlich, als habe sie schon einen vollen Monat gezahlt. Noch vor dieser Helga Jäger und dem Herrn Filmregisseur Horst Simon. Mögen die beiden bei hellem Tag und bei Nacht im königlichen Erkerzimmer so lange schlafen, wie sie es nötig haben, wen kümmert es. Eli hat eine Bleibe gefunden, Chaiselongue, Küchen- und Klobenutzung.

Prost, Frau Gottschalk.

Prost, Fräulein Eli. Frau Gottschalk hebt ihren lindgrünen Stamper, kippt das braune Getränk und schüttelt sich fröhlich.

Sie übereicht Eli ein Schlüsselpaar, der große Bart für unten, der andere für die Wohnung. Prost.

Eli tritt aus der Haustür. Spatzen hüpfen, manche fliegen hoch zu dem dunklen Loggialoch zur dortigen Futterkiste. An den Fenstern im Erkerzimmer hängt weißer Stoff. Wahrscheinlich Rupfen aus der Dekoabteilung oder aus der Kostümschneiderei. Rupfen gibt es in verschiedenen Farben und Stärken. Man kann sehr viel damit anfangen. Rupfen und Bastkisten, damit lässt sich leben. Eli geht. Leider steht das Fahrrad noch im Keller der Tauber-Villa. Zu Fuß sind die Wege etwas weiter, und man hat einen niedrigen Blick.

Nach dem nächsten Briefkasten muss Eli nicht lange suchen, gleich hängt ein zweiter und an der Ecke ein dritter am Weg. Es ist eine briefkastenreiche Gegend. Eli entscheidet sich für den an der Ecke. Auf den Briefen, die sie hineinfallen lässt, steht der Absender Thälmann-Straße. Lieber Anton. Liebe Erika. Ludwig, Liebster, der Dachvogel nistet, schmachtet, neuerdings Thälmann-Straße auf einer Chaiselongue, die zum Inventar von Frau Klara Gottschalk gehört.

Der Dachvogel ist ein Hühnervogel, eine Henne, die das Fliegen vorerst verlernt hat.

Weiter zu Fuß.

Drei Stufen, ein Vorraum, ein Dienstzimmer, seitlich ein Stabeisengitter, Tür und Klappe für das Publikum. Ein Schreibtisch mit Telefon, ein Wachtmeister, diensthabend, gutgelaunt, aber misstrauisch. Behutsam schiebt Eli die betreffende Seite des pfleglich behandelten, in Packpapier eingebundenen Hausbuchs unter sein Auge, unter seine Hand mit dem Füllfederhalter.

Der Wachtmeister überträgt die neue Adresse vom Hausbuch ins Melderegister und dann auch noch in Elis Personalausweis, nicht ohne Eli darauf hinzuweisen, dass sie reichlich spät kommt, nicht ohne das gehörige Stirnrunzeln und das darauf folgende Gnadengesicht. Das nächste Mal – wie es im Kinderlied heißt: Pass besser auf und mach mit uns die Mode. 25 Bauernmädchen, die suchen sich einen Mann. Eins der Bauernmädchen muss nach dem Aufbruch der flinken Schar übrigbleiben, denn die Spielregel stellt immer zu wenig Burschen bereit. Für die Übriggebliebene brüllen wir dann das Ende vom Lied. Da steht sie ja und hat keinen Mann und ärgert sich zu Tode. Das nächste Mal pass besser auf und mach mit uns die Mode.

Das nächste Mal wird umgehend angemeldet, haben wir uns verstanden?

Ehrenwort, sagt Eli.

Eli benutzt nicht nur Gaskocher, WC und die Wasserhähne in Küche und Bad, sondern auch Frau Gottschalks Büroschreibmaschine. Lieber Lu, Liebster, ich bin neuerdings wieder mit Maschine, wartend.

Eli hat unterdessen mehrere Fahrten nach Berlin unternommen, Expeditionen mit Bus und Bahn, manch einer macht das jeden Tag, es ist Alltag, die Lage, die Teilung der Stadt, genauer: Die Abschottung des Ostens vom Westen, die Trennung sämtlicher Wege, die Umleitung ist perfekt und lang. Die Dauerfahrer lesen oder lernen Vokabeln, manche haben feste Fahrgemeinschaften gegründet, sie haben Stammplätze in den Waggons und spielen Skat. Eli fährt bis Alexanderplatz, von da aus läuft sie zur Museumsinsel.

Pergamon, das steinerne Theater im Pergamonmuseum wird dich weiterführen. Ein guter Rat von Dozent Kunert an die Absolventin Rafaela Reich, ein nützlicher Hinweis, die mühsame Annäherung an das antike Kunstwerk Laokoon betreffend. Kein Ersatz für Roma. Denken Sie darüber, wie Sie wollen. Damit war Kunert schon wieder verschwunden, davongesegelt mit seinen abstehenden Ohren. In einen überfüllten Seminarraum. Kunstgeschichte, Filmgeschichte, Kybernetik, egal, sein Laden ist immer voll, wird immer Interesse finden.

Eli sitzt stundenlang auf den Marmorstufen, mal oben mal unten. Oben spürt sie die versuchte Gottgleichheit, das freie Fliegen, Mut und all die anderen fröhlichen Anmaßungen, die nur zum Absturz führen können, unten sieht man den wunderbaren Weg, die weißen Stufen, das schöne Material. Schaffensfreude.

Eli in Pergamon. Wo die Zeiten aufeinanderliegen. Die Griechen, Troja und Roma. Es heißt, der Pergamonfries sei gar nicht so lange vor der Skulpturengruppe des Laokoon entstanden.

So viel Kampf. So viel Stein. So viele bewaffnete Menschenleiber. Unsterbliche, also Götter, uneins, zerstritten, die von oben und die von unten, das Himmelsensemble um Gottvater Zeus gegen die Erdenschar um Mutter Gaia. So viel Zorn, so viele Waffen: würgende, wahrscheinlich auch giftige Schlangen, wilde Löwen, stampfende Pferde, Pfeile, Fackeln und Blitze, Felsbrocken, Fallen und Hinterlist. Den Kampf beenden kann nur ein Sterblicher, also ein echter Mensch, denn nur der kann töten. Herakles zum Beispiel.

Die Himmelsschar hat sich sterblicher Handlanger bedienen müssen.

Von Herakles sind im Fries der Götter und Giganten nur wenig Spuren geblieben, ein Pferdehuf, die Tatze seines Löwenfells. Der große Rest liegt noch irgendwo in Pergamon, schlummert im Berg oder ist zu Straßenschotter zermahlen worden.

Ein Sterblicher aus nämlichem Geist ist Laokoon. Er wurde nicht als Handlanger gerufen, im Gegenteil, er musste als Warner oder Aufwiegler, jedenfalls als Störenfried der Götterpläne, mit Hilfe von Schlangen beseitigt werden.

Eli sitzt auf den Stufen, sie skizziert das, was so ähnlich ist und damit höchstwahrscheinlich Ähnliches meint. Ein marmorfester Refrain: Ich bin ein Trojaner.

Athena, die Göttin, steht für das Schicksal der Welt. Sie packt sogar persönlich zu, zerrt und zaust den Erdmuttersohn Alkyoneus grob in den Haaren. Rechts oben schwebt Nike herbei, zielstrebig, mit dem Siegeskranz für Athene. Unten aus dem Erdgrund taucht mit erhobenem Füllhorn Mutter Gaia auf, groß, aber in diesem großen Augenblick ziemlich am Rande. Es lebe Pergamon. Es lebe der König.

Die Aufsichtskraft tritt einige Schritte näher, bis zur unteren Stufe der steilen Treppe. Es ist ein Herr in einer dunkelblauen Uniform. Er schüttelt seine Armbanduhr aus dem Ärmel, locker, golden liegt sie auf seinem Handrücken. Er müsste jetzt eine Anmerkung machen, weil Eli sich nicht nur kurz mal auf die Stufen gesetzt hat, sondern seit Stunden verweilt. Das könnte zum Ärgernis werden. Es ist schon lange ein Streitpunkt unter dem Personal, ob das Sitzen auf den Marmorstufen erlaubt, geduldet oder strikt untersagt werden soll. Er will nichts von seiner Uhr, er steckt sie wieder unter die Manschette. Er würde nichts dagegen haben, wenn man gelegentlich auf dem Marmor ausruht oder Platz nimmt, er sieht ja, dass die junge Dame Umrisse, auch Einzelheiten des Frieses, in ihr Heft skizziert.

Warum gerade Erdmutter Gaia?

Soll ich Ihnen mal was zeigen? Rote Farbe, noch original, die nämliche Farbe wie oben in einem Buchstaben der Inschrift, der Fries war gewiss in bestimmten Teilen ursprünglich koloriert.

Eli folgt dem Mann in Uniform, sie treten unter die Tafeln. Eli legt den Kopf in den Nacken, sie sucht weit oben im Fries, endlich entdeckt sie im Feld des Alkyoneus einen rötlichen Hauch.

Blut, haben die Götter geblutet?

Der Mann in der blauen Uniform lächelt. Die nicht, aber vielleicht Vater Uranos, dem haben sie das Gemächt abgehauen, es heißt, aus dieser Blutfontäne habe Gaia die Giganten empfangen, auch den Alkyoneus, und der hatte, bevor es ihm an den Kragen ging, recht schöne Töchter gezeugt, die allerdings in Vögel verwandelt wurden. In Eisvögel allesamt. Er hüstelt, er fängt seine Stimme: Ich habe mal einen gesehen, so einen Uranosenkel, einmal in Tübingen. Eisvögel lassen sich selten blicken.

Der Mann in der blauen Uniform hätte vielleicht noch einiges mehr berichtet über die Gaia- und Uranoskinder und auch über die Himmelsgötter. Doch das Wandtelefon neben der Eigangstür ruft. Ein Klöppel springt beharrlich gegen eine Glocke. Er eilt, um den Hörer abzunehmen.

Aufsicht Salzmann. Nur eine Person, Studentin, sagt er in den Apparat und meint gewiss Eli. Eli, die der Aufsicht hinterherschaut, Eli, die sich nun bückt, fast hinkniet, um das kleine Blättchen aufzuheben, roter, lebendiger Ahorn, zart und fein, im großen, geputzten Marmormuseum. Herausgefallen aus Mutter Gaias Füllhorn, das sie aus der Erde streckt für ihre Kinder und vielleicht auch für die sterblichen Menschen. Oder es handelt sich um ein rotes Ahornblättchen aus dem Monbijoupark hinter der Inselbrücke, durch den Professor Salzmann auf schnellen Sohlen herbeigeeilt war zur Spätaufsicht am Pergamonaltar. Er spaziert immer durch den Monbijoupark zum Dienst. Plaudernd hatte er ein wenig heiteren Umgang mit einer jungen Besucherin gepflogen, sogar Tübingen hatte er erwähnt, Römisches Recht. Leipzig, dann Bautzen, sieben Jahre, das hörte man möglicherweise an seiner brüchigen, leicht sächselnden Stimme, doch darüber wollte er sich keinesfalls äußern. Die Kriege sind dieser Tage überholt. Freiheit ist eine Frage der Bezugsgröße, man kann sie für sich ausmessen. Er kommt pünktlich und wahrscheinlich gern zum Dienst. Er empfindet sich in guter Gesellschaft. Vielleicht als ein romantischer Massen-Eremit.

Die Garderobenfrau reicht Eli den Rucksack und die Lederjacke. Kommen Sie morgen wieder?

Könnte sein, sagt Eli.

Da freut sich der Professor.

Welcher Professor?

Na unser Zuckerstück, so sagen wir, weil er doch Salzmann heißt. Hören Sie ihm ruhig ein bisschen zu, der weiß eine Menge.

Das Pergamonmuseum ist ein Segen, dazu der Schlafplatz und die große Badewanne, für die Frau Gottschalk einen fabrikneuen Badeofen spendiert hat, einen aus der Zuteilung mit Bezugsschein. Ein Kontingentofen. Eli sowie Regisseur Simon und seine Gefährtin Helga dürfen keinesfalls im Hause laut darüber reden. Wenn das ruchbar wird, wollen alle Mieter einen neuen Ofen haben, also, meine Lieben, baden und schweigen.

Eli badet spätabends, wenn sie heimkommt aus Berlin, dann hat sich das Wasser über der Restglut noch einmal ein bisschen erwärmt. Wenn sie fertig ist, liegt nur noch Asche auf dem Rost, die schürt sie nun in den Kasten, den trägt sie nun flink in Bademantel und Latschen hinunter zur Aschentonne im Hinterhof. Das ist ihr Beitrag zum Gemeinwohl. Manchmal klappert Eli noch mit der Schreibmaschine. Frau Gottschalk hat nichts dagegen, aber man spürt, dass sie im Herzen wie die Leuna-Wirtin denkt. Nachts ist Schlafenszeit. Das wollen die Gesundheit und die Sparsamkeit und das gute Beispiel. Man wird darauf angesprochen. Bei Ihnen brannte aber gestern wieder lange das elektrische Licht.

Leider kann Eli anderntags und in der nächsten Zeit nicht nach Berlin ins Pergamonmuseum fahren. Sie vermisst die Anfahrt, das Warten auf dem Bahnsteig, das gemeinsame Frieren, den Weg vorbei am *Gastmahl des Meeres*, sie vermisst die freundliche Garderobenfrau, den aufmerksamen Aufsichtsmenschen. Sie bedauert, dass sie nicht gewagt hatte, ihn auszufragen. Salzmann neben dem Eingang zum Altar, ziemlich einsam, wie eine beiseitegestellte Glocke. Eli hat seine beschädigte, etwas klirrende Stimme im Ohr. Sie hätte gewiss noch manches von ihm erfahren können, über Eisvögel, zum Beispiel, vielleicht sogar über Laokoon. Was meinen Sie, Herr Professor, ist einer der beiden Söhne davongekommen?

Warum ein Professor für Römisches Recht seine Zeit als Aufsicht im Pergamonmuseum verbringt, das ist auch noch eine Frage, die Eli im Kopf herumgeht. Er ist kein wortkarger Mann, er spricht über so viel interessante Sachen, aber das Verwunderliche scheint ihm nicht der Rede wert zu sein. Sein Verweilen im Museum. Darin ähnelt er dem Dekan, aber der geht nicht zu Fuß, der hat einen Chauffeur und einen sogenannten Lehrstuhl. Mahagoni im Stalin-Haus.

Die Zeitung *Union* klatscht jeden Morgen durch den Schlitz in der Tür auf das Linoleum in den Gottschalk-Flur, freitags kommt außerdem die *Wochenpost* und *Für Dich* und, beinahe unverhofft, eines Tages ein Brief vom Ministerium des Innern.

Frau Gottschalks Ausreise ist, wie es heißt: kurzfristig genehmigt worden. Nun muss, nach einem fast akrobatischen Luftsprung und einem Goldiprost, alles sehr schnell und ernsthaft vorangehen.

Ich bin Ihnen so dankbar, Fräulein Eli.

Eli sitzt an der Schreibmaschine. Sie schreibt die Listen, nummeriert die Gegenstände des Umzugsgutes. Fortlaufend, Seite für Seite in alphabetischer Reihenfolge, dazu die jeweiligen Stückzahlen. Vier Durchschläge werden gebraucht.

Frau Gottschalk nimmt alles mit außer der Schreibmaschine, der Chaiselongue und einer Flasche Sekt. Eli muss noch einmal von vorn anfangen. Seite eins.

Jedes Mal muss Eli von vorn anfangen, sonst stimmen die fortlaufenden Nummern und das Alphabet nicht. Eli zerknüllt die vollbeschriebenen Seiten. Eli muss auf den Listen etliche Gegenstände dazwischenschieben. Frau Gottschalk hat die Seife im Nachtschrank vergessen. Seife, Lux, rosa, 7 Stück, die Seifen sind Weihnachtsgeschenke von der Tochter aus dem Westen, davon will sich Frau Gottschalk nicht trennen. Seidenkissen 3, Seife 7 und Seile aus Hanf, 2 mal 10 m, dann immer so weiter bis Wohnzimmerdeckenlampen 4, in fortlaufender Nummerierung.

Liebes Fräulein, wenn Frau Gottschalk so sanft herbeischleicht, hofft Eli, es möge eine vergessene Sache des hinteren Alphabetes sein, dann muss Eli nur die letzten Seiten neu nummerieren und noch einmal tippen. Manchmal macht Eli aus einer Bürste eine Wurzelbürste und aus einem Küchenmesser ein Wurstschneidemesser, aus einer Büchse eine Zuckerbüchse, so spart Eli Stunden, viele Seiten, Durchschlagpapier, Kohlepapier. Der Mensch muss sich zu helfen wissen. Schließlich nummeriert Eli noch eine Menge Sachen unter Zimmer. Zimmerhocker, Zimmerbild. Zimmerbank. Leider wird immer deutlicher, dass Frau Gottschalk noch in der Hitlerzeit lebt. Sie lebt im schmetternden Tag von Potsdam, mit blank geputzten Stiefeln und gestrickten Kinderkleidchen, blauem Himmel und Fahnen, dass es anders gekommen ist im Krieg, das ist für sie, die Familie Gottschalk und die anderen Menschen, eine schlechte Fügung gewesen, eine schwere Zeit mit recht viel Not und Entbehrung, da hat jeder Opfer bringen müssen, Familien und Völker, und man musste eine Ordnung schaffen und an die Kraft des deutschen Volkes glauben und den Glauben nie verlieren. Nie. Frau Gottschalk hat ihren Glauben noch im Kopf und allerlei in Kisten. Frontsoldaten, Waffengattungen aus Zinn. Kinderspielzeug. Weihnachten, war das schön! Der Aufzug mit Marschmusik und Kanonendonner vom Grammophon durch sämtliche offenen Flügeltüren bis zum Erkerzimmer, wo der Tannenbaum glänzte. Sie sagt: Unter Hitler hatten wir einen tüchtigen hilfsbereiten Hauswart unten im Fotoladen, der hat Schnee geschippt und bei Glatteis immer sofort gestreut.

Eli zögert nicht mehr, keine Minute, als wäre eine Rechnung fällig, sie rennt mit den Kisten voll Waffengattungen, Fahnen und SS die Treppe hinunter.

Das Zeug gehört in die Aschentonne.

Frau Gottschalk zuckt die Achseln, schade drum, ein Tuschkasten und Pinsel, das Hakenkreuz wäre unter etwas Farbe verschwunden. Sie zankt nicht mit Eli, sie kichert, weil Eli solche Sachen macht, so schnelle, jugendliche. So ist sie früher auch cinmal gewesen. Flink. Eins zwei drei, ins faule Ei. Nun ist es Zeit für den Sekt, fünfzig Jahre alt, gereift, noch von der grünen Hochzeit, noch von vor dem Kriege, dem Ersten, dem Kornblumenkrieg. Artur und Klara erben drei Häuser in der Großbeerenstraße, wie die Thälmann-Straße damals hieß, erben mütterlicherseits die Blechfabrik im Industriegelände, sie haben zwei Töchter, darüber konnte man im Nachhinein froh sein, sie spielten zwar mit Soldaten, aber wurden im nächsten Krieg nicht eingezogen. Sie haben Hauswirtschaft und Buchhaltung gelernt und sind vor 61 in die französische Zone gegangen, wo sie geheiratet haben. Artur ist tot, einfach gestorben, das hat es im Krieg außerdem auch noch gegeben. Krankheiten, unheilbar.

Hierorts bis heute übriggeblieben sind die drei Häuser, viel bewegliche Habe, nunmehr alphabetisch gelistet und inzwischen zur Ausfuhr genehmigt, sowie die grüne Flasche im ausgeräumten Küchenschrank. Die drei Häuser wird ein Verwalter betreuen, das kassierte Mietgeld wird auf ein Sperrkonto eingezahlt werden. Die Wohnraumlenkung behält weiterhin das Sagen über die bewirtschaftete Wohnfläche in allen Häusern. Das Bewegliche soll in drei Tagen von der Spedition abgeholt und nach Rüsselsheim gefahren werden. Die Flasche werden wir jetzt gemeinsam leeren. Frau Gottschalk vollführt in Vorfreude einen kleinen fröhlichen Sprung. Was kostet die Welt, bis zur Neige.

Man sagt, dass so eine Flasche mit den Jahren immer teurer wird. Das betagte Gesöff steht bereit. Weil die geschliffenen Römer verpackt sind, nehmen wir die Senfgläser vom Zahnputzregal. Eli wickelt den Draht vom Flaschenhals, die braunen Krümel zwischen den Fingern, das ist der Korkenkopf, weich wie Pfefferkuchen, Elis alter Korkenzieher hilft nicht, sie operiert mit Schere und Stricknadel, erst vorsichtig, dann entschlossen. Es ist nicht zu ändern, der Rest des Stöpsels fällt in die Flasche. Statt Schaum steigen Dämpfe, fein, sauer, Eli kneift die Augen zu. Das kann passieren, Korkenkrümel im Glas. Das ist kein Beinbruch, und vielleicht bringt das zusätzlich Glück. Frau Gottschalk kommt mit einem Fetzen Filterpapier. Fünfzig Jahre alter Sekt rinnt durch das Papier in die Gläser. Wir wollen anstoßen, auf das neue Leben in Rüsselsheim. Und auf Eli, besonders auf Eli, und die Zukunft im Allgemeinen, denn ein nächster Tag scheint gewiss. Eli, ich danke Ihnen für Ihre Hilfe jetzt hier zum Schluss.

Ich habe zu danken, sagt Eli.

Auf die Zukunft.

Im Glas funkelt Essig. Gelblich, hochprozentig, man könnte damit saure Gurken einlegen. Das ist also auch nur so eine Legende, das Edle am alten Wein oder Sekt. Die Kostbarkeit der Jahre.

Eli kippt die Flüssigkeit in die sogenannte Gosse. Frau Gottschalk springt wie ein Kaninchen, kichert. Sie bewundert Eli, weil Eli immer wieder so schnelle Sache macht, jugendlich, entschlossen. In die Gosse mit dem Essig. So ist Frau Gottschalk auch einmal gewesen.

Eli hat wieder einmal viel zu lange geschlafen. Wer hat bestimmt, der Wecker, ein Traum oder einfach das bläulich giftige Blei hinter der Stirn und in den Fingerspitzen? Sie muss sich besinnen. Wo bin ich? Ein freies Feld. Bücherkisten türmen in der Mitte als eine gebirgige Insel, dort, zuoberst, hockt eine Schreibmaschine, schwarz klapprig, startbereit, die Chaiselongue hat Eli neben den Kachelofen geschoben, damit man die Eisfüße wärmen kann, falls der Ofen warm ist, oder man kann die Füße an den kalt gewordenen Kacheln kühlen, falls man nachts aus einem Fieberschlaf aufwacht, glühend, verwirrt. Ludwig, Lulatsch, langer Palmenzweig. Es war ein Traum. Als endlose Kolonne ziehen die Soldaten in zinnerner Ordnung unter Fenstern vorbei, weil Krieg ist. Eli ruft von der vollgerümpelten Loggia, sie ruft gleichzeitig am Straßenrand, gleichzeitig unten und oben. Sie erkennt ihn sofort. Weil Ludwig die anderen Soldaten um einen Kopf überragt. Er ist der Längste. Lulow, langer Palmenzweig, grüne Hoffnung im Opfergebinde, Lulatsch. Er ist der Einzige, der zurückschaut, sein Gesicht, so einen Blick, so ein Schulterzucken hat Eli schon einmal gesehen, erlebt oder überlebt. Oder schon einmal geträumt. Eli muss sich besinnen. Der Raum ist ausgeräumt, der Auszug vollzogen. Es ist kalt.

Sie kann den blauen Kachelofen umarmen, küssen, wärmen. Wange an Kachel. Eli kniet auf der Liegestatt, sie hört die Stimmen, durch den Schornstein den Wind, wie er im blauen Ofen zwitschert. Es ist ein zwitschernder Wind. Eli muss ihn nicht retten. Er entkommt allein, aus eigener Kraft. Er entfleucht und verwandelt sich. Dann ist der blaue Kachelofen ganz still.

Eli lauscht den Verwandlungen. Wie sich Ludwig verwandelt. Er wandelt, er treibt sein Wesen in Träumen.

Er ist zu einem Geist geworden. Dass er nach seiner Flucht in den Westen für eine Stunde zu Besuch in die Tauber-Villa gekommen war, inkognito, aber immerhin leibhaftig, das würde ihr niemand glauben. Er ist dir erschienen, im Traum oder in der Vorstellung, du hast es dir vielleicht gründlich gewünscht. In schönen Farben ausgemalt. Wirklichkeit kann es nicht gewesen sein. Nein. Nie. Oder überm See, am anderen Ufer. Ludwig in seiner Gestalt. Du hast doch selbst das Wort Nebel gesagt. Gedankennebel. Wunschbilder. Nebulöse Hirngespinste. Geistererscheinungen. Hat jemals ein Mensch namens Ludwig in einer Filmvorführung neben dir gesessen? Hast du einen braunen Pullover oder eine stachlige Wange an deinem Gesicht gespürt oder Lippen, eine Zunge, einen milchigen Mund?

Du hältst nichts, du kannst nichts halten noch festhalten, und dies ist, was du lieben und wissen musst. Eben dies ist ein Wissen aus Liebe. Liebe, was dir entkommt, liebe den, der fortgeht. Liebe, dass er fortgeht.

Novembermorgen oder schon Dezember, jedenfalls noch kein Schnee, trotzdem viel Weiß, viel leere Freiheit. Ludwig geistert.

Eli packt die Briketts aus. Anton hat die hartgepressten Lausitzer Rekord in Zeitungspapier gewickelt, immer zwei in eine Seite, so hast du gleich Papier zum Anfeuern. Das ist Anton. Damit kann er seine Liebe zeigen, leise murrend. So ein Blödsinn, schleppt das Mensch Kohle aus seinem Dresdner Keller im Rucksack bis in die Berliner Gegend. Blödsinn und Eigensinn, vielleicht doch mehr praktisches Denken, weil sie sonst über den Winter frieren müsste ohne Kohlezuteilung, und dabei kann sie froh sein, denn sie lebt unter ihrer neuen Adresse mit einem sehr gut gebauten Kachelofen, nicht neu, aber frisch umgesetzt und gereinigt.

Eli hat nur Gutes von ihren neuen Lebensumständen erzählt. Sie war plötzlich per Anhalter angereist. Sie ist im Albertinum gewesen, sonst aber hat sie wenig Zeit gehabt für ihren Großvater und die Kunststadt Dresden. Nicht mal für die Staatskapelle hatte sie ein paar Stunden. Aber eins haben sie gemacht, Anton und Eli, sie sind, schon bepackt mit dem Kohlerucksack, über den Striezelmarkt gegangen und haben dann im *Gambrinus* auf der Brühlschen Terrasse gemeinsam gegessen. Kartoffelsalat und Würstchen. Wiener! Anton hat tröstend von damals erzählt, wieder vom Winter 47, vom Kohleklauen am Pieschner Bahndamm.

Da war ich doch selber dabei, hatte Eli ihren Großvater unterbrochen.

Stimmt, du warst klein und wie ein Wiesel. Und nach einer Weile hatte er seine Enkelin auf den Kopf zu gefragt. Und nun?

Wie geht die Geschichte weiter?

Es geht seinen Gang, hatte Eli gesagt.

Damit hatte sie sich auf den Weg gemacht. Erkannt, verkannt, zerrissen, aller Zuwendungen unwürdig. Der Rucksack war schwer, aber sie wurde als Anhalterin mitgenommen, wieder einmal von einem Lkw-Fahrer, wieder einmal bis vor das Haus, diesmal ohne Umweg, denn die Thälmann-Straße ist eine Hauptstraße, hier geht es durch, vom südlichen Dresden bis hoch in den Norden, nach Rostock zum Beispiel.

Briketts mit Liebe verpackt. Die Zeitungen bebildert, ein Staatsbesuch und Straßenbahnen am Platz der Einheit, beschrieben mit Politik, Kunststadtkultur, bekleckert mit Antons Frühstücksmarmelade, braune Ringe vom Kaffeetopf. Eli hat eine Weile gebraucht, jetzt in dem leeren Raum vor dem Ofenloch ist sie gerührt, so viel Güte, so viel sächsische Sorge um ihren Lebensweg, sie möchte ihren Großvater umarmen. Sie möchte weinen vor Dankbarkeit. Endlich ist sie in die Lage versetzt, Kohle für den gemeinsamen Badeofen zu stiften.

Das wurde aber auch Zeit.

Herr Simon ist schon zugange. Stillschweigend hat er das Amt übernommen, er schichtet drei Brikett samt einem Würfel Brennfix auf den von Eli am Abend gereinigten Rost. Helga pennt wahrscheinlich noch, rekelt sich auf der Matratze.

Eli hört, wie Herr Simon den langen L-förmig geknickten Korridor zurück in sein Revier tappt, nackten Fußes auf nacktem Linoleum, eine Tür fällt. Geräusche verschwimmen im leeren Raum. Gedanken flattern. Wie der Kerl seinen borkenbraunen Bademantel fallen lässt, wie er munter unter die Decke kriecht, denn es dauert noch, ehe das Morgenbad warm genug ist.

Derweil donnern Tieflader, die auf dem Kopfsteinpflaster das Tempo halten. Das Haus bebt, doch kein gläsernes Klirren mehr, alle Glasschränke abtransportiert, das Kristall von Decken und Wänden abgeerntet, alles fort. Frau Gottschalk mit sämtlichem Dasein verschwunden.

Die Kohle in Elis Ofen hat Feuer gefangen. Knisternde Atmosphäre, rötliches Züngeln. Ein Versprechen von Wärme füllt den Raum, ein Duft, ein Gestank, Schwefel. Schwefeltränen. Eli lässt Luft durch die Tür. Eine Handbreit frischer Sauerstoff, mehr geht nicht, weil draußen in der Loggia noch Sachen von Frau Gottschalk lagern, die bald von einem Friedhofsfreund abgeholt werden sollen. Gießkannen, Rechen und Körbe. Letzte Manifeste. Eli horcht, lauscht, wo nichts ist. Auf der Tapete im Feuerschein erkennbar der Bleichschatten eines Bilderrahmes. Ein großer ovaler Fleck.

Dieser scheußliche Ölschinken sei ein Geschenk gewesen. Frau Gottschalk habe ihn nie gern angesehen, aber sie habe sich sehr daran gewöhnt. In felsiger Landschaft Maria Magdalena und der auferstandene Christus. Christus sagt: Rühre mich nicht an.

Denn zwischen der Herrlichkeit des Auferstandenen und

dem Erdmenschen muss ein Abstand sein. Eli, du weißt, es muss sein, denn ich bin nicht mehr der, den du kennst.

Wer denn?

Der Geist dessen. Liebe, was dir entkommt!

Aber nicht jeden Tag. Nicht heute.

In der Raumdimension entzieht sich der Auferstandene, die himmlische Geste sagt: Ich bin nicht mehr hier, aber im künstlich zweidimensionalen Bild berühren sich die Formen und Farben der Gewänder, Magdalenas Hände liegen an dem Stoff seines strahlenden Mantels. Als habe der Maler mit der perspektivischen Raumdimension der strengen Botschaft ein Schnippchen geschlagen, dabei Gehorsam und Glauben nicht verletzt.

Eli hockt im Schneidersitz vor der Schreibmaschine, den Tastendeckel hat sie abgenommen, das Farbband muss man ab und zu von Hand bewegen, das Papier in der Walze flattert, wenn die Typen dagegen schlagen, zögernd, Buchstabe für Buchstabe. Im Raum des Bildes berührt sich, was getrennt sein soll. Nur in den Bildwerken kleiner Kinder herrscht eitel Frömmigkeit, denn da lebt jedes noch frei in seinem Element.

So viel über den Fleck an der Wand.

Hinter Elis Rücken finden erbitterte Kämpfe statt. Es geht ums Wohnrecht. Um Ansprüche. Anträge liegen vor. Es gibt Überschneidungen. Herr Simon und Helga haben inzwischen einen chinesischen Teppich gekauft und ein drittes Zimmer mit neuen Hellerau-Möbeln vollgestellt, die Fenster mit Rupfen behängt. Eine kinderreiche Familie soll in die Gottschalk-Wohnung einziehen, einem Techniker aus Frankfurt/Oder muss samt Familie in Potsdam eine Wohnung zugewiesen werden. Also wird in Frankfurt was frei. Wer will denn nach Frankfurt/Oder?

Eli geht das alles nichts an. Sie hat die Dezembermiete bezahlt und Namensschilder festgeklebt. Eins unter die Türklingel neben der Wohnungstür, eins an der Tür zu ihrem Loggiazimmer und ein größeres an die Bewohnertafel unten im Hausflur. R. REICH. Die Simon-Helga-Partei kämpft gegen den Anspruch der kinderreichen Familie. Helga kann Papiere vom Rat der Stadt vorlegen. Die Sachbearbeiterin von der Wohnraumlenkung hofft immer noch, dass sie in diesen Tagen endlich mal einen Härtefall loswerden kann. Ein Drama, dazu eins mit unlösbaren Konflikten. Wie der Streit auch enden mag, Eli hat ihr Chaiselongue im Loggiazimmer. Sie ist in mehreren Dokumenten festeingeschriebene Mieterin.

Manchmal fährt sie jetzt wieder nach Berlin ins Pergamonmuseum und oft mit dem Fahrrad nach Sanssouci, um Geld zu verdienen. Sie arbeitet in der Holzfällerbrigade. Jede Hand wird gebraucht, denn der Herbststurm hat viel umgehauen. Der Chefdendrologe jammert nicht, er hat manches vorausgesehen.

Die Geleditsia triacanthos im Bereich Christuspforte macht nicht mehr lange, der Solitär, eine Gurkenmagnolie, hat ausgedient. So ein Sturm schafft klare Linie, selten mal, dass was junges Gesundes fällt. Meist nimmt uns der Sturm die Entscheidung aus der Hand, manchmal ist er sogar klüger als wir, schlauer als ich. Zum Beispiel die Kastanie am Teehaus, damit hätte ich als Fachmann noch nicht gerechnet, wie man jetzt zugeben muss, der Sturm hatte recht, der Schwamm hatte sich, gut getarnt, über die Jahre von der Wurzel her hochgefressen. Ich hab's nicht gesehen, der Sturm hat's gewusst.

Eli ist fürs Kleinholz zuständig, das Grobe wird in Metern zum Depot gefahren, der Rest wird gehäufelt und beizeiten verbrannt.

Zwischendurch hat Eli im Sekretariat um einen Konsultationstermin bei Kunst-Kunert nachgesucht.

Aber Kunert gibt doch nicht mehr Kunst, der macht jetzt Deutscher Stummfilm und nebenbei fakultativ Kybernetik, Russisch-Schneider macht Kunst, und Russisch gibt Schneiders Frau. Zu Schneider kannst du immer vor dem Montagsfilm gehen. Unangemeldet, er sitzt im Haupthaus.

Oder möchtest du mit dem Dekan sprechen, der ist jetzt oft drüben im Stalin-Haus, wie immer oben in der ersten Etage. Da müsste ich dich aber einschreiben. Der Dekan will wissen, ob einer kommt.

Soll ich?

Nein, sagt Eli. Ich muss erst noch mal ins Museum und nach Sanssouci.

Der Dekan müsste einschreiten. Eigentlich ist es den Studenten verboten, für Geld zu arbeiten. Im Filmbereich, bis auf Ausnahmen, sowieso, weil die Praxis nicht selten den Ausbildungszielen widerspricht und damit die mühsam koordinierten Lehrpläne in Frage stellt. Am Drehort höhnen die alten Hasen von der Ufa und die neuen von der Defa. Wofür seid ihr eigentlich zu gebrauchen! Ihr könnt nicht mal Schärfeziehn. Und dafür sitzt ihr vier Jahre unter Rotlicht im Brutkasten! Erstens: Bildschärfe, zweitens: Phantasie beim Requisitenbeschaffen, drittens: in einem Malheur sofort die Kunst erkennen, das macht einen guten Profi.

Die Studenten höhnen – in den seltenen Ausnahmefällen – überheblich zurück. Kunst? Was ist Kunst?

Darüber hinaus gilt das Verbot aus Gründen der Schuldisziplin, weil man als Student nur durch Studienleistungen zu mehr Geld kommen soll, jeder hat die Chance, sich ein Leistungsstipendium zu verdienen. Siehe Siegfried Müller, der holt sich Jahr für Jahr mit eins Komma null sein Karl-Marx-Stipendium. Muss er, das braucht er für seine Familie.

Lohnarbeit frisst Studienzeit. Eure Jahre sind kostbar. Außerdem stoßt ihr da draußen in der Produktion auf all die untauglichen überholten Konflikte. Das Sommerpraktikum und der Ernteeinsatz bringen schon Probleme genug. Als Student hat man eine einzige große Pflicht gegenüber dem Volke, die heißt: studieren.

Auf dem Dekantisch liegt in der Umlaufmappe ein Schreiben aus dem Prorektorat. Zur Kenntnisnahme und Bearbeitung eines Tatbestandes.

Rafaela Reich arbeitet für Geld in Sanssouci.

Der Dekan wundert sich nicht, weder über den Tatbestand noch über die Täterin.

Weil ich die junge Dame kenne.

Rafaela Reich ist weder mutig noch leichtsinnig, sie macht einfach, was ihr passt, und hofft, nicht erwischt zu werden. Er will tun, was er noch tun kann, aber in diesem Falle zerteilt er das Schreiben sorgfältig, streifenweise, längs und dann noch quer, wischt die Papierfetzen in die Hand, erhebt sich aus dem schweren Stuhl, er wirft die Fetzen nicht in den Papierkorb, sondern weit aus dem Fenster. Manchen Gewohnheiten kann er sich nicht entziehen. Ein kleiner Wind treibt die Flocken hinunter ins sumpfige Gelände am See, wo Baumaschinen bereitstehen, wo sich Betonplatten stapeln. Auch das Rauchen kann er sich wahrscheinlich nicht abgewöhnen. Das Rauchen und die Obacht. Früher ging es um Leben und Tod, jetzt ist es eine Angewohnheit. Kindisch. Das sind seine Möglichkeiten. Es ist gut, dass er ein alter kindischer und kurzsichtiger Greis ist, darauf kann er sich berufen. Viel mehr als auf frühere sogenannte Verdienste. Er darf alles sein, klug, vergesslich, bescheiden, anmaßend, er darf unverschämte Forderungen stellen. Gesundheitskuren, Gelder aus dem Sonderfonds. Gute Zigaretten, Mogadon, das Schlafmittel aus dem Westen, das ihm sanfte Träume beschert. Das hat sich ergeben, das hat er herausgefunden, auch wie er dem heute aktuellen Treiben nahe sein kann, hat er herausgefunden. Vom Fenster seines Dekanzimmers aus hat er den Balkon des großen Seminarraums im Blick, von hier aus, von seinem Platz hinter dem Schreibtisch, kann er Anteil nehmen, er kann dabei sein während der Pausen, von hier aus kann er ihre lauten Stimmen hören, die ahnungslosen Reden. Viel zu viel Lachen und viel zu laut. Manchmal werfen sie sich mit Kiefernzapfen, einmal haben sie mit Kiefernzapfen unten auf die Grenzsoldaten gezielt. Das ging hin und her, als sei der offene ungeschützte Raum ein Experimentiertheater. Er hätte eingreifen müssen, oft hätte er Sachen untersagen müssen. Vielleicht hilft ihnen ihre Naivität durch das Leben. Der Raum, ein Spielplatz. Wenn das Bauernmädchen einmal zu Wort kommt, möchte er den anderen Schwätzern das Maul verbieten. Sächsische Untertöne. Hier macht er sich stille unerlaubte Hoffnungen. Wahrscheinlich inzwischen väterliche. Er weiß ja nicht, wie man beschaffen sein würde, wenn man ein anderer wäre. Heute jung. Er möchte dennoch mit niemandem tauschen. Jetzt nicht mehr.

Hier am Ort hat er seine besten Stunden. An der Wand seines Dekanzimmers hat er ein Kinoplakat aufhängen lassen. Ein Sonnenblumenfeld in ungewöhnlicher Perspektive. Aus früheren Zeiten stammt die berühmte Bronze des betenden Knaben. Sie steht als verkleinerte Version in einer Nische. Ein unschuldiges Kind.

Auch er möchte beten, die Stunde ist jetzt still genug, beten oder meditieren oder zu einem Ende kommen. Er ist ein kindischer Greis, rehabilitiert, also freigesprochen, also schuldlos, er kann Forderungen stellen und kunterbunte Sachen reden, dabei ist ihm Verschwiegenheit, wie die Wachsamkeit und das Rauchen, zu einer Gewohnheit geworden. Gibt es ein Verbot, eine Übereinkunft, oder will er seinerseits, aus Überzeugung, nicht reden, das mag ein Unterschied sein. Bei ihm kommt beides zusammen wie bei widerspenstigen Kindern.

Er sitzt im Stuhl, die Ellenbogen auf der Schreibtischplatte, die Hände wie eine Kapsel gegen die Schläfen gepresst. So sitzt er oft hier, wenn die Studenten fort sind. Es ist seine Haltung. Als wolle er sich abschotten gegen den Lärm der Baumaschinen, gegen den Aufruhr, der manchmal unten am See ausbricht.

Zur Stunde ist es seltsam still draußen und auch im Kopf.

Dieser Tage siebzig geworden, Glückwunschadressen von Parteien und Organisationen, dazu ein Orden und das Dienstauto mit Fahrer. Auf den Kulturseiten der Zeitungen eine kurze Tagesnotiz mit höflicher Würdigung der frühen Verdienste beim Avantgardistischen Theater, der späteren Pionierleistungen beim Wiederaufbau der deutschen demokratischen Filmkunst. Er nennt das Gebäude, in dem er seine guten, lächerlich schmerzlichen Stunden verbringt, nicht wie die Studenten. Die Studenten sagen, was Sache ist, und nehmen beim Wort, was der offiziellen Denkart widerspricht. Stalin-Haus, obwohl Stalin gestorben ist, total. Auch mit Namen. Vorläufig aus der Geschichte gelöscht. Nur noch intern, unter Verschluss, wird der Zeit kritisch gedacht. Er ist davon ausgeschlossen, und das ist gut so.

Er konnte den Namen bisher ohne Not umgehen. Manchmal nennt er, um sich zu erklären, die Hausnummer des Gebäudes. Denn er fürchtet sich. Ihm graust vor dem Klang des Wortes aus seinem Mund.

Er sitzt auf dem Stuhl, er stützt sich auf den Schreibtisch, an dem Stalin saß. Man muss nur alles, was man über den Tod Gottes weiß, auf den Teufel übertragen, dann ist das Böse aus dem Holz verschwunden, das Zimmer ist rein. Man muss wahrscheinlich viel Kraft aufbringen. Man braucht Kraft, um es sich bequem zu machen, sogar das Rauchen macht Mühe.

In der Umlaufmappe auf dem Schreibtisch liegen noch einige Papiere. Die Zeit vergeht, er unterschreibt und zerreißt. Er schützt seine Studenten. Manchmal genügt seine Unterschrift als Befürwortung für einen Wechsel der Fakultäten.

Er nimmt den obersten Text vom Stapel der Jahresarbeiten, ein Student aus dem jüngeren Jahrgang schreibt über ein Neubauerndorf im Gebirge, alles ist gut. Ungefähr alles ist gut. Warum denn nicht?

Ich bin bei Troste. So gründlich bei Troste war ich nie. Es gibt keinen Lebensroman, keine Moskaumemoiren und kein Refugium Freiberg, Geschichten über die Silberstadt in Sachsen. Wer sagt denn, Manuskripte brennen nicht, meine Papiere sind mit einem Streichholz in einer knappen Stunde zu schwarzer Fusselasche geworden. Erinnerung ist ein extrem trockenes Konstrukt. Ich habe meiner einzigen Verwandten, sie nennt mich Onkel, weil ich wahrscheinlich ihr Urgroßonkel bin, in den Mineralogischen Sammlungen zu treuen Händen eine Liste hinterlassen. Bitte nicht vergessen. Namen. Geologen aus aller Welt, die ich in väterlicher Umgebung kennenlernen durfte. Handschriftlich eine Liste. Von der Liste kann man später genug erfahren. Eine Liste kann mehr bewahren und bewegen. Sie enthält das Unaussprechliche. Eine Liste ist bewegender als mein gefärbtes definiertes Andenken. Die Verzeichneten sind unter verschiedenen Umständen in Gefängnissen und Lagern umgekommen. Lauter Namen. So auch der Name meines Vaters: an die Kolyma verbannt, auf dem Weg an die Indigirka erfroren. Oder sein Freiberger Student Rudolf, Ruwim, Samoilowitsch, Geologe, Geograph, Polarforscher, Leiter von Rettungsexpeditionen, Ruwim, der mit dem Grafen Eckener im Luftschiff unterwegs war: verurteilt, erschossen.

Der Dekan verlässt das Dekanzimmer, das holzgetäfelte Rauchzimmer mit dem betenden Knaben, den Sonnenblumen, er schließt die gepolsterte Tür. Er geht entschlossen, als wäre es ein Montagmorgen oder ein Freitag, aber es ist Sonnabend, und niemand ist im Haus, das Vestibül ist dunkel, die Teppiche schlucken seine Schritte.

Im leeren Seminarraum, dem großen Salon, setzt er sich an seinen angestammten Dozierplatz, dem hohen Balkonfenster gegenüber. Es bleibt ihm überlassen, wie lange er redet, ob er eine Pause macht, das Thema steht ihm frei. In der Mitte des Tisches prangt noch das Orchideengesteck, dazu, im Raum verteilt, die Bodenvasen mit Chrysanthemen, lauter Angebinde zum Siebzigsten. Er sucht die Zigarette, das Feuerzeug, ganz kann er die Bühnenpose nicht lassen. Sie schützt, weil er jetzt zur Sache kommen will. Es ist auch, weil er sich gegen den Lärm durchsetzen muss. Unterhalb des Fensters, wenig entfernt vom Balkon, ist es wieder laut geworden, Tumult, Erdmassen, Sträucher und Bäume werden in den See geschoben. An Stelle des Stacheldrahtes soll eine Wand gebaut werden. Vor einer Minute war es noch totenstill, plötzlich scheint wieder Eile geboten.

Schwer zu verstehen, aber ich bin dabei gewesen, zwanzig Jahre nach der Revolution, und ich bin davongekommen.

Der Dekan lächelt wehmütig, weil ihm, während er sich erklärt, orgelt, wie die Studenten sagen, bewusst wird, dass Rafaela Reich zu jener Zeit wahrscheinlich noch gar nicht auf der Welt war. In dieser abgelebten Zeit, früher, weit hinten in der Geschichte.

Zwei harmlose Burschen hatten in der Tür gestanden, sie sahen wie Mitarbeiter der Theaterwerkstätten aus, sie schlenderten durch unsere Kantine, es war gegen Mitternacht, die Kantine im Bolschoitheater hatte immer bis in den Morgen geöffnet, einer der Burschen klopfte meinem Freund Meyer-Krugmann freundlich auf die Schulter. Mein Freund entschuldigte sich bei mir: Vergiss mal deine Rede nicht, wir streiten gleich weiter, zu den mit uns feiernden Schauspielern am Tisch sagte er: Rebjata, ich bin gleich zurück.

Er ward nie mehr gesehen.

Mein Vater hatte mit seinen Studenten von der Lomonossow-Universität eine geologische Exkursion unternommen. Sie kamen nicht wieder nach Hause.

Ich möchte schwören, ich weiß, auch wenn mir niemand ernstlich glauben will, ich habe meinen Vater noch einmal gesehen. Auf dem Transport von Lager Magadan-Ost nach West an der Kolyma-Straße. Ich weiß, er war es, er hatte, solange ich denken kann, rechts schwarzes und links graues Haar. Die Geologenfreunde nannten ihn deswegen gern Harlekin. Unser Waggon fuhr langsam an einer Kolonne vorbei.

Krugmann, mein Freund, ist wohl gleich von Moskau nach Butowo gebracht worden. Dort war nach Befehl Nr. 00439 Endstation.

Zuerst geht im Haupthaus das Gerücht, der Dekan habe sich das Leben genommen. Er habe sich erschossen. Die Feuerwehr habe ihn in einer Tiefgarage aus einem Fahrstuhlschacht herausgeholt. Schreckliche Umstände werden erzählt. Unterirdisch sei es geschehen.

Offiziell gibt es keine Verlautbarungen und auch keine Beerdigung, zu der man hätte hingehen können.

Siegfried Müller meint, er hätte wenigsten vorher Elis Arbeit bewerten können.

Hat er, entgegnet die Sachbearbeiterin im Sekretariat. Es ist allerdings noch nicht klar, ob sein Urteil als Abschlussnote anerkannt wird. Und sie sagt, dass der alte Finsterling manchmal auch lächeln konnte. Man fragt sich, ob er Schulden hatte oder eine Liebesgeschichte, es muss doch was dahinterstecken. Er war manchmal freundlich, aber immer recht fremd, er soll Jude gewesen sein.

Siegfried denkt sich sein Teil, er hat während seiner Recherchen auf der Königsebene, eigentlich sollte er nur das Jahresprogramm der populärwissenschaftlichen, der Popuwi-Filme begutachten, Sachen gehört, Namen wie Petőfi, was ja eigentlich nur der Name eines ungarischen Schriftstellers ist, aber wohl auch der Name eines Clubs in Ungarn, in diesem Zusammenhang waren dann hiesige Geistesschaffende, Philosophen und Schriftsteller aufgefallen, die sogar ein Programm gemacht hatten. Die Sache hieß kurzgefasst Konterrevolution, mit dem Ergebnis Zuchthaus oder Gefängnis, jedenfalls Bautzen. Einige sind aus verschwommenen Gründen davongekommen und an abgelegenen Orten in Schulen und Archiven verschwunden. Auch für die, die jetzt nach acht oder neun Jahren entlassen werden, muss man einen Posten finden, wo sie im Abseits leben und stillhalten können. Nunmehr wieder als normale Lektoren, Bibliothekare, Dramaturgieassistenten, im Alltag freundlich und klug, manchmal bitter, manchmal blitzt in einem Wort, einer Anmerkung ihr Geheimnis auf wie im Märchen, wenn an einer Stelle etwas Gold durch das Fell des zahmen Bären blinkt. Nur ein Schimmer, mehr nicht. Man sucht, wenn es sich machen lässt, ihre Nähe, vorsichtig, man möchte sie keinesfalls verletzen, denn sie müssen höchst empfindlich sein, nach allem, was sie erfahren haben und wissen. Man fragt nicht, weil das der Anstand gebietet, und von der anderen Seite verbietet eine Unterschrift am Entlassungstag, eine Selbstverpflichtung, jedes Wort über alles. Schweigen, um des Friedens willen. Manchmal etwas Gerede, gelegentlich ein Gerücht.

Siegfried dringt bis zu einigen Tatsachen vor. Doch am Ende weiß er nicht weiter, weil er den Marxismus-Leninismus in der Praxis etablieren will und das, während der Kapitalismus hinter dem Eisernen Vorhang blüht wie nie, und das, während der Mensch auch dieser Tage noch so ist, wie er schon zu Noahs Zeit war: nett, aber neidisch.

Vom Dekan geht das Gerücht, er habe seine Jugendzeit in den zwanziger Jahre in Moskau verbracht. Kolonne Links, so was stellt man sich vor. Revolutionäres Theater, zusammen mit jungen Architekten vom Bauhaus in Dessau. Avantgardisten.

Der Chauffeur verbreitet, auch den Vater seines Chefs habe es unter Stalin an einer Universität in der UdSSR erwischt. Im Bunde mit anderen Geologen. Sie waren einem Ruf gefolgt, sollten Flüsse umleiten und Berge versetzen. Ja, das wurde auch gemacht, aber zwischendurch gab es Säuberungen. Die Umgestaltung der Natur kostete ziemlich viel Material und Menschen. Kostete die Freiberger Geologen.

Der Dekan hat überlebt. Die Lubljanka. Gulag. Kasachstan. Wie? Recht und schlecht. Oder weniger recht? Es ist gut, dass man kein vermessenes Urteil hört.

Es war einmal ein weiser, würdiger Dekan, der saß jeden Montag in einem Seminarraum an einem blank polierten Mahagonitisch, es war in schöner Umgebung an einem See in den Mauern einer stattlichen Villa, die sich ein Teppichhändler in guten Zeiten hatte bauen lassen. Weil Stalin, der Generalissimus, nach dem Krieg für einige Wochen fürstlich darin einquartiert worden war, hieß die Villa erst offiziell und ehrenhalber, später, nach den Enthüllungen seiner Verbrechen, weiterhin trotzig herausfordernd oder einfach nur der müden Gewohnheit folgend: Stalin-Haus.

Die Sonne fiel durch große Fenster auf die Rücken der Studenten und in sein aus der Stirn gebürstetes silbernes Haar. Ein Strahlenkranz. Man sah ihn im Licht.

Wie gut er Russisch konnte, das weiß man nicht. Er liebte russisches Kino, den Regisseur Pudowkin vor Eisenstein und am meisten den Film *Erde* von Dowtschenko. Deswegen das Plakat mit den Sonnenblumen. Er hatte es vom Hausmeister festmachen lassen, zwischen den Teppichfabrikantensachen und den Dekorationen für Stalin, dem betenden Knaben, der stammte aus diesen Wochen nach dem Krieg.

Einmal hatte der Dekan, über Elis Anfangskapitel des Laokoon referierend, ein paar kühle irritierende Anmerkungen gemacht: Er glaube, dass Strukturen nicht ewig sind. Helden seien sowieso eine optische Täuschung. Die Täuschung komme daher, weil wir uns die Freiheit nehmen, unsere Existenz durch ein Vergrößerungsglas zu sehen.

Sie müssen wissen und anerkennen, dass alles, was Ihnen wichtig und wesentlich erscheint, wofür Sie kämpfen und woran Sie glauben, nur auf dieser vergrößerten Ebene einen Sinn hat. Wenn Sie sich jedoch im – langfristigen – Maßstab der unendlichen Räume betrachten, hat manches keinen Sinn mehr.

Er orgelte ziemlich schnell, man hörte kaum noch hin, Siegfried hatte die Uhr auf den Tisch gelegt.

Der Mensch, so meinte er damals, sei für das Universum ein vorübergehendes Ereignis, so wie jedes Wesen auf Erden seine Zeit habe. Demut spräche aus der Skulpturengruppe. Bescheidenheit. Die Schlangen kröchen wie der Strom der Zeit, würgend und beißend.

Da hatte Eli an Flucht gedacht, mutig über den See, trotz des Bleis in den Knochen weiter nach Rom.

In der Pause auf dem Balkon dann Siegfried Müller: Eli, du als Arbeiterkind hast, als ein Gast im Universum, dieser Tage eine besondere Chance.

Welche denn?

Du darfst jetzt mal den Sinn suchen.

Ich hab schon genug zu tun, ich brauche Geld, hatte Eli gesagt, und der Laokoon braucht ein Ende.

Die Grenzsoldaten rollten ein rotes Band am platt gewalzten

Ufer entlang. Der Begleithund hechelte durstig und wachsam. Einer der Grenzer warf eine Kusshand hinauf zum Balkon.

Eli streckte die Zunge heraus, sie zog eine Fratze.

Wenn wir uns auf den Kopf stellen würden? Oder schreien. Oder in der nächsten Versammlung eine Rede hielten? Oder ich singe einfach ein Lied, hatte Eli gesagt. Kennst du das Land, wo die Zitronen blühn?

Kannst du denn singen?

Nicht schön, aber ich singe gerne.

Der Hausmeister räumt das Dekanzimmer auf. Den Schreibtisch. Viel ist es nicht. Im Schubkasten ein einsames Taschentuch. Ein Stapel Studentenarbeiten, eine Umlaufmappe, ein Feuerzeug, Zigarettenschachtel, ein hektographiertes Theaterstück von Ludwig Zweig mit einer handschriftlichen Anmerkung: Sehr gut. Handelt vom Abgrund.

Das Plakat mit den Sonnenblumen lässt der Hausmeister hängen. Der betende Knabe steht auf der Inventarliste mit Doppelnummer alt und neu, der bleibt in der Nische. Das Feuerzeug steckt der Hausmeister ein, das andere, den dünnen Schnellhefter mit der Aufschrift Freiberg, trägt er nicht hinüber ins Haupthaus, sondern hinunter in den Keller, wo er neben dem Bibliotheksarchiv einen Raum eingerichtet hat für Material, Fahnen, Besen, hier steht eine Kiste aus stabilen Brettern mit einem stabilen Steckschloss, den Schlüssel trägt der Hausmeister immer am Mann. Es ist seine Kiste für seine persönlichen Sachen.

Das Feuer ist gut genährt, es lodert mit drei Feuerzungen. Eli schleift Juniperusholz herbei, Juniperus brennt sofort, das Holz muss nicht trocken sein, es macht grünes Feuer.

Der Reviergärtner hat wie immer nicht viel erklärt. Er lässt Eli freie Hand, das Zeug muss weg, es stört die Sichtachse zum

Teehaus, bis zum Wochenende hast du Zeit, das schaffst du doch oder brauchst du Hilfe?

Nadelfeine Funken flitzen spitz durch die kahle Buchenkrone gegen den Himmel. Langsam, seidenleicht schneit die Asche herab. Es ist fast windstill, die beste Zeit für eine Zündelei.

Hilfe wäre nicht schlecht. Eli rennt hin und her, schuftet mit Axt oder Fuchsschwanz, bricht die Knüppel über dem Knie. Es ist ihr Feuer, man muss es füttern und hüten.

Elis Fahrrad steht in der Nähe. Auf dem Gepäckträger klemmen brauchbare Scheite für den blauen Kachelofen, den Geliebten, den man bei seiner Tugend umarmen und küssen kann. Wange an Kachel.

Soldaten von der Roten Armee mit Stern an der Wintermütze umringen die Flammen.

Eli wartet, dann wirft sie wieder ein Bündel auf die Glut, beherztes Knistern, grünes Lodern. Die Soldatengesichter leuchten rot. Elis Ohren glühen. Feuer bedeutet Herd und Krieg.

Die Soldaten ziehen weiter durch Sanssouci, schwenken ihre kleinen braunen Koffer und frieren. Typisch, wie im Bilderbuch. Typische Typen unter typischen Umständen. Russen mit Köfferchen in Sanssouci. In den Herbst- und Wintermonaten feiern sie mit solchen Spaziermärschen die Revolution und dann im Frühjahr, ab Mai, den Großen Vaterländischen Krieg. In die Baumrinde geschnitzt kyrillische Buchstaben, die nun schon hochgewachsen und aufgeplatzt sind. Damals, nach fünfundvierzig, haben sie sich das gewagt, die Sieger, mit dem Taschenmesser, mit dem Dolch. Kerben. Monogramme, Herzen.

Juniperusrauch riecht wie Pfefferkuchen, und so roch es wahrscheinlich in den alten Tempeln und Burgen. Märchenhaft, Eli schnuppert und tanzt um die Flammen wie eine Feuerhexe.

Quer über die Wiese torkelt Kuddi herbei. Er ist nicht betrunken. Es ist seine Art, zu gehen. Man muss leise mit ihm reden, sonst torkelt er zum Depot zurück und beschwert sich. Eli hat mich gehauen.

Weil Kuddi woanders nicht bleiben wollte, hat der Meister den Lümmel als Helfer zu Eli geschickt.

Schießt sie nieder! Kuddi spielt mit einem Knüppel, Abzug, zielen, schießen. Er ballert Richtung Eli, dann Richtung Hauptweg, wo der Köfferchentrupp verweilt und marschiert.

Eli flüstert: Kuddi, hör auf, gib mir den Stock, das macht man nicht. Hast du mich verstanden: Das macht man nicht. Das gehört sich nicht.

Die sind böse.

Das stimmt doch gar nicht.

Das stimmt, die sind böse.

Die Soldaten schreiten mit ernster Miene den Weg entlang. Man hört eine Trillerpfeife.

Die tun mir leid, sagt Eli.

Böse. Kuddi wirft den Knüppel ins Feuer. Er ballt die Fäuste.

Kuddi, du holst jetzt die Äste ran, und ich lege auf. Eli zupft ihn am Ärmel, Kuddi ist groß und stark wie eine Lokomotive, wenn er vor Eli steht. Kuddi, ich lege das Holz auf, sonst passiert was, weil hier rundherum Bäume stehen, alte trockene Koniferen, Kuddi, bitte nicht so viel auf einmal, das Feuer wird sonst riesengroß, das frisst die Bäume, und schon kommt der Wind, dann ist nichts mehr zu retten. Sanssouci brennt. Kuddi, bitte, ich habe Angst. Ich lege auf. Du holst ran. Immer langsam, nicht so viel. Nicht so viel. Du holst langsam ran.

Richtig angebrüllt hat Eli ihren Helfer nicht, aber unbeherrscht laut gesprochen. Ich lege auf.

Darauf hat Kuddi das ganze trockene Holz ins Feuer geworfen, er hat Elis Schreck nicht gesehen, nicht die flott züngelnden Flammen. Er hat sich sofort auf den Weg gemacht, torkelnd, klagend, Richtung Depot. Schießt sie nieder. Eli flüstert.

Das Schicksal, unsres Daseins Herz und Haus,
Ist beim Unendlichen, und einzig dort;
Ist bei der Hoffnung, welche niemals stirbt,
Ist Streben und Erwarten und Verlangen,
Und immer etwas, das sich sehnt zu sein.

Nach dem Schreck hat Eli das Feuer retten müssen. Mit Juniperus und dürrem Nadelgehölz und Sauerstoff. So hat Siegfried Müller sie endlich gefunden in dem 297,3 Hektar großen Parkgelände, mit ihrer Jacke wedelnd, ein grünes, frech tänzelndes Feuerchen hütend.

Mensch, Eli, ich war mein Leben noch nie in Sanssouci, das ist ja ein Paradies, Schwäne um diese Jahreszeit und das Schloss und die goldene Pagode, besonders heute in dem feinabgestuften klassizistischen Nebelgrau, einfach sensationell.

Das ist das Chinesische Teehaus, sagt Eli.

Ich renne seit Stunden umher, um dich zu finden.

Siegfried breitet die Arme aus. Eli sinkt in seinen dicken Anorak. Sie birgt ihr verqualmtes Pfefferkuchengesicht.

Siegfried in Genießerlaune. Eli lächelt, beinahe erlöst, fast überzeugt. Ein Paradies. Wenigstens für einen Augenblick.

Was ich dir zu sagen habe.

Siegfried hatte noch während der Umarmung, also ohne Drumherum, gesagt, was gesagt werden musste. Die Kommission habe übereinstimmend aus der Eins, die der Dekan hinterlassen hatte, eine gute Vier gemacht.

Siegfried hatte bedauert und gemeint, man könne ohne weiteres damit leben. Und es sei eine köstliche Zeit gewesen.

Er hatte nicht nur geredet, sondern auch zugepackt, Holz getragen. Es war schön, es machte Spaß, Eli zu helfen. Man wurde durch das Feuer, die folgsamen Flammen, auf bessere Gedanken gebracht.

Eli, wo ich jetzt beruflich sitze, vielleicht kann ich von meiner Stelle aus was für dich tun.

Eli hatte gelächelt und die Achseln gezuckt.

Wenn du mal in deinem Amt was von Ludwig hörst.

Siegfried hatte genickt. Klar, dann melde ich mich. Oder du meldest dich. Wir können wieder mal Pfannkuchen essen.

Das Feuer war noch einmal richtig zum Zuge gekommen und hatte bis Feierabend sämtliches Sturmholz und auch den Trocken- und Verjüngungsschnitt gefressen. Eli musste nur noch mit Sand die Glut auslöschen. Gepäckträger und Rucksack, beladen mit Scheiten, so radelte sie an den *Charlott-Lichtspielen* vorbei und am *Kino Obelisk*, am *Melodie* und an den früheren *Parklichtspielen*, wo überall die Plakate hingen: *Nackt unter Wölfen*, es war dunkel in den Straßen. In den Häusern brannte Licht. Foto-Schlick hatte seinen Laden noch geöffnet. Im Schaufenster stand sein Schild. Bin in der Dunkelkammer, bitte klopfen.

Man kann damit leben. Alle trösten, wie Siegfried, wie Simon und Helga, mit denen Eli inzwischen freundschaftlich über die Bad- und die Küchenbenutzung hinaus in Beziehung steht. Kopf hoch, Rafaela Reich. Wir möchten dich gerne am Sonntag zum Gänsebraten einladen.

Die Frau in der Verwaltung von Sanssouci tröstet. Sonst gerne, wir hätten Ihnen gerne einen festen Arbeitsvertrag gegeben, aber Sie haben doch leider immerhin ein Diplom und sind damit für andere Sachen qualifiziert. Wissen Sie was, gehen Sie zu unserem Winterdienst, der darf Sie nehmen, da sind Sie auf Abruf Saisonkraft, vielleicht gibt's einen strengen Winter mit viel Schneefall und Glätte. Glatteis bringt ganz bestimmt Nachteinsätze mit Zuschlag. Alles Gute, Fräulein Reich. Viel Glück. Sonst gerne.

Der bastelnde Jürgen und seine Kostüm-Freundin trösten. Vor allen Dingen musst du dich im Stadthaus bei der Versicherung anmelden. Du hast doch hoffentlich noch dein altes Buch vom Gartenbau, so was wirft man nicht weg, das hebt man auf. Das ist wichtig für die Rente.

Die Mitbewohnerin Helga in der Ernst-Thälmann-Straße besetzt die Küche, die Bratröhre im Gasherd. Sie hat noch nie eine Gans gebraten. Sie hält sich an ein Rezept von Vico Torriani aus einer Fernsehsendung im neuen Fernsehapparat, einem Kasten, den Simon und Helga mit einem geliehenen Umzugsauto direkt vom Werk aus Radeburg abgeholt haben. Nun kampieren sie jeden Abend auf dem chinesischen Teppich und gucken fern. Torriani war in einer bunten Adventsendung aufgetreten und hatte das Rezept mit seiner schönen italienischen Stimme auf Deutsch gesungen. Ente in Curaçao. Statt Ente hatte Helga eine gefrorene ungarische Gans gekauft. Sie hatte den Unterschied an dem festgefrorenen Fleisch in der Kühltruhe gar nicht gesehen. Gans oder Ente – egal. Statt Curaçao hatte sie Himbeerlikör genommen, nehmen müssen, im Russenmagazin in der Jägerallee hatte eine Verkäuferin gemeint, das sei ein guter Ersatz, eigentlich sogar besser, weil reiner und höher in den Prozenten, und mit dem Rest könne man das Kompott verfeinern. Aber die Bratzeit. Entweder hatte sich Helga verhört, sie behauptet, Torriani hätte von drei Viertelstündchen gesungen, oder es hatte an der ungarischen Gans selbst gelegen, die möglicherweise nicht mehr ganz jung war.

Es ist ein roher, fast noch blutender Vogel, den Helga und Simon mit vereinter Kraft auseinanderreißen und servieren. Zum Verzehr nicht geeignet. Zäh und zuckersüß, riecht wie rosa Bonbons.

Simon tröstet die Köchin, er küsst und umarmt sie, er zieht Eli gleichfalls aufmunternd an sein großes Herz. Es gibt

Schlimmeres, sagt er. Zu Eli hatte er schon beim Aperitif, einem weißen Gothano, zum Trost gesagt: Glauben Sie mir, es kann nur besser werden!

Helga tupft immer noch etwas enttäuscht mit dem Zeigefinger in der Himbeersoße herum.

Simon, eigentlich bist du auch mit schuld, du hast die Sendung schließlich auch gesehen und Vico Torrianis Lied gehört, von der Ente oder der Gans in Curaçao.

Eli stimmt zu. Mag sein, dass es Schlimmeres gibt, mag sein, dass es nur besser werden kann. Also sitzen wir irgendwo dazwischen.

Bloß nicht in der Mitte, sagt Simon, in der Mitte steckt man fest.

Also von der Peripherie her handeln, sagt Helga.

Einen Film machen, sagt Simon.

Über Laokoon, wie einer der Söhne davonkommt, aus dem kaputten Troja flieht, spinnt Eli.

Und hilft, ein neues gemütliches Rom aufzubauen, haut Helga auf den Putz.

Alles krass gegen den Willen der Götter, knallt Eli obendrauf.

Weiber, ihr seid ja besoffen.

Wenn's schneit, ist es, als rieselten kostbare Aluminiumgroschen vom Himmel. Eli eilt beim kleinsten Schneetief zum Depot. Kratzen, was herunterfällt, und Sand streuen. Mit dem Lohn zahlt Eli Miete und anteilig Gas und Strom, damit kauft sie sich Bücher und neuerdings statt Milch schwarzen grusinischen oder chinesischen Tee. Meng Hai-Feng empfiehlt den Tee in der runden braunen Pappschachtel, der ist echt. So kämpft Eli gegen die ewige Müdigkeit. Heißer dunkelbrauner Tee gegen das Blei, das immer noch im Blut herumkriecht.

Sie tourt nach Berlin, die übliche Strecke bis zum Pergamonmuseum. Sie trifft die alten Bekannten. Die Frau an der Garderobe. Den Herrn an der Tür, der die Aufsicht führt, nunmehr nicht nur über den Altar von Pergamon, sondern auch über den Folgeraum mit dem Markttor von Milet. Es fehlen überall Kräfte. Die Kalamität ist nicht kleiner geworden im vergangenen Jahr.

Man sieht den Herrn und Eli bereits eine Stunde vor dem Publikumsverkehr an einem Tisch in der Museumskantine die Köpfe zusammenstecken. Palavern.

Salzmann hat von zu Hause Bücher mitgebracht und private Aufzeichnungen.

Eli ist sehr früh aufgestanden, um pünktlich zu sein. Es ist eine kostbare Stunde. Salzmann schlägt die Seiten auf, die er zu Hause mit Papierstreifen gekennzeichnet hat.

Meine Vorstellungen, sagt er, aber bei weitem nichts Endgültiges. Vorsichtige Schritte und vorläufige. Man muss deutlich machen, wo man seinen Fuß am besten nicht hinsetzt, weil der Boden zu heiß oder zu heilig ist.

Als er geht, um seinen Türsteherdienst anzutreten, hebt er die Hände, es sieht aus wie ein Segen. Gehab dich wohl, er überlässt Eli die Bücher und Mappen, teils mit Tinte gut leserlich, teils maschinengeschriebene Papiere.

Wenn Sie fertig sind, bringen Sie die Sachen zu der Dame an der Garderobe. Wenn Sie Fragen haben, morgen, gleiche Zeit, gleiche Stelle, gleiche Welle.

Es ist ein lateinisches Gedicht über Laokoon, über die Wiederentdeckung der Skulptur, um das große Erstaunen seinerzeit. Salzmann hat es übersetzt. In den Mappen liegen die Versuche mit vielen Anmerkungen. Eine vorläufig letzte Fassung.

Eli macht sich Notizen. Sie eilt durch die Seiten. Sie liest noch einmal, glühend. Weil sie immer noch Ergänzungen zu Erikas Briefen und Goethes Texten und Frau Felbers Entdeckungen findet. Und dann das Foto. Zwischen den Salzmann-Papieren in einer Mappe liegt es, das lange gesuchte. Ein guter matt glänzender Abzug in Schulheftformat. Der schönste Beweis. Endlich Laokoon mit dem richtigen rechten Arm. Dem bleibt nur der Tod und im Tode eine Aktion – die Rettung des Sohnes. Erst der richtige Arm kündet und erschließt diese Vatergeste.

Mit dieser eigensinnigen Meinung ist Eli wahrscheinlich allein auf der Welt, niemand sonst hat die Geistesgegenwart des sterbenden Priesters Laokoon, des sterbenden Vaters, beachtet. Erikas Skizze hatte bereits bestens angedeutet, was das Foto für sie nun noch deutlicher zeigt: Der Vater packt mit letztem Sinn und letzter Kraft die nach dem Leben des älteren Sohnes trachtende Schlange und lenkt so das giftige Maul des irritierten Tieres auf seine Hüfte, auf seinen schon bezwungenen, schon hinsinkenden Körper. Geistesgegenwart in weißgrauem Marmor.

Eli schließt die Augen. Sie steckt das Foto in ihre Tasche, aber nur in Gedanken, denn sie weiß ja, dass es zu nichts mehr führt und ganz deutlich zu spät ist, sie weiß, dass ihre Mappe mit dem Laokoon-Text bereits mit einer Nummer versehen in der Stalin-Haus-Bibliothek im Archivkeller abgelegt worden ist.

Höchstens Kunert könnte sie an ihrem Finderglück teilhaben lassen. Sie könnte sich bei ihm bedanken für die Anregung, das Pergamonmuseum sei immer noch ihr liebster Ort, sie könnte ihm von dem Foto mit dem richtigen Arm erzählen und gleich auch, dass sie von einem gewissen Professor Salzmann, Aufsicht im Pergamonmuseum, zum ersten Mal den Namen Sadoleto gehört habe, Jacopo Sadoleto, Kardinal und Zeitgenosse Michelangelos, der habe ein Gedicht hinterlassen, das noch einmal das ganze Geschehen und die ganze Sprachlosigkeit zur Sprache bringe. *De Laocoontis statua.* Ein Hymnus.

Eli weiß, dass Kunert inzwischen ein anderes Fach unterrichtet, statt Kunstgeschichte nun Deutscher Stummfilm. Die Hochschulreform nimmt ihren Lauf. Eli weiß, dass zurzeit alle Abteilungen umgekrempelt werden, sie weiß auch, dass unterdes schon wieder Eignungsgespräche stattfinden.

Kunert könnte nur nicken. Eli würde ihn mit ihren alten Sachen belästigen, er müsste fragen: Und wo ist der Bezug zu unserem aktuellen Programm?

Programm?

Schneider gestaltet für das dritte Semester ein neues Antike-Seminar – eins ohne Lust auf Rom und so weiter. Laokoon fällt wahrscheinlich raus.

Ja geht denn das?

Kunert, der damit nichts mehr zu tun hat, würde ärgerlich oder gleichgültig die Achseln zucken. Warum denn nicht?

Sadoleto war ein junger Mann, also längst noch nicht zum Kardinal berufen, als die Ausgrabung der antiken Skulpturengruppe in Rom Furore machte, wahrscheinlich hatte er sofort losgelegt mit dem Dichten, damals, im Februar, März, April, den Monaten des Frühlings, denn im Mai 1506, noch bevor der Fund im Vatikan öffentlich ausgestellt werden konnte, war das Gedicht, das jene überraschende Wiederkunft feiert, nicht nur fertig, sondern bereits in Lettern gesetzt, also gedruckt. Grausam von Schlangen getötet Vater und Söhne. Man las, es sei aber nur Marmor, der atmet und weint – nur harter Stein –, jedoch in lebenswahrer Gestalt. Sechzig Zeilen Worttrost zum tröstenden Marmorwerk.

Eli könnte Frau Felber bitten, die zusätzlichen Seiten, das Gedicht und die Sadoleto-Biographie (1477–1547), in die archivierte Mappe zu legen, zu schmuggeln, um ehrlich zu sein. Mit dem Hinweis, Achtung, der Arm des Vaters damals verloren, das Manöver der Schlange nicht nachzuvollziehen, die

Rettung eines Sohnes, sein Davonkommen, damals wahrscheinlich nicht denkbar.

Professor Salzmann, unser Zuckerstück, hatte das Gedicht aus dem Renaissancelateinischen übersetzt und danach in Prosa versucht, einen Sinn zu finden.

Die Garderobenfrau bewahrt die Bücher und Mappen in einem aus Bast geflochtenen Korb. Solange die Sachen gebraucht werden, sind sie bei mir unter dem Tresen gut aufgehoben. Sie komme jetzt auch eine Bahn früher, um unserem Zuckerstück behilflich zu sein.

Sie nimmt seinen Mantel entgegen, die Handschuhe. Es macht ihr nichts aus, es beflügelt.

Salzmann oder Zuckerstück will nicht begreifen, wie sich Rafaela bis jetzt durch das Leben mogeln konnte, ohne Kenntnisse in Latein. Er sagt es ihr an diesem Morgen auf seine feine, aber direkte Art über den Kantinentisch hin, wo die Sadoleto-Verse ausgebreitet liegen.

Rafaela, Sie schwimmen, Sie sollten nun laufen lernen.

Er fischt aus der Tiefe ein Wörterbuch. Das ist für Sie, Rafaela. Ohne Latein kann man nicht wirklich existieren.

Acer campestre, der Feldahorn, sagt Eli.

Salzmann lächelt nachsichtig. Immerhin schon ein Anfang.

Eli dankt gerührt und auch etwas beschämt. Ich will mich bemühen.

Das Nächste muss schnell gehen. Ohne Umschweife. Salzmann klopft seine Papiere auf dem Kantinentisch zu einem sauberen Bündel. Es ist kurz vor Dienstbeginn. Man hört den Personalruf, das Klingelzeichen im Treppenhaus. Gleich werden die Sicherheitsschleusen geöffnet, gleich heißt es: Aufsicht Altar unterer Einlass sieben zur Stelle.

Rafaela, das gebe ich Ihnen, ich brauche das Zeug nicht

mehr. Achten Sie in der Mappe mit dem Anhang auf das Sadoleto-Zitat bei Lessing. Sie werden erkennen, dass ich seiner Interpretation nicht ganz folgen kann.

Eli ist aufgestanden, sie nimmt das Bündel, sie reicht ihm die Hand.

Danke, Herr Professor Salzmann, ich bin so frei, ich nehme Ihr Angebot an, aber nur für zwei Wochen oder drei, während der Winterzeit. Im Frühling werden Sie die Aufzeichnungen wieder in Ihren Händen haben. Eli spricht schnell, laut, distanziert, dann plötzlich kumpelhaft, als wäre sie angesäuselt, fast betrunken. Nicht unterkriegen lassen.

Zum Schluss hat Eli noch eine Bitte.

Wenn Sie nichts dagegen haben, lasse ich das Foto von der Laokoon-Skulptur, das ich bei Ihnen in den Papieren gesehen habe, kopieren. Nicht unterkriegen lassen.

Ich wusste nicht, dass es in der Mappe mit den Übersetzungsversuchen steckt. Es muss durch ein Versehen hineingeraten sein. Ich habe das Foto von einem Kollegen aus Rom bekommen. Es zeigt die Skulptur, wie sie seit ein paar Jahren in den Vatikanischen Gärten wieder zu sehen ist. Es gab da vor ein paar Jahren ein Aufsehen beim Tausch der Arme. Ich habe die Marmorgruppe immer nur als Torso vor Augen. Wie Sadoleto. Sadoleto kannte weder den einen noch den anderen Arm. Ich schenke Ihnen das Foto.

Salzmann eilt, denn in diesem Augenblick werden das Portal und die Sicherheitssperren entriegelt, der öffentliche Museumsbetrieb beginnt.

Danke, Professor Salzmann, danke für die goldenen Morgenstunden.

Eli fährt sofort auf langem Weg in ihre Bleibe zurück, das Foto ist ein Schatz und der Beweis. Salzmann hatte es nur am Rande beachtet. Er lebte in einer anderen, in seiner lateinischen Wahrheit, darin wollte ihn Eli nicht stören. Sie denkt an das rote Ahornblatt, an verschiedene Zeichen, auch an Sachen, die er ziemlich deutlich gesagt hat.

Sie hockt auf der Gottschalk-Chaiselongue, die geliehene Mappe auf dem Schoß, Gummilitze spannt übereck, so sind die Seiten gesichert. Auf dem Deckel oben entziffert Eli eine blasse Aufschrift, mit Bleistift. Gepr. Gen. Belicke, Abt. 20. Das ist nicht Salzmanns Schrift, das hat ein anderer auf die Mappe geschrieben. Ein Leser. Ein Leser?

Lieber Anton, ich lerne jetzt Latein.

Liebe Eli, ich dachte, das kannst Du, ich dachte, Du hast nun einen Abschluss und fängst an, ich dachte in einem Kino.

Lieber Anton, das dachte ich auch.

Um zu lernen, habe ich jetzt meine eigene Methode – weil ich über Tag in Sanssouci mit Schaufel und Schieber keine Hand freihabe für das Lateinbuch, schreibe ich die Sachen, die ich mir merken will, auf Zettel und hänge sie längs meiner Wege an Sträuchern und Bäumen auf. So findet man kreuz und quer durch den Park die sechzig Zeilen des Gedichts, das ich von Professor Salzmann bekommen habe, von: Ecce altro, bis: intendere fastum.

Ein Blick auf das Wort, und ich schippe auf dem Weg weiter, ich schaufle den frisch gefallenen Schnee beiseite bis zur nächsten Vokabel, Schritt für Schritt durch Sanssouci: den Theaterweg, Hippodrom, Fasanerie, Krimlindenallee. Es ist meine Methode des Lernens, schrittweise, es ist eine Methode, die auf einer anderen Methode fußt, der Schliemann-Methode, dem Auswendiglernen von Texten, um so hinter das Geheimnis einer Sprache zu kommen. Der berühmte Altertumsforscher Schliemann hat auf diese Art zwanzig Sprachen gelernt, für Russisch hat er drei Monate gebraucht. Ich lerne Russisch seit zehn Jahren, ich dekliniere den Kasus und konjugiere die Verben, ich kann sogar einige Ausnahmen mit dem Kirchenslawischen in Beziehung bringen, aber die Russen in Sanssouci verstehe ich leider nicht. Sie schweigen, und ich kann nicht sprechen. Es ist eine Unterrichtsmethode, die, wie man an mir sieht, nichts bringt.

Nun lerne ich im Gehen, im Schweiße des Angesichts, im Geldverdienen oder während der Arbeit.

Erlaubt ist das nicht, aber es ist auch nicht verboten. Im Depot muss ich eine Karre mit Streusand beladen. Im Selloweg hängen die Zettel mit dem letzten Vers, an der Jubiläumsterrasse hängt der Schluss, dort entlang schiebe ich die Karre. Dann fange ich wieder am Rehgarten an, Schnee schippen, Sand streuen und Vokabeln, ich wiederhole: Ecce altro terrae e cumulo ingentisque ruinae – Schau, aus tiefer Erde und dem Innersten gewaltiger Ruine entbarg und brachte zurück die lang währende Zeit Laokoon.

Spaziergänger gibt es zu dieser Morgenstunde nicht auf den Wegen. Auch später bleibt der Park menschenleer, der Baumexperte hat alle Tore verschlossen, sogar das Wirtschaftstor an der Fasanerie, denn wechselnde Warm- und Kaltfronten haben den Schnee auf den Bäumen zu zentnerschweren Lasten gefrieren lassen. Bruchwarnung. Das Betreten der Alleen und Waldwege ist bis auf weiteres untersagt. Vorsichtshalber gilt der ganze Park als Gefahrenzone. Und es wird immer schlimmer.

Tag für Tag Neuschnee, alles bleibt oben in den Bäumen liegen, am stärksten betroffen sind die Rhododendren und Koniferen, also die immergrünen Gehölze. Schon sind Kiefernäste heruntergebrochen und auf die Wege gestürzt.

Ein Reh ist von Schneebruch getötet worden.

Ein streunender Hund sei zu Schaden gekommen.

Auch Eli findet man in tiefem Schnee, aber sie war einfach nur eingeschlafen, im Schutz einer Thuja occidentalis, die, von der Wetterseite her krummgebogen, schließlich zu einer Höhle zugeweht worden war.

Durch ein offenes Fenster hört sie Stimmen, hell, wie an einem Frühsommermorgen.

Wo seid ihr, wo seid ihr?

Hier hier, ruft das Echo.

Die Nachdichtung der Gedichtzeilen aus *The Prelude* von William Wordsworth wird zitiert nach Bernard Andreae, *Malerei im Verborgenen. Die bemalten Gräber von Paestum*, in: *Malerei für die Ewigkeit. Die Gräber von Paestum*, München 2007.

Die Zitate S. 201 stammen aus Truman Capote, *Die Grasharfe*. Aus dem Amerikanischen von Annemarie Seidel und Friedrich Podszus, neu durchgesehen von Birgit Krückels, Frankfurt/M. 2000.

Die Tagebuchauszüge von Ludwig Pollak stellen eine literarische Bearbeitung der bei Margarete Merkel Guldan, *Die Tagebücher von Ludwig Pollak. Kennerschaft und Kunsthandel in Rom 1893–1934*, Wien 1988, zitierten Tagebuchstellen dar.

Die Autorin dankt dem Albertinum, Dresden, für die Einsicht in den Briefwechsel zwischen Ludwig Pollak und Georg Treu.

STEPHANIE GLEISSNER
Einen solchen Himmel im Kopf
Roman
224 Seiten. Gebunden
ISBN 978-3-351-03506-8

Eine Heilige im Hinterland

Nach langer Zeit ist Annemut wieder bei ihren Eltern zu Besuch im Hinterland. Tatsächlich aber kommt sie wegen Johanna. Die kluge, schöne, unnahbare Johanna war ihre beste Freundin, das einzige Mädchen, das den pöbelnden Jungs Respekt einflößte. Heute arbeitet sie für die örtliche Krankenkasse und redet Annemut einsilbig mit »Frau Murr« an. Was ist nur aus Johanna geworden? Annemut erinnert sich an den Sommer im Gartenhaus, an Ausgeh-Nächte und jene Morgendämmerung, in der sie zusahen, wie die Pension Malinowski niederbrannte. Ohne Erklärung hatte Johanna damals ihr bisheriges Leben und ihre Freundschaft aufgegeben. Annemut will endlich wissen, was wirklich geschah.

Mehr Informationen erhalten Sie unter www.aufbau-verlag.de oder in Ihrer Buchhandlung

aufbau

JUDKA STRITTMATTER
Die Schwestern
Roman
304 Seiten. Gebunden
ISBN 978-3-351-03382-8
Auch als E-Book erhältlich

Kindheitsmuster

Der erste Roman der Journalistin Judka Strittmatter ist die Abrechnung mit einer lieblosen Familie: Die Schwestern Martha und Johanne wollen ein paar Tage an der Ostsee verbringen, wie in ihrer Kindheit. Während Johanne sich den Eltern gegenüber versöhnlich gibt, hallen in Martha die Ängste einer von Erniedrigung geprägten Kindheit nach. Die Andruschats waren ein angesehener DDR-Akademikerhaushalt, auf den der Ruhm Onkel Kurts abstrahlte, eines berühmten Schauspielers. Doch auch Kurt hat die Spirale des Hasses und der Sprachlosigkeit vorangetrieben. Am Ziel ihrer Reise werden die Schwestern mit einem Verrat konfrontiert, der das heikle Gleichgewicht zwischen ihnen vollends zerstört.

Mehr Informationen erhalten Sie unter www.aufbau-verlag.de oder in Ihrer Buchhandlung

aufbau